suhrkamp taschenbuch 1701

Adolfo Bioy Casares, 1914 geboren, publizierte unter so vielen Pseudonymen und so häufig zusammen mit Jorge Luis Borges, daß der Umfang seines Œuvre und sein Anteil an den gemeinsamen Schriften sich kaum mehr ermitteln lassen. Außer den fünf Romanen *Morels Erfindung* 1940, *Fluchtplan* 1945, *Der Traum der Helden* 1954, *Tagebuch des Schweinekriegs* 1969 und *Schlaf in der Sonne* 1973 schrieb er Theaterstücke und zahlreiche Erzählungen.

Adolfo Bioy Casares – ein Mann, der die Frauen liebt – hat die erotische Erfahrung und die Wissenschaft von den Anziehungskräften in 18 ausgefeilten Geschichten verdichtet, von einem ironischen und zugleich einfühlsamen Standpunkt aus. Der Geradlinigkeit und staunensunfähigen Kennerschaft eines Casanova setzt er ein facettenreiches Erzählen entgegen, in dem Männer wie Frauen sich unverhofft als Objekte von Situationen wiederfinden, die ihnen mehr und mehr entgleiten. Aus dem Tritt geraten vor allem die männlichen Protagonisten dieser Geschichten. Denn so gut sie auch mit lebemännischer Treuherzigkeit ihren Part erfüllen – ihr Gegenüber fällt unberechenbar aus der zugedachten Rolle. Worüber auch die grimmige Doppelweisheit »Alle Männer sind gleich« – »Alle Frauen sind gleich« ihnen nur schlecht hinweghilft, während das innigste Vergnügen ganz auf seiten des Lesers bleibt.

»Adolfo Bioy Casares legt mit seinen ›Liebesgeschichten‹ amüsante psychologische Etüden vor, immer ausgestattet mit dem Scharfsinn, den die schwierigste aller menschlichen Beziehungen nun einmal erfordert.«

Hanspeter Brode, FAZ

Adolfo Bioy Casares
Liebesgeschichten

Aus dem Spanischen
von René Strien

Suhrkamp

Die Originalausgabe erschien 1972 unter dem Titel
Historias de amor bei Emecé Editores, S.A., Buenos Aires.
Umschlagillustration: Francis Picabia. Die Spanische Nacht, 1922.

suhrkamp taschenbuch 1701
Erste Auflage 1989

Druck: Nomos Verlagsgesellschaft, Baden-Baden
Printed in Germany
Umschlag nach Entwürfen von
Willy Fleckhaus und Rolf Staudt

1 2 3 4 5 6 – 94 93 92 91 90 89

LIEBESGESCHICHTEN

HINTERHALT

Durch das Fenster dringt das Plätschern des nahezu reglosen Wassers, und zart verwischt sehe ich das gegenüberliegende Ufer, grünlich oder blau in der Abenddämmerung, wo an der Straße, die nach Nizza und nach Italien führt, die ersten Lichter aufflackern. Der Frieden hier am Golf von Saint-Tropez scheint grenzenlos, aber da sitze ich nun, trotz alledem, und versuche die Sätze zusammenzufügen, um ein wenig gegen meine Beklemmung anzugehen. Ich sage mir immer wieder, daß ich am Schluß meiner Erzählung den Ausweg aus diesem Dickicht finden muß. Das Schlimme ist nur, daß mein Dickicht lediglich aus Öde und aus freiem Feld besteht, und ich weiß nicht, wie man aus etwas herausfinden kann, wenn man längst außerhalb steht.

Wir sind im Aïoli abgestiegen, vergangenen Sonntag. Amalia war sofort von den Möbeln und den Bildern des Hotels begeistert. Ich sage ja immer, daß im Hotelgewerbe einzig und allein der Komfort zählt, aber ich muß zugeben, daß in dieser Hinsicht unsere Unterkunft keinen Vergleich zu scheuen braucht. Sehr bald schlossen wir uns einer interessanten internationalen Gruppe an, zu der Mme Verniaz gehört, jene Mäzenin aus Genf, die nicht müde wird, in Paris die Dichter mit Wohltaten zu überhäufen; ihre Protegés, Clarence und Clark, berühmte australische Tennisspieler, denen die Kritik für den Fall, daß sie weiterhin als Paar spielen (was ich für wahrscheinlich halte), den Gewinn der Weltmeisterschaft im Doppel voraussagt; Barbara, von den Engländern *Aussie* und von den Franzosen *Aussi* genannt, ein Mädchen aus Arkansas, besser gesagt eine Statue – ohne einen anderen Makel als den, bei Nacht und bei Tag den Australiern auf dem Fuße zu folgen –, größer als ich, mit schwarzem Haar, himmelblauen Augen und der schönsten sonnengebräunten Haut, die ich je gesehen habe; ferner Doktor Cesare Vittorini, ein junger Mann, aber vollkommen farblos, obwohl man mir versichert, er sei eine Berühmtheit in ich weiß nicht was für einem Sanatorium von Florenz; und noch ein paar Leute, nicht weniger pittoresk für den, der mit ihnen zu tun hat. Morgens trifft sich die Gruppe an einem richtigen Sandstrand in der Nähe von Sainte-Maxime; am Nachmittag widmen wir uns im Pinienwäldchen von Beauvallon dem Tennis, als Spieler die einen, als Zuschauer die anderen, und am Abend ziehen wir durch die Kasinos oder fahren zum Super-Cannes, wo man *A media luz, Garufa, Adiós muchachos* und, wenn es mein Glück will, *Don Juan* zu spielen pflegt. Unnötig zu sagen, daß ich der Gesellschaft Unterricht im klassischen Tango biete. In der ganzen Gegend gibt es *fruits de mer, bouillabaisse, quiche varoise,* Schnepfe *flambée* und den guten Tropfen von Gassin im Überfluß; ich kann also nicht klagen.

Was meine Freundin betrifft, so muß ich sagen, daß sie nie zuvor so schön, so heiter und so sanft war. Das wäre an sich nichts Außergewöhnliches, wenn die Ärmste gut schliefe, aber obwohl die Meerluft hier nicht mit der von Mar del Plata zu vergleichen ist, hält sie sie doch wach, und Nacht für Nacht nimmt sie Tabletten. Die Jungs vom Richmond* hatten mir versichert: »Man muß alleine reisen. Wenn du dich mit einer Frau belastest, wirst du am Ende noch verrückt und verabscheust sie.« Daß es Vorteile haben mag, allein zu reisen, leugne ich nicht; aber auf dem ganzen Weg hierher – und es ist keine kurze Strecke, die man zurücklegen muß, um nach Saint-Tropez zu kommen – hatte ich nie das Verlangen, Amalia loszuwerden. Das Verdienst dafür gebührt ohne Zweifel ihr. Wozu es leug-

* Anmerkungen am Schluß des Buches

nen? Ich betrachte sie mit patriotischem Stolz. Wenn man über die Republik Argentinien spricht, in dieser Weltengegend eher als Südamerika bekannt, erwartet der Ausländer tatsächlich, Amalia und ich müßten zwei Schwarze sein. Der Mund bleibt ihnen vor Staunen offen, wenn sie sie sehen, mit diesem Flair einer eleganten kleinen Engländerin (was neben mir besonders ins Auge fällt, wegen des Kontrastes), hellhäutig, rosig, mit goldblonden Haaren und blauen Augen.

Gestern morgen am Strand fanden wir das gewohnte Bild vor: Clarence und Clark, die sich auf den Wassern im *pédalo* entfernten, Mme Verniaz, wie sie den Sonnenstrahlen die ganze Fülle ihres Körpers darbot, Doktor Vittorini, in irgendeine trockene Broschüre vertieft. Natürlich bringt für den, der Augen hat, jeder Tag seine Neuigkeit. Die von gestern bestand darin, daß Barbara sich nicht im Schlepptau des australischen Paares befand, den beiden nicht einmal aus der Ferne folgte, sondern unruhig am Ufer auf und ab ging; dabei hatte sie etwas von einer jungen Löwin. Sie mußte noch vor Mittag nach Sainte-Maxime – so erklärte sie jedem x-beliebigen Zuhörer –, bevor die Geschäfte schlossen, um ein paar Schläger abzuholen, die sie zum Bespannen gegeben hatte und die ihre Freunde am Nachmittag für ein wichtiges Trainingsspiel benötigten. Es war heiß, und so kosteten alle meine Sinne schon im voraus lustvoll die nahe Frische des Meeres aus, während ich noch dieses Gerede hörte. Vittorini schloß sein Buch und fragte mich:

»Begreifen Sie nicht, daß das Mädchen verzweifelt jemanden sucht, der sie fährt? Sie haben doch einen Wagen, nun zeigen Sie sich schon als Kavalier!«

Ehe mir noch eine Antwort einfiel, ergriff Barbara meine Hände und rief:

»Danke, danke.«

Amalia war die einzige, die mich verteidigte:
»Seien Sie nicht grausam«, sagte sie. »Der Ärmste läßt sich so ungern ein Bad entgehen.«
»Und Ihr Alfa Romeo!« fragte ich Vittorini.
»Ich verspreche, daß er morgen jedem zur Verfügung stehen wird, der ihn benötigt«, antwortete er mit irritierender Feierlichkeit. »Heute sind die besten Mechaniker der Gegend dabei, ihn perfekt abzustimmen. Ein nervöser Motor, wissen Sie, stellt Ansprüche.«
Da es in der Stunde der Niederlage unnütz ist, Ausflüchte zu machen, streifte ich die Hose wieder hoch, zog den Pullover wieder an und sagte mit der Genugtuung desjenigen, der ein Epigramm anbringt:
»*Après vous.*«
Freilich wissen diese Leute nicht, daß für uns Argentinier jeder Satz in einer fremden Sprache etwas Komisches hat. Um Kräfte zu sammeln, roch ich an meinem in Eau de Cologne getränkten Taschentuch und folgte dem Mädchen zu den Pinien, in deren Schatten wir den Renault gelassen hatten. Erinnern Sie sich an die Stelle? Sie ist so schön, daß jeder, dessen Blick darauf verweilt, unweigerlich heiter gestimmt wird. Ich schaute gar nicht erst hin. Auf der kurzen Wegstrecke fuhr ich fast automatisch; Barbara beachtete ich kaum. Gereizt und angespannt überlegte ich, daß Amalia und ich, wenn wir zum festgelegten Zeitpunkt abreisten, nicht mehr die einundzwanzig Bäder zusammenbekommen würden, die die Hydrotherapie vorschreibt.
Es geschah, was geschehen mußte. In Sainte-Maxime stellten wir fest, daß das Geschäft mit den Tennisschlägern geschlossen hatte, und als wir wieder an unserem Ausgangspunkt ankamen, erklärte Barbara:
»Ich steige nicht aus. Mit leeren Händen trete ich Clarence und Clark nicht unter die Augen. Dazu habe ich nicht den Mut. Ich steige nicht aus.«

Diese Haltung hätte mich Minuten zuvor noch empört; aber es gibt keinen Zweifel, daß sich in meiner Einstellung innerhalb kürzester Frist ein grundlegender Wandel vollzogen hatte. Ich würde des Phänomen mit dem relativen Größenverhältnis von Barbara und dem Renault erklären. Die Renaults, die man auf einer Europareise mietet, gehören zur kleinen Modellreihe. Glauben Sie mir, in diesem Kämmerchen – unserem Automobil – erschien das Mädchen überaus groß und überaus nahe. Damit Amalia und die Freunde uns nicht sähen und wer weiß was denken mochten, setzte ich den Wagen wieder in Bewegung, fuhr auf die Straße zurück und bog wenig später geistesabwesend auf eine Nebenstrecke ein, die ins *arrière pays* vordrang. Eine reichlich lange Zeit verharrten wir in bemerkenswertem Schweigen. Nichts Besseres kann man inmitten dieser so zarten und stillen Schönheit tun.
Ich mag nicht völlig frei vom Snobismus desjenigen sein, der sich für einen Kenner hält, nur weil er eine gewisse Zeit an einem Ort verbracht hat, und der nun auf beachtenswerte Nuancen hinweist; aber es spricht mein Herz, wenn ich versichere, daß ich dem abwechslungsreichen und vollkommenen Schauspiel der Küste mit den Felsen, die sich in der Intensität ihrer Rottöne scharf gegen das Blau des Himmels abzeichnen und unten im Blau des Meeres spiegeln, die bukolische Geruhsamkeit dieser nach Weideland duftenden Täler vorziehe, dieser steilen Pfade, dieser alten, bescheidenen Dörfchen, die, wie aus dem Nichts, direkt hinter einer Wegbiegung ans Ende der Welt geheftet sind.
»Ich könnte sterben vor Lust, dir einen unanständigen Antrag zu machen«, sagte ich auf der steilen Straße hinauf nach Grimaud.
»Sieh dich vor«, antwortete Barbara, »denn ich werde ihn annehmen.«

Ich hielt an, und wie im Film stürzten wir einander in die Arme. Nur weil ich noch rechtzeitig die Handbremse anzog, stürzten wir nicht auch gleich noch in die Schlucht hinunter. In Grimaud – einem der berühmten *villages perchés* – genossen wir den Blick über Berge, Täler und Meer. Dann hielten wir beim Belvedere. Ich fragte die Wirtin, ob sie uns ein Zimmer vermieten könne.
»Ohne weiteres«, antwortete sie.
Dann rief sie ein Mädchen herbei, händigte ihm einen Schlüssel aus und sagte:
»Denise, die Elf für den Herrn und die Dame.«
Wir folgten Denise über die Treppe und durch einen Gang bis zur Tür von Nummer Elf. Das Mädchen öffnete, machte Licht, und das erste, was ich sah, war Barbaras verblüfftes Gesicht. In der Tat: niemand hätte in den Mauern eines kleinen Dorfhotels solch ein wunderbares Schlafgemach erwartet. Den Balkon verdeckten rosa Seidenvorhänge, und die in Grau gehaltene Tapete zeigte Szenen, die an Fragonard und an Watteau erinnerten. Irgendwann löschte Barbara das Licht, dann öffnete sie die Vorhänge; in dem Halbdunkel dazwischen widmete ich mich den Knöpfen an ihrem Kleid. Ich habe sie nicht gezählt, aber ich kann versichern, daß es mindestens zwanzig gewesen sein müssen. Diese Knöpfe hemmten für einen Moment den Lauf der Dinge, was mir erlaubte, mein Glück erst richtig zu würdigen. Danach lief alles ab wie im Traum. Die Moral dieser Episode ist wohl, daß sich die Jungfrauen und die glücklichsten Fügungen des Schicksals von selbst ergeben und daß sie – vielleicht als ausgleichende Gerechtigkeit – wie Wasser zwischen den Fingern zerrinnen. Ich schwebte noch, den Blick zur Decke gerichtet, durch die Weiten meines Innersten, als Barbara zu sprechen begann:
»Ich habe Hunger«, sagte sie. »Laß uns zu Mittag essen.

Vor zwei Uhr machen sie sowieso nicht auf, und ohne die Schläger trete ich Clarence und Clark nicht unter die Augen.«

Ich gestehe, daß mir das Thema der Tennisschläger weniger glaubhaft erschien als bei früheren Gelegenheiten. Ich dachte an Amalia; ich sagte mir, ich könnte nicht erwarten, daß eine Frau in der Lage sei, selbst über ihr Glück zu wachen; dies war meine Aufgabe. Zugleich dachte ich aber auch, es sei ein Fehler, wenn man die glücklichen Augenblicke des Lebens daran hinderte, sich zu vollenden und so ihre natürliche Vollkommenheit zu erlangen; also drückte ich auf die Klingel und bestellte bei Denise das Mittagessen, das wir kurz darauf in einem kleinen Garten voller Blüten in heiterer Stimmung zu uns nahmen.

Nach halb drei holten wir die Schläger ab. Auf der Rückfahrt sagte Barbara:

»Schau her, laß mich mal sehen!«

Sie nahm sich mein Taschentuch und säuberte mir damit die Lippen. »Und was mache ich jetzt?« fragte sie und zeigte auf die roten Flecken in dem Tuch.

»Du wirfst es weg«, antwortete ich.

Barbara preßte ihr Gesicht in das Taschentuch und roch gebannt daran; als wir über eine Brücke fuhren, warf sie es hinaus. Verzeihen Sie, wenn ich derartige Einzelheiten erzähle; sie sind zweifellos ein wenig lächerlich, aber in der Erinnerung eines Mannes bleiben sie haften, und wenn er einst erkennt, daß es trotz allem in seinem Leben süße Augenblicke gegeben hat, für die es sich zu leben lohnte, so können Sie sicher sein, daß er gerade an sie denken wird.

Ich ließ Barbara im Haus von Mme Verniaz, direkt am Strand von Beauvallon. Vielleicht sollte ich erwähnen, daß ich, um zu meinem Hotel zu gelangen, erst die ganze Bucht umfahren mußte. Auf diesem Weg führte ich mir meine Verantwortung vor Augen. Die erste Liebe, so sagte ich mir, ist für jedes Mädchen eine ernste Sache; gleich morgen würde ich Barbara beiseitenehmen und ihr mit angemessenen, aber bestimmten Worten erklären, daß ich sie nicht liebe. Daraufhin überkam mich regelrechte Melancholie – ein wenig gemildert durch die Befriedigung, schon jetzt mein selbstloses und männliches Verhalten vor mir zu sehen. Mit einem Seufzer kam ich zu dem Schluß, daß wir die Frauen mit Umsicht behandeln müssen, da sie ebenso zerbrechlich wie verehrungswürdig sind.

Der Empfang, den mir Amalia bereitete, überraschte mich in überaus unangenehmer Weise. Bisher war mein Tag fast vollkommen verlaufen, und ich kann nicht leugnen, daß es mich schmerzte, ausgerechnet bei der mir am nächsten stehenden Person auf diesen völligen Mangel an Verständnis zu treffen. Es war wie ein Guß kalten Wassers.

»Was für eine Rücksichtslosigkeit!« rief Amalia. »Ich habe ich weiß nicht wie lange auf dich gewartet. Ich dachte schon, du hättest einen Unfall gehabt. Zum Glück ist wenigstens Vittorini mit mir gekommen, sonst hätte ich noch die Sachen dalassen müssen. Wie zwei Lastesel haben wir uns bis zur Straße geschleppt, wo wir dann auf den Bus warten mußten. Ich kann dir nicht sagen, wie lange wir in der prallen Sonne gewartet haben! Als wir ins Hotel kamen, wollte man uns nichts mehr zu essen geben. Wie sollten sie auch zur Teezeit das Mittagessen servieren? Wie kannst du nur so rücksichtslos sein!«

Et cetera.

Sie wissen: ich war bereit, Barbara zu opfern, die Augen zu verschließen vor dem Glanz ihrer verschwenderischen Jugend, mit aller Selbstverständlichkeit zu Amalia zurückzukehren wie jemand, der sich wieder in sein Schicksal ergibt; bereit, all meine Phantasie aufzubieten, um eine ganze Verkettung widriger Umstände zu ersinnen, die mehr oder weniger überzeugend meine Verspätung hätte rechtfertigen können. Ich kam mit dem festen Entschluß zu lügen, aber meine Absichten, so vortrefflich sie auch gewesen sein mögen, zerbarsten förmlich an diesem – wie soll ich sagen – spröden und abweisenden Empfang. Die Erschütterung muß wohl in meinem Kopf etwas verändert haben, denn ich sah das Problem auf einmal in einem anderen Licht. Warum handelt man eigentlich nie nach seinem Gefühl? fragte ich mich. Warum mit der Lüge leben? Ich öffnete den Mund; er war so trocken, daß ich ihn wieder schloß, als wenn mir der Mut fehlte. Amalia deckte mich weiter mit wahren Salven von Vorwürfen ein. Ich dachte an Barbara zurück. Die körperlichen Einzelheiten, sagte ich mir, mögen vielleicht nicht das Wichtigste sein, aber ihre ganze Art ... wie elegant und wie herrlich! Barbara zeigte nicht den geringsten Zweifel, sie zierte sich nicht, sie stellte keinerlei Bedingungen. Das beste Mädchen der Welt liebt mich, und ich zeige ihr die kalte Schulter! Warum? Aus Scheu, einen unangenehmen Moment heraufzubeschwören.

Amalia teilte diese Scheu nicht. Um ihr nicht nachzustehen, richtete ich mich würdevoll auf, und in ruhigem Ton, jedes Wort klar akzentuierend, antwortete ich auf den Schwall ihrer wütenden Vorwürfe:

»Ich versichere dir, daß ich mich keine Minute länger aufgehalten habe, als nötig war, um zu erkennen, daß Barbara und ich uns lieben.«

Es war gesagt.

»Ich verstehe nicht«, sagte Amalia entgeistert.

Ich wiederholte den Satz.

»Meinst du das im Ernst?« fragte sie.

»Ja«, antwortete ich.

Dann ging ich ins Bad, um mir die Zähne zu putzen. Als ich ins Schlafzimmer zurückkam, lag Amalia mit dem Gesicht nach unten auf dem Boden. Neben ihr sah ich das

Röhrchen ihres Schlafmittels. Ich hob es auf. Nicht eine Tablette war übrig. Auf der Stelle verlor ich den Kopf. Ich nahm Amalia bei den Schultern, schüttelte sie, schrie sie an, daß sie mir das nicht antun dürfe. Ich nannte sie bei einem Namen, den ich nur dann benutze, wenn niemand uns hört. Ich fragte sie, wie sie nur glauben konnte, daß so ein junges Ding wie Barbara sie aus meinen Gefühlen verdrängen könnte, wo doch sie mein ganzes Leben sei, sich in all meinen Erinnerungen fände. Ich lief ins Bad, füllte das Glas und schüttete ihr Wasser ins Gesicht. Dann öffnete ich die Tür, um durch die Flure zu schreien, aber diese nationale Abscheu vor Skandalen, die uns Argentiniern eigen ist, hielt mich zurück. Mir fiel ein, daß unser Freund Vittorini Arzt war. Ich lief, um an seine Tür zu trommeln. Als er öffnete, flüsterte ich:

»Amalia!«

Er muß wohl sogleich verstanden haben, denn er lief los und war noch vor mir im Zimmer. Von Beginn an behandelte er mich unhöflich. Sobald meine Hilfe nicht mehr unbedingt nötig war, verbannte er mich aus dem Zimmer. Ich verlangte keine Erklärungen, weil ich einsah, daß die Umstände es erforderten, alle persönlichen Belange hintanzustellen. Ich blieb im Flur, auf einer Bank gegenüber der geschlossenen Türe, und hielt ein geistiges Zwiegespräch mit der Vorsehung und mit Amalia; ich bat beide, mich nach Belieben zu strafen, wenn nur nichts Schlimmes geschehe, nur nichts Schlimmes.

Gegen fünf oder sechs kam Vittorini aus dem Schlafzimmer, um schnell bei sich eine Medizin zu holen. Ich warf mich ihm in den Weg.

»Wie geht es unserer Patientin, Doktor?« fragte ich. »Kann ich sie sehen?«

»Das scheint mir nicht angezeigt« antwortete er. »Sie muß in Ruhe gelassen werden. Sie haben alles ausgelöst, und wenn Sie jetzt wieder auftauchen (die Frauen sind ja so seltsam!), könnte sie das aufregen.«

»Aber wie geht es unserer Patientin, Doktor?« fragte ich wieder.

»Meiner Patientin geht es in Anbetracht der Umstände gut«, antwortete er mir, als wenn er mir sagen wollte: mich können Sie nicht bestechen, indem Sie mich in dieses »unsere« einbeziehen. »Sie müssen verstehen, daß jede Diagnose noch verfrüht wäre. Machen Sie einen Spaziergang, schnappen Sie etwas Luft. Es nützt niemandem, wenn Sie hierbleiben.«

Nicht Vittorini sprach, sondern der Arzt, und in diesem Moment war ich in seiner Gewalt. Ohne festes Ziel verließ ich das Hotel. Ich erinnere mich, daß ich dachte: ›Er hat recht. Es nützt niemandem, wenn ich dableibe. Genausogut hätte ich zum Strand hinuntergehen und das Bad nehmen können, das mir heute morgen entgangen ist. Jetzt ist es zu spät.‹ Es war ein äußerst merkwürdiger Tag. Ich streifte umher und gelangte schließlich zum Hafen, betrachtete die Boote und entwickelte eine sonderbare Theorie, die mich in dem Moment tief beeindruckte. Danach waren die Boote Symbole unserer Hoffnungen und unserer Ängste. Dann bekam ich Durst, nicht Durst auf Alkohol, wie es einem einigermaßen verzweifelten Individuum wie mir zukam, sondern Durst auf Wasser. Bei einem der Cafés am Marktplatz trank ich draußen einen Badoit. Die Ellbogen auf den Tisch gestützt, verfolgte ich, als ob es für mich nichts Wichtigeres im Leben gäbe, die Partie von ein paar alten Männern, die mit ihren Metallkugeln Boule spielten. An solchen Einzelheiten merkt man, daß man träumt, überlegte ich auf dem Rückweg. In der Tat schien der ganze Tag ein Traum. Auf einmal sagte ich mir: ›Wenn es mir nur kein Unglück bringt, solch ein dummes Zeug zu denken! Wenn es mir nur kein Unglück bringt, solange auszubleiben! Wenn nur nichts Schlimmes passiert ist...‹. Die Furcht macht uns abergläubisch. Schon von weitem schaute ich zum Hotel, als wenn ich erwartete, in seinen Fenstern oder an den Mauern ein verräterisches Zeichen zu entdecken, und als ich hineinkam, lief ich schnell bis zur Treppe, aus Furcht, bei meinem Anblick könnte irgendein Herr von der Rezeption ausrufen: »Ich bin zutiefst erschüttert. Ein großes Unglück ist geschehen...« Endlich erreichte ich meine Bank; erleichtert seufzte ich auf wie jemand, der sich großen Gefahren ausgesetzt hat und noch einmal davongekommen ist. Die Stille des Schlafzimmers jenseits der Tür schien abgrundtief.

Nach einer Weile rief man zum Essen. Ich bewegte mich nicht von der Stelle, weil ich dachte: ›Mit dem Hunger, den ich habe, werde ich wie ein Schwein essen, und das bringt unweigerlich Unglück.‹ Irgendwo gab es eine Uhr, die ganze, halbe und Viertelstunden schlug. Bis gestern nacht hatte ich sie überhaupt nicht bemerkt. Um zwei erschien der Nachtportier mit einem Tablett mit Kaffee, Sandwiches, Biskuits und Toast. So kann es einem gehen: mein Lebtag habe ich gesagt, daß Kaffee schmutziges Wasser ist und Toast nach nassem Scheuerlappen riecht, aber ich muß zugeben, daß gestern nacht der Kaffee und die Toasts einen exquisiten Duft verbreiteten. Der Nachtportier klopfte an die Tür. Als Vittorini das Tablett in Empfang nahm, fragte ich ihn:

»Wie geht es unserer Patientin?«

»Besser. Aber was machen Sie noch hier? Habe ich Ihnen nicht gesagt, Sie sollten nach draußen gehen?«

»Ich war draußen und bin wieder da.«

»Und warum gehen Sie jetzt nicht ins Bett? Verfügen Sie über mein Schlafzimmer!«

»Gut, aber lassen Sie mich herein, damit ich mir wenigstens etwas zum Anziehen holen kann. Ich habe mich seit dem Aufstehen noch nicht umgezogen.«

»Nun, sehr elegant sehen Sie wirklich nicht aus, aber zum Schlafen brauchen Sie ja auch keinen Smoking.«

Er schloß die Tür. Ich ging zu dem mir angewiesenen Schlafzimmer. Wenn ich es schaffte, ein wenig zu schlafen, würde die Zeit vergehen... Sobald ich mich auf das Bett warf, erkannte ich meinen Irrtum. Auf dem Weg dorthin war ich wieder hellwach geworden. Es wäre besser für mich gewesen, auf der Bank sitzen zu bleiben, denn Vittorinis Bett erwies sich als geradezu verhext. Zunächst einmal schätzte ich, daß die Uhr in einer ganzen Stunde gerade zwei Viertel hinter sich brachte. Außerdem hatte mich eine niederdrückende und sehr konkrete Traurigkeit überkommen, schwer wie ein Stein und so bedrückend, daß mich das Morgenlicht nach dieser ungeheuren Nacht reglos im Bett vorfand. Reglos und mit offenen Augen blieb ich liegen, bis Vittorini mit der Nachricht kam, daß es Amalia wieder gut gehe. Ich war noch dabei, ihm meine ganze Freude auszudrücken, als mir eine unglückliche Eingebung kam: um ihm nicht die Genugtuung zu verschaffen, mir ein weiteres Mal den Zugang zum Zimmer zu verwehren, würde ich selber einen Aufschub vorschlagen.

»Was hielten Sie davon«, fragte ich, »wenn ich jetzt zum Strand liefe, kurz in die Fluten tauchte und gegen Mittag ausgeruht und sorgenfrei zurückkehrte, um als neuer Mensch bei Amalia zu erscheinen?«

»Machen Sie, was Sie wollen«, antwortete er trocken.

Sobald ich an den Strand kam, stürzte ich mich ins Wasser. Ich muß wirklich sagen: ein Bad im Meer wirkt auf meinen Organismus wie ein Allheilmittel, wenngleich, sobald ich es über Gebühr ausdehne, rheumatische Schmerzen die unausweichliche Folge sind. Als ich aus dem Wasser kam, war ich in der Tat ein anderer Mensch. Sicher trat ich im Sand auf; ich hatte mich von der abergläubischen Furcht befreit und sah keinen Grund mehr, jetzt, da Amalia gesund war, Barbara fallenzulassen. Ich gestehe, daß ich das Mädchen mit einiger Neugier betrachtete, aus Furcht, sie könnte vielleicht weniger gut aussehen, als ich glaubte. Jetzt kann ich für ihre Schönheit bürgen. Es kostete mich etliche Mühe, sie von der Gruppe zu trennen.

»Essen wir heute wieder in Grimaud zu Mittag?« fragte ich sie, kaum daß wir ein paar Meter gegangen waren.

Barbara ergriff meinen Arm.

»Versuche bitte, nicht zu hart über mich zu urteilen«, bat sie, »denn ich muß dir etwas sagen, das mir nicht leichtfällt: Ich liebe dich nicht.«

Es gelang mir zu stammeln:

»Und das von gestern?«

»Das von gestern ist eine schöne Erinnerung. Clarence – du weißt ja, wie er ist, mit diesem Abscheu vor gewissen Dingen – er hatte mir gesagt: Bevor du keine richtige Frau bist, heirate ich dich nicht. Jetzt ist er einverstanden. Das verdanke ich dir. Versprich mir, nicht traurig zu sein – denn alles war wunderbar–; versprich mir, daß du eine schöne Erinnerung behältst.«

Auf der ›schönen Erinnerung‹ bestand sie noch mehrmals. Der Rest ist schnell erzählt. Einigermaßen verwirrt begab ich mich auf den Rückweg, aber noch bevor ich wieder ins Hotel kam, hatte ich mich davon überzeugt, daß die Frau, die ich schon immer geliebt hatte, Amalia war. Im Aïoli reichte mir einer der Herren vom Empfang einen Umschlag. Ich öffnete ihn und las diese Zeilen, die Amalia eigenhändig geschrieben hat: »Verzeih meine Verrücktheit von gestern. Ich schwöre Dir, ich finde sie selbst nicht gerechtfertigt. Wie könnte ich auch verlangen, daß Dein Leben auf ewig bei mir stehenbliebe? Heute sehe ich ein, daß nicht nur Dein Leben, sondern auch meines weitergehen muß. Deshalb gehe ich mit Cesare.« Ist das nicht unglaublich? Ich weiß nicht, wie lange ich den Zettel jetzt schon immer und immer wieder lese. Wie konnte Amalia nur mit Vittorini auf und davon gehen? Weiß sie denn nicht, daß er ein Fremder ist? Und dennoch, es springt geradezu ins Auge... Ich würde sie ja in einer Minute überzeugen, aber es ist nicht im Traum daran zu denken, sie noch einzuholen; inzwischen fliegt sie wer weiß wo dahin, im Alfa Romeo dieses hinterlistigen Teufels. Wenn ich wenigstens wüßte, wie man sich auf der Stelle in Luft auflöst... Vorher muß ich erst noch die Rechnungen bezahlen und die Trinkgelder verteilen. Das heißt, ich muß ertragen, wie diese Ausländer mit einer Miene, als wüßten sie von nichts, erst mich und dann einander anschauen. Tatsächlich kommt selbst für den feigsten Menschen der Moment, wo er sich stellen muß. Ich bin kein Feigling. Nötigenfalls werde ich mich zur Wehr setzen, wenn keine andere Möglichkeit bleibt.

Ich bedaure noch heute, daß mir meine Mutter keine Schwester geschenkt hat. Wenn ich irgendeine der Frauen aus meinem Bekanntenkreis zur Schwester machen könnte, würde ich Veronica wählen. Ich bewundere an ihr die Fähigkeit, Entscheidungen zu treffen (wie beruhigend muß es sein, an der Seite solch eines Menschen zu leben); ihre Qualitäten als gute Verliererin; die noch seltenere Eigenschaft, auch im größten Kummer die Haltung zu bewahren; ihren Sinn für absurde Details, bis hin zu lautem Auflachen, und ein ebenso aufmerksames wie taktvolles Zartgefühl. Ich glaube, daß ich sie eigentlich schon immer gekannt habe – ich möchte beinahe sagen, daß sich die Winter meiner Kindheit zu Hause bei Veronica abspielten, im Cinco-Esquinas-Viertel, und die Sommer in Veronicas Landhaus in Mar del Plata –, aber die Schönheit meiner Freundin hat unvermindert ihre Macht behalten, mir nahezugehen. Tief in ihren grünen Augen blitzt für Momente ein schmerzerfülltes Licht auf, das ihrem Gesicht ungewohnten Ernst verleiht; einen Augenblick später ist das Licht, das sich in diesen selben Augen widerspiegelt, voll von fröhlichem Spott. Bei Veronica gewöhnt man sich an derartige Wechsel, und bei anderen Mädchen beginnen sie einem zu fehlen. Wie es uns bei den Frauen so zu gehen pflegt, die uns gefallen – mir gefällt einfach alles an ihr, von der dunklen Farbe des Haares bis hin zu dem Duft, den ihre Hände auf meinen zurücklassen. Zur Zeit dieser Erzählung wirkte Veronica mit ihren achtundzwanzig Jahren und vier Kindern wie ein junges Mädchen.

Lange Zeit aß ich jeden Sonntag bei ihr zu Abend, aber das Leben, das uns von unseren leiblichen wie auch von unseren Wahlgeschwistern trennt, ließ dieses Ritual abbrechen.

Ich weiß nicht, wie oft ich beschloß, es gleich am darauffolgenden Sonntag wieder aufzunehmen; ebensooft vergaß oder verschob ich diesen Vorsatz wieder. Später heiratete Veronica dann; sie umgab sich mit Söhnen und Töchtern, sie wurde glücklich. Ab und zu sah ich die Familie nachmittags bei einer Spazierfahrt durch Palermo, in einem großen Auto, einem Minerva, der schon damals ein wenig antiquiert wirkte. Obwohl ich sie nicht vergaß, mußte ich doch annehmen, daß meine Freundin mich nicht mehr so brauchte wie früher. Ihr Gatte, ein gewisser Navarro, war das, was man einen Mann von Niveau nennt; in den besseren und gebildeteren Kreisen stand er im Rufe, ein Schriftsteller zu sein, was er ohne Zweifel dem Besitz einer beachtlichen Bibliothek verdankte, deren Katalog – bei Colombo gedruckt – er persönlich verfaßt hatte. Bei zwei oder drei Gelegenheiten besuchte ich sie in ihrem Haus in der Calle Arcos, gegenüber der Plaza Alberti; ihr Mann ließ es sich nie nehmen, mir wie jemand, der eine Schachtel Pralinen anbietet, für einige Augenblicke irgendeine Luxusausgabe der *Blumen des Bösen, Aphrodite* oder der *Lieder der Bilitis,* mit Schutzumschlag aus Seidenpapier und farbigen Illustrationen, in die Hände zu legen. Oft habe ich mich gefragt, ob die durch nichts gerechtfertigte Abneigung, die ich gegenüber Navarro empfand, nicht vielleicht daher rührte, daß er einfach meine Bewunderung für diese Bände voraussetzte. In Wahrheit ging es um etwas ganz anderes: ich fand, er sei (wie im übrigen auch der Rest der Welt) seiner Frau nicht würdig.

In Montevideo, wohin mich Familienangelegenheiten geführt hatten, erfuhr ich von dem Unglück, bei dem der arme Navarro ums Leben gekommen war. Ich glaube, daß ich ihr ein Beileidstelegramm geschickt habe. Auf jeden Fall beschloß ich, Veronica gleich aufzusuchen, sobald ich wieder in Buenos Aires angekommen wäre. Ich erinnere mich, daß ich mir eines Nachts im Hotel Alhambra überlegte – weil die Entfernung und die Nacht dem Wahnsinn nahe verwandt sind –, daß ich sie trösten müßte, daß es irgendwie albern sei, sich darauf zu versteifen, sie weiterhin als Schwester zu behandeln, und daß für gewisse Arten von Leid die Liebe das einzige Heilmittel sei. Ein Bild Veronicas, das vor Jahren aufgenommen worden ist und das ich immer in meiner Brieftasche habe, zierte für einige Tage meinen Nachttisch. Als ich dann nach Buenos Aires zurückkam, vergaß ich meine Vorsätze. Monate später erzählte mir irgend jemand davon, wie schmerzlich für Veronica der Tod ihres Gatten gewesen sei. Ich rief sie – kaum zu Hause angekommen – noch am selben Abend an.

»Würdest du mir gestatten, bei dir zu Abend zu essen?« fragte ich.

»Ich komme dich holen«, antwortete sie.

Ich wartete am Fenster. Sobald ich den Minerva sah, fielen mir wieder die Spazierfahrten vergangener Zeiten ein, als der vollbesetzte Wagen ein Symbol dafür zu sein schien, daß es in Veronicas Leben keinen Platz für noch jemanden gab.

Während der Fahrt betrachtete ich sie mit Entzücken: die Grazie, mit der sie das Vehikel chauffierte, war bemerkenswert. Ich überlegte: ›Mit derselben Anmut trägt sie ihren Schmerz. Ich spüre ihn, er ist unzweifelhaft da, aber Veronica bedrängt mich nicht damit; sie bittet nie um etwas, immer gibt sie.‹

Wir speisten recht angenehm, mit Aussicht auf den Platz. Bei Tisch bediente uns ein blondes Mädchen, eine Art fröhlicher Walküre, munter und derb, mit plumpen Händen und Beinen und einem üppigen Busen, die ihre Herrin mit treuherziger Vertrautheit behandelte.

»Sie scheint in Ordnung zu sein«, bemerkte ich, als sich

das Mädchen gerade für einen Augenblick im Vorraum aufhielt.
Meine Freundin antwortete:
»Berta? Ein Glück, daß mir Berta geblieben ist. Ich weiß nicht, was ich ohne sie angefangen hätte.«
Ich bin sicher, daß in diesem Satz nicht die Absicht lag, mir irgend etwas vorzuwerfen, aber ich fühlte mich beschämt. Noch einmal würde ich Veronica nicht im Stich lassen. Jeden Sonntag würde ich bei ihr zu Abend essen.
Da man mich verwöhnt, mir ein vorzügliches Mahl geboten und mich unterhalten hatte, war der Vorsatz, mich zu bessern, nicht allzu verdienstvoll; dennoch vergaß ich ihn. Ich ließ eineinhalb Jahre verstreichen, ehe ich wiederkam, und dann kam ich überraschend. Wir trafen uns auf der Straße, vor ihrem Haus. Während sie den Minerva zum Laufen brachte, rief mir Veronica liebevoll zu:
»Verzeih mir, ich muß los.«
Ich fand ihre Schönheit so strahlend, daß ich sagte:
»Du fährst bestimmt zu einem Rendezvous.«
Sie errötete wie ein junges Mädchen.
»Wie hast du das bloß erraten?« fragte sie überrascht. Dann lachte sie auf und fügte hinzu: »Ein andermal erzählen wir uns alles.«
Sie winkte und fuhr mit dem Wagen davon. Ich vertraue darauf, daß dieser Vorfall den Leser nicht auf zynische Gedanken über die Frauen bringt. Zu verlangen, daß eine Frau, die nach einer glücklichen Ehe mit siebenundzwanzig Jahren verwitwet, für den Rest ihres Lebens alleine bleiben soll, erscheint mir unlogisch.
Nun, Logik verlangen wir von den anderen, für uns selbst verzichten wir darauf. Ich hatte gedacht: ›Wieder braucht Veronica mich nicht‹. Ich rechnete damit, daß sie mir von ihrer Liebschaft erzählen würde, falls ich sie besuchte; ich hörte schon fast den überschwenglichen Tonfall, die abge-

droschene Geschichte, fühlte im voraus meinen Widerwillen. Wie dem auch sei, noch bevor der Monat zu Ende war, betrat ich wieder ihr Haus.

Jetzt erinnere ich mich: An diesem Abend gab es einen kleinen Zwischenfall mit dem Wein.

»Er ist sauer«, rief Veronica aus. »Ich wollte, daß du ihn probierst, und jetzt ist er sauer. Es ist ein junger Wein...«

Zu meiner eigenen Überraschung belehrte ich sie etwas sentenziös:

»Es liegt in der Natur von jungen Weinen, leicht sauer zu werden.«

Veronica schaute mich verblüfft an. Sie kennt mich viel zu gut, als daß ich ihr irgendwelche Kenntnisse über Wein hätte vormachen können. Vielleicht war sie von meiner Anmaßung peinlich berüht; jedenfalls wechselte sie schnell das Thema.

»Eines Morgens rief mich Salomé Uribe an«, sagte sie, »die Freundin meiner Schwestern. Als du und ich noch klein waren, war sie schon fast erwachsen. Jetzt haben wir sie eingeholt. Wir gehören alle zur selben Generation. Das Unglaubliche dabei ist, daß sie, die unsere Generationsgenossin ist, einen Sohn auf der Universität hat. Sie ist sehr stolz auf ihn; sie sagte mir: ›Juan lebt ganz für sein Studium, und wenn ihm nicht noch irgendeine große Versuchung über den Weg läuft, bekommt er bald die Goldmedaille als Jahrgangsbester.‹«

Der junge Mann benötigte ein Buch für eine Arbeit, die ihm ein Professor aufgegeben hatte; er suchte es ohne Erfolg überall, bis er es in dem berühmten, bei Colombo gedruckten Katalog entdeckte, den Veronicas Mann in seinem Bekanntenkreis verteilt hatte.

»Salomé«, so fügte Veronica hinzu, »wollte, daß ich ihrem Sohn das Buch leihe. ›Einverstanden‹, habe ich geantwortet, ›wenn er es sich holen kommt.‹«

Veronica erklärte mir, daß sie nie die Geduld gehabt habe, das Buchstabensystem zu entschlüsseln, welches ihr Mann entwickelt hatte, um die Bücherregale zu kennzeichnen, und daß es an jenem Morgen, als Salomé anrief, dermaßen heiß gewesen sei, daß sie sich nicht dazu habe aufraffen können, die ganze Bibliothek nach einem Buch abzusuchen. Noch am selben Nachmittag erschien der junge Mann.

»Erinnerst du dich noch an diese fürchterlich heißen Tage, die wir letzten Sommer hatten?« fragte Veronica. »Am schlimmsten Tag von allen kam Juan. Da mir nicht danach war, mein Zimmer zu verlassen, bat ich Berta, sich um ihn zu kümmern. Zwei Stunden später kam sie zu mir herein und sagte mir, daß Juan im Begriff sei zu gehen. Ob er die ganze Zeit nach dem Buch gesucht habe? ›Er hat es sofort gefunden‹, sagte mir Berta. ›Die ganze Zeit über hat er darin gelesen und sich Notizen gemacht. Morgen kommt er wieder. Wir werden ihm doch wohl nicht erlauben, das Buch mit nach Hause zu nehmen!‹«

Nach ihrer Erfahrung, machte Veronica mir klar, waren Bibliotheken eine nutzlose Einrichtung.

»Zumindest war die, die ich kenne, immer nutzlos. Mein Mann, der der großzügigste Mensch der Welt gewesen ist, hatte eine Redensart gefunden, mit der er die Bibliothek verteidigte: ›Ich bedaure‹, sagte er, wenn man ihn um ein Buch bat, ›aber ich kann die Sammlung nicht auseinanderreißen.‹ Jetzt bin ich es, die sie gegen die Leser verteidigt, damit Berta und die gesamte Familie mir nicht Mangel an Pietät vorwerfen können, oder gar noch Schlimmeres. ›Wir müssen ihn fragen, ob er nicht etwas trinken möchte. Sonst wird er noch denken, wir seien zwei alte Geizkragen‹, sagte ich zu Berta.

Sie antwortete mir:

›Ich habe ihm einen kalten Kaffee gemacht.‹

›Mir scheint, der Junge hat Gnade vor deinen Augen gefunden‹«, war Veronicas Kommentar.
Als sie in die Bibliothek kam, stolperte das, was vor Bertas Augen Gnade gefunden hatte – eine Art bebrilltes Insekt, ein geradezu abstoßend junges Insekt–, mit seinem kalten Kaffee, verschüttete etwas auf dem Teppich und streckte ihr eine verschwitzte Hand entgegen. Der junge Mann war (nach den Worten meiner Freundin) zeitweilig von geradezu peinlicher Schüchternheit, und dann wieder zeitweilig maßlos unverschämt. Entweder sagte er überhaupt nichts, oder aber er redete unaufhörlich. Wenn er sprach, machte er seinen Mund zu weit auf, so daß die Worte wie Speichel heraustroffen.
Diese erste Begegnung war kurz. Juan kam am nächsten Tag wieder. Er kam jeden Tag wieder.
»Schau dir bitte das Buch an, das er einen Monat lang gelesen hat.«
Veronica reichte mir einen dünnen Band, grau und blau eingebunden, auf dem in weißer Schrift stand: Otis Howard Green: *Leben und Werk von Lupercio Leonardo de Argensola*. Rechts von dem Regalfach, in dem der Band von Howard Green gestanden hatte, entdeckte ich eine Rokokovitrine.
»Was ist das?« fragte ich.
»Alle Männer sind gleich«, antwortete sie mit leichtem Kopfschütteln. »Mein armer Gatte nannte diese Vitrine sein ›Medizinschränkchen des Geistes‹.«
Ich trat näher, um sie mir anzusehen. Ich übersetze aus dem Gedächtnis die Titel von einigen der Bücher, die dort standen: *Der Garten der Düfte, Ausgewählte Werke von Louis Prolat, Justine oder Das Unglück der Tugend, Vorspiele des Fleisches, Die hundertzwanzig Tage von Sodom.*
»Das sind ja pornographische Bücher!« rief ich aus.
»Dir fehlt eben ganz offensichtlich die Seele eines Biblio-

philen. Das sind seltene und außergewöhnliche Bücher. Aber hast du dir das Buch angesehen, das ich dir gegeben habe? Es hat nicht einmal zweihundert Seiten. Wie kann jemand einen ganzen Monat brauchen, um es durchzulesen?«

»Das Durcharbeiten braucht mehr Zeit als das Lesen.«

»Ich bin doch nicht auf den Kopf gefallen, mein Lieber. Er kam nicht nur, um dieses Buch zu lesen« – sie schaute mir in die Augen und machte eine Pause, um mir zu bedeuten, ich solle doch noch einmal nachdenken. »Erst spät kam mir der Verdacht, daß ich selbst der Grund für so viel Eifer war. Ich muß gestehen, daß mich diese Vorstellung amüsierte. Aus Neugier ließ ich mich hinreißen. Ich tat so, als ob mich Juans Arbeit interessierte.«

Am Anfang war das Ergebnis ihrer Bemühungen geradezu demütigend. Man hätte meinen können, daß der Junge rein gar nichts bemerkte; aber dann ging er mit einigermaßen brutaler Kühnheit zum Angriff über.

»Ich wurde sofort schwach«, gestand Veronica.

Als Juan sich zurückzog, begannen ihre Gewissensbisse. Sie fing an zu grübeln: ›Ich bin die große Versuchung, von der Salomé sprach. Ach, von wegen große Versuchung. Ich bin einfach ein unanständiges altes Weib.‹ Da sie ihn nicht wiedersehen würde, schrieb sie einen Brief, in dem sie mit ihm brach, aber ehe sie den noch in den Kasten werfen konnte, war Juan schon wieder da, und ehe sie protestieren konnte, lagen sie sich wieder in den Armen.

Juan ging, und wieder fühlte sie sich beschämt und voller Reue. Sie glaubte, jemanden um Rat fragen zu müssen.

»Ich konnte nicht Richter und Partei zugleich sein«, sagte sie. »Ich brauchte jemanden, der die Dinge von außerhalb sah.«

Sie wählte Berta, das Dienstmädchen, zu ihrer Vertrauten.

»Was ist denn schon Schlimmes dabei?« fragte Berta mit

unerwarteter Heftigkeit, die sie beinahe schön und beinahe wild erscheinen ließ; dann fügte sie in ruhigerem Ton hinzu: »Juan ist ein Junge, der mir gefällt, und was kann er sich Besseres wünschen, als eine Affäre mit einer Dame wie Ihnen?«

Veronica bemerkte treffend:

»Nie werde ich es mir verzeihen können, wenn er meinetwegen seine Goldmedaille nicht bekommt.«

»Wenn er nicht mit der gnädigen Frau strauchelt, wird er es eben mit irgendeiner anderen Schlampe tun. Das ist das Gesetz des Lebens. Die Liebe ist wie Kino: wenn Sie aus dem Zuschauerraum kommen, sind Sie wie verwandelt. Ihnen selbst kann es nur guttun, sich mit einer unschuldigen Liebesgeschichte abzulenken.«

Die Liebe, versicherte mir Veronica, ist bei anständigen Leuten niemals unschuldig, und es wäre auch nicht sinnvoll, wenn sie es wäre. Also mietete sie, um Juan sehen zu können, ohne einen Skandal zu verursachen, der den Kindern geschadet hätte, eine Wohnung. Sie sagte:

»Sie liegt an der Juncal, so um die Nummer dreitausend herum. Ich zeige sie dir, wann immer du möchtest; ich glaube, ich habe sie ganz nett eingerichtet. Was ich nur einfach nicht verstehen kann, ist die Reaktion der Leute. Berta war so aufgebracht, daß sie nicht mehr mit mir sprach. Eines Tages hielt sie mir dann vor: ›Spazieren Sie nur noch auf der Straße herum? Oder haben Sie den armen Jungen schon satt?‹ Ich mußte ihr beinahe schwören, daß ich ihn woanders traf. Juan und ich waren vom ersten Tag an glücklich. Eins machte mir allerdings Sorgen, das muß ich zugeben: der Wagen. Falls irgendein Bekannter auf der Juncal vorbeikäme und den Minerva vor der Tür sähe, würde er sich fragen: Was macht Veronica in diesem Viertel? Was noch schlimmer ist, er könnte sich fragen: Was macht Veronica jeden Abend in diesem Viertel? Da kam mir die großartige Idee, Juan den Wagen in eine Garage bringen zu lassen. Anfangs war er immer ziemlich bald wieder da, aber dann kam er jeden Tag später. Zum Schluß kam er dann gar nicht mehr zurück.«

»Er kam nicht zurück?« fragte ich.

»Als er kam, war ich nicht mehr da. Ich hatte keine Lust mehr gehabt, noch länger zu warten«, antwortete Veronica.

»Liegt die Garage denn sehr weit von der Wohnung entfernt?« fragte ich weiter.

»Fünfhundert Meter, in etwa. Ich wartete eine Stunde, dann ging ich.«

»Hast du ihn danach noch gesehen?«

»Natürlich.«

»Blieb er immer so lange weg?«

»So lange nicht. An manchen Abenden kam er sofort zurück.«

»Und an den anderen?«

»An den anderen bin ich ihm mit einem Mietwagen gefolgt.«

»Du wirst mir doch nicht sagen wollen, daß er andere Frauen auflas?«

»Nein.«

»Oder daß er die Frauen in den anderen Wohnungen des Hauses besuchte?«

»Nein.«

»Ah, ich weiß schon. Er fuhr in die Calle Arcos, um sich bei diesen seltenen und außergewöhnlichen Büchern zu erholen.«

»Nein. Er stürzte sich auch nicht in Bertas Arme. Es hilft alles nichts. Deine Phantasie ist nicht weniger verdorben als meine. Wir gehören zu einer anderen Generation. Wir sind alt. Wir können die heutige Jugend nicht mehr verstehen. Was ich entdeckte...«

»Was hast du entdeckt?« fragte ich, wobei ich die Stimme und zugleich auch meinen Blick senkte.
»Es fällt mir schwer, das zuzugeben. Es ist so schrecklich, so erniedrigend für meinen Stolz. Ich entdeckte, daß Juan wegblieb, um mit dem Auto zu fahren. Einfach nur, um Auto zu fahren.«
Ich blickte erleichtert wieder auf, überzeugt, in ihrem Gesicht ein Lächeln zu entdecken; Veronica schien todunglücklich. Beinahe wäre mir der Ausruf: ›Oh, diese technikbesessene Jugend!‹ entfahren, aber für einen Moment zweifelte ich an seiner Originalität und hielt ihn gerade noch zurück.
Es war stickig im Zimmer.
»Laß uns ausgehen«, sagte ich.
»Für das Theater ist es zu spät, und im Kino gibt es nichts.«
Ich verkündete:
»Heute abend wird der Automobilsalon eröffnet!«
Veronica warf mir einen rätselhaften Blick zu und sagte in überaus mürrischem Ton:
»Gehen wir, wohin du willst.«

Neuerdings ist der Argentinier ausgezogen, sein Glück in der Fremde zu suchen, was früher einfach undenkbar gewesen wäre, und hat überall in der Welt seine Grüppchen oder gar Kolonien gebildet, so daß Sie, wenn Sie sich einmal auf einer Ihrer Reisen etwas verloren vorkommen oder Heimweh haben, einfach stehenbleiben sollten, um den Geräuschen der Stadt zu lauschen, welche es auch immer gerade sein mag, so wie man in eine Muschel hineinhorcht; schon sehr bald werden Sie Stimmen heraushören, die Ihnen zeigen, wie sehr sich die Calle Corrientes in den letzten Jahren ausgedehnt hat (denn es ist nicht etwa die Rivadavia, sondern die Corrientes, welche mit all den verschiedenen Typen aus den vierzehn Provinzen, die heute ich weiß nicht wieviele geworden sind, und mit ihrem Geruch nach erkaltetem Fett aus den Pizzerias die entlegensten Punkte Europas und Nordamerikas erreicht hat).

Zu meiner Zeit war das noch nicht so. In London gab es wohl Leute, die schon irgendwann einmal etwas von unserem Weideland und von unseren Eisenbahnen gehört hatten. Die Franzosen, wenigstens die aus Paris, waren mit dem Tango in Berührung gekommen, mit der Pomade, den Nachtschwärmern, und es geht sogar die Mär, daß es mit wahrem Entdeckergeist möglich gewesen sein soll, in der Gegend der Madeleine einen Laden ausfindig zu machen, der *yerba mate* und *dulce de leche** führte. Von Italien ganz zu schweigen, dem Land der Väter, oder von Spanien, wo niemand sich je allzuweit von der Avenida de Mayo entfernt zu fühlen brauchte; aber Tatsache ist, daß Argentinien für den Rest des Erdballes damals nicht viel mehr als ein angesehener Name war. Was ist bloß aus diesem Ansehen geworden? Mittlerweile urteilt jeder Italiener: *Argentini, taquini.**

Eine andere Gegend, wo man schon immer den bewundernswürdigen Glauben des Argentiniers an sein Vaterland teilte, ist Pau. In der Hauptstadt des Béarn – sie liegt unterschiedlich hoch und wirkt dadurch wie übereinandergeschachtelt, und ist so schön, daß ihr jemand einmal nachgesagt hat, sie sei neben Grenoble die schönste Stadt von ganz Frankreich – fühlt sich der Reisende, wenn er den Namen des Eigentümers über dem Eingang der Drogerie, der Schreinerei, des Bäckerladens, der Schmiede, des Friseurgeschäftes oder der Gastwirtschaft liest, mitten ins Herz seiner Heimat zurückversetzt, genauer in die Bezirke Azul, Olavarría, Tapalqué und natürlich Las Flores.

In Pau war es, wo ich an einem Abend im Spätherbst des Jahres 1937 Margarita zum letzten Mal sah. Ich schlenderte gerade ein wenig verloren und ohne recht zu wissen, was ich mit mir anfangen sollte, durch die verblichenen, monumentalen Hallen des Hotel de France, wo ein Wohltätigkeitstee stattfand, zu dem mich die *belle madame* Cazamayou geschleppt hatte, auch bekannt als die ›Tochter vom Laden‹ (weil ihrem Vater der Laden *de la Poste* gehörte, der berühmt war für seine weißen und grauen Leinendecken mit Szenen aus dem Leben Heinrichs des Vierten: *Erhebe dich, Sully, sie werden glauben, ich habe dir verziehen, Folgt meinem weißen Helmbusch,* usw.). Da die *belle madame* – hellhäutig, üppig, mit einem enormen blonden Haarkranz – sich allen widmen mußte und ihre kostbare Zeit nicht mit mir vergeuden mochte, hielt ich mit endlosem Gerede über das Wetter, über meine Begeisterung für Pau und über die jeweiligen Vorzüge des Hotel de France und des Continental, hielt ich also, nun kann ich es ja gestehen, solange wie es der Anstand und mein Stolz eben zuließen, einen befreundeten Notar und seine Familie auf, um dann sehr bald in eine Einsamkeit zu versinken, aus der je wieder herauszufinden ich keinerlei Hoffnung hatte, als ich mich unvermittelt in den rosigen, frischen und wohlriechenden Armen Margaritas wiederfand.

Man kann sagen, daß sich von diesem Moment an das Licht der Welt für mich veränderte. Margarita war die schönste Frau auf der Gesellschaft. Ich nahm ihre Hand, aus Freude, sie zu berühren, und um allen zu zeigen, daß ich doch nicht so verlassen und verwaist war.

Währenddessen bahnte sich ein großgewachsener, grauhaariger Herr mit ausdruckslosem, aber markantem, wie aus Karton oder Holz geschnittenem Gesicht seinen Weg durch die Menge und kam mit zeremonieller Langsamkeit auf uns zu; er hatte entfernte Ähnlichkeit mit jenem schwedischen König, der als mittelmäßiger Tennisspieler bekannt wurde. Margarita sagte leise:

»Mein Mann.«

Ich ließ sie sofort los, aber sie nahm meine Hand wieder und sagte:

»Der Alte zählt nicht.«

Das Auftauchen dieses Mannes, das mich zunächst beunruhigt hatte, verschaffte mir gleich eine ganze Palette neuer Wonnen: ihn der *belle madame,* dem Notar und seiner Familie vorzustellen, ihnen zu zeigen, daß ich in der ganzen Welt meinen Vorrat an Freunden habe (sie konnten ja nicht wissen, wie lange ich ihn kannte). Der Herr neigte sich ein wenig herab, führte die Hand der Damen ein Stück nach oben und küßte ihnen die schwarzen oder grauen Handschuhe mit einer vielleicht etwas schwermütigen, jedenfalls aber eleganten Artigkeit.

»Ist das hier langweilig«, seufzte Margarita. »Führe mich lieber zum Tanzen nach Biarritz.«

»Einverstanden«, antwortete ich, »aber erst wollen wir

essen gehen. Wenn man dich anschaut, bekommt man Appetit.«
Ich wollte Zeit gewinnen und mich vor der langen Fahrt nach Biarritz drücken. Meine Freundin antwortete:
»Mir geht es genauso.«
Ich weiß nicht, was sie damit sagen wollte.
»Müssen wir deinen Mann mitnehmen?«
»Bist du verrückt? Gustav zählt nicht. Er hat die ebenso sympathische wie praktische Eigenschaft, daß man ihn überall vergessen kann.«
Ich führte sie in ein Restaurant in der Rue Barthou, das *Chez Pierre* hieß. Uns bediente ein alter Mann mit schwarzer Jacke; ich vermute, daß es sich um Pierre selbst handelte. An Margaritas Gesichtsausdruck konnte ich erkennen, daß der kleine Saal im oberen Stockwerk, in den man uns setzte, mit seinen kahlen, bis in Sitzhöhe getünchten Wänden und mit Stühlen aus hellem Holz und Flechtwerk, die um einen offensichtlich für bürgerliche Familien dimensionierten Tisch gruppiert waren, sie nicht eben begeisterte. Die Frauen lassen sich, selbst wenn sie stark sind wie ein Pferd, von allem und jedem die Stimmung verderben. Ein Restaurant deprimiert sie; sie ziehen es vor, an einem dieser Orte zu speisen, wo ein Klavier erklingt und wo sich im Schutze der Dunkelheit die Pärchen abküssen und dabei vielleicht Küchenschaben mitessen. Ich vergesse diese Vorlieben und begehe im Laufe der Zeit mit wechselnden Frauen immer wieder denselben Fehler. An dem Abend, von dem ich erzähle, sorgte Pierre für meine Ehrenrettung; er mehrte meinen Kennerruhm und eroberte Margarita (für meine Sache, versteht sich) unter der Last einer Brühe mit gerösteten Brotwürfeln, auf die eine Enten-*paté* mit Traubensoße und Artischockenböden folgte, Forellen aus dem *gave*, *ortolans* mit Pommes frites, die eines Perosio und Pedemonte nicht unwürdig gewesen

wären, verschiedene Camemberts und Landkäse aus der Gegend, *omelette surprise* und danach noch ein Kaffee, der nicht der Rede wert war. Ich bestellte einen einfachen Wein aus dem Jurançon und, auf Wunsch meiner Begleiterin, einen Rotwein. Toulet zu Ehren hielt ich mich an den Jurançon, bis zum Nachtisch der süße Champagner serviert wurde. Als wir wieder auf die Straße traten, schaute ich den wenigen Passanten der schlafenden Stadt nach und verkündete:

»Und jetzt schön nach Hause. Oder möchtest du noch einen kleinen Spaziergang machen?«

»Einen Spaziergang? Du fährst mich nach Biarritz, zum Tanzen!«

»Bei all dem, was wir gegessen haben? Dein Zimmer und dein Bett erwarten dich. Lockt dich das denn gar nicht?«

»Das hat mich noch nie gelockt. Es deprimiert mich. Kennst du etwas Deprimierenderes als ein Hotelzimmer? Vielleicht das eigene Zuhause. Ich mag es, wenn man mich ausführt. Nachts und besonders am frühen Morgen muß ich unterwegs sein, wie eine Katze. Das einzige, was mich ein wenig deprimiert, ist der Milchkaffee mit Brot und Butter frühmorgens in einer Bar, die gerade erst aufgemacht hat, wenn die Stühle noch umgedreht auf die Tische gestapelt sind und eine Küchenhilfe den Boden aufwischt; aber weil das der Beweis dafür ist, daß ich die Nacht nicht zu Hause verbracht habe, ertrage ich es gerne.«

Ich haßte sie, während ich ihr zuhörte, vor allem, als sie erklärte:

»Wenn du mich jetzt nach Hause bringst, hasse ich dich! Dann hasse ich dich, und ich sterbe vor Depressionen.«

Ich habe es schon oft gesagt: mit den Frauen ist das Leben eine Fron, ein Frondienst, der für die Jugend obligatorisch sein sollte, denn er rundet die Erziehung ab und festigt den Charakter; ihretwegen triumphieren wir über unsere

Schwächen, und was noch wichtiger ist, wir lernen, im persönlichen Bereich auf Details zu achten, das Bett zu machen, den Tee zu bereiten.
Ich fühlte mich ziemlich heldenmütig, als ich meinen Ford auf die Landstraße steuerte, die über Orthez und Bayonne nach Biarritz führt. Nicht nur die Müdigkeit machte mir zu schaffen, auch der Wein aus dem Jurançon tat seine Wirkung.
Ich habe herausgefunden, daß es sehr gefährlich ist, literarische Vorstellungen auf das eigene Verhalten zu übertragen. Man zieht sich auf ein Landgut zurück mit der Absicht, ein naturverbundenes Leben zu führen, und mit dem Traum, ein *gentleman farmer* zu werden, muß aber bald feststellen, daß sich der Ausspruch des alten Wilde bewahrheitet, nach dem das Landleben stumpfsinnig macht, alt und arm. Oder man stürzt sich in die Welt der Cafés, um den Vorbildern von der Puerta del Sol oder vom Montmartre nachzueifern, man schläft wenig, büßt seine Gesundheit ein und schreibt nichts mehr; oder um Toulet die Ehre zu erweisen, dem man freundschaftlich gesonnen ist, weil man zwanzig Jahre nach seinem Tod irgendein Epigramm von ihm gelesen hat, trinkt man gläserweise Jurançon und findet sich dann eines Nachts auf der Straße nach Biarritz als der unglücklichste Mensch der Welt wieder.
Endlich waren wir da. An einer Straßenecke fragte ich einen Passanten, wo man tanzen könne.
»Im Luna-Park«, sagte er und zeigte uns den Weg.
Nachdem wir uns zwei- oder dreimal verfahren hatten, fanden wir den Luna-Park.
»Das ist nicht, was wir suchen«, erklärte Margarita.
Als wenn sie jegliches Vertrauen zu mir verloren hätte, fragte sie selbst einen Taxichauffeur. Dann teilte sie mir mit:

»Wir fahren ins ›La Paiva‹, im Bellevue-Casino.«
Wir tanzten eine Ewigkeit. Am liebsten hätte ich mich tausend Meilen von Margarita und der ganzen menschlichen Rasse entfernt zum Schlafen in einer Ecke verkrochen. Irgendwann nahm ich an der Bar zwei Aspirin, ein Glas Wasser und zwei Täßchen Kaffee zu mir. Später überredete ich dann meine Freundin zur Rückfahrt. Sie sagte:
»In Ordnung. Aber laß uns über die Straßen im Inneren zurückfahren. So werden wir zwar das Baskenland schon hinter uns haben, bevor es Tag wird, aber das Wichtigste ist, daß wir mit der Morgendämmerung im Béarn ankommen, denn das ist der eigentlich schöne Teil der Strecke.«
Der Morgen war noch nicht angebrochen, als ich sie fragte:
»Warum hast du ihn geheiratet?«
»Ihr versteht so etwas nicht, aber wir Frauen sehnen uns nach Sicherheit. Wie sagte doch die vorlaute Rómula: Es ist kein Leben ohne Männerrock im Haus. Noch die Abenteuerlustigste von uns verlangt es nach einem Hafen, einem soliden Heim, einem Beschützer. Als ich Gustav sah, habe ich mir gesagt: Das ist der Mann, den ich suche: erfahren, ruhig, männlich. Es gibt Augenblicke, in denen eine Frau einen wirklichen Mann an ihrer Seite braucht. Julio, dieser Verrückte – das ist weder ein Mann noch sonst irgendwas – der hatte mich als halbes Wrack zurückgelassen, und was noch schlimmer ist, du weißt schon in welchem Zustand, und mit der netten Bemerkung, die er mir immer wiederholte, ohne eine Miene zu verziehen: ›Alte, das ist deine Sache.‹ Mir blieb gar nicht die Zeit, lange zu überlegen, wem ich es anhängen könnte, schon erschien mein Alterchen, er war ja so höflich; und es war noch keine Woche vergangen, da waren wir schon frisch verheiratet, allerdings drüben in Montevideo, denn seine erste Frau lebt in Europa*, und Clemens werde ich mein

Lebtag nicht vergessen: Ich muß blind gewesen sein, als ich dieses Scheusal geheiratet habe. Weißt du, daß ich nachts manchmal in Tränen gebadet aufwache, nur weil ich geträumt habe, ich sei noch mit Clemens verheiratet? Gustav ist ganz anders. Er hat mir immer wieder bewiesen, daß ich mit ihm die richtige Wahl getroffen habe. Bei der Geburt des Kindes erwies er sich als Kavalier von beträchtlichem Format. Glaubst du, er habe sich etwa so weit erniedrigt, die Blutgruppe bestimmen zu lassen? Nichts dergleichen. Ohne Wenn und Aber erkannte er seinen Sohn an. Mein Vater hatte mir seinerseits das förmliche Versprechen abgenommen, daß ich ihm seinen Erben gleich nach der Geburt nach Lima brächte. Aber als Klein-Gustav dann da war, fühlte ich mich auf einmal so schwach, daß ich zu meinem Dickerchen sagte...«

»Wer ist dein Dickerchen?«

»Na wer schon! Der Alte, Gustav, mein Mann. Wenn wir unter uns sind, nenne ich ihn Dickerchen.«

»Er hat doch gar keinen Bauch!«

»Aber er ist ein Mann, wie wir Frauen ihn uns für unser Heim wünschen. Er ist kein Bruder Leichtfuß, so wie du, er ist niemals leichtsinnig. Er steht mit beiden Beinen fest auf dem Boden und beschäftigt sich mit den Problemen seines Hauses, seiner Familie, meines Geldes. Er ist sehr bürgerlich. Du kannst im Guten wie im Schlechten auf ihn zählen; auf seine Art ist er äußerst zuverlässig. Männer dieser Art sind normalerweise glatzköpfig und dickbäuchig; dieser hat zufällig Haare und keinen Bauch, aber er gehört doch zum selben Typ. Nun gut, ich fühlte mich also so schlapp, daß ich zu ihm sagte: ›Soll Papa wütend werden, soll Klein-Gustav seine Millionen verlieren – ich reise nicht nach Lima.‹ Ich hatte angenommen, daß Gustav bei dem, was ihm das Geld bedeutet, wie ein Wahnsinniger anfangen würde zu toben, oder besser: wie ein wütender

Elefant, denn es dauert seine Zeit, bis er wütend wird, aber dann ist er schrecklich. Du wirst platt sein: Gustav zeigte sich verständnisvoll, kooperativ, wie er es nennt, und einfallsreich. Er beschaffte von irgendeinem Arzt ein Attest, demzufolge ich unter einer Kindbettneurose oder etwas Ähnlichem litt, mit dem Hinweis, daß es nicht ratsam sei, in meinem Zustand eine Reise zu unternehmen.«

»Weiß er, daß das Kind nicht von ihm ist?«

»Woher soll ich das wissen? Ich habe ihn nicht gefragt, aber du solltest begreifen, daß er anders ist als du und ich. Er schmiedet Pläne, er denkt an die Zukunft. Erinnerst du dich an die Fabel von der Grille und der Ameise? Als ich klein war, konnte ich sie aufsagen. Du und ich sind Grillen, Gustav ist die Ameise. Er arbeitet ständig, unaufhörlich bewegt er etwas in seinem Kopf. Als mir mein Vater schrieb, daß er das Geld auf den Namen des Kindes überschrieben hätte, sagte ich Gustav nichts, denn so dumm bin ich auch nicht, aber ich weiß nicht, was ich mit dem Brief gemacht habe, irgendwie muß er ihn jedenfalls gelesen haben. Wo er doch so neugierig ist auf alles, was mit meinem Geld, dem von Klein-Gustav und dem meines Vaters zu tun hat! Jedenfalls verfiel Gustav, kurz nachdem ich diese Nachricht erhalten hatte, auf die fixe Idee, mich für unzurechnungsfähig erklären zu lassen – und zwar müßte ich unbedingt in eine Anstalt –, und eines schönen Tages erschienen an meiner Haustür zwei Gestalten in weißen Kitteln und wollten mich mitnehmen, aber ich wickelte sie ein, und sie ließen mich in Ruhe, und am nächsten Abend mußte ich mit Klein-Gustav im Allerheiligsten unserer Kirche Zuflucht suchen, weil die Ärzte von der Irrenanstalt inzwischen ernstlich nach mir suchten.«

Wir waren in Mauléon angekommen. Am Platz tankte ich. Ich zeigte auf das Schloß und fragte:

»Gefällt es dir nicht?«

»Natürlich gefällt es mir«, antwortete sie. »Aber wenn du und ich hierbleiben und darin wohnen könnten, würde es mir noch viel besser gefallen.«

Die Unsachlichkeit der Frauen! Alles müssen sie mit persönlichen Dingen verquicken. Ohne daß sich darin irgendeine Liebesgeschichte abspielte, können sie solch ein melancholisches, ehrwürdiges Provinzschloß nicht würdigen.

»In Wirklichkeit würde ich dich«, fuhr Margarita fort, »wenn ich auch nur ein bißchen Verstand hätte, dazu bringen, bei mir zu bleiben. Aber du brauchst keine Angst zu haben; wenn ich mich einmal entschieden habe, stoße ich meinen Entschluß nicht wieder um.«

Wir fuhren weiter, zwischen bebauten Berghängen hindurch, frischem Grün, ockerfarbiger, nackter Erde, vorbei an schiefergedeckten Gehöften und ab und zu an einem Schloß. Der Europäer weiß diese geordnete Landschaft nicht zu schätzen; Byron und Lamartine haben ihm beigebracht, die wilde Natur des Tals von Ossau zu bewundern, weshalb Sie sich darauf gefaßt machen sollten, daß der *malerische Weg,* von dem Sie in Ihrem Führer lesen, sich zwischen Schluchten und riesigen Felsbrocken hindurch in schwindelerregende Höhen schraubt. Jeder bestaunt das, was er nicht besitzt. Der Argentinier zieht die Ordnung und die Spuren menschlicher Arbeit vor, denn Grasland und Disteln, Morast und Unkraut erwarten ihn gleich auf dem erstbesten unbebauten Grundstück ein paar Schritte hinter der Plaza San Martín. Die ganze Strecke über erzählte Margarita:

»Die Streitigkeiten wurden immer schlimmer, bis schließlich ein guter alter Freund von mir, ein Rechtsanwalt, eingriff und alles sich beruhigte. Gustav kündigte an, daß er für einige Zeit nach Island fahren müsse. Er war wieder so nett geworden, daß er sich sogar dafür entschuldigte, mich nicht mitnehmen zu können, und er versprach, die nächste Reise würden wir zusammen machen. Als er fort war, ich glaube, gleich am nächsten Tag, kam ein Brief für ihn von einem Landsmann, der ihm in ihrer Sprache schrieb. Mein früherer Verehrer, der Anwalt, stellte ihn sicher. Als ihn ein anderer Freund übersetzt hatte, zeigte sich, daß darin ein gewisser Doktor Pulman die Adresse eines Arztes des *Open Door* von Reykjavik mitteilte. Nach drei ruhigen Monaten, in denen ich drei Kilo zunahm, kam Gustav zurück. Er war so liebevoll, daß ich weiter zunahm. Vor ungefähr drei Wochen sagte er mir dann mir nichts dir nichts, daß wir nach Island fahren würden. Wir gaben Klein-Gustav in Pflege, und hier bin ich, auf der Durchreise. Morgen fahren wir nach Paris und London; von da geht es am Donnerstag mit dem Flugzeug nach Reykjavik.«

Wir fuhren schon nach Pau hinein. Ich sagte zu ihr:

»Fahr nicht.«

»Wieso?« fragte sie.

»Der Schuft wird dich einsperren.«

»Vielleicht ist er ja gar kein Schuft. Ich habe dir doch schon erklärt: manchmal glaube ich, daß er in dem Augenblick, als er sich betrogen sah, wie ein großes Tier mit ganz langsamen Reaktionen in Wut geriet.«

»Sicher ist, daß er dich einsperren wird. Wie willst du dich wehren? Du kannst die Sprache nicht, und dort wird niemand Spanisch verstehen.«

»Es wird bestimmt irgendeinen peruanischen Konsul geben, der meinen Vater wenigstens dem Namen nach kennt.«

»Ich glaube nicht, daß es in Island eine peruanische Vertretung gibt.«

»Dürfte ich vielleicht erfahren, warum nicht? Wenn Peru keine hat, dann Argentinien genausowenig!«

»Noch schlimmer. Das ist keine Frage des Patriotismus. Wenn man dich einsperrt...«

»Mach dir keine Sorgen. Irgendwie werde ich schon zurechtkommen. Eine Frau muß ihrem Mann folgen, solange sie keinen...«

»Solange sie keinen anderen findet? Bleib bei mir!«

»Dann hätte ich auch gleich bei meinem alten Verehrer bleiben können. Der arbeitet wenigstens in seiner Kanzlei.«

»Da du nun einmal nicht bei ihm geblieben bist, können wir diesen Punkt wohl als erledigt betrachten. Ich bin dein letzter Rettungsanker...«

Sie drückte meine Hand, küßte mich auf die Wange und stieg vor ihrem Hotel aus. Mit Wehmut im Herzen sah ich sie davongehen, aber ich muß gestehen, daß ich zu dieser Stunde nur noch an mein Zimmer und mein Bett denken konnte.

Er schaute weiter zu dem Grab hinüber, weil er fest entschlossen war, sich nicht eher von der Stelle zu rühren, als bis die Schwestern der armen Emilia gegangen wären, und weil er im selben Augenblick, in dem er sich umdrehen würde, um den Friedhof zu verlassen, in jene Welt eintreten müßte, in der er ihr nicht mehr begegnen würde. Er konnte sich nicht damit abfinden, den Rückweg mit diesen Frauen zu teilen und dabei über fromme Trivialitäten zu plaudern, noch würde er sich von der so erbärmlich sinnlosen Hoffnung täuschen lassen, in ihnen irgendeinen Wesenszug wiederzufinden, in dem seine Freundin fortleben mochte. Endlich gingen die Frauen; er war im Begriff, gleichfalls aufzubrechen, als er in einer Entfernung, die er sarkastisch als ›respektvoll‹ einstufte, den Mann von dem Beerdigungsunternehmen entdeckte, mit demselben untröstlichen, unterwürfigen und zugleich unversöhnlichen Gesichtsausdruck, den er bereits an ihm kannte. Seit der Nacht des Unfalls hatte er ihn in der Umgebung von Emilias Haus herumlungern sehen, er fuhr eine schwarze Limousine. Vermutlich würde er jetzt versuchen, ihm ein Album mit Photographien und Zeitungsausschnitten oder irgendwelchen Grabschmuck zu verkaufen; aber die Möglichkeit, daß ihm dieser Mensch in seinem Eifer, die Arbeit seiner Firma herauszustreichen, makabre Einzelheiten mitteilen könnte, erfüllte ihn mit Schrecken. Was dort unten lag, war nicht Emilia, und um ihr nahe zu sein, gab es auf der ganzen Welt keinen unpassenderen Ort als dieses marmorne Rechteck mit ihrem Namen und dem Kreuz. Solange er lebte, würde er dennoch für Blumen sorgen. Jemand mußte es tun, und die dafür am besten geeignete Person war er. Die am besten geeignete Person, überlegte er voller Stolz, und die einzige, denn in Leben und Tod Emilias gab es allein ihn. Mit wehem Herzen entsann er sich, daß es einmal eine Zeit gegeben hatte, wo er eine derartige Gewißheit herbeigesehnt hatte, wie er sie jetzt besaß: die Gewißheit, daß nichts würde geschehen können. Gemeinsam hatten sie die Verse eines französischen Dichters gelesen:

Kaum daß du dich bewegst
erwachen meine Sorgen

und er hatte ausgerufen: Das ist wahr. Wie hätte er von einem so lebendigen Wesen wie Emilia verlangen können, still an seiner Seite zu verharren, nicht unbeständig zu sein? Er verlangte nichts von ihr, aber das Wunder der Treue geschah. Das war vielleicht der Grund dafür, daß er sich jetzt inmitten einer dermaßen grenzenlosen Einsamkeit wiederfand, ohne einen Menschen, mit dem er seinen Schmerz hätte teilen können. Die Anspannung der letzten Tage ließ ihn in Bildern denken; beinahe in einer Art Tagtraum sah er sich selbst als Friedhofsgärtner. »Jeden Freitag werde ich hier einen Strauß Rosen niederlegen«, murmelte er, »als Ausgleich für die Friedhofsblumen, die diese Frauen bringen werden.«
Als er bemerkte, daß der Mensch gegangen war, begab er sich langsam auf den Heimweg. Er mußte über offenes, trostlos wirkendes Gelände, um hinunter zum Platz zu gelangen, und im Schatten der Bäume auf der Calle Artigas verspürte er in der lauen Luft und einem Duft nach knospenden Blättern eine Vorahnung des noch fernen Frühlings. In einem der nahegelegenen Häuser spielte ein Klavier einen abgedroschenen Zirkusmarsch, den er schon lange nicht mehr gehört hatte. Er mußte an Argüello oder Araujo denken, oder wie war noch der Name seines Vorgängers gewesen? Dieser war nur eine schemenhafte Ge-

stalt, die ihn nie beunruhigt hatte. Nach dem, was er sich hatte zusammenreimen können, mußte er Emilia kennengelernt haben, als sie noch keine zwanzig war, und diesen Umstand nützte er vermutlich aus. Nichts Konkretes hatte ihm Emilia gegen diese erste Liebe gesagt – zu so etwas war sie gar nicht fähig–, aber sie gab deutlich zu verstehen, daß er in ihrem Leben wenig gezählt hatte. Die Episode hatte keine andere Bedeutung als die, zu beweisen, wie blind und unreif die Jugend doch war.

Er blieb stehen, um die Straße zu überqueren. Er blickte zu seinem Haus hinüber: die Front aus Kunststein, die schmale, dunkle Holztür, die zwei seitlichen Balkons, dazu die oberen (in Erwartung eines weiteren Stockwerks); es erstaunte ihn, daß ihm dies alles irgendwann einmal fröhlich erschienen sein sollte. Er öffnete die Tür und trat ein wie in eine Gruft.

An jenem Abend konnte er eine absurde Überzeugung nicht unterdrücken. Sobald es an der Tür läutete, eilte er zitternd vor Hoffnung hin, um zu öffnen. Obwohl er ein recht zurückgezogenes Leben geführt hatte, stellte er fest, daß er zahlreiche Freunde besaß; trotz der besonderen Umstände seiner Trauer folgte Besuch auf Besuch. Er dachte an andere Besuche, an ein Gestern, das ganz nah und ganz fern zugleich war; kaum schloß er seine Augen, glaubte er Emilia zu sehen, die sich etwas verspätet hatte, aufgelöst, weil sie gelaufen war, und er vermeinte, auf seinem Gesicht die Frische ihrer Haut zu spüren; aber nichts Außergewöhnliches geschah bis zum Morgen des Freitags, an welchem er auf den Friedhof ging, mit einem Strauß weißer Rosen. Auf dem Grab fand er einen Strauß roter Rosen, kaum verwelkt, so als ob er gerade erst seit dem Vorabend dort läge. Aus zwei Gründen kam ihm diese Tatsache sonderbar vor: daß ihm die Schwestern mit ihrer Gabe zuvorgekommen sein sollten, und daß sie allen Konventionen zum Trotz farbige Blumen gewählt haben sollten. Er kam zu dem Schluß, daß dem Zufall alles möglich sei. Sieben Tage verstrichen, und er vergaß die Angelegenheit. Am Freitag begab er sich wieder mit seinen weißen Rosen zum Grab. Dort fand er natürlich einen neuen Strauß roter Rosen vor.

Obwohl er beschloß, nicht länger darüber nachzusinnen, grübelte er doch ziemlich in diesen Tagen bis zum Donnerstagmorgen, als ihm eine Eingebung kam. Eilig lief er zu einem Stand, wo er Blumen kaufte. In der Calle Rivadavia bestieg er ein Taxi. Sehr schnell hatte er seine Gabe niedergelegt und war nun ein wenig unschlüssig; er wußte nicht so recht, was er als Nächstes tun sollte. Während er auf dem Friedhof umherirrte, verstrichen die Minuten mit aufreizender Langsamkeit. Entmutigt schritt er durch das Portal und blieb einen Moment auf der Freitreppe stehen; er drehte sich um, damit das Schicksal noch eine letzte Chance bekäme, und am anderen Ende der abfallenden Allee erkannte er wie betäubt die Szene, die er den ganzen Morgen vorausgesehen und erhofft hatte: wie der Mann die roten Rosen auf dem Grab niederlegt.

Sein fast schon ein wenig neurotischer und zwanghafter Abscheu vor allem, was mit dem Tod zusammenhing, hatte ihn dazu gebracht, den Mann, der in den Tagen nach dem Unfall in seiner schwarzen Limousine immer Emilias Haus umkreist hatte, für einen Angestellten des Beerdigungsinstitutes zu halten. Jetzt erinnerte er sich wieder an ein Photo von Araujo, das er sich einmal Jahre zuvor flüchtig angeschaut hatte. Der Mann war Araujo.

Wenn er dort nicht überrascht werden wollte, mußte er sich so schnell wie möglich entfernen. Dennoch verharrte er noch einen Augenblick, bevor er sich langsamen Schrittes auf den Weg machte. Er wartete den ganzen Tag; er wartete in aller Ruhe, wie jemand, der sich seiner Sache völlig sicher ist. Abends um zehn klingelte es an der Türe. Noch ehe er öffnete, wußte er, wen er vor sich sehen würde. Araujo sagte zu ihm:

»Im Gehen redet es sich besser. Vor allem, wenn man nachts unterwegs ist. Hätten Sie Lust zu einem Spaziergang?«

Über Bacacay und Avellaneda gingen sie hinunter bis zur Donato Alvarez; sie umrundeten die Plaza Irlanda, um dann über die Neuquén in den Westen der Stadt zurückzukehren. Stundenlang spazierten sie so dahin und sprachen in aller Ruhe über die Frau, die sie geliebt hatten. Araujo erklärte:

»Ich bringe ihr keine Totenblumen, weil sie mir wie eine Beleidigung für Emilia vorkämen. Sie war von einer so offenkundigen Lebendigkeit!« Nach einer Pause fügte er hinzu: »Trotzdem hatte sie irgendwie etwas Übernatürliches.«

Er dachte: ›Das habe ich nie bemerkt, aber es ist wahr.‹ Obwohl sie scheinbar im Widerspruch zu einigen seiner vorherigen Feststellungen stand, fand er eine andere Beobachtung Araujos nicht weniger treffend:

»Weil sie irgendwie übernatürlich war, müssen wir uns jetzt fügen. Vielleicht hat sie überhaupt nie zu dieser Welt gehört.«

Einen Moment lang störte es ihn, daß sie jemand besser gekannt haben sollte als er, und er war nicht mehr weit davon entfernt, Eifersucht zu verspüren. Araujo mußte seine Empfindungen wohl erahnt haben, denn er erklärte:

»Wir dürfen sie nicht nach denselben Kriterien beurteilen wie die anderen Frauen. Emilia stammte aus anderen Regionen. Sie war ein Wesen aus Licht und aus Luft.«

Sie verabschiedeten sich. Er sah Araujo in der schwarzen Limousine fortfahren, ging hinein, machte die Kochplatte an und bereitete sich ein paar Mates. Er wollte über die Entdeckung dieser Nacht nachsinnen; weil ein anderer sie geliebt hatte, war er nicht allein, die Erinnerung an Emilia erfüllte ihn, und über das Grab hinaus dauerte das Wunder des Lebens fort.

»Casanova kam nach Konstantinopel mit einem Brief Acquavivas für Claude Alexandre, Graf von Bonneval, der zu den Türken übergelaufen war. In Buyuk Dere teilte ich das Zimmer mit dem Venezianer, mit dem ich auch in Konstantinopel verkehrte, wo wir mittags und abends gemeinsam zu speisen pflegten. In aller Offenheit sprachen wir über unsere vergeblichen Bemühungen, die Bekanntschaft mehr oder weniger bedeutender Osmanen zu machen. Was Bonneval anbetrifft, so weiß ich mit Bestimmtheit, daß er ihn eines Nachmittags empfing. Als Casanova zurückkam, rühmte er die Vergeistigung des Grafen, denn dieser verfüge über eine Bibliothek, die bei genauer Betrachtung eher die Ausmaße einer Scheune habe, und dergleichen Einfälle mehr. Als er ihn erneut aufsuchen wollte, sagte man ihm, der Graf sei beschäftigt und könne ihn nicht empfangen. Casanova erklärte mir nunmehr, daß die berühmte Bibliotheks-Scheune weit davon entfernt sei, ihren Besitzer mit Ruhm zu bedecken, ihn vielmehr als Ausbund an schlechtem Geschmack ausweise. Meines Erachtens rechtfertigte die Bedeutung des in Rede stehenden Gegenstandes, der sicher von gewissem Interesse war, wohl kaum, daß wir ihn täglich ventilierten.
Für derartige Widrigkeiten entschädigte Fortuna Casanova mit unerhörten Liebesabenteuern. Daß sich ein Christ Zutritt zu einem muselmanischen Harem verschafft, kommt in Büchern häufig vor; im Leben halte ich dergleichen für undurchführbar. Nicht ein-, sondern gleich zweimal drang Casanova in den Palast von Yusuf, dem mürrischen Philosophen, ein. Als ich ihn ausfragte, wie ihm dieses Heldenstück gelungen sei, antwortete er: *Fata viam inveniunt,* und gewiß, die Vorsehung hatte den Weg gefun-

den, denn bereits die erste Gelegenheit genügte meinem Venezianer, um die Liebe einer der Frauen des Philosophen, Sophia mit Namen, zu entflammen, und die zweite, den Preis für seinen Mut zu empfangen. Worin der Preis bestand, ist nicht ganz klar, aber Casanova brachte gleich einer Reliquie einen Schleier mit zurück (dieser Gegenstand aus Tuch mag jetzt dazu dienen, Eure Befürchtungen zu zerstreuen, die Episode könnte sich auf ein bloßes Gleichnis beschränken). Als wenn das rein gar nichts wäre, trug sich in der Reihe seiner Abenteuer bei einem Fest noch mehr zu. Mit meinen eigenen Augen sah ich ihn mit jener Sklavin des Imael Efendi, die eine Landsmännin von ihm war, wie rasend die Forlana tanzen.

All dies beschäftigte mehr seine Vorstellung, als daß es seine Tatkraft beansprucht hätte. Für den Reisenden ist Konstantinopel unergründlich. Wer – wie ich – einmal in den Mauern dieser Stadt gelebt hat, der bewahrt in seiner Erinnerung den Eindruck, nur vor ihren Toren gelebt zu haben. Der Türke war, wie ich bereits sagte, nicht eben zugänglich, und was die im Harem eingesperrten Frauen betrifft – wer wäre je mit ihnen in Kontakt gekommen? Allein Casanova, und das bei wenigen, so gut wie einzigartigen Gelegenheiten. Daher blieb uns Zeit im Überfluß, um über unser Leben und unsere Liebschaften zu plaudern, so daß die Tischgespräche nach dem Mittagessen nahtlos in die nach der abendlichen Tafel überzugehen pflegten. Casanova berichtete mir von seinen erstaunlichen türkischen Abenteuern und von den italienischen, mehr als fünfzig an der Zahl. Ich glaube kaum, zu leichtgläubig zu sein, wenn ich erkläre, daß mein Freund kein Lügner war. Weitschweifig, das wohl. Mit derselben Unbefangenheit erzählte er von seinen Triumphen wie von seinen Niederlagen, und noch diese hätte sich mehr als ein Kavalier als Ruhmestaten angerechnet.

In den Vorzimmern des Grafen lernte er Fräulein Bonneval kennen. In dieser jungen Dame flossen limousinisches Blut (von der Seite des Vaters) und armenisches von ihrer Mutter her zusammen, einer um ihrer körperlichen Vollkommenheit willen gefeierten Dichterin. Die Vorzüge und Eigentümlichkeiten dieser Mischung waren dafür verantwortlich, daß die kristallklaren Augen in ihrem kupferfarbenen Gesicht die Tiefe erwachender Welten hatten, und daß die Schönheit ihrer gesamten Erscheinung, auch wenn sie sich nicht in die gewohnten Muster einfügte, nachgerade blendend war.

Da die Damen in Konstantinopel wenig oder nichts von seiner Zeit beanspruchten, versuchte der Venezianer mit allen Mitteln zu erreichen, daß die junge Dame ihm den größten Teil der ihrigen opferte. Recht bald eroberte er sie, oder zumindest erlangte er Gunstbeweise, die ihn in seiner Zuversicht und Gewißheit bestärkten. Zu dieser Zeit pflegte er sich in nicht enden wollenden Lobeshymnen auf Fräulein Bonneval zu ergehen; er konnte nicht umhin, sie als einzigartig unter den Frauen anzusehen. Er pries ihre raschen Entschlüsse, ja sogar ihre Launen und ihre Lebenskraft. Diese eher einer Stute als einem jungen Mädchen angemessene Vitalität wurde Casanova zum Verhängnis. In der Tat bestanden die Tage seiner Geliebten aus einer dichtgedrängten Abfolge von Beschäftigungen, zwischen denen es kaum einmal den einen oder anderen Abend eine Chance für unseren Abenteurer gab. Nicht alleine Gesellschaften und Feste nahmen sie in Anspruch; so sonderbar es erscheinen mag, die junge Dame hatte sich zur rechten Hand ihres Vaters aufgeschwungen, und mit dieser überschäumenden Vitalität und dem Eifer des Emporkömmlings – denn was ist in bezug auf die Arbeit die Frau anderes als ein ewiger Emporkömmling? – ging sie, so Casanova, mit Leib und Seele in den Angelegenheiten der gräflichen Kanzlei auf (ihr Vater war Ratgeber der Hohen Pforte). Mit Bedacht unterscheidet Casanova hier zwischen *Leib* und *Seele,* denn er behauptete (diese Übertreibung mag man seinem Groll zuschreiben), sie sei für die erfolgreiche Erledigung jeglicher Aufgabe, mit der ihr Vater sie betraue, dazu entschlossen, sich hinzugeben, wenn nicht gar zu Schlimmerem. Nach und nach erkannte Don Giacomo, daß er bei dieser neuen Affaire nicht das Glück fand, auf das er gerechnet hatte. Sobald das Wochenende kam, zog es das Mädchen vor, sich auf ein Landgut zurückzuziehen, an den Ufern des Bosporus gelegen, wo sich junge Leute aus ihrem Freundeskreis zu versammeln pflegten (eine leichtlebige Gesellschaft, deren Albernheit schon an den Bei- und Spitznamen zu erkennen war, die sie untereinander benutzten), anstatt in den Mauern zu bleiben und in einem Moment, da sie der Wachsamkeit ihrer Umgebung hätte entfliehen können, in die Arme ihres Geliebten zu stürzen, der in irgendeinem dämmrigen Schlafgemach auf sie wartete. Wahrhaftig war es in dieser Situation (wohl wegen der Unausgefülltheit seiner Tage in Konstantinopel) an unserem Don Giacomo, zu suchen, zu warten und sich in Sehnsucht zu verzehren. Er versuchte sich zu widersetzen: ›Gibt es irgend jemanden, der noch nicht bemerkt hätte, daß die Trostlosigkeit von Suchen und Warten in keinem Verhältnis zu dem steht, wonach man sucht oder was man erwartet? Ich hätte nicht übel Lust, meine anderen Liebschaften in die Waagschale zu werfen, aber in der Türkei wiegt der geringste Zwischenfall schwer, weil er das Leben der Dame wie auch das eigene in Gefahr bringt. Von jeher habe ich getrachtet, die Frau davon zu überzeugen, daß ich sie nicht täusche; diese hingegen werde ich nie davon überzeugen können, daß ich sie nicht liebe. Auch reizt mich die Vorstellung, ihr zu erklären: Ich bin Casanova, der Schrecken aller Damen,

deren Herzen ich gebrochen habe, so verheerend wie ein Feuersturm, den Scirocco und Mistral von Venedig bis Rom, von Ancona bis Rimini vor sich her trieben; aber so gewaltig er auch sein mag – wenn der jungen Dame mein Ruf gänzlich unbekannt ist, würde ich dann nicht schon alleine dadurch, daß ich selbst darüber spreche, in eine Art Großsprecherei verfallen, die nur dem Pöbel angemessen ist?‹ Wollte er damit sagen, daß jenes Mädchen, um dessentwillen er fast den Verstand verlor, ihn nur deshalb nicht fürchtete oder auch nur sonderlich respektierte, weil es ihr an Nachrichten mangelte, und daß er aus reinem Müßiggang die Rolle des beständigen und lammfrommen Liebhabers spielte, eine Rolle, die ihm im verhaßten Konstantinopel langsam zur zweiten Natur wurde? Mit welcher Inbrunst zog er in jenen Tagen über seine Geliebte her! ›Sie ist so ungebildet‹, behauptete er, ›wie eine limousinische Bäuerin, und ebenso schlau und verlogen. Sie ist zänkisch wie ein Fischweib aus Chioggia und mit allen Wassern gewaschen wie eine Dirne aus Murano.‹ Nach einem hohl klingenden Auflachen fügte er hinzu: ›Bei ihr ist nichts sicher. Nicht einmal, daß sie mich mit den Dummköpfen vom Wochenende betrügt.‹
So sah ich denn diesen Mann, dessen Ausstrahlung nach seiner eigenen Einschätzung keine Frau widerstehen konnte und von dessen späteren Affären Ihr wahre Wunderdinge berichtet, vor Liebe zu Angélique Marie Claire Yolande Joséphine de Bonneval seufzen, die einen Deutschen heiratete und heute Mutter einer ganzen Horde draller Kinder ist.«

Ich entnehme diese Abschnitte dem Brief des Ordensritters Pierre Mirande aus dem Gefolge Veniers, dessen Original Louise Bennet 1951 in der Bibliothek von Lausanne auffand, weil durch sie erhellt werden kann, wie etc. etc.

Jeden Morgen um halb elf kam ich vom Hotel Gassion herunter; meine Nachbarinnen kamen vom Hotel de France. Auf dem *Boulevard des Pyrénées* wärmten wir uns in der Sonne, auf verschiedenen Bänken, die auf dieselben Berge blickten, wobei der eine *Daisy Miller* las und die anderen ihre Lektionen wiederholten. Meine Nachbarinnen waren fünf Mädchen und eine Gouvernante. Wer die Mädchen nur flüchtig betrachtete, hätte sie für eine Serie von Exemplaren (verschieden groß, unterschiedlich alt – zwischen neun und neunzehn Jahren) ein und derselben Person halten können; folgsam, blond, hoch aufgeschossen, mit grauen Augen, und in blauer Uniform. An die Gouvernante, eine reizbare ältliche Frau, kann ich mich nur noch undeutlich erinnern.

Meine Freunde aus der Sporting-Bar erzählten mir, daß die Mädchen Landsmänninnen von mir seien; daß ihr Vater, ›ein Amerikaner mit Vorfahren aus dem Béarn‹, in Buenos Aires über Landbesitz und ein beträchtliches Vermögen verfüge und daß sich die Familie augenblicklich wegen einer Erbschaftsangelegenheit in Pau aufhalte.

Eines Morgens ging ich schon um zehn hinunter. Kurz darauf erschien die älteste der Schwestern und bat mich um die Erlaubnis, sich zu mir auf meine Bank setzen zu dürfen. Augenblicklich kamen wir miteinander ins Gespräch.

»Ich heiße Filis«, sagte sie.

»Gefällt es Ihnen in Pau?« fragte ich.

»Es langweilt mich genauso wie unsere Rinderfarm. Auch das Leben, das ich führe... Wenn einem die *mademoiselle* andauernd im Genick sitzt, wie soll man sich da amüsieren? Glauben Sie nicht, das wäre immer so gewesen. Meine Eltern sind verrückt: entweder lassen sie mir völlige

Freiheit, oder sie bewachen mich Tag und Nacht. Im Juli war ich alleine in Rom, bei ein paar Italienerinnen, die ich in Puente del Inca kennengelernt habe. Sie schreiben, nicht wahr?«

»Woher wissen Sie das?«

»In Pau weiß man alles. Soll ich Ihnen erzählen, was mir in Rom passiert ist? Sie werden sich amüsieren. Da kommt die *mademoiselle* mit den Mädchen. Ich sehe Sie heute abend im Kasino!«

An jenem Abend traf ich nicht auf ein Mädchen, sondern auf eine bezaubernde junge Frau, die sich bei mir unterhakte und anfing zu lachen. Ich rief aus:

»Wie haben Sie sich verändert!«

»Glauben Sie das nicht«, sagte sie. »Wenn sie merken, daß ich entwischt bin, werden sie mich umbringen, sie werden es mich büßen lassen. Soll ich Ihnen von meiner römischen Affaire erzählen?«

Die goldige Filis berichtete mir mit jungfräulich züchtigem Augenaufschlag und entzückendem Vogelstimmchen, wie ein Adliger aus dem Gefolge des Papstes – ich sah ihn auf einem Foto mit Widmung, ein wenig dicklich in seinem tadellosen, weißen Galaaufzug – um ihre Hand angehalten hatte. Die Szene spielte sich in einem römischen Restaurant ab, und ich weiß nicht mehr, was ihm das Mädchen antwortete, aber ich erinnere mich, daß sie ihn beleidigte, als sie beim *mâitre d'hotel* ein Beefsteak bestellte.

»Es ist Freitag«, bemerkte der Kavalier.

»Ich weiß«, erwiderte Filis.

»Wie können Sie dann wagen, Fleisch zu essen?«

»Ich bin Argentinierin, und in meiner Heimat fasten wir das ganze Jahr nicht.«

»Wir sind in Rom, ich bin Edelmann vom päpstlichen Hof, und hier beachten wir das Fastengebot an jedem Freitag des Jahres.«

»Ich werde nie wieder freitags Fleisch essen. Aber jetzt habe ich schon einmal bestellt, und ich möchte dem Kellner nicht lästig fallen, indem ich es zurückgehen lasse.«

»Es ist Ihnen also lieber, mir Kummer zu bereiten.«

(Ich wollte nicht zugeben – sagte mir Filis–, daß ich Hunger hatte.)

Man brachte das Beefsteak, ein verführerisches Beefsteak, und Filis rührte es nicht an: mit einer Gebärde gereizter Resignation ließ sie es auf dem Teller.

Ihr Freund fragte:

»Und warum essen Sie es jetzt nicht?«

»Weil ich Sie nicht betrüben möchte«, antwortete sie.

»Wo Sie es nun schon bestellt haben, können Sie es auch essen«, gestand er ihr verächtlich zu.

Filis wartete nicht lange ab, ob er weiter darauf bestehe; noch immer verärgert, aber mit ziemlicher Hast und voller Genuß verschlang sie das Beefsteak. Ihr Freund rief mit schmerzerfüllter Stimme aus:

»Nie hätte ich solch einen Schlag erwartet!«

»Was für einen Schlag?«

»Sie machen sich auch noch über mich lustig. Daß Sie dieses Fleisch essen und meine Gefühle so grausam verletzen.«

»Sie haben doch selbst gesagt, ich sollte es essen!«

»Ich habe Sie auf die Probe gestellt, und Sie haben mich enttäuscht«, erklärte ihr Kavalier.

Wenige Tage später nahm er sie dennoch mit an den Strand von Ostia. Es war sehr heiß, und gegen Mitte des Nachmittags gestand der Edelmann:

»Sie verwirren mich. Auch wenn es mich schmerzt, es auszusprechen, will und kann ich nicht schweigen: ich begehre Sie.«

Filis antwortete ihm, niemals würden sie sich wiedersehen, wenn er sie nicht noch an diesem selben Nachmittag zu der

Seinen mache. Der Adlige fiel auf die Knie, küßte ihre Hand und sagte fast unter Tränen, daß sie ihm diese schlechten Gedanken nicht erlauben dürfe; daß er sie sehr bald heiraten würde, daß sie ganz bald eine Prinzessin sein würde. Daraufhin erklärte ihm Filis, daß sie Argentinierin sei und daß bei ihr zu Hause der Adel gar nichts bedeute; daß sie in Buenos Aires und überall sonst als Mitglied einer angesehenen und überdies reichen Familie bekannt sei; daß ihre Eltern mehrere Güter besäßen, und daß ein europäischer Adliger dagegen ein reichlich dubioses Subjekt sei. Sie selber könne sich trotz ihrer Liebe zu ihm, und ohne an der Reinheit seiner Gefühle zweifeln zu wollen, der innersten Überzeugung nicht erwehren, daß er eine reine Vernunftheirat plane... Alles dies spielte sich in dem Zug ab, der sie zurück nach Rom brachte, inmitten einer Menschenmenge, die Sitze und Gänge bevölkerte, belegte Brote kaute und an diesem heißen Spätnachmittag ganz besonders nahe erschien.

Als sie angekommen waren, fragte Filis ihren Freund, wohin er sie zu bringen gedenke, und ihr höfischer Verehrer stammelte irgend etwas Undeutliches, worin sich die Namen von Restaurants und von Filmtheatern vermischten. Filis war unerbittlich: sie wiederholte ihre Drohung – entweder mache er sie zu der Seinen, oder er würde sie niemals wiedersehen. Daraufhin begann ihr Freund ihr auseinanderzusetzen, daß es in Rom nichts gebe, wo man hingehen könne.

»Wir haben keine Hotels für Paare«, sagte er mit einer Mischung aus Stolz und Verzweiflung.

»Und hast du keine Wohnung?«

»Eine Wohnung, in die man eine Freundin mitbringen kann? So etwas hat niemand in Rom. Dafür müßte man schon sehr reich sein. Man hat mir erzählt, daß es vor dem Krieg einmal...«

»Bring mich irgendwohin«, beharrte Filis und fügte – sehr argentinisch – hinzu: »Dafür bist du schließlich ein Mann, *ché*.«
Währenddessen liefen sie durch endlose Straßen. Als Filis an einer Ecke eine Prostituierte stehen sah, fand sie die Lösung. Sie sagte:
»Wir gehen zu dieser Frau nach Hause.«
»Es ist unmöglich, sie anzusprechen«, verteidigte sich ihr Freund. »Wir können nicht zusammen hingehen, und ich kann dich auch nicht hier stehen lassen und alleine hingehen.«
»Dann spreche ich sie an.«
Ihr Freund versuchte, sie davon abzubringen; er wiederholte immer wieder: »Wie könnte ich dich in das Haus einer Dirne bringen?« Er versuchte es mit Varianten: »Wie könnten wir unsere erste Liebesnacht mit dem Unflat des Zimmers einer solchen Unseligen besudeln?«
Ohne ihn anzusehen, fragte Filis mit schneidender Stimme:
»Gehst du, oder muß ich gehen?«
Der päpstliche Edelmann faßte sich endlich ein Herz; er sprach mit der Frau, und alle drei machten sich auf den Weg zu deren Wohnung. Sie gingen nicht zusammen: die Frau lief einige Meter vor ihnen, alleine. Ihn erschreckte die Vorstellung, man könne ihn mit einer Prostituierten sehen; Filis war es gleichgültig, ob man sie sah oder nicht. Da in Rom Straßenprostitution verboten ist, stand der Adlige jedesmal große Ängste aus, sobald irgendein Polizist auftauchte; auch wenn sie gar nicht mit der Frau zusammen gingen, wollte er doch davonlaufen und drängte Filis, sie möge ihm folgen. Was hätten die Leute gesagt, wenn man ihn verhaftet hätte – ihn, einen Edelmann aus dem Gefolge des Papstes –, weil er sich mit Prostituierten einließ? Filis erklärte ihm, daß sie ja nicht

mit der Prostituierten gingen und daß man gerade weil er ein Adliger aus dem päpstlichen Hofstaat sei, nicht wagen würde, ihn festzunehmen.

Etliche Male verloren sie die Frau auf dieser Wanderung durch die engen Gäßchen der römischen Altstadt aus den Augen, etliche Male erklärte der Edelmann erleichtert, nun habe man sie endgültig verloren, und ebenso oft zwang Filis ihn dazu weiterzusuchen; immer fanden sie sie schließlich wieder, und nachdem sie ein düsteres, enges und übelriechendes Labyrinth durchquert hatten, gelangten sie zu dem Haus. Die Wände im Zimmer der Frau waren über und über mit Heiligenbildern bedeckt, auf dem kleinen Nachttisch befand sich eine ganze Ansammlung von Heiligenfiguren, und an den Bettpfosten hingen die verblaßten Gestecke vom letzten Palmsonntag. Der Adlige erklärte, daß ihm diese Zeugen die Aufgabe, die vor ihm lag, noch mehr erschwerten. In der angrenzenden Küche briet die Frau irgend etwas und zeigte ihre Ungeduld dadurch, daß sie andauernd mit den Töpfen klapperte.

»Die Ärmste braucht das Zimmer für andere Kunden«, erklärte, wohl überflüssigerweise, Filis.

Aber der Bräutigam brachte nichts anderes als Zittern und Schwitzen zustande. Filis wiederholte ihre Drohung; mehr schlecht als recht erfüllte der Mann schließlich seine Pflicht, so gut er eben konnte, und erklärte, daß Filis eine erbarmungslos harte Frau sei. Als sie sich von der Hausherrin verabschiedeten, hatte diese ihre Höflichkeit wiedergefunden; sie wünschte ihnen viel Glück und, mit einer weit ausholenden Gebärde auf die Bilder und Statuetten weisend, den Segen des Himmels.

Ich glaube, es war Mildred, die entdeckte, wo man am besten Tee trinken konnte. Jetzt entsinne ich mich wieder: Es war an einem Spätnachmittag, wir schlenderten durch den weiten, verlassenen Park von Marly, unversehens wurde ich müde, ich spürte, wie mir die Kälte durch die Adern kroch, und sagte in scherzhaftem Ton, daß eine Tasse Tee jetzt himmlisch wäre. Da stieß Mildred einen kleinen Schrei aus und deutete über meine Schulter hinweg auf irgend etwas. Ich drehte mich um. Ich muß wohl sehr geschwächt gewesen sein, denn ich war geneigt zu glauben, daß meine Freundin mit der Kraft ihres Willens in diesem Augenblick mitten in den Wald den Pavillon von La Trianette hingezaubert hätte. Wenige Augenblicke später führte uns ein Serviermädchen namens Solange zu unserem Tisch in einem sorgsam angelegten Garten voll blühender Pflanzen, den eine niedrige, bröckelige Mauer umgab, die von Efeu überwuchert war und schon sehr alt sein mußte. Es waren nur wenige Leute da. An einem Tisch nebenan war eine Frau, inmitten einer ganzen Schar Kinder, in ein Gespräch mit einem Priester vertieft. In einem der Fenster der oberen Räumlichkeiten lehnte ein engumschlungenes Paar und blickte schmachtend in die Ferne. Es war einer jener Augenblicke, in denen die außergewöhnliche Schönheit des Abendlichtes alle Dinge verklärt erscheinen läßt und in denen uns eine geheimnisvolle Macht dazu bewegt, uns einander anzuvertrauen. Mildred sprach mit einer Heftigkeit, die mich amüsierte, von Interlaken und davon, wie glücklich sie dort gewesen sei. Sie behauptete:
»Nie zuvor sind mir so viele gutaussehende Männer begegnet. Vielleicht fehlte es ihnen an Raffinement und Tiefgang, aber es waren weitaus sauberere Leute, an Leib wie

an Seele, als es die Schriftsteller sind. Ich sage immer zu meinen Freundinnen: Hütet euch vor den Schriftstellern. Sie sind so wie die Gefühlsmenschen, die – kannst du dich noch erinnern? – dieser Dummkopf Joyce beschreibt. In Interlaken gab es keine Schriftsteller; vielleicht war deshalb die Luft so rein. Den Tag verbrachten wir draußen, im Schnee, an der Sonne, und kamen dann heim, um riesige Becher dampfenden Glühweins zu trinken und am offenen Kamin zu Abend zu essen, wo krachend die Pinienscheite im Feuer zerbarsten. Jede Nacht wurde getanzt. Ich müßte lügen, wenn ich behaupten wollte, daß man mich auch nur ein einziges Mal geküßt hätte. Du wirst es weder glauben noch verstehen: die Leute waren durch und durch anständig.«

Ihr machte Tullio den Hof, der Schönste von allen. Respektvoll und verliebt fand er sich mit den Körben, die er sich holte, ab und suchte Trost in der Beschreibung der Feste, die er geben wollte, damit seine Freunde sie kennenlernten, wenn sie doch noch einwilligen sollte, mit ihm nach Rom zu kommen. Mildred kehrte nach London zurück, zu ihrem Heim und zu ihrem Gatten. Welch ein Empfang erwartete sie dort! Man hätte meinen können, Mildreds Ferien in Interlaken hätten sich nachteilig auf die Gesichtsfarbe ihres Mannes ausgewirkt. Nie zuvor hatte sie ihn dermaßen blaß, kränklich, cholerisch und mit kleinlichen Problemen beschäftigt gesehen. Wegen einer unbezahlten Rechnung war das Telephon verstummt. Irgendein Zwischenfall mit einem Ventil hatte die Wasserleitungen trockengelegt. Die Köchin war sich mit dem Dienstmädchen in die Haare geraten, woraufhin beide das Haus verlassen hatten. Mildreds Gatte brachte knapp noch die Frage heraus: »Wie ist es dir ergangen?«, um dann umgehend und immer erregter mit ganz anderen Fragen loszulegen: Ob sie etwa glaube, daß sie Millionäre seien? Sie hätten soundsoviel in Pfund und Schillingen für Brennholz bezahlen dürfen. Sei es nachgewogen worden? Und soundsoviel Pfund auf dem Markt. Die Köchin habe jeden Abend unförmige Pakete fortgeschafft. Ob vielleicht irgendwer je von ihr verlangt habe, deren Inhalt vorzuzeigen? Natürlich nicht. Dabei richteten selbst die rückständigsten Länder Kontrollstellen an ihren Grenzen ein. Wer habe nicht schon einmal unerfreuliche Erfahrungen beim Zoll gemacht? Ganz offensichtlich die Köchin. Was er diesen Abend essen solle? Ob er zu essen bekomme oder nicht, sei ja nicht wichtig, Hauptsache, er arbeite an den Korrekturfahnen für Gollancz, die von Fehlern nur so wimmelten, und er bezahle die Rechnungen. Vor allem, er bezahle die Rechnungen. Drei lange Kleider und eine Kappe aus Persianerschwänzen – sei das vielleicht nötig gewesen? Glaube sie denn etwa, daß alles vergessen werde, solange sie nur nicht von den Rechnungen spreche und sie für ihn zum Bezahlen hinterlasse, während sich in Interlaken längst neue anhäuften? Nichts wurde vergessen. Der Monolog endete mit Türenknallen, und am Nachmittag suchte Mildred die Fluggesellschaft und das Telegraphenamt auf. Am darauffolgenden Morgen flog sie nach Rom.

Auf dem Flughafen erwartete sie schon Tullio. In städtischer Kleidung schien er ein ganz anderer Mensch zu sein; es war bemerkenswert, wie schnell er seine Sonnenbräune verloren hatte. Während sich die Zollbeamten mit Koffern und Pässen befaßten, erkundigte sich Tullio:

»Wie weit bist du mit den Formalitäten für deine Scheidung?«

»Ich habe noch gar nichts unternommen, daran habe ich überhaupt nicht gedacht.«

»Du wirst nicht zu deinem Mann zurückgehen«, versprach Tullio zärtlich und bestimmt. »Wir werden alles in die

Hände eines Anwaltes meiner Familie legen. Er wird sofort in Aktion treten. Wir werden so bald wie möglich heiraten. Ich bringe dich noch heute auf unser Landgut.«

Irgend etwas muß sich in Mildreds Gesichtsausdruck verändert haben, denn Tullio beeilte sich klarzustellen:

»Auf dem Landgut, ganz in der Nähe von Rom, auf der anderen Seite des Albaner Sees, vierzig Minuten von hier, vielleicht fünfunddreißig in meinem neuen Lancia, nein, zweiunddreißig, wirst du wie zu Hause sein, im Schoße des größten Teils der Familie deines Geliebten: bei der *mamma,* dem *babbo,* dem *nonno,* den *sorelle* und *fratelli,* die kommen und gehen, der *cugina carnale,* Antonietta Loquenzi, die sozusagen schon eine feste Einrichtung ist, der *zia* Antonia und der fröhlichen Rasselbande der *nipoti.*«

Sie luden die Koffer ein, und Mildred stieg in den Wagen.

»Schaust du dir dieses technische Prachtstück nicht einmal an? Willst du dem glücklichen Besitzer nicht gratulieren?« wollte Tullio wissen und tat so, als ob er gekränkt wäre. »Sage mir bitte, ob es deine Billigung findet.«

Da man ihr die Tür aufhielt, stieg Mildred aus.

»Es ist sehr neu«, sagte sie und stieg wieder ein.

Während er fuhr, erläuterte Tullio die technischen Einzelheiten: Schaltung, Pferdestärken, Stundenkilometer. Nach einer Weile fragte er:

»Sag mir nur eins, meine Geliebte. Was hat dich bewogen, doch noch nach Rom zu kommen?«

Obwohl diese Frage vorherzusehen gewesen war, fühlte sie sich nicht darauf vorbereitet, eine Antwort zu geben. Die Wahrheit ist das Beste, sagte sie sich; aber die Wahrheit – würde sie hier nicht bedeuten, unloyal dem einen und taktlos dem anderen gegenüber zu sein? In diesem Augen-

blick überholte sie ein anderer Wagen; Tullio dachte nur noch daran, ihn einzuholen und hinter sich zu lassen. Mildred überlegte, daß sie eigentlich dankbar sein müsse für diese Atempause, die man ihr so verschaffte; dennoch fühlte sie sich ein wenig gekränkt. Als sie den anderen Wagen überholt hatten, rief Tullio lachend aus:
»Überzeug dich selbst! Keiner kann sich mit ihm messen. Das ist das Auto der sportbegeisterten Jugend!«
Es folgte ein längeres Schweigen. Schließlich fragte Tullio:
»Worüber hatten wir gesprochen?«
»Weiß ich nicht«, antwortete sie kurz angebunden.
Während sie nach einer Antwort suchte – denn Tullio beharrte auf seiner Frage –, bemerkte sie, daß sie kurz vor dem Albaner See waren, und daß es nicht mehr lange dauern konnte, bis sie bei dem Besitz anlangten, wo die Familie wartete. Sie schlug die Augen nieder und sagte leise:
»Mir wäre es lieber, wenn du mich heute nicht zu dir nach Hause bringen würdest. Du sagst ihnen einfach, daß ich vielleicht morgen ankomme, daß ich jedenfalls noch nicht da bin.«
Abrupt brachte Tullio den Wagen zum Stehen.
»Und...« stammelte er und starrte sie an, »du wirst die Nacht mit mir in Rom verbringen?«
»Natürlich.«
»Danke, danke«, brach es aus ihm hervor, während er ihre Hände abküßte.
Mildred bemerkte, daß ihre Hände ganz naß wurden, ohne daß sie sich dieses Phänomen hätte erklären können. Als sie begriff, daß Tullio weinte, sagte sie sich, daß sie nun eigentlich gerührt sein müsse, und gab ihm den ersten zärtlichen Kuß.
Daraus erwuchsen spektakuläre, beinahe verwegen zu

nennende Manöver, während sie sich auf den Rückweg nach Rom machten.

»Wir werden in ein Restaurant gehen, wo niemand uns sieht«, versicherte Tullio und gewann nun, da die Tränen getrocknet waren, seine angenehme männliche Sicherheit zurück.

Der Geruch nach Essen empfing sie schon auf der Straße und verdichtete sich im Inneren des Lokals, das reichlich unsauber war.

Tullio telephonierte mit der Familie. Mildred wartete am Tisch auf ihn und dachte: »Ich muß ihm dafür dankbar sein, daß er mich hierher geführt hat. Er will mich schützen. Er ist eben nicht wie so viele andere, die ihr Vergnügen daran finden, ihre Freundinnen öffentlich zur Schau zu stellen. Diese Vorliebe, die ich dafür habe, zur Schau gestellt zu werden, ist ziemlich gewöhnlich. Und was die Tatsache angeht, daß ich den strahlend weiß und golden blitzenden Speisesaal jedes x-beliebigen Hotels jedem noch so bezaubernden *bistro* vorziehe, so ist das wohl bloß die Laune eines verwöhnten Kindes.«

Nach dem Essen plauderte Tullio so angeregt, als ob er irgend etwas hinauszögern wollte.

»Gehen wir?« fragte Mildred und fühlte sich dabei an die Mädchen erinnert, die sich ihrem Mann immer in den Straßen von London aufzudrängen versuchten.

»Selbstverständlich, wir gehen«, stimmte Tullio zu, ohne sich zu erheben. »Wir gehen, aber wohin?«

»In ein Hotel«, antwortete Mildred, die mit ihren Handschuhen und ihrer Tasche beschäftigt war.

»In ein Hotel? Einen *albergo*?«

»Natürlich. In einen *albergo*.«

»Und dein guter Ruf?«

»Heute nacht ist mir mein Ruf gleichgültig«, erklärte Mildred und versuchte, dabei zufrieden auszusehen.

Da sie bemerkte, daß Tullio ihr die Hände küssen wollte, zog sie ihre Handschuhe aus; als sie aber daran dachte, daß ihr Freund vor Dankbarkeit wieder weinen würde, sagte sie ihm, um ihn abzulenken und zugleich zu vermeiden, daß sich mit dem Hotel das wiederholte, was sie mit dem Restaurant erlebt hatte:
»Ich will, daß du mich in das beste Hotel von ganz Rom bringst. Ins traditionsreichste, luxuriöseste, ins teuerste. Ins Grand Hotel.«
»Ins Grand Hotel!« rief Tullio aus, als wäre er ganz Feuer und Flamme; gleich darauf fragte er nach: »Was werden meine Bekannten sagen, wenn sie davon erfahren? Was werden der weltliche und der kirchliche Adel von meiner zukünftigen Frau sagen?«
»Wenn wir heiraten«, antwortete Mildred, »wird alles wieder in Ordnung sein, und wenn wir nicht heiraten, werden sie mich schnell vergessen.«
»Wir werden heiraten!« versprach Tullio.
Im Grand Hotel ärgerte sich Mildred, weil Tullio keine durchgehenden Zimmer verlangte, und sie konnte sich nur schwer zurückhalten, in das Gespräch mit dem Herrn im schwarzen *jaquet* einzugreifen. Sie fuhren in den ersten Stock hinauf. Der Herr im *jaquet* geleitete sie durch weitläufige Korridore zu geräumigen, sehr schönen Zimmern mit Blick auf die Piazza Esedra und die Thermen des Diokletian. Der Herr öffnete selber die Tür, welche die eine Suite mit der anderen verband. Endlich waren sie allein. Sie schauten aus einem der Fenster. Die Schönheit Roms bewegte sie, und mit einem Male fühlte sie sich glücklich. Mit sicherer Hand führte Tullio sie zurück ins Zimmer. Dieses erste und wohl einzige Mal, daß Mildred ihrem Mann untreu wurde, war von mißlicher Kürze. Nach der Liebe schlief Tullio ein wie ein Kind, sagte sich Mildred, wie ein Engel, wollte sie denken. Warum über-

kam sie jetzt bloß diese Beklemmung? Sie versuchte, sie zu verscheuchen. War sie denn nicht in Italien, mit ihrem Liebhaber? Hätte sie sich etwas Besseres erträumen können? Wo sie sich immer schon so gut mit den Italienern verstanden hatte, diesem gastlichen und intelligenten Volk, das im hellen Licht der Schönheit lebt – wie sollte sie sich da nicht mit Tullio verstehen? Sie versuchte zu schlafen, und es gelang ihr. Die Aufregungen des Tages ließen sie in einen tiefen Schlummer fallen, der nur kurz währte. Als sie erwachte, glaubte sie, zu Hause in London neben ihrem Mann zu liegen. Plötzlich überkam sie ein vager Zweifel, der sie erschreckte. Sie erforschte die Finsternis und fand das Zimmer merkwürdig verändert. Ängstlich fragte sie sich, wo sie wohl sein könne. Als ihr wieder alles einfiel, begann sie zu zittern. Das schöne Hotelzimmer erschien ihr gräßlich, und der schöne junge Mann, der neben ihr schlief, kam ihr vor wie ein Fremder. »Etwas Abscheuliches«, sagte Mildred. »Ein Krokodil. Als wenn ich mit einem Krokodil im Bett gelegen hätte. Ich schwöre dir, daß seine Haut für mich rauh und runzelig aussah, und daß er nach Morast roch.« Ihr wurde klar, daß sie nicht einen Augenblick länger dableiben konnte. Mit äußerster Vorsicht – um Tullio nicht zu wecken – stieg sie aus dem Bett, sammelte die verstreute Kleidung auf und zog sich im anderen Zimmer an. Sie ließ eine Nachricht zurück, in der es hieß: *Schicke die Koffer bitte nach London. Verzeih mir, wenn du kannst.* Sie floh durch die Korridore, rannte die Treppe hinunter und ging mit ostentativer Selbstsicherheit vorbei am einzigen Portier endlich hinaus in die Nacht. Sie lief, so schnell es ihre hohen Absätze zuließen, und ab und zu einen Blick zurückwerfend, gelangte sie zum Bahnhof, der nicht weit entfernt lag. Sie wechselte Pfund in Lire um, kaufte eine Fahrkarte nach London, über Paris, Calais und Dover; voller Angst, Tullio könnte auftauchen, wartete sie bis fünf Uhr morgens, ihrer Abfahrtszeit. Als sich der Zug in Bewegung setzte, begann Mildred, ganz still vor sich hin zu weinen; dennoch war sie glücklich. Als wenn ihr Gewissen sie dazu nötigte, gestand sie sich ein: ›Nie zuvor bin ich nach einer guten Tat dermaßen glücklich gewesen.‹ Natürlich ist der Satz mehrdeutig.

Ich hatte dem Grand Hotel selbst telegraphiert, um die Zimmer zu bestellen – eines für Violeta, ein weiteres für mich –, so daß der unbeirrbar wiederholte, knappe Satz des Geschäftsführers (»Entsprechend Ihrer Bestellung haben wir nur ein Zimmer reserviert«) mich zutiefst empörte. Wie stand ich vor meiner Freundin da? Würde ich sie davon überzeugen können, daß ich nicht hinterlistig zu Werke gegangen war, daß ich ihr Vertrauen nicht mißbraucht und ihr keine Falle gestellt hatte? Die Situation war ernst. Das Grand Hotel war voll belegt; eine Dame in irgendeine Absteige zu schleppen verstieße gegen alle meine Prinzipien; ginge ich alleine, würde das bedeuten, auf der Stelle nicht nur auf eine Hoffnung zu verzichten, die sich sowieso gut als illusorisch erweisen konnte, sondern auch auf den reizvollsten Teil meines Aufenthaltes in den Bergen. Ich war gerade im Begriff zu brüllen: »Zeigen Sie mir das Telegramm!«, als Violeta mit sanfter Stimme sagte:
»Mir macht es nichts aus, das Zimmer mit dir zu teilen. Dir etwa?«
Vor Rührung war ich wie gelähmt. Ich stammelte bloß: »Danke!«, aber es war schon niemand mehr da, der es hätte hören können. Ich machte mich im Laufschritt daran, Violeta und dem Geschäftsführer durch die Flure hinterherzueilen. Ich sah schon voraus, daß unser Zimmer vor allem aus einem Riesenmonstrum von Doppelbett bestehen würde; ich irrte mich, es handelte sich um einen großen Raum mit zwei schmalen Betten, die – oh weh! – vier oder fünf Meter voneinander entfernt parallel an gegenüberliegenden Wänden standen. Dies ähnelte weniger einem Hotelschlafzimmer als dem Schlafgemach auf einem großen Landgut. Sie kennen diese Art Haus; man

könnte meinen, es handele sich um das riesige Gutshaus einer riesigen Familie, die hundert Zimmer bewohnt. So mancher andere Gast wird bei seiner Ankunft skeptisch den Teppich von undefinierbarer Farbe gemustert haben, der wie das Meer alles verschluckt; die Sesselbezüge aus verschossenem Kretonne, die kurzen Betten mit einem langen, unergründlichen Vorleben sowie das angegraute Badezimmer; für mich, den die Person begleitete, die ich am meisten bewundere und am meisten liebe, erstrahlten die Gegenstände, das Haus, die Welt in magischem Glanz. Als der Geschäftsführer die Tür hinter sich schloß und uns in unserem Zimmer alleine ließ, dachte ich: »Jetzt beginnt ein wichtiger Abschnitt in meinem Leben, eine unvergeßliche Zeit.«

Violeta, ihr Mann und ich hatten die Reise gemeinsam geplant. Javier (ihr Mann) sagte zu mir:

»In den Winterferien fährt Violeta nach Córdoba. Ich kann sie nicht begleiten. Könntest du nicht mit ihr fahren?«

Die Frage war überflüssig.

Ich entsinne mich, daß wir an jenem Abend eine hitzige Diskussion über die Wahrheit führten. Nach Javiers Meinung gibt es nur eine einzige, absolute Wahrheit; ich glaube, sie ist relativ. Mit wenig Takt und wahrscheinlich kaum mehr Logik war ich drauf und dran, als Beispiel für die Relativität der Wahrheit die geplante Reise anzuführen. Javiers Gründe für seinen Wunsch, ich solle Violeta begleiten, und die meinen schlossen einander aus; dennoch waren die einen wie die anderen gleichermaßen triftig.

Javier geht davon aus, daß Violeta bei mir sicher ist. Ihm ist nicht verborgen geblieben, daß ich sie liebe: er zählt darauf, daß ich gut für sie sorge. Er weiß genau, daß ich eifersüchtig bin: er geht davon aus, daß ich auf sie aufpasse. Er stellt sich vor, daß sie ihn anbetet: er rechnet damit, daß ich keine Chance bei ihr habe. Er sieht uns so, wie wir sind: mich, viel zu verliebt, um mich mit einem bloßen Abenteuer mit seiner Frau zufrieden zu geben; sie, angeregt und glücklich, wenn sie mit Männern zusammen ist, bezaubernd, strahlend, immer sittsam. Es ist nicht zu bezweifeln, daß Javier die Personen und das Problem kennt, aber er sieht nur eine Seite der Wahrheit. Weil ich beide Seiten sehe, kann ich versichern, daß ich recht habe (mein Gott, habe ich nicht nur allzu sehr recht? Wenn alles relativ ist, weiß ich dann überhaupt etwas?). Ich weiß oder glaubte zu wissen, daß die Frauen eines Tages wie eine reife Frucht in die Arme desjenigen fallen, der sie beständig liebt. Natürlich darf man sich nicht durch allzuviel Beständigkeit und Treue in Mißkredit bringen; aber selbst so noch werden die Frauen schwach, denn das Leben bringt von allem etwas, und wenn die Stunde tiefster Niedergeschlagenheit kommt, erscheinen wir auf der Bildfläche, als der rettende Fels; und wenn die Stunde der Ungewißheit kommt, gehen wir zum Angriff über wie ein General mit seinen Truppen. Auch glaube ich, daß ich immer genauso wachsam geblieben bin wie eben jener General, daß ich nichts habe auf meinen Ruf kommen lassen. Mit welchem Ergebnis? Nach und nach vertraue ich Violeta alle meine Abenteuer mit anderen Frauen an. Sie hört sich jedes mit dem gleichen, unbeirrbaren Wohlwollen an und kommentiert sie (nur mir gegenüber, einige Zeit später) voller Sarkasmus. Bei diesen späteren Unterhaltungen zahle ich den Preis für meine Vertraulichkeit. Violeta (das sanfteste Mädchen, überhaupt nicht zur Bosheit neigend) überzeugt mich davon, daß es nur gerecht ist, meine jeweilige Mittäterin bei den einzelnen Gelegenheiten als Äffin anzusehen; was mich betrifft, so vergleicht sie mich mit einem Satyr und läßt keinerlei Zweifel daran, daß der Satyr von beiden Tieren das lächerlichere ist. Am Ende solch eines Gespräches bin ich auf der ganzen Linie geschlagen – meine Persönlichkeit, meine Handlungsweise, meine ganze Lebenseinstellung sind verfehlt–, aber ich verzage nicht, weil es ja Violeta gibt. Wer sie nicht kennt, wird das nicht verstehen. Wenn ich an sie denke, sehe ich einen lichten Schimmer wie den, der uns die Nähe einer Stadt verkündet, wenn wir bei Nacht reisen. Das Bild ist noch zu blaß. Alle Anmut, alle Schönheit, alles Licht spiegeln sich in meiner Freundin wider. In der Nähe ihres Glanzes zu leben entschädigt für jegliches Unglück. Außerdem ist mein erster Gedanke, sobald mir irgend etwas Schlimmes widerfährt: ›Wie kann ich mir dafür bei Violeta Trost holen?‹ Unweigerlich hole ich mir dann diesen Trost bei ihr. Mein Vermögensverwalter macht sich mit den Ersparnissen von Jahren der Arbeit aus dem Staub, das Dachkämmerchen mit den Andenken an Papa brennt aus, mein Bruder stirbt... Wie reagiere ich? Ohne auch nur eine Minute zu verlieren, rufe ich Violeta an. Weshalb? Um mich für einen Augenblick ihrer Teilnahme zu versichern, ein paar liebevolle Worte zu hören.

Falls irgend jemand meint, ich gäbe mich aber mit wenig zufrieden, sollte er bedenken, daß alles relativ ist und daß für mich dieses wenige viel bedeutet, daß es bedeutet – die angeführten Fälle beweisen es–, daß mir Augenblicke des Unglücks zu kostbaren Erinnerungen werden. Manchmal glaube ich, daß ich solche Momente im Grunde meines Herzens suche, sie herbeisehne. Wer hätte je gedacht, daß eine sogenannte platonische Liebe oder, was schlimmer ist, eine unerwiderte Liebe derart reale Gefühle auslösen kann? So unglaublich es scheinen mag, diese unglückselige Situation erfüllt mich mit einem bitteren, aber unerschütterlichen Stolz. Ich liebe, bin eifersüchtig, hoffe und leide ohne jede Gegenleistung, und ich bilde mir ein, deshalb denjenigen moralisch überlegen zu sein, die Nacht für

Nacht ihren Lohn empfangen. Natürlich bin ich darauf aus, Violetas Herr und Gebieter zu werden; wenn ich das nicht erreiche, bescheide ich mich mit der liebevollen Vertrautheit, die das Mädchen genauso einem nahen Verwandten gewähren würde, der mit ihr aufgewachsen wäre, ihrem großzügigsten Onkel, oder dem Lieblingsschoßtier unter all ihren Katzen und Hunden. Sich bescheiden heißt nicht aufgeben. Sobald der Geschäftsführer uns alleine im Zimmer ließ, zählte ich die Nächte, die vor uns lagen, und sagte mir: ›Nie war meine Hoffnung begründeter, aber auch wenn ich nichts erreiche, wird mir die süße Erinnerung bleiben, den persönlichsten Bereich mit einer Frau geteilt zu haben.‹ Violeta unterbrach diese Überlegungen, indem sie vorschlug:

»Laß uns noch einen Spaziergang machen, bevor der Tag zu Ende geht.«

Wir gingen hinunter und traten durch eine Glastür hinaus auf die Galerie. Wer von dort hinabschaut, glaubt auf einem Schiff zu sein – auf einem Schiff, das von verdorrtem und staubigem Rasen umgeben ist –, oder auch in Versailles, da der Garten über mehrere Ebenen angelegt ist, mit Teichen und einem kleinen See ganz an seinem Ende. Wir spazierten durch dieses Versailles mit Krüppelakazien, Chalets, die sich mit kleinen Hütten abwechselten, mit gelbgewordenen *pelouses* aus Stroh, über die der Wind ein Knäuel aus Zeitungspapier treibt, das so staubtrocken ist, daß man es beinahe zum Anbeißen knusprig finden könnte, wie Zwieback.

»Was für eine Luft!« rief ich aus. »Hast du nicht auch das Gefühl, deinen Hexenschuß in Buenos Aires gelassen zu haben?«

»Ich habe noch nie Hexenschuß gehabt«, gab Violeta zurück.

»Ich schon.«

Mit Wohlbehagen sah ich die unmittelbare Zukunft vor mir liegen. Ich würde an diesem Ort der Erholung und der Muße eine geruhsame Zeit der Erholung und der Muße verbringen, wie sie schon seit dreißig oder vierzig Jahren die Argentinier hier verleben: eine wahre Tradition kostspieliger Banalität.

Wir gelangten zum Ende des Parkes. Umgeben von einer Art Heiligenschein aus unbewegtem Staub arbeitete sich ein klappriger Lastwagen langsam durch eine der Dorfstraßen vorwärts und verbreitete schwermütige, einheimische Volksmusik, unterbrochen von drohend klingenden Versprechungen der Regierungspartei. Ich sprach mit Bestimmtheit:

»Laß uns in unseren Garten Eden zurückkehren. Ein schöner, richtig heißer Tee wird uns guttun.«

Man servierte den Tee – lauwarm natürlich, in unförmigen Tassen, deren Porzellan noch das Milcharoma verströmte, welches von früherem Gebrauch herrührte; dazu kleine, feuchtgewordene Kekse und Weißbrotscheiben, die wer weiß wann einmal getoastet worden waren –, in dem Salon mit dem ausgestopften Adler und dem Ölportrait von General San Martín. Das Gros der Anwesenden waren alte Leute. Ich sagte mir: ›Ich könnte mein ganzes Leben damit zubringen, bei einer Tasse Tee behaglich zu plaudern. Nur schade, daß solche behaglichen Plaudereien nicht gerade häufig sind, daß mein Gegenüber mir normalerweise irgendwelche Abgeschmacktheiten erzählt, und daß ich selber gar nichts zu sagen weiß.‹ (Jetzt ist es ganz anders, weil ich mit Violeta zusammen bin.) Erneut rief ich aus:

»Was für eine Luft! Ein Tropfen von diesem Klima würde einen Elefanten wieder auf die Beine bringen. Gibst du zu, daß du dich dreißig Jahre jünger fühlst?«

Violeta gab keine Antwort. Was hätte sie auch erwidern sollen? Dreißig Jahre früher wäre sie noch gar nicht auf der

Welt gewesen. Tatsächlich gerät man auf den Pfaden der Liebe in die verschiedenartigsten Situationen, und zu guter Letzt in die, auf Kinder aufpassen zu müssen. Aber was sage ich da, zu guter Letzt. Ziemlich bald. Sagt man mir nicht andauernd, daß ich in der Blüte meiner Jahre stehe? Der tägliche Umgang verleitet mich zu der Vorstellung, Violeta und ich seien gleichaltrig, bis ich unvermittelt meinen Irrtum erkenne. Ich müßte sie wie ein kleines Mädchen lenken, aber es ist Violeta, die das Steuer in der Hand hat. Außerdem taucht zum Unglück des reiferen Mannes früher oder später der Altersgenosse seiner Freundin auf. In diesem Falle handelte es sich nicht bloß um einen einzigen, sondern gleich um die komplette französische Herren-Ski-Mannschaft, die auf dem Weg nach Potrerillo, wo sie einen Wettkampf bestreiten sollte, auf Einladung ich weiß nicht welcher Abteilung der provisorischen Regierung in Córdoba Station machte.

Es liegen Welten zwischen uns und der Frau an unserer Seite. Ich hätte geschworen, daß kein normaler Mensch diesen Bauerntölpeln irgendwelche Beachtung schenken würde: offensichtlich wirken sie auf jede Frau anziehend. Sie sind jung, sie sind kräftig, aber ihre einzige Triebfeder ist die Begierde oder das nächstliegende Ziel. Fangen auf einmal ihre Äuglein an zu funkeln? Kein Zweifel: sie haben ein Glas Milch erblickt, ein Gesundheitsbrot oder die Frau ihres Nächsten. Sie gehören zu einer Tierfamilie, die sich durch ihre Statur, ihren Haarschnitt und die Unmenge ihrer Pullover auszeichnet. Untereinander sind sie nicht identisch, so daß ich ohne größere Mühe den riesigen Petit Bob erkenne, den ich sogleich als den gefährlichsten einstufte, und Pierrot, ein Wesen, das jede Gruppe, zu der nicht gerade Petit Bob gehört, als Riese überragt. Gestehen wir diesem Pierrot ruhig eine gefühlvolle Seite zu, wie sie uns auch bei einem Tiger auffiele, der sich mit Musik besänftigen ließe; nur daß es nicht die Musik ist, sondern Violeta, die bei Pierrot diesen Schlafzimmerblick auslöst. Ohne mich auch nur zur Kenntnis zu nehmen, macht er ihr in meinem Beisein auf unverschämte Art den Hof (ich bin immer dabei). Wie sehr ist doch der Mann im Nachteil, dessen Stärke mehr auf intellektuellem Gebiet liegt. Wenn unsere Umwelt der Intelligenz die Anerkennung versagt, verdüstert sie sich, gerät in ihrem Groll immer mehr in Zerrüttung und hört schließlich auf zu existieren. Ich beneide die brutale Kraft. Einmal angenommen, ich würde mich dazu entschließen, mich mit Pierrot zu schlagen, so wäre die bittere Schmach der Niederlage nicht einmal das Schlimmste; das Schlimmste wäre, erst gar nicht dazu zu kommen, mich mit ihm zu schlagen, an seinem ausgestreckten Arm zu baumeln und mit Händen und Füßen in der Luft zu strampeln. Das ist mir in einem Alptraum passiert.

Von Anfang an überzeugte mich meine Eifersucht, daß ich nichts Gutes zu erwarten hätte. Mit besonderem Mißtrauen betrachtete ich einen mehr oder weniger ovalen Bereich, der nach Schusterladen roch und die *boite* genannt wurde und wo wir Abend für Abend zusammenkamen. Wenn Pierrot Violeta zum Tanzen aufforderte, glaubte ich mich verloren, aber sie bewies sogleich, daß meine Ängste unbegründet waren; das nächste Stück tanzte sie nicht mehr mit Pierrot: sie tanzte es mit irgendeinem anderen, oder sie setzte sich zu mir, um sich mit mir zu unterhalten. Wie könnte ich ihr je für soviel feinfühlige Rücksichtnahme, für solche Großmut danken? Sie dürfen nicht vergessen, daß Eifersucht – sei sie verborgen oder offensichtlich – etwas Verabscheuungswürdiges ist; wenn ihr jemand verfällt, der wie ich keinerlei Anrecht darauf hat, wird sie vollends unerträglich.

Um meinen Sorgen zu entfliehen, hielt ich mich an andere

Frauen. Manchmal gelang es mir, mich für eine von ihnen zu interessieren. Wenn Violeta tanzte, sagte ich mir, daß ich sie nicht andauernd mit Hundeaugen verfolgen dürfe. Da man die Augen nun schon einmal irgendwohin richten muß, betrachtete ich an den letzten Abenden beflissen die Haut von Gesicht, Händen und besonders Armen einer gewissen Mónica. Diese Frauen aus Córdoba haben wundervolle Hände und Füße. Am selben Abend, an dem ihr Mann nach Buenos Aires abgereist war, trank Mónica einen Liter Champagner und nötigte mich dazu, mit ihr zu tanzen. Ich wollte, ich könnte Violetas Verärgerung verstehen. Beruht sie auf ihrem Abscheu vor der ›vulgären Fleischeslust‹, wie sie vorgibt, oder ist es vielleicht nicht ungerechtfertigt, von Eifersucht zu sprechen? Ich überlegte: ›Wenn sie eifersüchtig ist, versucht sie, mich zurückzuhalten; wenn sie eifersüchtig ist, ist sie nicht vollkommen; wenn sie nicht vollkommen ist, wenn sie also ein Mädchen ist wie andere auch – warum sollte sie mich dann nicht eines Tages lieben?‹

Jetzt sollte ich lieber nicht träumen, sondern die Ereignisse berichten, so wie sie sich zugetragen haben. Einstweilen bot der Aufenthalt in Córdoba auch noch etwas anderes als diese Agonie der Gefühle. Die Alltäglichkeiten – zu Fuß oder zu Pferde durch das Gebirge zu streifen, am Flüßchen in der Sonne zu liegen und San Juan de la Cruz zu lesen, in der Luft einen Duft zu erschnuppern – waren wunderbar, weil ich sie mit meiner Freundin teilte. Dieses ›teilte‹ birgt für mich Erinnerungen, die ich allen Bergen und allen Ebenen der Welt vorziehe; Erinnerungen an das Zimmer, das wir teilten; daran, auf einem Stuhl als etwas ganz Normales Kleidungsstücke einer Frau liegen zu sehen, oder das Bild dieser Frau, wie sie sich hinabbeugt, um ihre Strümpfe auszuziehen, und sich dabei mit einer gleichgültigen Bewegung über die Beine streicht.

Bedauerlicherweise schmolzen im Verlauf der Nächte, die ich mir so vielversprechend ausgemalt hatte, meine Hoffnungen dahin. Ebenso schwanden meine Ängste. Ich kam zu einem Schluß, der auf der Hand lag: Wenn Violeta bei mir nicht schwach wurde, würde sie auch bei den anderen nicht schwach werden. Aus diesem Mangel an Ängsten und Hoffnungen versuche ich mir die Nacht des fünfzehnten Juli zu erklären. Bei allem, was geschieht, halten wir uns selbst für die Ursache.

Am Fünfzehnten zur Frühstückszeit (wir unterhielten uns von Bett zu Bett) sagte Violeta zu mir:

»Heute könnten wir vielleicht einen Ausflug mit Don Leopoldo machen.«

»Einverstanden«, antwortete ich.

»Wir könnten irgendwo in den Bergen zu Mittag essen.«

Im Laufe meines Lebens habe ich die Erfahrung gemacht, wie beliebt bei den Frauen Picknicks und jede Art von Mahlzeiten sind, die in freier Natur stattfinden oder zumindest mit Unbequemlichkeiten verbunden sind. Ich pflege von derartigen Landpartien mit Kreuzschmerzen, Magenschmerzen, Kopfschmerzen und schmutzigen Händen zurückzukehren. Ich rief aus:

»Eine großartige Idee!«

Meine Antwort war aufrichtig. Ein Picknick mit Violeta würde unweigerlich schöne Erinnerungen zur Folge haben. Mein ganzes Verhalten zielt darauf ab (vor allem, wenn ich mit einer Frau zusammen bin), mir eine Fülle verschiedenartiger Erinnerungen zu verschaffen, da sie das einzig Dauerhafte im Leben sind.

»Ich kümmere mich um den Proviant«, erklärte Violeta.

»Und ich um Don Leopoldo und um die Pferde«, antwortete ich.

»Schlaf aber nicht ein dabei; nicht daß Don Leopoldo mit einer anderen Gruppe loszieht.«

»Mit einer anderen Gruppe? Im ganzen Hotel gibt es nichts als alte Mumien und Franzosen, die nicht reiten können.«

Mit dieser Bemerkung untergrub ich die Position meiner Rivalen. Ich duschte und ging los. An der Ecke beim Laden *El pasatiempo* traf ich Mónica. Sie sah nicht gerade häßlich aus.

»Morgen kommt mein Mann zurück«, verkündete sie. »Warum kommst du nicht heute zu mir zum Abendessen?«

Ich antwortete mit irgendeiner höflichen Floskel und vagen Ausflüchten, um mich nicht festzulegen. Im Weitergehen dachte ich: ›Die Frauen verwöhnen mich geradezu, ich bin ein Glückspilz.‹ Don Leopoldo war in seinem Quartier. Ich sagte ihm, daß ich zwei Pferde mieten wolle, und fragte, ob er uns auf dem Ausflug begleiten würde. Ohne weitere Umstände machten wir alles fest.

Wenn ich mich mit Don Leopoldo Alvarez unterhalte, beobachte ich mich immer selber. Neben diesem Manne entdeckt der Städter bei seinem Versuch, hastig und wild gestikulierend viele Dinge auf einmal zu sagen, daß er im Grunde ein Hampelmann ist. Selbst die Kleidung stempelt uns ab. Wir hatten ja keine Ahnung, daß sie so grell und gewöhnlich ist.

Beide stiegen wir auf unser Pferd und ritten mit dem dritten am Halfter in gemächlichem Tempo zum Hotel. Ich befragte Don Leopoldo über mögliche Routen. Er zählte auf: den San Fernando-Paß, die Mesada, Agua Escondida und Agua Escondida de los Leones (was in seinem Dialekt wie ›liones‹ klang). Alleine des Namens wegen entschied ich mich für das letztere.

Da mir Don Leopoldo klargemacht hatte, daß der Ort nicht gerade in der Nähe lag, erklärte ich Violeta, daß es ratsam sei, sofort aufzubrechen. Die Zeit ist der Zankapfel zwischen Männern und Frauen. Was für ein Trödeltalent hat Violeta! Noch ein paar dieser Streitereien, und wir böten das perfekte Bild eines Ehepaares. Wir kamen nicht vor dem Mittag los. Ein großer Teil des Weges besteht aus einem schmalen, steilen Pfad, der sich eng an die fast senkrecht abfallende Flanke eines Berges schmiegt. Don Leopoldo zeigte uns in der Ferne die Tres Mogotes, den San Fernando und den Pan de Azúcar.

Es war schon fast drei, als wir abstiegen, vom Wasser des Löwenfalles tranken, das uns köstlich erschien, eine Decke auf dem Boden ausbreiteten und mit Steinen beschwerten, die Picknickkörbe öffneten und zu Mittag aßen. In der Sonne war es nicht kalt.

Don Leopoldo hatte die ganzen Jahre seines langen Lebens hier in der Umgebung der Sierra von Córdoba zugebracht, und er erzählte so, als ob dort die gesamte Geographie, die ganze Fauna, Flora, Geschichte und sämtliche Legenden der Welt Raum hätten; er bevölkerte die Gegend mit Tigern, mit Löwen, die bei den ersten Strahlen der Morgensonne herunterkämen, um am Wasserfall zu trinken, mit Drachen, Feen, Königen, ja sogar mit Bauersleuten. Es stimmt schon, Glück und Unglück hängen für mich von Violeta ab, aber dem armen Alten zu Ehren, der uns an jenem denkwürdigen Nachmittag durch diese Gegenden führte, die mit unserer Gemütsverfassung so vollkommen im Einklang standen, muß ich sagen, daß man in seiner Gegenwart glauben konnte, das Leben und die Glückseligkeit seien bloß eine Frage von ein wenig gesundem Menschenverstand.

Es war schon Nacht, als wir wieder zum Hotel kamen. Violeta sagte:

»Ich bin so müde, daß ich keine Lust mehr auf ein Abendessen habe. Ich werde ins Bett gehen.«

Ich überlegte, daß die Weisheit eines Don Leopoldo mir

sicher nahegelegt hätte, nicht von Violetas Seite zu weichen; aber als ich meine Chancen abwägte, verlor ich jede Hoffnung. Vielleicht war ich überzeugt, Violeta sei an einem sicheren Ort, und irgendwie hatte ich mich ja auch Mónica gegenüber verpflichtet. Ohne irgendwelche Erklärungen zu geben, machte ich mich auf den Weg zu ihr. Die Kälte, die am Nachmittag durchaus noch das Ihre zu unserer Ausgelassenheit beigetragen hatte, machte sich mittlerweile schmerzhaft im Gesicht und an den Beinen bemerkbar.

Mónica bat mich, ihr beim Tischdecken zu helfen. Ich hatte das Gefühl, mit ihr Mann und Frau zu spielen (derartige Spiele behagen einem Manne, der immer alleine gelebt hat). Auf jeden Fall kann ich mich – sei es, weil Mónica auf mich nicht übermäßig anziehend wirkte, oder wegen der Flasche Rotwein, die wir vor dem Essen tranken, oder wegen der anderen, die wir später leerten – nur noch undeutlich an den Verlauf des Ganzen (Begrüßung, Essen usw.) erinnern.

Als ich aufbrach, erwartete mich eine Überraschung: es hatte geschneit. Ich fand mich in einer strahlend weißen Landschaft wieder, die in metallisches Mondlicht getaucht war. Es mußte eine ganze Weile geschneit haben, denn alles war vom Schnee zugedeckt. Mit unglaublicher Geistesschärfe sah ich voraus, daß ich von der Kälte wieder einen klaren Kopf bekommen würde, aber ich irrte mich. Ich weiß nicht, was für ein Schlafmittel Mónica in ihren Rotwein getan hatte. Auf der anderen Seite des Flüßchens sah ich unweit des Ladens *El pasatiempo* ein Häuschen, das nicht das in diesem Lungenkurort übliche Schild *Zutritt für Kranke verboten* aufwies, sondern eines, das mir in dem Moment normal vorkam und das vielleicht (wie ich heute meine) ein Trugbild war, welches jener Wein hervorgerufen hatte. Auf dem Schild stand: *Grottenfabrik*.

Rechtfertigt die Nachfrage nach Grotten eine Ausbreitung derartiger Fabriken über das ganze Land? Ich beschloß, vor meiner Abreise nach Buenos Aires zu versuchen, das Schild noch einmal zu Gesicht zu bekommen; ich mußte herausfinden, ob es wirklich dort stand, oder ob ich es nur geträumt hatte.

Endlich gelangte ich zum Hotel. Ich glaube, ich war bloß noch eben wach genug, um zu wünschen, Violeta möge schlafen und meine Rückkehr nicht mitbekommen. Der Wunsch wurde mir erfüllt. Im Mondlicht, das durch die halb geöffneten Vorhänge der Balkontüre hereindrang, sah ich Violeta auf dem Bauch in ihrem Bett liegen. Mit großer Anstrengung zog ich mich aus und fiel in meines.

Mitten in der Nacht wachte ich mit der Gewißheit auf, daß außerhalb meines Traumes irgend etwas vorgefallen war. Ich erwachte wie jemand, dem man eine Droge verabreicht hat, wie jemand, der unter der Wirkung von Curare nur wahrnehmen und sich nicht bewegen kann. Weiß der Himmel, was in dem Wein war, den mir Mónica zu trinken gegeben hatte. Bei anderen Gelegenheiten habe ich schon mehr getrunken, aber so etwas ist mir noch nie passiert. Nach einer Weile öffnete sich die Tür einen Spalt. Der riesige Petit Bob zwängte sich ins Zimmer, blickte nach links und nach rechts, bewegte sich auf das Bett meiner Gefährtin zu, hielt einen Moment inne, beugte sich wie von sehr weit oben hinab, ergriff sie sanft bei den Schultern, drehte sie auf den Rücken und legte sich auf sie. Fragen Sie mich nicht, wieviel Zeit verging, ehe sich die Gestalt wieder erhob. Ich sah, wie er sich auf die Bettkante setzte, eine Zigarettenschachtel herausholte, eine Zigarette anzündete und Violeta zwischen die Lippen schob, noch eine herausnahm und für sich selbst anzündete. Schweigend rauchten beide ihre Zigaretten, bis der Mann sagte:

»Heute nacht gibt es zwei, die weinen.«
Ich hörte Violetas Stimme, die so klang, als habe sie Mitleid mit mir.
»Zwei, die weinen?«
»Zwei. Der eine ist Pierrot, der in dich verliebt ist. Ich habe ihn dazu gebracht, mit mir um ein Essen zu wetten, daß ich heute nacht mit dir zusammensein würde. Er wartet draußen im Schnee. Weil ich so lange weggeblieben bin, weiß er, daß er verloren hat.«
»Du hast ›zwei‹ gesagt.«
»Der andere ist der da, der in seinem Bett liegt und so tut, als ob er schliefe, aber alles mit angesehen hat und jetzt weint.«
Unwillkürlich fuhr ich mir mit der Hand über die Augen. Ich fühlte nasse Haut. Mit dem Handrücken hielt ich mir den Mund zu.
Halb erstickt erwachte ich am nächsten Tag. Mein erster Gedanke war, Violeta unverzüglich zur Rede zu stellen. Ich mußte mich gedulden, bis das Zimmermädchen die Vorhänge zurückgezogen, die Frühstückstabletts (erst das eine, dann das andere) hingestellt und die Handtücher aus dem Bad mitgenommen hatte und dann gegangen war. Während dieser ganzen Zeit redete Violeta davon, daß ihr nachts kalt gewesen, daß sie früh eingeschlafen sei, daß sie nicht wisse, wann ich zurückgekommen sei – mit einer derartigen Natürlichkeit, in so vollkommener Übereinstimmung mit der Person, die ich schon seit jeher gekannt habe, daß ich anfing zu zweifeln. Vielleicht weil ich mich nicht traute, sie einem Verhör zu unterziehen, hielt ich es für ratsam, erst einen geeigneten Moment abzuwarten. Ich bildete mir ein, ich würde alles herausfinden, wenn ich bei der Begegnung Violetas mit Petit Bob zugegen wäre. Ich beobachtete sie unerbittlich, wobei ich mir meine Qual, meine Verbitterung, meinen Kummer nicht anmerken ließ.

Ich fand gar nichts heraus. Es gab keine Begegnung. Violeta und Petit Bob zeigten sich gleichgültig und distanziert. Mir ist bekannt, daß Mann und Frau einander nach der Liebe zu meiden pflegen (was sie nicht daran hindert, sich wenige Tage darauf wie Tiere erneut zu lieben); aber tatsächlich hatten sie auch vor der Nacht des fünfzehnten Juli wenig miteinander zu tun gehabt. Ich entschloß mich, mit Pierrot ein Gespräch von Mann zu Mann zu führen; dann wurde mir klar, daß ich – so sehr ich mich auch von Violeta entfernt haben mochte – mit Menschen, die ich verabscheute, nicht über sie reden durfte.
Mittlerweile sind wir in Buenos Aires. Ich habe vor meiner Abreise nicht einmal mehr nachgeforscht, ob es in dem Dorf wirklich eine Grottenfabrik gab. Was würde ich dagegen nicht alles für das Wissen geben, daß in jener Nacht alles nur in einem Traum geschah, den Mónicas Wein verursacht hat! Manchmal glaube ich daran und sage mir immer wieder, daß Violeta etwas so Ungeheuerliches einfach nicht begangen haben kann. Wäre es denn so ungeheuerlich gewesen? Ich trage die Schuld daran – so oft habe ich ihr gesagt: »Alles oder nichts« –, daß eine Affäre mit mir bedeutet hätte, Mann und Kinder zu verlassen; aber ein Liebesakt mitten in der Nacht mit diesem Kerl hätte für sie vielleicht keine große Bedeutung, wäre später vielleicht so gut wie nie geschehen. Zweifellos sehe ich das anders, aber ich zähle in dieser Angelegenheit nicht.

All for love, or The World well lost...
John Dryden

In der Ferne erklang scheppernd ein kreolischer Walzer, als ich zu dem kleinen Platz gelangte, der auf den Fluß hinaus liegt. Das Haus war alt, aus Holz gebaut, hoch, schmal, ein bißchen schief vielleicht. Es hatte eine sich nach oben verjüngende, in einer Spitze auslaufende Dachkuppel, die noch schiefer war, ein eisernes Tor und Scheiben aus farbigem Glas, die nur trübe das Licht jenes nicht endenwollenden Oktoberabends reflektierten. Um das Haus herum verlief ein schmaler Garten, der vor Gestrüpp und Efeu kaum mehr auszumachen war. Auf einem Schild am Zaungitter las ich den Namen: *Mon Souci*. Weiter innen gab es an der Wand auf einer rechteckigen Holztafel ein zweites Schild, bei dem jemand beide ›n‹ verkehrt herum geschrieben hatte: *Heißmangel. Untergeschoß*. Ich hatte das Gefühl, es beobachte mich irgend jemand aus dem Gestrüpp des Gartens heraus, aber es handelte sich bloß um eines dieser unschönen Erzeugnisse der italienischen Bildhauerei des 19. Jahrhunderts, einen Amor, der nicht ohne Bosheit lachte und von den Zweigen eines Fliederbusches fast ganz überwuchert war. Ich trat ins Haus und stieg hinauf in den ersten Stock.
Fräulein Eguren, eine schlanke, zierliche alte Dame, die einen feinen Seidenschal trug, öffnete selbst die Tür. Das Zimmer... Um ehrlich zu sein, bin ich eigentlich immer etwas geistesabwesend; dazu kommt noch mein schlechtes Gedächtnis, so daß ich mich auf die Aussage beschränken will, daß das Zimmer die ganze Vorderseite des Hauses einnahm und bei mir eine angenehme Erinnerung an Ord-

nung, Mahagonimöbel und Fliederduft hinterließ. Wir rückten den Schaukelstuhl und noch eine andere Sitzgelegenheit auf den Balkon. Wir nippten an kühlen Getränken; ab und zu schauten wir über den kleinen Platz, der von drei Straßen umschlossen war, über die Anlegestelle, die Masten, ein paar Segel und den Fluß im Hintergrund.

»Sie schreiben, mein Herr?« fragte Fräulein Eguren. »Ich habe Sie hergebeten, um Ihnen eine Geschichte zu erzählen. Eine wahre Geschichte. Ich erzähle sie Ihnen, und Sie, mein Herr, brauchen sie dann nur noch für eine Zeitschrift oder ein Buch ein wenig zurechtzufeilen. Ich liefere Ihnen sozusagen den Text, und Sie als Dichter, mein Herr, versehen ihn dann mit Musik. Ich muß Sie allerdings schon darum bitten, sich nicht die kleinste Abänderung zu erlauben, damit die Geschichte nichts von ihrer Konsistenz verliert. Drücke ich mich verständlich aus? Tante Carmen, die Ihr Buch gelesen hat, behauptet, Sie nähmen die Liebe ernst.«

»Ah«, sagte ich.

»Die Leute, die Bücher machen, warum schämen die sich eigentlich der Liebe? Entweder treiben sie ihren Spott damit, oder sie begraben sie unter regelrechtem Unflat, der wirklich nicht sehr viel mit Liebe zu tun hat.«

Ich protestierte:

»*I promessi sposi, Paul et Virginie!** «

»Sind das wertvolle Autoren?« – ihr Interesse dauerte gerade so lange, wie sie brauchte, um diese Worte auszusprechen. »Aber Sie werden mir doch nicht bestreiten wollen, daß für den normalen Mann die Liebe nicht zählt. Das Geld zählt, der Sport. Eine Frau ist da ganz anders, natürlich sind sich die Geschlechter uneins. Zählt für Sie vielleicht irgendein Buch mehr als das Leben?«

»Nein«, sagte ich.

»Mein Bester, nur das Leben hat wirklich Magie. Und

wenn man auch genötigt ist, sich mit noch so engen Verhältnissen zu bescheiden – es ist immer Raum genug für die ganze Fülle des Lebens. Zu mir etwa dringt die gesamte Lebensfülle über diesen Balkon. Diese Narren glauben, daß eine alte Frau, die man in ein Kämmerchen abgeschoben hat, keinerlei Freuden mehr kennt. Da irren sie sich aber. Ich beobachte, erlebe mit. Ach, wer das doch immer und ewig könnte!«

Vielleicht um mir zu beweisen, daß ihr nichts entging, fügte sie hinzu:

»Jetzt ist Wachablösung vor dem Polizeirevier.«

Tatsächlich fand vor dem Eingang zu dem Polizeirevier jenseits der Straße, die den Platz nach rechts begrenzte, gerade ein Wachwechsel statt.

»Diese aufdringlichen Walzer kommen von dem Karussell her«, fuhr sie fort. »Dort hinten steht es, auf der Wiese da; Américo betreibt es, der Beinlose. Sehen Sie dort rechts die Araucarie? Das Haus mit dem rundumlaufenden Balkon ist die Villa der Varelas. Gegenüber, in der Mitte des Platzes, haben wir das Denkmal für General San Martín, darum herum vier grüne Bänke, wo sich die Liebespaare ihr Stelldichein geben; und ganz am Ende können Sie, wenn Ihre Augen Sie nicht im Stich lassen, die Stelle erkennen, von wo die steinernen Stufen nach unten führen. Wieviele Freunde sind dort hinuntergegangen, um ein Boot zu finden (mir kommt es vor wie gestern) und nach Uruguay zu fliehen!«

Sie verharrte in Schweigen, bis ich meine Augen wieder ihr zuwandte. Dann begann sie:

»Die Begebenheit trug sich 1951 zu: wird sie gut erzählt, dürfte ihr ein Ehrenplatz unter den Legenden unseres Vaterlandes sicher sein. Ihre Hauptpersonen erstrahlen im Glanze wahren Heldentums. Beide waren einander recht ähnlich; sehr jung, tugendhaft und von bescheidener Herkunft. Sagen Sie, mein Herr, erkennen Sie darin nicht die Hand der Vorsehung, die beide so geformt hat, daß jeder sie lieben konnte? Angélica arbeitete unten in der Heißmangel. Sie hätten sie zwischen all diesen gewöhnlichen und halbverrückten Mädchen für eine Königin gehalten. Ich sage Ihnen: die einzig Ernsthafte, die einzig Hübsche, die einzig Stille. Und aus was für einem Elternhaus sie stammte! Ich kann nur staunen, mein Herr, denn die Ereignisse haben sich wirklich so zugetragen und bestätigen die Märchen, wo der Prinz die ihm vorbestimmte Braut im armseligsten Haus des Dorfes entdeckt. In diesem Fall war der Prinz ein Bäcker.«

»Ein Bäcker?« wiederholte ich verständnislos.

»Das werde ich Ihnen schon noch erklären. Angélicas Mutter war die arme Margarita, müssen Sie wissen, gelähmt in ihren letzten Jahren, einfältig schon seit eh und je und nicht lebenstüchtiger als ein Schaf. Wie lange wäre sie schon tot gewesen, hätte es da nicht Angélica gegeben, eine so gute Tochter, so selbstlos, die Stütze in jeder Not. Sie fütterte sie mit ihrem eigenen Mund – hören Sie gut zu, was ich sage! – so wie man eine Taube füttert. Verhungert wäre die arme Margarita, von der man sich derart schmutzige Geschichten erzählt, daß einem die Haare zu Berge stehen. Aus meinem Mund werden Sie nichts davon hören! Statt dessen will ich vier wahre Worte sagen, die ihr zur Ehre gereichen: sie vergötterte ihre Tochter. Mit dem Mann im Hause, dem Stiefvater dieses Mädchens Angélica, kommen wir zu dem, was dem Ganzen Pfeffer gibt, zum Schurken unserer Erzählung, mein Bester. Es handelte sich um einen untersetzten Paraguayer, den alle als Papy oder als den Kaffeeneger kannten. Er war so dunkelhäutig, als ob sie ihn schon in der Hölle gebraten hätten, und von erstaunlicher Gewalttätigkeit und Lebenskraft; kein Stein blieb bei ihm auf dem anderen. Neben der Aufsicht über ich weiß nicht was für ein Weibergestüt – verlangen Sie keine Erklärung von mir; von Sport habe ich keine blasse Ahnung – befuhr der schreckliche Stiefvater die sieben Weltmeere als Heizer an Bord der ›Río Diamante‹. Die Kleine pflegte ihre Wunden und trocknete die Tränen, wenn der Kaffeeneger in See stach, aber der Zeitpunkt seiner Rückkunft stand schon fest. Nicht nur wegen der Prügel erwartete sie ihn voller Angst und Schrecken; er hatte auch gedroht, sie zu mißhandeln, wenn sie nicht Luis Chico heiraten würde, eine Marionette, die der Heizer mit eiserner Hand am Gängelband führte.

Glauben Sie mir, der Papy war mächtig. Seine Schlägereien gingen in die Tausende, und Feinde hatte er mehr als genug, denn der Raufbold pflegte seinen von Natur aus schon streitsüchtigen Charakter mit Schnaps noch anzuheizen. Durch dieses Vorleben wurde er für die Mächtigen der Politik interessant genug, daß sie ihre Hand über ihn hielten, und der Dunkelmann machte Karriere in der örtlichen Gewerkschaftsgruppe.* Wie hätte man sich solch einem Rabauken entgegenstellen können? Wenn er die Idylle der jungen Leute entdeckt hätte, er würde Ricardo bei lebendigem Leibe die Haut abgezogen haben; der Schuft wäre sogar ohne weiteres dazu fähig gewesen, unter den Augen der armen Mutter, die alles ans Bett gefesselt erdulden mußte, das Mädchen bis aufs Blut zu schinden.«

»Wer ist Ricardo?« fragte ich sie.

»Ein Bäcker, wie schon gesagt, Angélicas Liebster. Ein stattlicher Bursche; es war ein Vergnügen, ihm zuzusehen, wie er mit vollem Korb pünktlich wie ein Uhrwerk rund um den Platz seine Lieferungen austrug. Niemanden ließ er ohne Brot; von den Varelas brauchen wir dabei gar nicht erst zu reden, die sind pünktliche Zahler, aber auch nicht das Polizeirevier, das nie auch nur einen Pfennig bezahlt

hat, obwohl man dort Kandis-Törtchen zum Mate verlangte; und genausowenig Américo, den Beinlosen, der kaum einmal einen roten Heller in der Tasche hat. Natürlich würden sie sich ihm nicht einfach offen entgegenstellen. Ricardo war ein Bäckerbursche, der Rechtschaffenheit und Mut bewiesen hatte (ich gebe nur wieder, was hier unter diesem Dach in den hoffnungsvollen Tagen jenes Septembers von seinen Mitverschwörern ausgesprochen wurde), aber wer hielte mit bloßen Fäusten eine Lokomotive auf? Und wenn er dem Paraguayer mit einer Waffe entgegengetreten wäre – wohin hätte das Ganze dann geführt? Angélica rief ihm immer wieder ins Gedächtnis: ›Wir wollen heiraten, nicht uns trennen. Ich will dich bei mir haben, nicht hinter Gittern oder unter der Erde.‹
Bevor er zum letzten Mal auf der ›Río Diamante‹ in See ging, erklärte der Stiefvater: ›Bei meiner Rückkehr wird deine Hochzeit stattfinden!‹ Sie können sich vorstellen, wie hart diese Ankündigung die armen Kinder traf. Ricardo wartete jeden Abend auf Angélica, und wenn sie von ihrer Arbeit kam, spazierten sie Arm in Arm und sorgenschwer bis zur Mitte des Platzes und setzten sich auf eine der vier Bänke, die auf San Martín schauen. So sehr sie auch den ganzen Schlamassel durchsprachen – sehen Sie, die beiden kamen einfach nicht weiter. Bis zu dem unseligen Datum blieb ihnen nur noch wenig Zeit: der Stiefvater sollte in der Nacht des ersten Oktober zurückkommen. Sie fanden keinen Ausweg, nur eine Gewißheit in ihren Herzen: Von Tag zu Tag liebten sie sich inniger, und unter allen Umständen würden sie diese Heirat mit Luis Chico verhindern, denn zu einem Revolver reichten ihre Ersparnisse noch immer, falls sie es nicht vorziehen würden, sich zu vergiften.

Das Leben folgt so vielen Pfaden, daß diese Idylle, die unaufhaltsam ihrem tragischen Ende zustrebte, nicht das einzige wichtige Geschehen war, das die jungen Leute damals beschäftigte. Wie ich Ihnen schon sagte, war Ricardo auch an der Verschwörung gegen die Diktatur beteiligt. Niemandem kam der Verdacht, der Lieferjunge könnte mit den Broten aus seinem Korb zugleich auch pünktlich Nachrichten und Befehle an die Verschwörer austeilen. Die örtliche Befehlszentrale arbeitete im verborgenen von der Villa der Varelas aus; die dort versammelten Anführer waren allseits bekannte Gegner der Regierung, die auch bei der Polizei aktenkundig waren. Um mögliche Festnahmen zu vermeiden, die den Erfolg des ganzen Staatsstreiches aufs Spiel gesetzt hätten, steckten sie in der letzten Phase ihre Nasen nicht einmal mehr auf der Gartenseite aus dem Fenster.

Den Verbindungsoffizieren mußten Befehle übermittelt werden; ihrerseits mußten sie die Villa über die Neuigkeiten unterrichten; dazu waren Depeschen des Führungsstabes in Buenos Aires weiterzuleiten. Weil man dem Telephon nicht trauen konnte, hatte der Bäcker viel zu tun; aber dann beruhigte sich alles erst einmal wieder – in jenen traurigen Zeiten war es an der Tagesordnung, daß auf Momente fieberhafter Aktivität, wo der Beginn der Erhebung schon für einen oder mehrere Termine fest angekündigt war, unvermittelt wieder ruhigere Phasen folgten, in denen alles vergessen schien –, und obwohl die Anführer weiterhin in der Villa der Varelas versammelt blieben, verlor Ricardo selbst jede Hoffnung auf die Revolution.

Eines Abends, als sie dort auf der Bank saßen und ihre Blicke über den Anlegeplatz und den Fluß schweifen ließen, muß wie eine plötzliche Erleuchtung in der Vorstellung der jungen Leute der Plan Gestalt angenommen haben. Fest steht jedenfalls, daß sie mit dem Eigner der *Liebre* sprachen, einem Bootsführer, der scharenweise Flüchtlinge ans andere Ufer gebracht hatte. Er stand in dem Ruf, ein Agent der Regierung zu sein, aber in jener Zeit zweifelte niemand daran, daß seine Passagiere da ankamen, wo sie hingehörten, oder wie soll man es nennen. Wollen wir ganz offen sein – der Mann hätte ohne das geheime Einverständnis der damaligen Machthaber sein rettendes Geschäft nicht so lange betreiben können. Das Wahrscheinlichste ist wohl, daß er sich Straffreiheit erkaufte, indem er einen Teil von dem weitergab, was er selber kassiert hatte. Wir dürfen ja nicht vergessen, daß zu Zeiten der Diktatur stärker als alle anderen niedrigen Instinkte an erster Stelle der Geschäftssinn noch am kleinsten Feuer sein Süppchen zu kochen verstand. Der Eigner der *Liebre* vereinbarte mit Angélica und Ricardo, sie beide in der Nacht des ersten Oktober nach Uruguay überzusetzen.

Alles hatten unsere Liebenden bedacht. Margarita würde nur kurze Zeit hilflos zubringen müssen, denn wenn der Kaffeeneger auch bei weitem nicht an Angélicas liebevolle Betreuung und ihre schonende Rücksichtnahme heranreichte, würde er Margarita doch weder verhungern noch verdursten lassen. Dieser Schurke legte gegenüber seiner Gefährtin eine seltsame Zärtlichkeit an den Tag, sicher ein bloßes Überbleibsel aus ihrer gemeinsamen, wilden Vergangenheit. Großherzig nahmen die jungen Leute die Risiken des Planes auf sich. ›Es wäre schon mehr als Pech‹, müssen sie sich gedacht haben, ›wenn der Stiefvater vor unserer Abfahrt zurückkäme; wenn er käme und uns auf der Stelle suchte; wenn er uns suchte und gleich beim Anlegeplatz beginnen würde.‹

Der Plan war fertig, aber im Handumdrehen machte das Schicksal ihn zunichte. Am 27. September teilte der Eigner der *Liebre* Ricardo bei einer zufälligen Begegnung mit, daß er sie nicht auf die andere Seite übersetzen könne, weil das Boot einen neuen Anstrich brauche, damit es wieder wie neu aussähe. Vollkommen am Boden zerstört, beendete der Junge seine Nachmittagsrunde im Seifenladen von Veyga. Dieser, einer der Verbindungsoffiziere der Verschwörung, sagte ihnen, daß man den Zeitpunkt vorverlegt habe; daß aus Buenos Aires Anweisungen gekommen seien, man solle sich bereithalten, jeden Augenblick auf die Straße zu gehen; daß er bei seiner ersten Lieferung am nächsten Tag die in der Villa versammelten Herrschaften alarmieren müsse, sie aber nicht außerhalb der üblichen Zeiten aufsuchen dürfe, um nicht die Aufmerksamkeit des Polizeireviers zu erregen, wo man zweifellos schon auf der Hut sei und alles überwache; er solle auch Américo aufsuchen, damit der Beinlose von Zeit zu Zeit in seinem Programm den San-Lorenzo-Marsch wiederhole, ein kurzes Musikstück, das im Kode der Verschwörer ›Gefahr‹ bedeutete und signalisierte, daß der Zeitpunkt des Handelns unmittelbar bevorstand.

Die Sache ist nun die, daß Ricardo den Beinlosen nicht auf seinem Posten antraf. Wie immer wartete er am Ausgang der Heißmangel auf Angélica. Ich habe sie gesehen: langsamen Schrittes gingen die armen Kinder zur Bank ihrer Gespräche. Sie waren Patrioten, so daß die greifbar nahe Revolution – dessen können Sie sicher sein, mein Herr – sie mit Freude erfüllte; aber den Fluchtplan aufgeben, noch einmal dem Stiefvater entgegentreten, nunmehr ohne einen anderen Ausweg als den gemeinsamen Selbstmord – in welch abgrundtiefe Verzweiflung muß sie das gestürzt haben! Irgendeine Anwandlung, eine spontane Eingebung der Hoffnung oder der Verzweiflung, wer wollte das wissen, führte sie hinunter an den Fluß. Dort, am Fuße der Treppe, trafen sie den Eigner der *Liebre*. Angélica machte ihm bittere Vorwürfe, Ricardo flehte ihn an, und der Mann verblüffte sie zu guter Letzt mit dem Angebot, sie gleich auf der Stelle nach Uruguay überzusetzen. Es hieß jetzt oder nie, denn am folgenden Morgen würde man das Boot aufs Trockendock schaffen, und bevor es seinen Dienst wieder aufnehmen könnte, wäre der gefürchtete Stiefvater wieder zurück. Die jungen Leute erbaten etwas Zeit, damit sie sich kurz miteinander beraten konnten. Sie gingen auf die Bank zu und blieben nach wenigen Schritten wieder stehen. Was würden Sie nicht alles darum geben, nicht wahr, mein Herr, die Worte zu erfahren, die dieses heroische Paar wechselte. Vielleicht wird niemand sie je erfahren. Wie sie sich entschieden hatten, war allerdings offensichtlich. Ich darf dazu wohl etwas sagen, denn während ich hier auf diesem Balkon gerade etwas frische Luft schöpfte, wurde ich Zeugin der Konsequenzen, denen die Kinder die Stirne boten. Was für eine Schuld nahmen sie auf sich!

Am Nachmittag des darauffolgenden Tages umstellte die Polizei die Villa der Varelas. Erhobenen Hauptes schritten die Verschwörer durch ein Spalier von Verbrechern in Uniform zum Revier. Américo, der Beinlose, nahm den San-Lorenzo-Marsch nicht in sein Programm auf, aber auf Befehl des Kommissars, der einen mit einer Mauser bewaffneten Mann neben dem Karussell postierte, dröhnte er uns pausenlos mit überlauter Musik die Ohren voll. Am frühen Morgen gab es eine Unterbrechung. Glauben Sie aber nicht, daß diese Pause uns Erleichterung verschafft hätte. Es war entsetzlich, denn nun hörten wir die Schreie der Unglücklichen, die in der Polizeistation gefoltert wurden. Die besten Leute der Gegend! Auch den armen Beinlosen folterten sie eine Weile, weil sie ihn im Verdacht hatten, die Musik absichtlich unterbrochen zu haben, damit wir mitbekämen, was dort vor sich ging. Damit aber noch nicht genug des Unheils. Am Morgen des ersten Oktober überquerte ein Leichenzug diese Straße. Margarita war so geschwächt gewesen, daß ihr jede Widerstandskraft fehlte; hilflos starb sie nach wenigen Tagen, vor Hunger und vor Durst. Man hat mir versichert, daß der Heizer bei seiner Rückkehr wie ein armer schwarzer Teufel über dem Grab seiner Frau winselte und schwor, die Bande mit seinen bloßen Händen zu zerquetschen, und wenn er sie dafür auch am anderen Ufer suchen müsse: die Drohungen eines Trunkenbolds, die nicht mehr wert sind als der, von dem sie stammen.

Nun empfehle ich Ihnen, mein Herr, doch einmal einen Augenblick über das nachzusinnen, was in dieser Erzählung an Erhabenem steckt. Sie, der Sie soviel gelesen haben: ist Ihnen je eine vollkommenere Liebesgeschichte begegnet? Stellen Sie sich diese beiden jungen Leute vor, Kinder noch, wie sie nahe bei dem Standbild für den Vorkämpfer unserer Befreiung miteinander den Ausweg aus diesem Dilemma finden, das einem das Herz abdrückt. In der einen Waagschale liegen das Leben einer heißgeliebten Mutter, die Treue zum Vaterland und den Gesinnungsgenossen oder der Verrat; in der anderen die Liebe ihrer beider Herzen. Mein Ricardo und meine Angélica zögerten nicht einen Augenblick.«

Türme, auf losem Sand gebaut
Lope de Vega

Als wenn die Verheißungen des Jenseits nicht ausreichten, wollen wir gleich hier fortbestehen, auf unserer Erde, die so geschmäht und doch so geliebt wird. Fast jeder hat teil an dem allgemeinen Streben, in Werken, Kindern, in welcher Form auch immer weiterzuleben. Zweifellos treibt uns dabei ein natürlicher Instinkt, und in diesem Punkte zumindest kommen wir an Intelligenz zwei Insekten gleich, der Ameise und der Biene, sowie einem Nagetier, dem Biber oder *castor fiber.* Würden wir auch nur eine Minute über die Unsterblichkeit nachdenken, die man durch Bücher, Kunstwerke, Erfindungen oder öffentliche Ämter erlangt, so verspürten wir einen bitteren Geschmack, wie jemand, der auf einen Betrug hereingefallen ist. Ich erstrebe die Unsterblichkeit meines Bewußtseins und bin nicht so einfältig, schon zufrieden zu sein, wenn ich in einem halben Dutzend Bücher weiterlebe, die in einer Reihe irgendwo im Regal stehen; aber natürlich klammere ich mich mit Klauen und Zähnen an diese Unsterblichkeit des halben Dutzend, mein festes Bollwerk gegen das Heranbrausen der Zeitenstürme. Genauso wahr ist, daß ich – bildlich gesprochen – drei Kreuze vor denjenigen schlage, die sich Tag für Tag mit Arbeiten abmühen, die sich genauso Tag für Tag wieder in Nichts auflösen. Wie sollte man auch so manchen wahren Künstler verstehen, dessen Erzeugnisse durchaus einem Qualitätsmaßstab standhalten, der mit den Bildern im Museum für Moderne Kunst gründlich aufräumen würde, ganz zu schweigen von vielen Büchlein der Poeten? Ich rede von Damenfriseuren und großen *chefs de cuisine,* die völlig unberührt bleiben von der raschen Zerstörung dessen, was sie im Schweiße ihres Angesichts geschaffen haben, seien es nun komplizierte Frisuren oder raffinierte Torten-Kreationen.

Was die erwähnten Bändchen angeht, vertraue ich darauf, daß sie mir eine Nische – eine wenig erfreuliche Behausung, aber was hat die Nachwelt überhaupt an Erfreulichem zu bieten? – in der argentinischen Literaturgeschichte sichern werden. Vielleicht mag ich nicht unter den am höchsten Gepriesenen erscheinen, auch nicht unter den Geringsten; ich bescheide mich mit einem Platz in der zweiten Reihe: meiner Meinung nach der ehrenvollste. Mein Name ist der großen Masse fremd, die in allen Fußballteams und der Genealogie von Rennpferden bewandert ist. Wenn ich sage, daß ich Romanautor bin, leuchten die Augen des zufälligen Gesprächspartners auf, den mir der Platz im Eisenbahnabteil oder der Tisch beim Essen im Klub oder bei einem Bankett beschert hat, aber wenn ich dann auf seine Frage hin meinen Namen nenne, verliert sich sein vorübergehendes Lächeln sogleich, bis es dann durch eine neue Hoffnung wieder auflebt: »Schreiben Sie unter einem Pseudonym?« »Nein, ich schreibe nicht unter Pseudonym.« Vielleicht erinnert sich mein Gesprächspartner nicht an den Autor, wohl aber an die Romane. Nun schon mit wahrer Selbstverleugnung zähle ich sie auf, denn dieser leere, enttäuschte Gesichtsausdruck läßt keinen Zweifel: Nie zuvor hat mein Gegenüber von derartigen Titeln gehört.

Mein Fehler als Schriftsteller war es vermutlich, erfundene Geschichten zu erzählen, letztendlich also Lügen; Lügen tragen, wer wüßte das nicht, den Keim des Todes in sich. Nun will ich einmal eine wahre Begebenheit erzählen.

Bis heute habe ich aus Rücksichtnahme auf die betroffenen Personen davon abgesehen, diese Ereignisse literarisch zu verwerten; aber in unserem Lande schreitet das Vergessen schneller voran als die Geschichte, so daß man eine Begebenheit, die sich vor zehn Jahren zugetragen hat, an die Öffentlichkeit bringen und völlig sicher sein kann, weder den Lebenden zu nahe zu treten noch das Andenken der Toten zu beschmutzen. Es gibt überhaupt kein Andenken zu beschmutzen, weil sich niemand mehr an irgend etwas erinnert.

In meinem Inneren lagen schon immer meine ureigene Faulheit und der Wille, ein Werk zu hinterlassen, miteinander im Widerstreit. In jenem Jahr ging meine Faulenzerei zu weit; sie nutzte wirklich jeden Vorwand, den ihr das Leben in Buenos Aires lieferte. Da ich einen guten Entwurf in Arbeit hatte – ich glaube meistens, einen guten Entwurf in Arbeit zu haben –, entschloß ich mich, ihn zu retten; zu schreiben, auch wenn ich dafür auf die Stadt und meine Verabredungen verzichten und mich wer weiß wohin aufs Land zurückziehen müßte.

»Nutzen Sie die Gelegenheit, unser Land richtig kennenzulernen«, war der sachverständige Rat meiner Portiersfrau.

Da sie meiner patriotischen Gesinnung mißtraut (sie stammt aus Tucumán, und an mehr als einem Neunten Juli* hat sie mich schon ohne Kokarde ertappt), wagte ich nicht, ihr zu erklären, daß mein Vorhaben weder touristischer noch patriotischer, sondern rein literarischer Natur sei.

Ich beschloß insgeheim, ihrem Rat nicht zu folgen und statt dessen nach Mar del Plata zu fahren. Mit Rasierschaum im Gesicht erzählte ich vor dem Spiegel im Friseursalon von meinem Vorhaben.

»Offen gesagt«, begann der Friseur in seiner üblichen unfreundlichen Art, »Sie überanstrengen ja nicht gerade Ihre Phantasie!«

»Der Schriftsteller«, entgegnete ich, »benötigt Phantasie in seinen Werken, aber lassen Sie uns doch bitte im Leben ruhig den jeweils bequemsten Weg wählen. Und ich sage Ihnen noch etwas: Mar del Plata ist das Richtige, gerade weil es Schnee von gestern ist; ich werde weder auf der Suche nach interessanten Plätzen durch die Gegend irren noch mich von dem Roman ablenken lassen.«

Obendrein hatten wir April, den Monat, in dem die letzten Horden von Sommerurlaubern sich wieder in ihren Löchern verkrochen haben und die Abende am allerschönsten sind. Ist der April nicht auch der Monat der Engländer, überhaupt all derer, die Bescheid wissen?

Ich besprach die Sache mit meinem Freund Narbondo. Hier in unserem Viertel nennen wir ihn so (ungeachtet der Tatsache, daß sein richtiger Name Rechevsky lautet, glaube ich), weil ihm die alte Apotheke dieses Namens gehört, die er irgendwann in den dreißiger Jahren einem früheren Narbondo abgekauft hatte, den wir unter diesem Namen kannten, obwohl der in Wirklichkeit Pérez oder García hieß. Der Apotheker meinte dazu:

»Wir haben dort ein paar Verwandte, denen es sehr gut geht. Sie betreiben eine Tankstellenkette von der Küste bis nach Tandil. Sie verdienen mehr, als sie ausgeben können, wissen Sie, und Jahr für Jahr stellen sie sich ein neues *chalet* hin. Wenn Sie wollen, bitten wir sie, Ihnen eins von ihren allerbesten zu vermieten.«

»Wie sollte er das nicht wollen?« protestierte seine Frau. »Ein Künstler in einem Hotelzimmer – da muß er ja ersticken!«

»Mit der Einschränkung«, sagte ich, »daß José Hernández in Hotels den *Martín Fierro** schrieb, Ausfahrt und Rückkehr; noch dazu in Hotels von damals. Ein Argument für das Leben in Hotels.«

»Oder für das Leben im Gefängnis«, bemerkte der Apo-

theker. »Hat nicht Barca im Gefängnis von Henares *Das Leben – ein Traum* verfaßt?* So ist er freigekommen.«
Sie redeten so schnell, daß man gar keine Gelegenheit hatte, sie zu berichtigen. Schon drängte seine Frau:
»So ein Häuschen verschafft einem eine ganz andere Ruhe. Mit einem schönen Kamin und dem Blick aufs Meer könnte selbst ich noch meiner Inspiration freien Lauf lassen und einen Roman schreiben.«
Ich ließ mich überzeugen. ›Ich suche keine Abenteuer, sondern günstige Arbeitsbedingungen‹, überlegte ich. Die Apothekersleute telegraphierten ihren Verwandten, die Verwandten telegraphierten den Apothekersleuten, und ich bestieg in Constitución einen Zug und geriet in ein Abenteuer, das schmutzige, nicht endenwollende Abenteuer, welches heutzutage in diesem Lande jede Eisenbahnfahrt darstellt. Mehr schlecht als recht gelangte ich in Mar del Plata an, bei meinem Haus, wo mich dank ich weiß nicht was für einer erfreulich großmütigen Laune des Schicksals Bilder erwarteten, wie sie die Frau des Apothekers in unserem Gespräch heraufbeschworen hatte: im Kamin die knisternden Holzscheite, im Fenster der Anblick des Meeres.
Außerdem erwarteten mich die Verwandten von Narbondo, das Ehepaar Guillot; sie übergaben mir das Haus und sahen mit bemerkenswerter Umsicht darauf, daß es mir an nichts fehlte. Ich hatte gedacht: ›Der Wohlstand von Neureichen in einer ziemlich materialistischen Stadt. Davor behüte mich der Herrgott!‹ Ich erlebte eine Überraschung. Vielleicht mußte man bei Juan Guillot, neben aller zugestandenen Intelligenz, Bildung, Rechtschaffenheit und Großmut, über die eine oder andere Lappalie hinwegsehen, sozusagen als unnötiger Beweis dafür, daß sich der Mann hinter dem Ladentisch erst noch auf dem Wege zur Vollkommenheit befand; aber seine Frau, Viviana, Doña

Viviana (wie wir alle sie nannten, obwohl sie noch keine fünfundzwanzig Jahre alt war), war eine außergewöhnliche Person, bei der ich nicht wußte, was ich mehr bewundern sollte: ihre strahlende Schönheit, die Anmut oder ihre Gabe, mit Menschen umzugehen, die mich mit dem Leben und mir selbst so recht zufrieden sein ließ. Ich erklärte sie im stillen zur perfekten Ehefrau; nicht nur für den Geschäftsmann, mit dem sie zufällig verheiratet war, sondern für jeden denkbaren Gemahl, sei er nun Künstler oder Schriftsteller.

Als sie gegangen waren, öffnete ich den Koffer und stöberte in den Kleidungsstücken herum, die mir die Portiersfrau zusammengepackt hatte. Mit Beharrlichkeit kamen recht nutzlose Dinge zum Vorschein: eine Rasierklingenabziehmaschine, deren Hersteller vielleicht ein neues goldenes Zeitalter vorausgesehen haben mochte, in dem es für Hast oder Ungeduld keinen Platz mehr gäbe; Badekleidung, die man bloß anzusehen brauchte, um für alle Fälle erst einmal ein Aspirin zu nehmen; ein Stöckchen, das seinem Benutzer ein Maß an Mut abverlangte, das meine Kräfte überstieg, und ein lang gewünschtes Fernglas, das nach dem Kauf in einer Schublade verschwunden war. Mit einiger Mühe förderte ich schließlich die Schuhe mit den Kreppsohlen, die Flanellhosen und einen grobgestrickten, langärmeligen Pullover zutage. In dieser ganz in Braun gehaltenen Kombination und mit brennender Pfeife (der Pfeife und diesem Ensemble verdanke ich bei den aufgeschlosseneren Frauen einen gewissen Ruf) setzte ich mich an den Kamin. Ich dachte: ›Ich muß mir eine Flasche Whisky kaufen. Mit dem Whiskyglas in der einen Hand, der Pfeife und einem guten Buch in der anderen – wer sollte mir so noch die Schau stehlen? Es würde das Bild allerdings noch vervollständigen‹, so gestand ich mir ein, ›wenn ich einen treuen Hund hätte. Auf jeden Fall, mit oder ohne Hund: vor meiner Rückkehr nach Buenos Aires werde ich mich in dieser gemütlichen Ecke photographieren lassen. Wenn der Roman erscheint, werde ich erreichen können, daß irgendein Buchhändler die Photographie ausstellt.‹

Am nächsten Morgen begab ich mich mit brennender Pfeife auf einen Fußmarsch durch das Viertel, ein Erkundungsunternehmen, das ich dazu nutzte, im Lebensmittelgeschäft Yerba für den Mate, Zucker, Whisky usw. zu kaufen und um in dem kleinen Milchladen fürstlich zu frühstücken.

Vermutlich weil der Reisende ein Vogel ist, der mit seinem Käfig reist, glaubte ich in dem Moment, als ich den Laden in Mar del Plata betrat, im Laden gleich bei mir um die Ecke in Buenos Aires zu sein: der gleiche Geruch, das gleiche Halbdunkel, die gleiche Kundschaft von kleinen, dunklen und bedrückten Frauen. Hinter dem Ladentisch stand natürlich nicht der Spanier Don Faustino; hier war es ein winzig kleiner, blasser, grauhaariger Spanier mit Ringen unter den Augen, der bemerkenswert schmuddelig aussah und, wie ich bald herausfand, Don Fructuoso hieß.

Während ich wartete, bis ich an die Reihe kam, sah ich zu, wie er die Frauen bediente, und dachte: Die völlige Gleichartigkeit ihrer Funktion verwischt jeden Unterschied zwischen Don Faustino und Don Fructuoso. In diesem Land gibt es, obgleich sie sich in letzter Zeit auf vielfache Weise auflehnen, große Reserven an schüchternen und unterwürfigen Frauen (vielleicht nur noch für kurze Zeit?). Wenn sie im Laden an der Reihe sind, bleiben sie weiter stumm, den Blick auf den Boden gerichtet. So würden sie noch endlos verharren, wenn der Spanier, Don Faustino oder Don Fructuoso, sie nicht im Tone eines herzlichen Klapses auf den Po ermuntern würde: »Nun, Mädchen, was soll es denn sein?« Ohne den Blick zu erheben, antwortet die Frau mit der demütigen Stimme einer Maus, die es gewagt hat, aus ihrem Loch hervorzukommen: »Also ... Hundert Gramm Hartwurst.« Der Spanier wiegt die Hartwurst ab und fragt: »Was sonst?« Nach einer Pause sagt die Frau ganz leise: »Eine kleine Büchse Kutteln.« Der Spanier setzt die Leiter an, klettert hinauf, kommt zum Ladentisch zurück, fragt: »Was noch?« Gepreßt kommt die leise Stimme: »Fünfzig Gramm Essigzwiebeln.« Nichts läßt erkennen, ob diese Bestellung die letzte ist oder ob erst noch eine lange Liste folgt. Der Ladeninhaber weiß genau, daß man von derartigen Geistern nicht die Anstrengung einer einzigen, zusammengefaßten Bestellung verlangen kann. In aller Ruhe erklimmt er die Leiter, steigt mit der Büchse hinunter, entlockt der Kundin einen neuen Auftrag, bringt die Leiter an eine andere Stelle, klettert auf der Suche nach einer weiteren Büchse hinauf, steigt hinab, bekommt eine neue Bestellung, bringt die Leiter wieder dorthin zurück, wo sie vorher gestanden hat, und steigt hinauf, um noch eine Büchse zu holen. Großzügig mit seiner Zeit und der seines Nächsten, nimmt der Ladenbesitzer dieses unnütze Hin und Her in Kauf und hält sich an seiner Kundschaft schadlos, indem er sie mit größter Vertraulichkeit und diesem Ton behandelt, der so klingt, als würde er sie anfassen. Er ist von äußerster Langmut, aber jedem ist klar, wer das Sagen hat, wer der Herr ist; tatsächlich ist der Spanier Hahn im Hühnerhof, ein Türke in seinem Harem. Ich wage die Vermutung, daß für diese Beziehung zwischen dem Ladenbesitzer und seinen Kundinnen Freud höchstpersönlich eine psychoanalytische Erklärung gefunden hätte.

Obwohl das Wetter unfreundlich, kalt und windig war, ging ich sogleich zum Strand hinunter, denn die Häuser,

deren Türen und Fenster mit Brettern vernagelt waren, deprimierten mich irgendwie.
Bis zum Meer ist es von dort noch weit; es liegt jenseits eines von Gestrüpp überwucherten, sumpfigen Geländestreifens, den man auf kleinen, aufgeschütteten Pfaden durchquert. Ich kam dorthin, bloß um am Ende meiner Wanderung festzustellen, daß ich nur schon wieder zu Hause sein wollte. Ich sprach mir selber Mut zu: ›Was wäre an einem kalten Morgen angenehmer als ein ordentlicher Spaziergang?‹ In Wirklichkeit tut einem schon während des Fußmarsches das Kreuz weh; der Körper wird einem so schwer, als müßte man ihn auf dem eigenen Buckel mitschleppen; Füße und Schuhe werden immer langsamer, weil der endlose Sand sie nicht losläßt.
Unten am Wasser war der Sand fest. Vom Meer löste sich schwereloser Schaum, der vom Wind über den Strand getrieben wurde. Die Möwen, einzige Gefährtinnen in dieser Unendlichkeit, beschworen meine Reisen und Abenteuer in einem früheren Dasein herauf, und mit einem Mal vergaß ich meine Müdigkeit, lief ein langes Stück und fand mich am Badestrand von Atilio Bramante wieder, direkt gegenüber von meinem Haus. Von der Strandseite aus bin ich meinem Zuhause nirgends näher. Selbst so mußte ich noch etwa dreihundert Meter zurücklegen, um den kraftraubenden Weg zu Ende zu bringen (oder fünfhundert; wer kann solche Distanzen schon schätzen?). Unter dem Vorwand, eine dieser zeltartigen Strandkabinen mieten zu wollen, würde ich den Strandwärter suchen und einen Stuhl finden. Vor Erschöpfung schon ganz durcheinander, vergaß ich dummerweise mein eigentliches Vorhaben, und aus der fixen Idee heraus, den Mann finden zu müssen, lief ich mich nur noch müder, indem ich meine Jammergestalt beharrlich weiter durch diese Wüstenei schleppte. Zu guter Letzt erreichte ich Bramantes Behausung, ein kleines, blau-

gestrichenes Holzhaus mitten auf dem Badestrand; es stand auf Pfählen, vier hohe Stufen führten zur Eingangstür hinauf, die an der Stirnseite lag, zum Meer hin; zu beiden Seiten der Tür waren Bullaugen. In einem davon, eingerahmt wie von einem Medaillon, rauchte Bramante seine Pfeife.

Ich fragte ihn, ob er es sei. Ohne seine Pfeife aus dem Mund zu nehmen oder mich anzusehen, knurrte er etwas – wie mir schien – Zustimmendes.

»Darf ich hereinkommen?« war meine zweite Frage.

Ich stieg hinauf und trat ein. Das Haus bestand aus einem Zimmer; es gab eine Liege mit einer grauen Decke darüber, einen Stapel Zeltleinwand, Taue, eine hölzerne Truhe mit einem aufgemalten Totenkopf und dem Namen ›Bramante‹ – ein Rettungsring mit demselben Namen hing an der Wand–, ein Barometer und den Geruch nach Hanf, nach Hölzern und nach Harzen.

»Was wollen Sie?« fragte er.

»Eine Strandkabine mieten.«

»Ich baue alles ab«, erwiderte er. »Die Saison ist vorbei. Wegen der paar Gestrandeten, die noch da sind...«

In diese vage, abwertende Kategorie schloß er mich zweifellos mit ein. Das war kein Grund, sich zu ärgern: der Anblick des Strandwärters spiegelte eine ruhige und konzentrierte Kraft wider, die mir über das normale menschliche Maß hinauszugehen schien, so als wenn sie von den Felsen oder vom Meer herrührte, von irgendeinem elementaren Bestandteil unseres Planeten. Atilio Bramante war korpulent, von fast kupferner Hautfarbe; sein Gesicht durchzog eine verblaßte Narbe, seine Hände waren kurz und behaart; er hatte ein Holzbein. Er trug einen groben, blauen Strickpullover und eine blaue Hose, die sich an dem gesunden Bein in einem roten Gummistiefel verlor. Mit einer derartigen Gestalt in diesem kleinen Raum war mir zumute wie auf einem Schiff mitten auf dem Ozean; aber nicht auf einem heutigen Schiff, sondern auf einem Segelschiff aus der Zeit der Piraten und Korsaren. Wahrscheinlich trug die Truhe mit dem Totenkopf ihren Teil zu diesem Trugbild bei.

»Ich habe mich in einem *chalet* der Guillots eingemietet, deshalb komme ich vorbei.«

»Warum haben Sie das nicht gleich gesagt?« sagte er vorwurfsvoll. »In diesem Haus ist ein Freund der Guillots jederzeit willkommen.«

Mit dem unbeholfenen und zugleich prachtvollen Gang eines Seelöwen an Land ging er hinunter zum Strand und brachte zwei Korbstühle. Aus der Truhe holte er eine Flasche und Gläser.

»Rum?« fragte er.

Außerdem lud er mich zu Keksen ein, die mit Schokolade überzogen waren und ›Titas‹ oder so ähnlich hießen; wir rauchten und plauderten.

Das war der Anfang einer meiner drei oder vier Gewohnheiten während dieser geruhsamen Zeit, die so jäh im Unglück endete. Das Behagen, das mir diese Spaziergänge am Meer, die Pfeife, der Rum und die Unterhaltung mit Bramante bereiteten, rührte vielleicht daher, daß ich mich bei diesen Betätigungen beobachtete und mir einbildete, dabei Material für irgendein verdienstvolles zukünftiges Werk zu sammeln. Ein fauler Mensch wird nie müde, sich Vorwände auszudenken, um die Arbeit weiter aufzuschieben. Wovon erzählte mir der Strandwärter? Von fernen Kindheitserinnerungen, von Schiffen und Unwettern im adriatischen Meer, von dem Badestrand, auf dem wir uns befanden und der (seiner Meinung nach) anders war als alle anderen, und viel besser; von dem kleinen Weg, der dorthin führte, auf den er fast so stolz war wie auf seinen Sohn, eine Art blonden Apoll, rotwangig und kräftig, dessen jugendlicher, blond behaarter Körper etwas zur Kugelform tendierte. Ich sah ihn mehr als einmal wie einen Kapitän auf der Kommandobrücke inmitten der im Hufeisen angeordneten Strandkabinen des benachbarten Strandes.

Letzten Sommer hatte er diesem Sohn, den er selbst an seiner Seite großgezogen hatte, die Aufsicht über einen der beiden Badestrände übertragen, die seinem Regiment unterstanden; der Sohn zeigte sich der Aufgabe gewachsen, und abends arbeitete er noch an der Tankstelle, wo ihn das Ehepaar Guillot »wie ein Familienmitglied« behandelte. Im Winter fuhr er zudem frühmorgens mit dem Boot aufs Meer hinaus zum Fischen.

Gespräche dieser Art im Angesicht des Ozeans dauerten bis zum Mittag. Danach sammelte ich meine Kräfte, um den Rückweg in Angriff zu nehmen, aß mit einem Bärenhunger in der Gastwirtschaft zu Mittag, und wenn ich zu Hause ankam, ganz auf Arbeit eingestellt, fiel ich in einen tiefen Mittagsschlaf, aus dem ich vor der Teezeit nicht mehr erwachte. Irgendein Vorwand – wie zum Beispiel die Frage, ob sie ein Mädchen zum Reinemachen wüßte – führte mich dann zur Wohnung von Doña Viviana, im Stockwerk über der Tankstelle. Dort vertilgte ich in bester Gesellschaft und ohne im mindesten Buch darüber zu führen immer neue, große Tassen dickflüssiger Schokolade nebst einer beträchtlichen Menge Hefegebäck. Obwohl meine Konversation eher dürftig war, lauschte mir die Dame dank einer Voreingenommenheit für Schriftsteller, die sie nur langsam verlor, wie einem Meister, während ich mich, gefesselt von der sichtbaren Zartheit ihrer Hände, den unsinnigsten Hoffnungen hingab. Es beunruhigte mich nicht weiter, daß ich mich so benahm, denn ich war wie trunken von der kräftigen Luft und der Schwerstarbeit, die mein Magen verrichtete.

Die Guillots hatten einen Sohn, ein dickliches Kind von drei oder vier Jahren, das auf einem geräuschlosen Dreirad unermüdlich um den Tisch herumfuhr, an dem wir unsere Schokolade tranken. Ich muß schon ziemlich in die Mutter verliebt gewesen sein, denn der Kleine (und normalerweise nehme ich Kinder nicht einmal zur Kenntnis) interessierte mich. Daß er seine Mutter ›Doña Viviana‹ nannte, wenn er etwas zu ihr sagte, erschien mir als ein untrügliches Zeichen für Persönlichkeit. Ein Kind ist wie ein Papagei, der alles wiederholt, was er hört; das wußte ich, aber ich hatte es vergessen.
Eines Abends betrachtete ich den Kleinen und erklärte:
»In unseren Werken leben wir weiter. Deshalb muß man sie mit Liebe schaffen.«
Wegen jeder Kleinigkeit wurde Viviana rot. Mit einem geheimnisvollen und bezaubernden Erröten antwortete sie:
»Was für ein Unsinn. Das Werk tritt an die Stelle desjenigen, der es schafft, und es bleibt einem nichts anderes übrig, als sich damit abzufinden. Glauben Sie denn wirklich, daß Chopin jedes Mal wieder aufersteht, wenn ich ein Nocturne spiele? Wenn in hundert Jahren irgend jemand die Geschichte von Flora, von Urbina und von Rudolf liest – wird der Autor dann in seinem Grabe lächeln?«
»Wollen wir doch ernst bleiben«, protestierte ich irritiert und geschmeichelt zugleich, weil sie mich zitierte.
»Man darf seine Geschöpfe nicht verleugnen«, erklärte sie. »Ich weiß, daß ich nicht in meinem Sohn weiterleben werde, aber ich bin zufrieden damit, daß er es ist, der an meine Stelle tritt.«
Ich dachte: ›Niemand tritt an irgendeines anderen Stelle.‹ Und auch: ›Sie ist zufrieden, weil sie denkt, daß ihr Leben irgendwie in ihrem Sprößling weitergeht.‹ Aber ich wagte nicht, etwas zu sagen, denn ich wußte, ich würde die

Worte nicht finden, und ich getraute mich nicht, ihr zu sagen, daß ich mir ein Kind wünschte, weil ich ahnte, daß der Satz in diesem Augenblick unpassend klingen würde.

Größere Kühnheit entwickelte ich in meinem Umgang mit Dorila, dem Mädchen, das mir Frau Viviana täglich zum Saubermachen, Waschen und Bügeln schickte. Zunächst erlebte ich eine Enttäuschung, und ich sagte mir, daß ich auf diesem Wege nichts zu erhoffen brauchte, und taufte sie ›Mataca‹.* Sie war klein, hatte eine kupferfarbene Haut, schwarzes Haar, ein breitflächiges Gesicht, eine niedrige Stirn und kleine, schrägstehende Augen, die ziemlich weit auseinander lagen. Mit mir geschah etwas Unerklärliches: während ich versuchte, an meinen Roman zu denken, folgte ich irgendwie den Bewegungen dieser jungen Frau durch das ganze Haus. Tage oder Stunden des Zusammenlebens unter demselben Dach bewirken in den Menschen wahre Metamorphosen. Überrascht erleben wir mit, wie sich unmerklich ein Zauber entfaltet – die ungeahnte Zartheit eines Armes oder jener unerforschten Stelle zwischen Ohr und Nacken, die so weiß ist wie frisch geschnittenes Brot und von einer nie gekannten, begehrenswerten Intimität, oder die Augen, die auf einmal eine Wildheit verraten, in die man eintauchen möchte wie in das Wasser eines Flusses. Natürlich bremste mich der Gedanke, einen gefährlich falschen Schritt zu tun, der Doña Viviana zu Ohren gekommen wäre. Ich wäre vor Scham gestorben, obwohl es wahrscheinlich unnötig gewesen wäre, so weit zu gehen, wenn man nach den Vertraulichkeiten urteilen wollte, welche die ›Mataca‹ Lieferanten und der halben übrigen Welt gestattete. Ich vermute, daß es zwischen ihr und mir eine stillschweigende Übereinkunft gab und daß wir (nicht ganz ohne Schwindel auf meiner Seite) genau so weit vom Pfade abkamen, bis wir haarscharf am Rande des sprichwörtlichen Abgrundes standen.

Wie ein Sünder, der seinen Glauben doch noch nicht verloren hat, vertraute ich darauf, daß diese tägliche Routine mich eines Tages in einem wundersamen Übergang mitten in die Arbeit an meinem Roman führen würde, dessen Manuskript mich getreulich auf allen Wegen begleitete; ich trug es stets unter dem Arm bei mir. Zu einem gewissen Zeitpunkt schien es so, als ob sich diese Erwartung erfüllen sollte. Was die beiden Frauen anging (die so verschieden waren, daß ich einige Bedenken unterdrücken muß, sie in ein und demselben Satz zu nennen), beschied ich mich mit der Rolle des Zuschauers; auf der anderen Seite begann ich ganz ohne Zweifel der Geschichte meines Buches näherzukommen, die Personen waren für mich wieder real.

Eines Abends war ich nach dem Essen auf dem Heimweg, und während ich den bedrohlich aussehenden Himmel betrachtete, befand ich mich mitten im Ersinnen der Schlußpassagen meines Romans. Ich hatte in einer Zeitung, die mein Vormieter auf dem Tisch hatte liegenlassen, eine kurze Notiz über die ›liebreizende‹ Küste gelesen. Ich überlegte mir, ob es wohl einen akzeptablen Satz mit dem Beiwort ›liebreizend‹ geben könnte. Als Antwort kamen mir die Verse von López Velarde* in den Sinn:

Wer schaute nicht nachts…
(es folgen ein paar Worte, die ich vergessen habe)
bevor er das Laster gekannt
am Arm seiner Braut
liebreizenden Feuerwerks Brand?

Rasch dachte ich mir die Szene mit dem Feuerwerk aus, dem die Helden Hand in Hand zuschauen. Es fehlte nur noch die Willenskraft, alles zu Papier zu bringen. Ich

beschloß, den Stoff noch einmal reiflich zu überdenken, ihn mir die Nacht über durch den Kopf gehen zu lassen, die Arbeit auf den nächsten Tag zu verschieben. Was den letzten Punkt anbetraf, sah ich mich getäuscht, denn als ich im Bett lag, konnte ich keinen Schlaf finden; unaufhaltsam entwickelte ich Sätze und Situationen. Sehr spät muß ich dann doch eingeschlafen sein, denn umgehend weckten mich die Detonationen. Zuerst glaubte ich, es seien Salven von dem Fest aus meinem Buch. Dann dämmerte mir, daß sie in der Welt da draußen stattfanden, aber es dämmerte mir mit meinem vom Schlaf umnebelten Verstand so allmählich, daß ich zunächst mir die Schuld dafür gab. ›Wer hat mich auch gebeten, an Pyrotechnik zu denken!‹ sagte ich mir erschrocken. Zu diesem Schrecken hatte ich allen Grund. Durch die Rolladen drang von Zeit zu Zeit ein wütendes Aufblitzen, wie die äußersten Wellen eines Ozeans von Licht. ›Der Krach braucht sich erst gar keine Mühe zu geben, mich wird er nicht aus dem Bett jagen. Morgen ist noch Zeit genug herauszufinden, was los ist.‹ Ich vergrub mich vollständig unter der Bettdecke und stellte mir vor, ich sei ein Tier in seiner Höhle. Schon wollte mich der erwartete, erquickende Schlaf umfangen, als – wie mir schien, mitten in meinem Zimmer – eine Bombe oder etwas Ähnliches unter ungeheurem Krachen zerbarst. Unmittelbar darauf folgte ein grelles Aufleuchten. Aufgerichtet im Bett sitzend, warf ich an Wand und Decke einen Schatten, der mir Angst einjagte. »Faulheit ist aller Laster Anfang«, murmelte ich, während ich mich mit bemerkenswerter Schnelligkeit anzog. Ich vergaß auch nicht mein Halstuch, denn die Nacht mußte ziemlich frisch sein. »Ich will mal nachschauen, was los ist. Nicht daß ich hier im *chalet* noch wie ein Täubchen im eigenen Saft geschmort werde.«
Ich öffnete die Tür. Es war nicht kalt. Die Nacht hatte eine

ungewöhnliche Kupferfärbung. Gruppen von Leuten schauten zu der Seite hin, wo der Leuchtturm stand; vom Hafen her kamen immer mehr Menschen hinzu. Als ich in einer Gruppe Don Fructuoso entdeckte, stürzte ich auf ihn zu wie in die Arme eines Freundes.

»Was ist los?« fragte ich.

»Feuer, ein ziemlich großer Brand«, antwortete er.

»Saboteure«, erklärte einer von denen, die von der Hafenseite hergekommen waren. »Solange die hier nicht die Todesstrafe verhängen, sind wir verraten und verkauft.«

»Unser Land kennt überhaupt keine fundamentalen Werte mehr«, sagte ein anderer.

»Was ist denn abgebrannt?« fragte ich.

»Nun, so gut wie gar nichts«, antwortete Don Fructuoso. »Sehen Sie selbst.«

»Die Tankstelle«, sagte die Frau aus dem Milchladen.

»Doch nicht die von den Guillots?« fragte ich mit bangem Herzen.

Schon konnte ich die hoch auflodernden Flammen und die gewaltige Rauchsäule sehen.

»Die von den Guillots«, antwortete Don Fructuoso.

»Wer war drinnen?« fragte ich.

»Das Feuer hat sie da drinnen überrascht«, sagte die Frau aus dem Milchgeschäft.

Das Mädchen, das im Obstladen bedient, fügte hinzu:

»Auch den armen Cacho Bramante, so einfach mir nichts dir nichts.«

»Cacho Bramante?« fragte ich einigermaßen töricht.

»Der Sohn des Strandwärters Bramante«, sagte die Frau aus dem Milchgeschäft. »Sein Strand liegt dem *chalet* direkt gegenüber...«

Ich unterbrach die Erklärungen mit der Frage:

»Kann man denn gar nichts tun, um sie zu retten?«

»Was da brennt, ist Benzin, mein lieber Herr«, setzte mir

Don Fructuoso auseinander. »Wer sollte sich da heranwagen? Weder ich noch Sie.«
Ein Greis, der sehr gebrechlich wirkte, meinte:
»Alle zu Asche verbrannt, darauf können Sie Gift nehmen!«
Ich entfernte mich von diesen grausamen Menschen. Ich stolperte durch die Nacht, soweit ich konnte, und kam bis zu der Stelle, wo mir die Feuerwehrleute den Weg versperrten. Die Hitze war wirklich beißend. Erneut traf ich das Mädchen, das im Obstladen bedient.
»Weinen Sie?« fragte sie mich.
»Das ist der Rauch«, antwortete ich. »Macht Ihnen der Rauch nicht zu schaffen?«
»Man sagt, daß nicht alle drinnen waren«, erklärte sie.
Ich wollte mir keine trügerischen Hoffnungen gestatten, aber ich fragte nach:
»Wer war drinnen?«
»Ich weiß nicht«, antwortete sie. »Gebe Gott, daß Cacho nicht mit da drinnen war.«
›Wir denken an verschiedene Personen‹, sagte ich mir, ›aber unsere Angst ist die gleiche.‹ Ich nahm sie beim Arm, das Mädchen lächelte; ich fand, daß in ihrem Blick etwas Edles lag und daß sie unter all ihrer Schlampigkeit und Schmuddeligkeit gar nicht so häßlich war.
Ein junger Mann behauptete im Vorbeilaufen:
»Der, der fehlt, ist Guillot. Gestern abend ist er nach Tandil gefahren.«
Gott möge mir verzeihen: ich war regelrecht bestürzt. Ich ließ das Mädchen los, weil ich fürchtete, sie würde mir Unglück bringen.
»Wenn er zurückkommt...« bemerkte eine Frau, »...was für ein Bild!«
Andere sagten:
»Ich an seiner Stelle wäre lieber tot.«

»Tausendmal lieber.«

»Die Frau und das unschuldige Kind – ein Opfer der Flammen.«

»Auch Cacho Bramante, so einfach mir nichts dir nichts«, sagte wieder das Mädchen, das im Obstladen bedient.

»Die Ärmsten werden längst Staub und Asche sein. Sehen Sie doch nur, was für ein Höllenfeuer!«

»Glauben Sie das nicht. Der menschliche Körper ist sehr widerstandsfähig. Haben Sie noch nie von den Leichen aus Pompeji gehört?«

»Ich mag über diese Dinge nicht sprechen. Ich habe Phantasie. Ich denke an Doña Viviana, gestern noch so voller Leben, und jetzt... Wie mag sie wohl aussehen? Ich habe viel Phantasie.«

»Ich habe einmal einen Toten gesehen, der bei einem Brand umgekommen war: Nur eine Hülle harte Haut bleibt übrig und das bleiche Gebiß.«

»So weiß und fein war Frau Guillot; sie muß wie ein Stück Zucker verbrannt sein.«

»So viel Fürsorge hat Doña Viviana diesem Kind gegeben! Jetzt gibt es kein Kind und keine Viviana mehr.«

»So jung war Doña Viviana, und so damenhaft.«

»Gerade noch gestern habe ich den Kleinen auf seinem Dreirad gesehen.«

»Was für Leute«, murmelte ich voller Zorn. »Was für eine Art, einen aus der Fassung zu bringen.« Ich entfernte mich von ihnen, wobei ich mich bemühte, auf die Dinge zu achten, die um mich herum waren, die Einzelheiten des Weges, den Brand in der Ferne; ich versuchte, mich von meinen Gedanken abzulenken. Welcher Mensch ist keine elende Kreatur? Beinahe ebensosehr wie die Bestätigung von Vivianas Tod fürchtete ich, womöglich in der Öffentlichkeit weinen zu müssen. »Es ist eine Schande«, sagte ich erneut voller Doppelsinn.

»Wenn man mir von dem armen Kleinen auf seinem Dreirad erzählt, ist es, als würde man mir ein Messer im Leibe herumdrehen.« Ich betrachtete den Rauch und ertappte mich bei dem Gedanken, daß vielleicht ein winziger Teil dieser schwarzen Säule von Vivianas Körper herrührte. Ohne es zu wollen, rief ich aus: »Die Ärmste!« Ich versuchte, meinen Geist zum Schweigen zu bringen, aber er formulierte bereits eine neue Überlegung: ›Wie seltsam: Ich werde sie niemals wiedersehen.‹ Sogleich widersprach ich mir: ›Wer weiß? Ich habe keinen anderen Beweis als das Gerede der Leute.‹ Ich erinnerte mich an die Werke Gustave Le Bons*, so als wenn ich sie gelesen hätte, und hielt mich an die Meinung, daß die Masse sich immer irrt. »Hoffentlich irrt sie sich jetzt«, murmelte ich.

Es gab nicht genügend Wasser, oder es fehlte an Druck, oder alles beides kam zusammen, jedenfalls brauchte die Feuerwehr sehr lange, um das Feuer zu löschen.

Wie ein Schlafwandler streifte ich dort herum und beschrieb Kreise, von deren verbissen verfolgtem Ziel ich selber keine Vorstellung hatte. Die Besitzer eines Hauses nahmen mich mit auf ihren Balkon, damit ich besser sehen konnte, und in einem anderen, halbfertigen Gebäude gelang es mir gar, bis aufs Dach zu steigen. Bald verließ ich diese Aussichtspunkte wieder, begierig, erneut meine Runden aufzunehmen. Wie weit bin ich in jener Nacht und an jenem Morgen gelaufen!

»Er wird sich zu guter Letzt noch ins Feuer stürzen!« meinte die Frau aus dem Milchgeschäft.

Es war unglaublich: sie sprach von mir, und alle stimmten mit ihr überein. Ich vermute, daß mir das viele Herumlaufen den Anstrich eines Verrückten gegeben haben muß. Widerstand war zwecklos: man schleppte mich mit zum Lebensmittelladen und setzte mich im Hinterzimmer an einen langen Tisch, auf dem fein säuberlich eine Decke aus

Zeitungspapier ausgebreitet war. An seinem Kopfende saß Don Fructuoso, dabei waren die Frau aus dem Milchgeschäft, die Obsthändler, zwei eingebürgerte Türken; das Mädchen und noch andere Nachbarn, an die ich mich im einzelnen nicht mehr erinnen kann.

»Laßt uns mit einem Grenadine-Aperitif anfangen«, bestimmte der Hausherr.

Das Unglück, so sagten sie, habe ihnen Appetit gemacht; mir schnürte es die Kehle zu. In einer Emailleschüssel wurde ein Spanferkel aufgetragen – ich schwöre, es sah aus wie ein blondes Kind –, ein ganzes Spanferkel mit allen Einzelheiten, wie Augen, Ohren und dergleichen. Voller Gefräßigkeit verschlangen sie es. Das warmherzige Gemeinschaftsgefühl dieser Leute war bewundernswert; sie waren so großzügig, so bereitwillig, niemanden auszuschließen, daß sie mich mit einbezogen: ich weiß es dankbar zu schätzen.

Eine Frau schrie mir ins Ohr:

»Ertränken Sie Ihren Kummer im süßen Wein!«

Ich trank; ich wollte fliehen, jeder Schluck war ein Schritt, der mich weiter fortbrachte. Ich verstehe auch heute noch nicht, warum die makabren Einzelheiten, die wohlmeinenden Berichte von verkohlten oder unverkohlten Leichen, die jedermann bei diesem Festmahl zum Besten gab, mir in Verbindung mit soviel Spanferkel Unbehagen verursachten. Ich aß wenig. Ich trank einen Aperitif mit Grenadine, danach süßen Wein. Das Letzte, woran ich mich erinnere, ist das plötzliche Auftauchen von jemandem, der auf unendlich dramatische Art verkündete:

»Gestern nacht ist Bramantes Sohn gesehen worden, wie er aus einem Fenster nach draußen kletterte.«

»Bravo!« rief das Mädchen aus dem Obstladen beifällig.

Später merkte ich, wie man mich nach Hause brachte und ins Bett legte. Im Morgengrauen erwachte ich. Die ganze

Nacht hatte ich von Viviana und ihrem Sohn geträumt, verkohlt und lebendig, oder wunderbar weiß und tot; von Bramante, von Bramantes Sohn, der wie ein Dieb durch das Fenster flieht; ich träumte von Feuer, von Explosionen, von Krankenwagen, von Löschzügen mit heulenden Sirenen.

Das, was ich im Traum immer wieder als Sirenen gedeutet hatte, war zweifellos der Wind. Man hätte meinen können, er wollte das ganze Haus abreißen. Fenster, Rahmen und Gebälk vereinten ihr Wehklagen mit dem Wehklagen von allem, was dort draußen war. Das allgemeine Getöse wurde vom Brüllen des Meeres beherrscht, das so nahegekommen war, als wollte es über uns hereinbrechen und alles niederwalzen.

Ich stand auf, machte mir in der Küche einen schwarzen Kaffee und ging nach draußen, um ihn – ziemlich dick angezogen – auf dem Balkon zu trinken. Die morgendliche Dämmerung wich einem strahlend hellen Morgen. Man mußte einfach zum Strand hinüber schauen. Die Wellen tobten gewaltig; nie zuvor hatte ich ein solches Tosen gehört. Und das Meer... So nah und so wütend, wie es war, hätte niemand an seiner Macht gezweifelt, mit unserem Festland ein für allemal Schluß zu machen, wenn eine Laune des Wetters ihm dies eingäbe. Überall sah es nach umhergestreuten Trümmern aus, nach Verwüstung, nach Aufruhr. Die tiefer gelegenen Stellen und der Weg zum Badestrand standen unter Wasser. Die Wellen kamen noch bis hin zum Haus von Bramante. Als ich zwischen den nackten Gerippen der Strandkabinen einen schwarzen Punkt ausmachte, der sich bewegte, fiel mir mein Fernglas ein. Ich war sicher, daß ich es aus dem Koffer genommen hatte. Nach einer Weile fand ich es.

In der scharfen Optik des Fernglases erschien mein Freund, der Strandwärter Bramante. Um die hölzernen Rahmen

seiner Strandkabinen zu retten, kämpfte er aus Leibeskräften gegen das Meer an, als dessen ebenbürtiger Gegner.
»Was sind Sie für ein Frühaufsteher!« rief mir der Obst-Türke zu.
Er hatte eine unverwechselbare Art, die Worte in eine Art Singsang zu verwandeln.
»Sie ja auch«, gab ich zurück.
»Der arme Bramante«, sagte er.
»Warum?« fragte ich, irgendwie unangenehm berührt. Das Bild von Bramante, der sich dort unten abschuftete, ließ mich an einen Löwen denken, an eine alte Dampflokomotive, an irgendein Symbol für Macht und Stolz, aber offen gestanden nicht an den Begriff *arm*.
»Die ganze Nacht kämpft er nun schon mit dem Meer, um Bretter und Pfähle zu retten. Etwas anderes ist ihm ja auch nicht geblieben.«
Ich schaute ihn verständnislos an und wiederholte:
»Etwas anderes ist ihm nicht geblieben?«
»Seinen Sohn muß man verloren geben. Er ist gestern am frühen Morgen mit dem Boot hinausgefahren. Alle Fischer sind zurückgekommen, nur er nicht.«
»Und er wird auch nicht mehr zurückkommen«, sagte Don Fructuoso, der geräuschlos dazugekommen war.
»Warum?« fragte ich.
»Bei dem Meer...« antwortete der Obsthändler.
»Soll das Meer ihn doch verschlingen«, entschied Don Fructuoso. »Soll ich euch sagen, was mir der Hilfspolizist Boccardo gesagt hat? Es ist erwiesen, daß Bramantes Sohn die Reise von Doña Vivianas Ehemann für den Versuch ausgenutzt hat, sie zu entehren. Bei der Auseinandersetzung brachte er sie um. Und dann hat der Mistkerl ein Streichholz an die Gardinen gehalten, um das Verbrechen zu vertuschen und alle Spuren zu beseitigen. Die Benzin-

tanks haben diese Schandtat dann im Handumdrehen vollendet.«

An jenem Tag brachte ich nicht den Mut auf, Bramante und Guillot aufzusuchen. Ich schloß mich zu Hause ein, um zu arbeiten. Zu den Mahlzeiten lief ich bis zu einem kleinen Lokal, wo niemand mich kannte oder mit mir sprach. Mit dem Schreiben ging es gut voran. Weil ich an Viviana dachte, wenn ich die Heldin schilderte, und weil ich von meinem eigenen Schmerz erzählte, wenn ich den Schmerz der Helden plausibel machen wollte, konnte ich überzeugend formulieren. Gegen Ende des Winters veröffentlichte ich das Buch in Buenos Aires; meiner Meinung nach haben die Kritiker es nicht richtig verstanden.

Natürlich verließ ich Mar del Plata nicht, ohne vorher Guillot mein Beileid auszusprechen – eine Viertelstunde voller Unbehagen, in der ich zu dem Hinterbliebenen weniger von seinem Schmerz sprach als von seinem *chalet*; ich ging auch zu Bramante. Als ich vor dem blauen Häuschen stand, lehnte der Strandwärter in einem Bullauge und rauchte seine Pfeife – ganz wie an jenem ersten Morgen, der mir nun so weit entfernt schien. Wir tranken Rum, aßen Schokoladenkekse, und zu guter Letzt kam eine Unterhaltung in Gang. Ungewollt begann ich, ihn zu trösten. Wer war ich, daß ich Bramante hätte trösten können? Das Unglück hatte ihm nicht den Mut genommen. An den Sohn wollte er sich nicht erinnern, und vom Meer behauptete er, es sei eine ausgesprochen unsympathische Bestie.

»Aber etwas verdanke ich ihm«, räumte er ein. »In meinem langen Umgang mit dem Meer habe ich gelernt, daß das Natürlichste auf der Welt der Wandel ist.«

Da ich nicht meinen besten Tag hatte, redete ich ihm erneut zu:

»Lassen Sie den Mut nicht sinken«, sagte ich.

Er nahm es nicht übel. Er räumte eine solche Möglichkeit sogar ein, voller Vertrauen, sie zu überwinden. Er erklärte:
»Ich werde nicht verzagen, weil ich ja ein Werk hinterlasse.«
Mit einer fast heiteren Geste wies er über den Strand.

(Für E. P., in Freundschaft und insgeheim)

BRIEF ÜBER EMILIA

Verliebten und Narren...
(Spanisches Sprichwort)

Neulich abend im Verlag, vor der kleinen, vergitterten Festung unserer Kasse – ich holte mir gerade das Honorar für meine letzten Arbeiten ab–, da haben Sie mich gewarnt: eines schönen Tages würden die Leute auf einmal von Emilia genug haben, und ich versprach Ihnen andere Frauen. Nun gut, lieber Herr Grinberg, ich habe Ihnen etwas vorgemacht. Das geschah weder aus Berechnung noch aus Verärgerung, sondern weil meine erste, spontane Reaktion mcist so ungeschickt ist, daß es Sie nur verstimmt hätte, anstatt Sie zu überzeugen, wenn ich gleich eine Rechtfertigung versucht hätte. Sie sagten: »Emilias Gesicht wie von einem blonden Harlekin und diese Brüste mit der Form saftiger Birnen – das ist ein Bonbon, von dem jeder Leser unserer Zeitschrift schon bis zum Überdruß genascht hat. Es ist Zeit, sich an die Arbeit zu machen, nicht immer dasselbe Aquarell oder dieselbe Zeichnung zu wiederholen: Zeit, ernsthaft zu arbeiten.« Nach meinem Verständnis muß man mit Lust arbeiten, wenn man ernsthaft arbeiten will, nicht wie ein Schüler, der unter dem Joch seiner Hausaufgaben stöhnt. Die Lust, Emilia zu zeichnen, ist mir noch längst nicht vergangen. Ich brauche sie nur anzuschauen, und alle Befürchtungen, ich könnte mich wiederholen, lösen sich in Luft auf. Denn Emilia ist ein unerschöpfliches Modell; immer wieder entdecke ich in ihrem Gesichtsausdruck oder an ihrem Körper eine neue Ausstrahlung, die ich bislang noch nicht festgehalten habe. Ich lasse mich auf die abenteuerlichen Landschaften meines Modells ein, so wie ein Forscher, der Wälder, Berge oder Türme auf dem Grunde des Meeres entdeckt, und ich handele dabei für die Leser der Zeitschrift die Ahnung von einer Wunderwelt ein. Aber Sie, der Direktor, schütteln nur den Kopf, winken ab, rufen »Nein!« und verlangen anstelle von Emilia ein Sortiment völlig belangloser Dämchen. »Setzen Sie sich von sieben bis neun in eine Konditorei«, befehlen Sie mir, »und gehen Sie ans Werk. Man muß immer in Bewegung bleiben, sich etwas Neues einfallen lassen, mein Freund.« Mit dem untrüglichen Instinkt eines Blinden meinen Sie, ich sei mehr an Emilia interessiert als an der Kunst.

Es ist schon seltsam: zweimal habe ich nun bereits dieselben oder beinahe dieselben Worte gehört. Das erste Mal liegt eine ganze Weile zurück. Ich hängte gerade meine Bilder für eine Ausstellung auf, die sich *Neun junge Maler* nannte (tausend Jahre sind seitdem vergangen), als eine Kollegin, die heute noch immer die Tretmühle von Galerien und Biennalen mitmacht, vor sich hin murmelte wie jemand, der laut nachdenkt: »Ich glaube fast, dir gefallen die Frauen mehr als die Malerei.« Jener Tag ging nicht zu Ende, ohne daß Sie dorthin kamen, vermutlich von Ihrem untrüglichen Instinkt geleitet, und sperrangelweit die Tore zu Ihrer Zeitschrift für mich aufrissen: Sie machten mir ein ungeheuerliches Angebot, ein Angebot, das für jeden Maler ein Schlag ins Gesicht sein mußte und das ich auf der Stelle annahm (obwohl Sie es mit den Worten machten: »Ich erwarte Sie ohne jede Eile. Nichts im Leben darf bei mir übereilt geschehen, wenn es gut geraten soll«). Ich verzichtete erleichtert darauf, die Frauen weiterhin wie eine Art Stilleben zu malen, so wie wir Maler sie eben sahen, um sie nunmehr so nachzuschöpfen, wie sie der normale Sterbliche liebt. Ich brauchte ziemlich lange, um mir darüber klarzuwerden, daß ich nicht einfach eine Konvention gegen die andere eingetauscht hatte, sondern daß ich auf ein untergeordnetes Niveau herabgestiegen war. Mir war das recht, denn ich hatte meinen Weg gefunden. Ich versuchte nicht länger, irgendwelche Meister zu imitieren; endlich war ich nur ich selbst, voll innerer Ruhe und Ungekünsteltheit. Man muß der sein, der man ist; nichts verbittert dermaßen wie ein Doppelleben. Meine Freunde von der Gruppe Neue Malerei mögen Sie als eine Art Versucher sehen, der mich mit Geld und Frauen verführt und schließlich von der Kunst abgebracht hat, nur um mich dann in einer ausgesprochen finsteren Sklavenarbeit zugrunde zu richten. Aber wenn ich darüber nachdenke, sehe ich ein, daß Sie für mich wie ein zweiter Vater waren. Eben weil ich Sie so sehe, schreibe ich Ihnen jetzt diesen Brief.

Wieviele Frauen sind durch das Studio gegangen! Haben Sie Irene schon vergessen, Herr Grinberg? Sie war groß und blaß, hatte lange blonde Zöpfe, und wenn sie sich auf den Rücken drehte, damit ich sie zeichnen konnte, bildeten ihre Füße einen wundervollen Winkel. Sie pflegten sie immer mit weit aufgerissenem Schlund anzustarren, wie ein hungriger Wolf. Haben Sie auch unsere Antoñita vergessen, die berühmt war für diesen Silberblick (›Ihr schwindelerregendes Etwas‹ nannten Sie es)? An sie alle denke ich mit einer gewissen Wehmut zurück, aber wenn ich mich an jede einzeln erinnere, schätze ich mich glücklich, daß sie so weit fort sind.

Mit allen Attributen eines wirklichen Vaters versehen, hielten Sie mir eines Tages vor: »Einmal muß man vernünftig werden. Wer würde bei dieser Menge an Frauen nicht den Überblick verlieren? Der Große Künstler steigt nach oben, erklimmt den höchsten Gipfel, entdeckt von dort in der Masse die einzigartige Frau und setzt sie durch die Methode bloßer Wiederholung durch. Dann verlieben wir aus der großen Schar uns in Ihr Modell und stellen Sie auf einen Sockel, von dem Sie niemand gleich mit dem ersten Steinwurf wieder herunterholen kann.« Man hätte meinen können, die ganze Welt habe sich verschworen, nur damit ich als ein Muster an Folgsamkeit erschiene. Isaura, die mit ihrer Konstitution wie ein junges Tier schon den bloßen Gedanken an einen Mantel zu verwerfen pflegte und andauernd erkältet war, wurde krank. Ich konnte weder Antoñita noch Violeta erreichen. Saturnas Telephon funktionierte nicht richtig. Irene hatte ich aus den Augen verloren. Voller Sorge, weil wir schon Sonnabend hatten und am Montag die Arbeiten abgegeben werden mußten, ging ich hinüber in den Chacabuco-Park, um mich zu sonnen. Als ich vom eigentlichen Park in den Teil gelangte, den die Rentner den Italienischen Garten nennen, erkannte ich auf der linken Seite, am Ende eines rötlichen Pfades, der von symmetrischen Rasenstücken umgeben war, meinen Freund Don Braulio, der gerade – unter dem schwarzen Tuch seines Apparates verborgen – eine große, blonde junge Dame photographierte. Sie war ganz in Grün gekleidet und saß auf einer Marmorbank unter dem Zypressenbogen. Ich bemerkte für mich: ›Das ist ein Gemälde von Gaston Latouche.‹ Während ich mich schon entfernte, brachte mich der Gedanke an ein Gemälde auf den von einem Modell, und ich überlegte, daß ich gerade hinter mir die Lösung all meiner Probleme zurückließ. Ich machte auf der Stelle kehrt. Ein bißchen wie ein Koch, der umrührt und kostet, hantierte Don Braulio mit seinen Platten. Die junge Dame war verschwunden.

Ich fragte ihn:

»Wer ist sie? Glaubst du, daß sie wiederkommt?«

»Sie muß wiederkommen. Wenn sie nicht wiederkommt, soll ich mir dann die Photos vielleicht an den Hut stecken? Nein, mein Freund, so etwas tut man nicht.«

Nachdem ich ihm die Situation erklärt hatte, sagte ich zu Don Braulio:
»Ich brauche so bald wie möglich ein Modell. Vielleicht kannst du mit der jungen Dame reden.«
»Überlaß das nur mir«, antwortete er.
»Sie soll es bei mir zu Hause versuchen. Weißt du meine Hausnummer noch?«
»Die Nummer ist unwichtig. Es ist das Haus, das wie eine Galionsfigur aussieht.«
Obwohl mein Haus, das an einer Ecke liegt, nicht wie eine Galionsfigur, sondern wie ein Schiffsbug aussieht, merkte ich, daß Don Braulio es wiedererkannte; je nach meiner Stimmung sehe ich das Haus als einen Schiffsbug, der sich triumphierend über das Grün des Parkes reckt, oder als eine scharfe, bedrohliche Spitze, als etwas, das mit der Düsterkeit und dem Gewicht von Mauern auf meinem Gemüt lastet, in denen sich nur ganz kurz das eine oder andere Fenster einen Spalt öffnet.
Ich machte gerade das Wasser für den Mate heiß, als es klingelte. Ich öffnete die Tür: Emilia, die einzigartige Frau, nach der Sie gerufen hatten und gegen die Sie jetzt Einwände erheben, kam in mein Haus.
»Der Photograph hat mich angesprochen«, sagte sie. »Ich habe noch nie als Modell gearbeitet, aber ich bin zu allem bereit.«
Sie lachte auf, weil sie gerade einen ihrer fröhlichen und etwas albernen Tage hatte. Ich glaube, ich verliebte mich auf der Stelle, obwohl es auch durchaus möglich ist, daß diese Entwicklung in Wirklichkeit eine Woche gedauert hat.
Verdrossen überlegte ich: ›Da sie noch nie als Modell gearbeitet hat, weiß sie nicht, wieviel sie dafür bekommen wird; ich werde es ihr sagen müssen; es wird ihr wenig vorkommen.‹

Damit sie nicht auf die Idee käme, ich sei ein Trottel – ich hatte schon eine ganze Weile nichts gesagt –, rechtfertigte ich mein Schweigen:
»Ich denke nur eben über etwas nach, das wir später regeln müssen.«
»Worüber?« fragte sie.
»Wir werden das schon noch regeln«, wiederholte ich.
Sie bestand darauf:
»Ich möchte es jetzt wissen. Verlangen Sie nicht, daß ich abwarte. Ich warte nie. Ich hasse die Ungewißheit.«
Die Neugier erhellte ihr Gesicht und verdunkelte ihren Verstand. Emilia war wunderbar jung.
»Also gut: Ich dachte daran, daß wir ausmachen müssen, wieviel ich Ihnen zahlen werde.«
Als wenn sie mir sagen wollte: ›Ich hätte etwas Interessanteres erwartet als diese Lappalie‹, rief sie aus:
»Ah.«
An jenem Nachmittag tranken wir Mate und arbeiteten. Lieber Herr Grinberg, soll ich Ihnen einmal die beiden Grundprinzipien meines Verhaltens nennen? Hier sind sie: Immer eins nach dem anderen, und: Ein jeder erkenne sich selbst. Wenn ich nicht Emilia zeichne, würde ich vielleicht gar nicht zeichnen. Ich bin mit Emilia zufrieden; das übrige kommt dann erst. Erlauben Sie mir, ein wenig die Stimme zu erheben, so als wenn Sie schwerhörig wären, um klarzustellen, daß das übrige *alles* übrige umfaßt. Natürlich ist das Verhältnis von Emilia und mir nicht so beständig, wie ich es mir wünschte (auch nicht, wie sie es sich wünschte: »Eine Frau will Beständigkeit«, ist ein Satz, den sie immer im Munde führt). Ich tröste mich damit (oder versuche, mich damit zu trösten), daß das Leben selbst, vergleichbar mit einem flackernden Licht, das über uns hinwegstreicht, auch ungewiß ist. Diese Gedanken wecken in mir die Erinnerung an die Leute aus unserem Nachbarhaus, als ich

noch klein war. Sobald der Sommer heiß und drückend wurde, brachen sie mit Unmengen von Gepäckstücken nach Mar del Plata auf, wohin ihnen die Lastwagen von Villalonga* schon mit Unmengen von Schrankkoffern vorausgefahren waren, und richteten sich dort für den Sommer ein; aber nach der Zahl ihrer Gepäckstücke hätten Sie angenommen, sie würden wer weiß wie lange nicht zurückkommen. Aber schauen Sie: obwohl damals die Zeit mit erstaunlicher Langsamkeit verstrich – ehe Sie sich noch an die Vorstellung gewöhnt hatten, daß sie abgereist waren, kamen sie auch schon wieder zurück, mitsamt den Gepäckstücken, den Schrankkoffern und mit Villalonga. Wie im Park ein Engländer mit Zelluloidkragen und schwarzem Anzug predigt: Wir errichten ein Tabernakel auf Treibsand.

Mein Leben verläuft ruhig und in geregelten Bahnen. Morgens arbeite ich an Skizzen vom Vortag oder zeichne aus dem Gedächtnis, bis Tomasa kommt, das Dienstmädchen. Dann laufe ich schnell mit dem Einkaufsnetz am Arm zum Bäcker, auf den Markt, zum Kaufladen, und – würden Sie es glauben? – nicht ohne Behagen wähle ich die Einkäufe aus, wechsele Grüße und Bemerkungen mit meinen Bekannten, fast möchte ich sagen mit meinen Freunden, die ich nach einem festen Ritus immer zur selben Zeit, an denselben Orten zu treffen pflege. Bei meiner Rückkehr ist das Haus sauber, Tomasa bereitet das Essen vor, ich zeichne weiter. Nach dem Mittagessen gehe ich hinüber in den Park, um mich ein wenig zu sonnen, und plaudere mit den Rentnern, deren Anblick Emilia so deprimiert. Wenn man sich auf eine Unterhaltung einläßt, wird jeder nur nach dem beurteilt, was er sagt, und so sehe ich, obwohl ich Maler bin, über das Äußere hinweg, wenn ein Gedanke treffend oder ergiebig ist, so wie das, was Don Arturo gestern vorbrachte. Don Arturo ist der mit den Augen wie zerlaufene Spiegeleier; soweit ich das mitbekommen habe, hat er als Zureiter in irgendeinem Gestüt von La Plata gearbeitet, wenngleich er selbst behauptet, er sei Fahrstuhlführer im Palacio Barolo gewesen. »Du versuchst«, sagte mir Don Arturo, »mit dem Kohlestift im Schweiße deines Angesichts das Persönchen, das du zeichnest, möglichst ähnlich aufs Papier zu bringen, und du kannst deinen Kopf darauf verwetten, daß die Kleine währenddessen ganz ungeniert deine Gebärden, Worte und außerdem deine Ansichten bis aufs i-Tüpfelchen kopiert: das geht endlos so weiter. Man muß die Frau gesehen haben, wie sie dich kopiert.«

Um Punkt fünf gehe ich wieder nach Hause, um auf Emilia zu warten, die sich verspätet. Mein Glück dauert drei Stunden (andere haben weniger). Vor neun geht Emilia wieder, und getrennt machen wir uns auf eine lange Wegstrecke, auf die ich schon vorher voll Furcht schaue und die ich nachher oft genug bedauern muß: das Verstreichen von einundzwanzig Stunden, in denen Emilia sich alleine durch eine feindliche Welt bewegt. Ich erfahre alles, weil sie vollkommen aufrichtig ist.

Emilia geht um neun nicht zu sich nach Hause, sondern in den Klub. Glauben Sie mir, Herr Grinberg, ich verstehe nicht, wie ein Mädchen mit lebhaftem Verstand und kritischem Urteilsvermögen diese Leute dort erträgt, denn ich bin da weit weniger nachsichtig, oder besser gesagt, ich bringe nicht soviel christliche Nächstenliebe auf. Ich begleite sie nicht und erdulde eben, was ich erdulde. Im jetzigen Stadium unserer Beziehung ist es mir schlechterdings unmöglich, den Klub zu betreten. Wohl hatte mich Emilia am Anfang selbst gebeten, sie zu begleiten; ich habe mich geweigert, um meine Überlegenheit zu beweisen. Wenn ich natürlich jetzt eines Abends in den Klubräumen auftauchte, wäre ich genauso verabscheuungswürdig wie irgendein Spitzel. Emilia geht hin, weil man nun einmal irgendwohin gehen muß, aber ich versichere Ihnen, daß sie mit den Mitgliedern, die sie dort trifft, nichts gemein hat: es sind uninteressante Leute, nicht ein einziger Künstler, eben Dutzendmenschen. Ich kann von ihr nicht verlangen, daß sie zu Hause bleibt, weil ihr Zuhause sie deprimiert. Und wen würde dieses endlose Gezänk ihrer Eltern nicht deprimieren, die Gesellschaft ihres Bruders, dieser Krämerseele, und ihrer Schwester, einer Lehrerin, die ihren Mitmenschen die eigene Häßlichkeit und Biederkeit nicht verzeihen kann? Genausowenig kann ich sie bei mir festhalten, ohne damit alle erdenklichen Unannehmlichkeiten heraufzubeschwören. Emilia hat mich gewarnt: »Ich lasse mich nicht den Raubtieren zum Fraße vorwerfen. Ich will von niemandem mit Haut und Haaren gefressen werden.« Ich persönlich finde, daß sie recht hat.

Sie werden fragen, warum ich sie nicht geheiratet habe. Ein Außenstehender hat kein Verständnis für langes Zaudern, und mit geschwinder Logik läßt er seine geringschätzige Folgerung los. Eine Heirat mit Irene, mit Antoñita oder mit Violeta hätte keinen Sinn gehabt, und als dann schließlich Emilia kam, hatte ich mich an das Leben eines Junggesellen gewöhnt; ich war bereit, zu lieben und zu leiden, aber nicht, meine Gewohnheiten zu ändern. Später dann, aus Stolz oder aus anderen Gründen, wollte Emilia nicht, daß wir heirateten.

Um Emilia zu verstehen, muß man denjenigen ihrer Charakterzüge kennen, der mir den meisten Kummer bereitet hat. Ich meine ihren Hang zum Kindischen. Um das mit einem Beispiel zu verdeutlichen, möchte ich Sie daran erinnern, wie man Emilia letzten Winter aus Tucumán ihre fünfjährige Nichte Norma und deren siebenjährigen Bruder Robertito schickte. Fortwährend machte meine Freundin das kleine Mädchen nach und äffte auch all ihre

Albernheiten und ihre Art zu sprechen nach. Als wir eines Nachmittags unseren Mate tranken, schlug sie mir vor, Norma und Robertito zu spielen, wie sie ihre Milch trinken. Rümpfen Sie nicht die Nase, Herr Grinberg. Aus Liebe gerät ein Mann in die entwürdigendsten Situationen.

Wenn Emilia sich anschickt, über ihre Freunde aus dem Klub herzuziehen, fange ich an zu zittern. Obwohl ich ihr gar nicht widerspreche, besteht sie beispielsweise darauf, daß Nogueira, der mir völlig unbekannt ist, der größte Flegel sei: Beim Tanzen habe er sie an sich gedrückt; unter dem Vorwand, er brauche frische Luft, habe er sie dann hinaus auf den Balkon gelockt, wo er sie abgeküßt habe, und zu guter Letzt habe er ihr noch versprochen, er werde sie anrufen, um »irgend etwas mit ihr auszumachen«. Voller Verzweiflung bemerke ich: »Wie mußt du ihn dazu herausgefordert haben!« Mein Verdacht kränkt sie, aber wie sie mich so verstimmt und blaß vor sich sieht, ist sie gerührt; sie fragt, ob sie nicht schlecht daran tut, mir immer alles zu erzählen. Wenige Tage später wird wieder ein Tanzabend im Klub angekündigt, und ich bitte sie, es nicht wieder zu einem solchen Vorfall wie dem mit Nogueira kommen zu lassen.

»Ich hätte dir nie davon erzählen sollen!« ruft sie aus. »Außerdem ist das schon so lange her! Es kommt mir so vor, als wäre ich eine ganz andere gewesen. Ich habe dich noch nicht so geliebt wie jetzt. Jetzt wäre ich gar nicht fähig, so etwas zu tun.«

Mit ihrer Naivität, die nicht gespielt ist, bringt Emilia mich ganz durcheinander. Wenn ich für die Liebe nicht dankbar bin, von der sie im Augenblick überwältigt wird, bin ich gefühllos; wenn ich ihr gegenüber mißtrauisch werde, bin ich herzlos und zerstöre unser wunderbares Einvernehmen. Dieses Verhalten, das bei ihr so ursprünglich ist, offenbart nicht etwa eine verworrene und böse Wesensart, sondern (was für mich nichts Neues ist) ein absolut weibliches Temperament. Ich versuche also, die ganze beklagenswerte Reihe zu vergessen, die Viera umfaßt, Centrone, Pasta (einen kleinen Möchtegern-Schauspieler), Ramponi, Grates, einen Peruaner, einen Armenier und noch ein paar andere.

Unverhofft ist der Alptraum zu Ende. Wie durch ein Wunder hat Emilia sich geändert. Seit einem halben Jahr hat sie mir keine Neuigkeiten mehr über unselige nächtliche Abenteuer mit den Freunden erzählt, die sie im Klub trifft. Ich bin sehr glücklich gewesen. Ich war daran gewöhnt, mit bangem Herzen die unvermeidlichen Vorkommnisse vorauszusehen, die sie mir am nächsten Tag getreulich berichten würde und die ich ihr immer verzieh, denn sie waren wirklich nicht sehr ernst und hatten auch keine störenden Auswirkungen auf unsere Art zu leben. Sie trugen eher den Charakter von schmerzlichen Schwächen, die Emilia selber verabscheute; es waren Fehltritte, die man der momentanen Verwirrung durch den Alkohol oder einfach einer außerordentlichen Naivität zuschreiben konnte, verschlimmert noch durch Leichtgläubigkeit. Und verstehen Sie jetzt, was es bedeutet, auf einmal zu entdekken – und es später bestätigt zu finden –, daß der so oft aufs neue erlebte Alptraum vorbei ist?

Wie ich Ihnen schon sagte, bin ich in letzter Zeit sehr glücklich gewesen. Gerade erst neulich abend dachte ich darüber nach, wie ich so gar nicht daran gewöhnt bin, daß mich die Wirklichkeit, die Welt oder Emilia so gut behandeln; daß es eigentlich normal wäre, zuerst irgendwo auf einen Bruch zu stoßen und dann später hinter diesem Bruch auf eine fürchterliche Wahrheit; daß sich im Gegensatz zu all meinen bisherigen Erfahrungen Tag für Tag mein unglaubliches Glück als echt erwies. Nicht genug

damit, daß die Treulosigkeiten im Klub aufhörten; ich vernahm aus Emilias Mund die Worte:
»Heute abend werde ich länger bei dir bleiben. Von denen, die deswegen über uns tuscheln mögen, lassen wir uns jedenfalls nicht den Spaß nehmen, den wir miteinander haben können, und die anderen werden uns auch nicht ersetzen, was wir jetzt verpassen.«
Emilia mußte mich schon sehr lieben, um einen Entschluß zu fassen, der allen Überzeugungen, die sie ihr Lebtag vertreten hatte, dermaßen zuwider lief. Ich überlegte, daß der Mann, solange ihn nur eine Frau liebt, keinen Grund hat, irgend jemanden zu beneiden.
Es wurde schon Tag, als ich mich an ihrer Haustür von ihr verabschiedete. Auf dem Heimweg sagte ich mir Gedichte auf, und ganz plötzlich begriff ich mit der Erregung desjenigen, der irgendein Wunder entdeckt oder zu entdecken träumt: In der Härte der Pflastersteine unter meinen Füßen und in der Unwirklichkeit des Lichtes, in das die Straße getaucht war, lag ein Symbol für das unerforschliche Schicksal des Menschen. ›Du hast nicht nur Emilia‹, sagte ich mir wie jemand, der seine Trophäen aufzählt, ›du bist auch intelligent.‹ Jawohl, mein lieber Herr Grinberg, auch ich habe Stunden des Triumphes gekannt.
Am nächsten Tag erklärte Emilia mir am Telephon, daß sie mich an diesem Abend nicht besuchen werde, um »die Raubtiere zu besänftigen«. Seit damals haben wir abwechselnd Tage, an denen sie bis zum Morgengrauen bleibt, und solche, an denen sie überhaupt nicht kommt.
Mit ein bißchen Vernunft – wenn ich mich an die Fakten hielte und mir nicht meinen Kopf zermarterte – wäre ich glücklich. Worin besteht denn letzten Endes die ganze Veränderung? Sicher, es gibt Tage, an denen ich sie nicht sehe, aber es gibt andere, an denen ich sie zwölf Stunden lang sehe anstelle der drei von früher; pro Woche sah ich

sie früher einundzwanzig Stunden, gegenwärtig mindestens sechsunddreißig.
Ich kann mir also sagen, daß ich dabei gut weggekommen bin, vor allem solange ich nicht daran denke, daß in den Liebesbeziehungen, bei denen einer den anderen beeinflußt, dies üblicherweise gleich von Anfang an so ist. Aus welchem Grund sollte man nach so vielen Jahren Einfluß auf den anderen gewinnen? Warum hat Emilia aufgehört, in den Klub zu gehen? Warum fällt sie nicht wieder in ihre nächtlichen Eskapaden zurück? Meinetwegen? Erschrokken wie ein Patient, der sich mitten in der Nacht fragt, ob er nicht etwa unheilbar krank ist, frage ich mich, ob sich nicht vielleicht ein anderer Mann in Emilias Leben geschlichen hat.
Jetzt werde ich Ihnen erzählen, was auf unserer kleinen Feier vorgefallen ist, Herr Grinberg. Wenn der Sommer am heißesten ist, gibt es ein Datum, das Emilia und ich mit einer kleinen Feier begehen. Ich kaufe in Las Violetas ein Huhn frisch vom Bauernhof und bemühe mich, den chilenischen Champagner aufzutreiben, den Emilia am liebsten mag. Sie trägt ihrerseits Mandeln und andere Leckerbissen zu unserem Festmahl bei, deren hauptsächlicher Wert darin besteht, von ihr ausgesucht worden zu sein. Dieses Jahr fürchtete ich, die Dinge würden sich komplizierter gestalten, da am selben Abend im Klub ein Wohltätigkeitsfest eröffnet werden sollte, mit Tanz und Tombola, und um zwölf wollte man das Ergebnis einer Verlosung bekanntgeben, in der Emilia gern gewinnen wollte. Der Preis war ein besticktes Seidentuch.
»Wenn ich das Tuch gewinne, lege ich es über das Klavier«, erklärte Emilia lachend, weil sie weiß, daß ein Tuch auf dem Klavier den Gipfel des schlechten Geschmacks darstellt, und weil sie genauso weiß, daß ihre Persönlichkeit stark genug ist, dennoch das Tuch über das Klavier zu

breiten und auf diese Art für diesen Winkel des Hauses sogar einen Zauber zu schaffen, wie ihn sonst nur andere Sphären oder andere Epochen haben. »Auf das Tuch setze ich Mabel«, fuhr Emilia fort und konnte sich kaum noch halten vor Lachen. Mabel ist eine Lumpenpuppe, mit der sie immer noch spielt.

Ich glaube, Emilia zu kennen und im Laufe der Zeit ausgiebige Proben ihrer Ungeduld und ihrer Neugier erlebt zu haben, so daß ich mich keinen Illusionen über einen normalen Verlauf unseres Jahrestages hingab. Beladen mit lauter Päckchen, kam meine Freundin früher als gewöhnlich. Sie brachte Weintrauben, Mandeln, eine Flasche Ketchup und sogar eine Avocado mit. Da es heiß war, öffnete ich sperrangelweit das Fenster. Emilia sagt, daß ein geschlossener Raum sie ersticken läßt. Kurz vor Mitternacht begann in irgendeinem Nebenhaus ein Mann mit mächtiger, schmetternder Stimme den *Barbier von Sevilla* zu singen. Mich störte das offene Fenster, nicht nur wegen der energisch skandierten *Figaro qua, Figaro la,* die einen genau in der Schädelmitte durcheinanderrüttelten, sondern wegen eines kaum merklichen Lüftchens, dessentwegen ich mich noch erkälten würde; aber ich getraute mich nicht, das Fenster zu schließen, weil Emilia immer nach Durchzug verlangt, was soweit führt, daß sie mich mitten im tiefsten Winter alle Fenster aufreißen läßt. Stellen Sie sich meine Überraschung vor, Herr Grinberg, als sie fragte:

»Bekommst du auch wirklich noch genug Luft, wenn ich das Fenster schließe?«

Ich schaute sie fragend an; ich wußte nicht, ob ich mich für eine Freundlichkeit bedanken oder über einen Scherz amüsieren sollte.

»Wir haben die Rollen getauscht«, rief ich aus. »Spielen wir jetzt, der eine wäre der andere?«

Sie hörte mich nicht, weil die Uhr mit den kleinen Figürchen von Steinmetzen, die bei mir auf dem Kaminsims steht, anfing zwölf zu schlagen. Emilia ging in die Küche, um den Champagner zu holen, der zum Kühlen auf Eis lag. Sie bewegte sich auf eine seltsame Art. Als sie mit der Flasche und den Gläsern zurückkam, beobachtete ich sie von neuem. Dabei fand ich heraus, was an ihrer Art sich zu bewegen so seltsam war: irgend etwas unbestimmbar Maskulines. Ich war nun fest davon überzeugt, daß Emilia mich nachahmte.

Plötzlich kam mir in den Sinn, daß sich hinter ihrem frühen Kommen und jetzt dieser Hast, den Champagner und die Gläser zu holen, die Absicht verbergen mochte, nur um so früher wieder aufzubrechen. ›Sie sucht nach einem annehmbaren Satz‹, dachte ich, ›der mit *Nun gut* beginnt und dann nach einer Pause in harmlosem Ton vorschlägt, *gehen wir doch zum Klub, ich schaue nur kurz hinein, um nachzusehen, ob ich in der Verlosung gewonnen habe, und in fünf Minuten bin ich wieder bei dir zurück*. Ich weiß genau, wozu eine Frau bei solch einem Tanz fähig ist. Ich sah mich schon stundenlang an der Ecke vor dem Klub warten und ahnte voraus, daß ich diese Nacht noch in trauriger Erinnerung behalten würde.

Ich spreche immer von Emilias Ungeduld, aber meine ist nicht geringer. Um von meinen Zweifeln erlöst zu werden, war ich bereit, die Entscheidung vorwegzunehmen, das herauszufordern, was ich so fürchtete. Ich sagte mir, das sei großzügig; ich müßte Emilia zufriedenstellen, wenn sie sich etwas wünschte, selbst um den Preis meines eigenen Verderbens. Daher fragte ich sie:

»Sollen wir in den Klub gehen, um zu sehen, ob du das Tuch gewonnen hast?«

Ihre Antwort verschlug mir die Sprache. Emilia erwiderte:

»Ich bin doch nicht verrückt. Wozu? Um heute schon zu

erfahren, daß ich in der Tombola verloren habe? Dafür ist es auch morgen noch früh genug.«

Ein Verliebter hat viel mit einem Dummkopf und mit einem Selbstmörder gemein. Ich fragte beharrlich weiter:

»Aber Emilia, wirst du denn die Ungewißheit bis morgen ertragen?«

»Ich glaube«, sagte sie, »man muß in der Ungewißheit sein Häuschen bauen und sein Bett aufschlagen. Alles in allem gibt es im Leben nichts, das sicher wäre.«

Ich schaute sie an, ohne das mindeste zu begreifen. Eine weiße Perücke auf ihrem Kopf wäre mir nicht unechter vorgekommen als diese Worte aus ihrem Mund; ich muß allerdings zugeben, daß sie ganz natürlich sprach.

Gleich darauf lehnte sie sich zurück und blickte mit runden, starren Augen ins Leere; ein Lächeln, das ich nicht an ihr kannte – arrogant, obszön, ein wenig grausam – erschien auf ihren Lippen. Wer wüßte zu sagen, warum mir dieses Lächeln zutiefst zuwider war. Ich sagte leise irgend etwas, um meine Freundin aus ihrer Geistesabwesenheit herauszureißen. Und wie bat sie mich, still zu sein? Sie sagte:

»Bitte, Emilia, sprich jetzt nicht, unterbrich mich nicht, ich denke nach.«

Ich weiß schon: es gibt Frauen, die so kokett und affektiert sind, daß sie sich selbst mit Namen anreden und mit lauter Stimme Vorhaltungen machen, aber Emilia sprach mit mir.

Erfüllte sich in ihr das Ideal aller Liebenden, eins zu werden mit dem geliebten Wesen, und glaubte sie wirklich, sie wäre ich, und ich wäre sie? Warum brauche ich so lange, fragte ich mich, um zu begreifen, daß mir das Glück in seiner vollkommenen Reinheit ein verliebtes Mädchen beschert? Zitternd vor Dankbarkeit drückte ich ihre Hand.

Aber ach, diese Hand drückte nicht die meine; es hatte den Anschein, als wäre Emilia fortgegangen und hätte sie dort vergessen. Da fiel mir der Satz wieder ein, den meine Freundin wenige Minuten vorher von sich gegeben hatte: *Ich glaube, man muß in der Ungewißheit sein Häuschen bauen und sein Bett aufschlagen. Alles in allem gibt es im Leben nichts, das sicher wäre*. Dieser Satz ist nicht von ihr, sagte ich mir, und von mir auch nicht. Rasch dachte ich nach: es gibt ungeduldige Menschen wie Emilia und wie mich selbst, und es gibt Menschen, die ihre Ungeduld unterdrücken. Unter diesen letzteren mangelt es nicht an so skurrilen Exemplaren wie dem englischen Prediger aus dem Chacabuco-Park. Und haben Sie, Herr Grinberg, mir nicht selber bei einer Gelegenheit gesagt: »Ich erwarte Sie ohne jede Eile. Nichts im Leben darf bei mir übereilt geschehen, wenn es gut geraten soll«? All dies bedeutet nicht, daß Sie mein Rivale sind oder der Engländer aus dem Park; es gibt noch mehr Leute, die fähig wären, jenen Satz zu formulieren. Was all das bedeutet? Es gibt nicht nur einen anderen Mann in Emilias Leben, sie ahmt diesen anderen auch nach, wenn sie mit mir zusammen ist; wenn sie mich küßt, stellt sie sich vor, der andere küßte sie, und wenn ich sie küsse, stellt sie sich vor, sie küßte den anderen.

Ich war zu betroffen, um meine Verzweiflung zu verbergen; ich weiß nicht, ob Emilia es bemerkt hat. Eine Woche lang versuchte ich, sie nicht zu sehen. Das war kein Leben. Als sie wieder zu mir kam, schien es mir, als gäbe sie mir wortlos zu verstehen, daß der andere existierte. Ohne Zweifel spielte sie mit der ihr eigenen kindischen Naivität und Aufrichtigkeit, sie wäre er. Vielleicht mag meine Lage etwas absurd und reichlich entwürdigend erscheinen. Aber ist nicht jede Liebe absurd? Ist Fräulein Soundso wirklich derart wunderbar? Ist Herr Sowieso zu Recht unsterblich in sie verliebt? Und warum ist die erwiderte Liebe edler als die uneigennützige, hoffnungslose? Vielleicht denken Sie, ich wäre der unglücklichste unter den Menschen. Ich weiß, daß ich ohne Emilia nicht weniger unglücklich wäre. Sie werden sagen, sie so zu haben, wie ich sie habe, heiße, sie gar nicht zu besitzen. Gibt es denn überhaupt eine andere Art, jemanden zu besitzen? Selbst wenn sie zusammenleben, die Eltern und die Kinder, der Mann und die Frau – wissen sie denn nicht, daß jede Verständigung trügerisch ist und daß letzten Endes jeder einzelne in seinem eigenen Geheimnis ganz alleine bleibt? Ich wünsche mir nur, daß mein Rivale sie nicht zu gut behandelt, weil sie mich dann verlassen würde, und daß er sie nicht zu schlecht behandelt, weil sie, die ihn nachahmt, dann mich schlecht behandeln würde. Unlängst haben wir eine etwas stürmische Zeit durchgemacht, aber zum Glück ging auch das vorüber.

Raúl Arévalo schloß die Fenster und die Rolläden, legte nacheinander alle Riegel vor, schloß beide Flügel der Eingangstür, schob auch deren Riegel vor, drehte den Schlüssel herum und brachte die schwere, eiserne Sperrstange an.

Seine Frau, die sich mit den Ellbogen auf die Theke stützte, sagte, ohne ihre Stimme zu erheben:

»Was für eine Stille! Man hört das Meer gar nicht mehr.«

Der Mann bemerkte:

»Wir machen sonst nie zu, Julia. Wenn ein Gast kommt, wird ihn das geschlossene Gasthaus stutzig machen.«

»Noch ein Gast, und das mitten in der Nacht?« widersprach Julia. »Bist du verrückt? Wenn wirklich soviele Gäste kämen, wären wir nicht in dieser Klemme. Mach den großen Kronleuchter in der Mitte aus.«

Der Mann gehorchte; die Gaststube blieb im Halbdunkel, das nur mühsam von einer Lampe durchdrungen wurde, die auf der Theke stand.

»Wie du willst«, sagte Arévalo und ließ sich auf einen Stuhl fallen, der an einem der Tische mit den karierten Tischtüchern stand, »aber ich weiß nicht, warum es keinen anderen Ausweg geben sollte.«

Sie waren einander recht ähnlich, so jung, daß niemand sie für die Besitzer gehalten hätte. Julia, ein blondes Mädchen mit kurzem Haar, bewegte sich vorsichtig zum Tisch hinüber, stützte sich mit den Händen darauf, blickte ihm von oben direkt ins Gesicht und antwortete mit leiser, aber fester Stimme:

»Es gibt keinen.«

»Ich weiß nicht«, protestierte Arévalo. »Wir waren glücklich, auch wenn wir nichts verdient haben.«

»Schrei nicht so«, befahl ihm Julia.
Sie streckte eine Hand aus und schaute zur Treppe, wobei sie angespannt lauschte.
»Sie geht noch im Zimmer herum«, rief sie leise aus. »Sie braucht lange, bis sie sich hinlegt. Sie wird nie einschlafen.«
»Ich frage mich«, fuhr Arévalo fort, »ob wir je wieder glücklich sein können, wenn wir das erst einmal auf unserem Gewissen haben.«
Zwei Jahre zuvor hatten sie sich in einer Pension in Necochea kennengelernt, wo sie die Sommerferien verbrachten – sie mit ihren Eltern, er alleine. Sie sehnten sich danach zu heiraten, nicht wieder in den Büroalltag von Buenos Aires zurückzukehren, und träumten davon, Besitzer eines Gasthauses in irgendeiner abgelegenen Gegend zu sein, hoch oben auf den Klippen, direkt am Meer. Angefangen bei der Heirat, war nichts davon möglich, sie hatten kein Geld. Als sie eines Nachmittags im Bus an den Klippen entlangfuhren, entdeckten sie ein alleinstehendes Haus aus roten Ziegeln, mit einem Schieferdach; es lag etwas abseits der Straße, war von Pinien umgeben, schaute direkt über das Meer und wies ein Schild auf, das unter der Ligusterhecke fast verschwand: *Ideal für Gasthaus. Zu verkaufen.* Sie sagten sich, das Ganze wäre wie ein Traum, und tatsächlich, als wären sie in einen Traum geraten, verschwanden von diesem Moment an all ihre Schwierigkeiten. Noch am selben Abend lernten sie auf einer der beiden Bänke vor ihrer Pension einen wohlwollenden Herrn kennen, dem sie von ihren hochfliegenden Plänen erzählten. Der Herr kannte einen anderen Herrn, der bereit war, gegen eine Hypothek Geld zu verleihen, wenn ihm die jungen Leute dafür einen Teil ihrer Einnahmen abtraten. Kurzum, sie heirateten, eröffneten das Gasthaus, freilich erst, nachdem sie die Worte *Zur Lampe* auf dem

Aushängeschild übermalt und den neuen Namen hingesetzt hatten: *Unser Traum*.

Manche behaupten, daß eine so weitgehende Namensänderung (für solch ein Gasthaus war der Name ja vielleicht besser gewählt) Unglück bringt, aber in Wirklichkeit war einfach die Gegend eher für einen Roman geeignet, so wie ihn sich die jungen Leute ausgemalt hatten, als dafür, Gäste zu bewirten. Julia und Arévalo erkannten schließlich, daß sie niemals das Geld zusammenbekommen würden, um außer den Steuern auch noch die Schulden bei ihrem Gläubiger zu bezahlen, und daß die Zinslast schwindelerregend anwuchs. Mit dem grandiosen Ungestüm der Jugend wiesen sie alle Überlegungen zurück, *Unser Traum* zu verlieren und nach Buenos Aires zurückzugehen, jeder in die Fesseln seines Büros. Weil alles so gut gegangen war, kam es ihnen wie ein blindes Wüten des Schicksals vor, daß es jetzt schlecht ausgehen sollte. Mit jedem Tag wurden sie ärmer, verliebter, zufriedener, an jenem Ort zu leben, und ängstlicher besorgt, ihn zu verlieren; bis dann wie ein verkleideter Engel, den der Himmel gesandt hatte, um sie zu versuchen, oder wie ein Wunderdoktor mit dem unfehlbaren Allheilmittel im Koffer die Dame kam, die sich jetzt im oberen Stockwerk neben der dampfenden Badewanne auszog, während sprudelnd das heiße Wasser einlief.

Eine Weile zuvor hatten sie sich in der verlassenen Gaststube gegenübergesessen. An einem der Tischchen, die vergebens auf Gäste warteten, gingen sie die Bücher durch und verloren sich in einer entmutigenden Unterhaltung.

»Und wenn wir die Papiere noch so drehen und wenden«, hatte Arévalo gesagt, der schnell aufgab, »Geld werden wir keines finden. Der Zahlungstermin rückt unerbittlich näher.«

»Wir dürfen uns nicht geschlagen geben«, hatte Julia darauf entgegnet.
»Es geht nicht darum, ob wir uns geschlagen geben, aber genausowenig brauchen wir uns einzubilden, wir könnten Wunder herbeireden. Was bleibt uns denn noch für eine Lösung? Reklamebriefchen nach Necochea und nach Miramar? Die letzten haben uns einen Haufen gutes Geld gekostet. Mit welchem Ergebnis? Die Damengruppe, die eines Nachmittags zum Teetrinken kam und sich dann bei uns über die Rechnung beschwerte.«
»Ist deine Lösung denn, aufzugeben und nach Buenos Aires zurückzugehen?«
»Wir werden überall glücklich sein.«
Julia sagte, daß »diese Phrasen sie krank machten«; daß sie in Buenos Aires mit Ausnahme der Wochenenden keinen einzigen Nachmittag zusammen sein würden; daß sie nicht wisse, wieso sie unter solchen Bedingungen glücklich sein sollten, und daß es außerdem in dem Büro, wo er dann arbeiten würde, sicherlich Frauen gäbe.
»Auf die Dauer wird dir die am wenigsten Häßliche gefallen«, endete sie.
»Wie wenig du mir doch vertraust!« sagte er.
»Im Gegenteil. Darauf vertraue ganz fest: Ein Mann und eine Frau, die ihre Tage unter demselben Dach zubringen, landen schließlich auch im selben Bett.«
Arévalo schloß mißmutig ein schwarzes Heft und antwortete:
»Ich will nicht zurückgehen, was könnte ich mir denn auch mehr wünschen, als hier zu leben? Aber wenn nicht ein Engel mit einem Koffer voll Geld auftaucht...«
»Was ist das?« fragte Julia.
Zwei gelbe, parallele Lichter glitten schwindelerregend schnell durch die Gaststube. Dann hörte man den Motor eines Autos, und sehr bald erschien eine Dame, unter deren

breitkrempigem Filzhut ein paar graue Strähnen hervorquollen. Ihr Reisecape war etwas verrutscht, und in der Rechten hielt sie mit festem Griff einen Koffer. Sie schaute die beiden an und lächelte, als ob sie sie kennen würde.
»Haben Sie ein Zimmer?« erkundigte sie sich. »Können Sie mir ein Zimmer vermieten? Nur für diese Nacht. Essen möchte ich nicht, aber ein Zimmer zum Schlafen und, wenn es möglich wäre, ein schönes, heißes Bad...«
Weil sie ihr sagten, ja, das gehe, wiederholte die Frau mehrmals ganz begeistert:
»Danke, Danke!«
Schließlich begann sie mit einer wortreichen, nervösen Erklärung, in diesem etwas unwirklichen Tonfall, in den reiche junge Damen bei mondänen Gesellschaften zu verfallen pflegen.
»Am Ausgang von irgendeinem Dorf«, sagte sie, »habe ich mich verfahren. Ich bin nach links abgebogen, da bin ich ganz sicher, als ich nach rechts hätte abbiegen müssen, da bin ich ganz sicher. Hier bin ich nun, in der Nähe von Miramar, nicht wahr, wo man mich doch im Hotel in Necochea erwartet. Aber soll ich Ihnen etwas sagen? Ich bin zufrieden, weil Sie beide so jung und hübsch sind (ja, so hübsch; ich darf das sagen, weil ich schon eine alte Frau bin), daß Sie mir Vertrauen einflößen. Um ganz beruhigt sein zu können, will ich Ihnen jetzt gleich ein Geheimnis anvertrauen: Ich hatte Angst, weil es schon Nacht war und ich mit einem Haufen Geld im Koffer umherirrte, und heutzutage wird man schon für viel weniger umgebracht. Morgen will ich zum Frühstück in Necochea sein. Glauben Sie, daß ich rechtzeitig da bin? Um drei wird nämlich ein Haus versteigert, das Haus, das ich kaufen will, seit ich es zum ersten Mal gesehen habe, an der Küstenstraße, hoch oben, mit Aussicht auf das Meer, ein Traum, der Traum meines Lebens.«

»Ich führe die Dame hinauf zu ihrem Zimmer«, sagte Julia. »Du heizt den Warmwasserkessel an.«

Als sie wenige Minuten später wieder alleine in der Gaststube waren, bemerkte Arévalo:

»Hoffentlich kauft sie morgen das Haus. Die Ärmste; sie hat denselben Geschmack wie wir.«

»Ich möchte dich schon gleich warnen, daß ich nicht daran denke, weich zu werden«, antwortete Julia und lachte auf. »Wenn sich die einmalige Gelegenheit bietet, darf man sie nicht verpassen.«

»Welche Gelegenheit bietet sich?« fragte Arévalo, der so tat, als verstünde er nicht.

»Der Engel mit dem Koffer«, sagte Julia. Als wären sie einander auf einmal fremd geworden, schauten sie sich ernst und schweigend an. Oben knarrten die Dielen des hölzernen Fußbodens: die Frau ging durch das Zimmer. Julia fuhr fort: »Die Dame war auf dem Weg nach Necochea, sie hat sich verfahren, in diesem Augenblick könnte sie wer weiß wo sein. Nur du und ich wissen, daß sie hier ist.«

»Wir wissen auch, daß sie einen Koffer voller Geld bei sich hat«, räumte Arévalo ein. »Sie hat es selbst gesagt. Warum sollte sie uns etwas vormachen?«

»Du fängst an zu begreifen«, sagte Julia leise und beinahe traurig.

»Du wirst doch wohl nicht von mir verlangen, daß ich sie umbringe?«

»Dasselbe hast du an dem Tag gesagt, als ich dir aufgetragen habe, das erste Huhn zu schlachten. Wievielen hast du inzwischen den Hals durchgeschnitten?«

»Das Messer hineinstoßen, daß die Alte vor Blut trieft...«

»Ich bezweifle, ob du das Blut der Alten vom Blut eines Huhnes unterscheiden könntest; aber keine Angst, es wird kein Blut geben. Wenn sie schläft, mit einem Knüppel.«

»Ihr den Schädel mit einem Knüppel einschlagen? Das kann ich nicht.«

»Wie, das kann ich nicht? Ob auf einen Tisch oder auf einen Kopf, ein Schlag mit dem Knüppel ist ein Schlag mit dem Knüppel. Worauf, was kümmert dich das? Entweder die Dame oder wir. Entweder, die Dame setzt ihre Pläne durch...«

»Ich weiß, aber ich erkenne dich überhaupt nicht mehr wieder. Du bist so wild...«

Mit einem unerwarteten Lächeln sagte Julia im Tone einer unumstößlichen Wahrheit:

»Eine Frau muß ihr Heim verteidigen.«

»Heute bist du so wild wie eine Wölfin.«

»Wenn es nötig ist, werde ich es auch wie eine Wölfin verteidigen. Hat es bei deinen Freunden vielleicht glückliche Ehen gegeben? Bei meinen nicht. Soll ich dir die Wahrheit sagen? Die Umstände sind das Entscheidende. In einer Stadt wie Buenos Aires ist man ständig allen möglichen Reizen ausgesetzt, es gibt lauter Versuchungen. Der Geldmangel verschlimmert alles noch. Hier drohen uns beiden keine Gefahren, Raúl, weil wir es nie müde werden, zusammen zu sein. Soll ich dir meinen Plan erklären?«

Auf der Straße war das Dröhnen eines Automotors zu hören. Oben lief die Dame geschäftig hin und her.

»Nein«, sagte Arévalo. »Ich will mir nichts vorstellen. Sonst bekomme ich Mitleid und bringe es nicht über mich... Du gibst die Befehle, ich führe sie aus.«

»Gut. Mach alles fest zu, die Türe, die Fenster, die Rollläden.«

Raúl Arévalo schloß die Fenster und die Rolläden, legte nacheinander alle Riegel vor, schloß beide Flügel der Eingangstür, schob auch deren Riegel vor, drehte den Schlüssel herum und brachte die schwere, eiserne Sperrstange an.

Sie sprachen über die Stille, die auf einmal im Hause herrschte, über die Gefahr, daß noch ein Gast kommen könnte, darüber, ob es einen anderen Ausweg aus dieser Lage gäbe, ob sie würden glücklich sein können mit einem Verbrechen auf dem Gewissen.

»Wo ist die Harke?« fragte Julia.

»Im Keller, beim Arbeitsgerät.«

»Laß uns in den Keller gehen. Wir geben der Dame Zeit einzuschlafen, und du betätigst dich als Schreiner. Laß mal sehen, du machst jetzt einen Harkenstiel, auch wenn er nicht so lang wird wie der andere.«

Arévalo gehorchte wie ein fleißiger Handwerker. Nach einer Weile fragte er:

»Und wofür soll das gut sein?«

»Frag nichts, wenn du dir nichts vorstellen willst. Jetzt befestigst du am Ende ein Querholz, das breiter ist als der Teil, der hier an der Harke aus Eisen ist.«

Während Raúl Arévalo arbeitete, wühlte Julia im Brennholz herum und hielt das Feuer unter dem Heizkessel in Gang.

»Die Dame hat schon gebadet«, sagte Arévalo.

Julia packte ein Holzscheit wie eine Keule und antwortete:

»Das ist egal. Sei nicht so geizig. Jetzt sind wir reich. Ich will heißes Wasser haben.« Nach einer Pause kündigte sie ihm an: »Ich lasse dich nur eben eine Minute allein. Ich gehe in mein Zimmer und komme gleich wieder. Lauf nicht weg!«

Man hätte meinen können, daß sich Arévalo seiner Aufgabe mit noch größerer Hingabe widmete als zuvor. Seine Frau kam mit einem Paar Lederhandschuhen und einem Fläschchen Alkohol zurück.

»Warum hast du dir nie Handschuhe gekauft?« fragte sie geistesabwesend; sie stellte die Flasche am Eingang zum

Brennholzverschlag ab, zog die Handschuhe an und fuhr fort, ohne auf eine Antwort zu warten: »Glaub mir, Handschuhe sind immer nützlich. Ist die neue Harke schon fertig? Laß uns hinaufgehen, du nimmst eine, und ich die andere. Ach, ich habe das Holzscheit hier vergessen.«
Sie hob das Stück Holz auf, das wie eine Keule aussah. Sie gingen wieder in die Gaststube zurück und lehnten ihre Harken gegen die Tür. Hinter der Theke holte Julia ein Metalltablett, ein Glas und einen Krug hervor. Den Krug füllte sie mit Wasser.
»Für den Fall, daß sie aufwacht, gehe ich mit dem Tablett vor. In ihrem Alter haben sie doch alle einen ganz leichten Schlaf, wenn er nicht gerade ganz tief ist, wie bei Kindern. So wirst du jedenfalls von mir gedeckt und folgst mir damit.«
Sie zeigte auf das Holzscheit auf einem der Tische. Da der Mann zögerte, nahm Julia das Scheit und gab es ihm in die Hand.
»Bin ich denn nicht eine Anstrengung wert?« fragte sie lächelnd.
Sie küßte ihn auf die Wange. Arévalo meinte:
»Warum trinken wir nicht einfach etwas?«
»Ich möchte einen klaren Kopf behalten, und du hast ja mich, um dir Mut zu machen.«
»Laß es uns so schnell wie möglich hinter uns bringen«, bat Arévalo.
»Wir haben Zeit genug«, antwortete Julia.
Sie begannen die Treppe hinaufzusteigen.
»Bei dir knarren die Stufen nicht«, sagte Arévalo. »Bei mir schon. Warum bin ich nur so ungeschickt?«
»Besser, wenn sie nicht knarren«, pflichtete Julia ihm bei. »Es wäre unangenehm, sie wach vorzufinden.«
»Noch ein Auto auf der Straße. Warum gibt es heute nacht nur so viele Autos?«

»Es fährt immer irgendein Auto vorbei.«

»Wenn es nur vorbeifährt. Hat es nicht gerade gehalten?«

»Nein, es ist schon wieder weitergefahren«, versicherte ihm Julia.

»Und dieses Geräusch?« fragte Arévalo.

»Ein Leitungsrohr.«

Oben machte Julia im Flur Licht. Sie kamen zu der Zimmertür. Mit äußerster Vorsicht bewegte Julia die Türklinke und öffnete die Tür ein Stück. Arévalo hielt seinen Blick fest auf den Nacken seiner Frau gerichtet, immer nur auf den Nacken seiner Frau; unvermittelt bewegte er den Kopf zur Seite und warf einen Blick in das Zimmer. Durch die halb geöffnete Tür wurde der leere Teil des Raumes sichtbar, der Teil, der so war wie immer: die Kretonnegardinen vor dem Fenster, die aufgesetzten Zierleisten am Fußteil des Bettes, der provenzalische Lehnstuhl. Mit einer geschmeidigen und entschiedenen Handbewegung machte Julia die Tür ganz auf. Die Geräusche, deren Vielfalt bis zu diesem Moment ihre ganze Aufmerksamkeit gegolten hatte, waren scheinbar verstummt. Die Stille war unnatürlich: man hörte eine Uhr, hatte aber den Eindruck, die arme Frau in ihrem Bett atmete schon nicht mehr. Vielleicht erwartete sie sie bereits, sah sie, hielt den Atem an. Wie sie da so auf ihrem Rücken lag, wirkte sie überraschend dick, eine dunkle, gewölbte Masse; weiter oben konnte man im Halbdunkel die Umrisse des Kopfes und das Kissen erahnen. Die Frau gab einen Schnarchlaut von sich. Julia fürchtete womöglich, Arévalo könnte von Mitleid überwältigt werden; sie preßte seinen Arm und flüsterte:

»Jetzt.«

Der Mann bewegte sich zwischen Bett und Wand entlang auf das Kopfende zu, das Holzscheit hoch über seinen Kopf erhoben. Mit aller Kraft ließ er es herabsausen. Der

Schlag entlockte der Frau ein dumpfes Stöhnen, das so klang wie der rauhe Klagelaut einer Kuh. Erneut schlug Arévalo zu.

»Das ist genug«, befahl Julia, »ich will sehen, ob sie tot ist.«

Sie machte die Nachttischlampe an. Knieend untersuchte sie die Wunde, dann legte sie das Ohr an die Brust der Frau. Sie richtete sich wieder auf.

»Das hast du prima gemacht«, sagte sie.

Sie legte die Hände auf die Schultern ihres Mannes, sah ihm in die Augen, zog ihn an sich und gab ihm einen flüchtigen Kuß. Arévalo wollte mit einer fast angeekelten Bewegung ausweichen, unterdrückte sie dann aber.

»Raulito«, säuselte Julia beifällig.

Sie nahm ihm das Holzscheit aus der Hand.

»Es hat keine Splitter«, bemerkte sie, während sie einen behandschuhten Finger über die Rinde gleiten ließ. »Ich will sicher sein, daß keine Splitter in der Wunde zurückgeblieben sind.«

Sie legte das Holzscheit auf den Tisch und trat wieder neben die Frau. Als wenn sie laut nachdächte, fügte sie hinzu:

»Diese Wunde wird ausgewaschen werden.«

Mit einer unbestimmten Geste wies sie über die gefaltete Wäsche auf dem Stuhl und das Kleid, das auf einem Bügel hing.

»Gib mir das her«, sagte sie.

Während sie die Frau ankleidete, bedeutete sie ihm in teilnahmslosem Ton:

»Schau nicht hin, wenn es dir unangenehm ist.«

Aus einer Tasche nahm sie einen Schlüsselbund. Dann packte sie sie unter den Armen und zog sie aus dem Bett. Arévalo trat einen Schritt vor, um ihr zu helfen.

»Laß mich das alleine machen«, hielt Julia ihn zurück.

»Faß sie nicht an. Du hast keine Handschuhe. Ich glaube nicht so recht an die Geschichte mit den Fingerabdrücken, aber ich möchte keinen Ärger.«
»Du bist sehr stark«, sagte Arévalo.
»Sie ist schwer«, antwortete Julia.
Tatsächlich begann sich unter dem Gewicht des Leichnams bei beiden schließlich doch die Nervenanspannung bemerkbar zu machen. Da Julia Hilfe nicht zuließ, nahm der Weg die Treppe hinab geradezu pantomimische Formen an. Immer wieder polterten die Absätze der Toten dröhnend auf die Stufen.
»Das klingt wie eine Trommel«, sagte Arévalo.
»Wie eine Zirkustrommel, die den Salto Mortale ankündigt.«
Julia lehnte sich gegen das Geländer, um sich auszuruhen und zu lachen.
»Du bist sehr schön«, sagte Arévalo.
»Etwas mehr Ernst«, bat sie; sie bedeckte ihr Gesicht mit den Händen. »Nicht daß uns noch jemand überrascht.«
Erneut begannen die Geräusche, besonders die in den Leitungsrohren.
Sie ließen die Leiche am Fuß der Treppe auf dem Boden liegen und gingen wieder nach oben. Nachdem sie mehrere Schlüssel ausprobiert hatte, bekam Julia den Koffer auf. Sie faßte mit beiden Händen hinein, dann zeigte sie beide vor; jede hielt mit festem Griff einen randvollen Umschlag umfaßt. Sie gab die Umschläge ihrem Mann, damit er sie aufbewahre. Dann nahm sie den Hut der Dame, den Koffer und das Holzscheit.
»Wir müssen uns überlegen, wo wir das Geld verstecken wollen«, sagte sie. »Für eine Weile muß es versteckt bleiben.«
Sie gingen hinunter. Mit einer spaßhaften Handbewegung zog sie der Toten den Hut bis über die Ohren. Sie lief in

den Keller, begoß das Holzscheit mit Alkohol und warf es ins Feuer. Dann kehrte sie in die Gaststube zurück.
»Öffne die Tür und schau draußen nach«, bat sie.
Arévalo gehorchte.
»Es ist niemand da«, sagte er flüsternd.
Hand in Hand traten sie hinaus. Der Mond schien, es war kühl, und man konnte das Meer hören. Julia ging ins Haus zurück; sie kam mit dem Koffer der Dame wieder heraus, öffnete die Tür des Automobils, eines altmodischen, riesigen Packard-Kabriolets, warf den Koffer hinein und sagte leise:
»Laß uns die Tote holen.« Gleich darauf wurde ihre Stimme laut. »Hilf mir. Ich habe es satt, mich mit dieser Last abzuschleppen. Zum Teufel mit den Fingerabdrücken!«
Sie löschten alle Lichter im Gasthaus, luden sich die Frau auf und setzten sie zwischen sich in den Wagen, den Julia fuhr. Ohne die Scheinwerfer einzuschalten, fuhren sie bis zu einer Stelle, wo die Straße dicht am Rande der Klippen entlang verlief, ungefähr zweihundert Meter von *Unser Traum* entfernt. Als Julia den Packard zum Stehen brachte, schwebte das linke Vorderrad schon über dem Nichts. Sie öffnete ihrem Mann die Wagentür und befahl:
»Steig aus.«
»Glaub nicht, hier wäre noch viel Platz«, protestierte Arévalo, der zwischen dem Auto und dem Abgrund hindurchbalancierte.
Sie stieg ebenfalls aus und zerrte den Leichnam hinter das Steuer. Der Wagen schien ins Rutschen zu kommen.
»Vorsicht!« schrie Arévalo.
Julia schlug die Wagentür zu, beugte sich über die Leere des Abgrundes, trat einmal mit dem Fuß auf und sah zu, wie ein Klumpen Erde hinabfiel. Unten brodelte das Meer in einem schwindelerregenden Wechsel von verschlungenen Mustern aus Gischt und Schatten.

»Die Flut steigt noch«, behauptete sie. »Ein kräftiger Stoß, und wir sind frei!«
Sie machten sich bereit.
»Wenn ich ›jetzt‹ sage, schieben wir mit aller Kraft«, befahl sie. »Jetzt!«
Der Sturz des Packard war sehr eindrucksvoll; in seinem Fallen lag etwas Menschliches, Trauriges, und die jungen Leute blieben auf dem Boden sitzen, im Gras am Rande der Klippen, die Arme umeinander gelegt, Julia voller Tränen, so als könne nichts sie je wieder trösten; sie lächelte, als Arévalo ihr nasses Gesicht küßte. Nach einer Weile standen sie auf und beugten sich über den Rand.
»Da liegt er«, sagte Arévalo.
»Es wäre besser, wenn das Meer ihn fortschwemmen würde, aber wenn nicht, macht das auch nichts.«
Sie gingen die Strecke wieder zurück. Mit ihren Harken verwischten sie die Autospuren zwischen dem unbefestigten Hof und dem Straßenbelag. Bevor sie noch alle Spuren beseitigt und das Haus wieder völlig in Ordnung gebracht hatten, überraschte sie der neue Tag. Arévalo sagte:
»Laß uns nachsehen, wieviel Geld wir haben.«
Sie nahmen die Scheine aus den Umschlägen und zählten sie.
»Zweihundertsiebentausend Pesos«, verkündete Julia.
Sie sprachen darüber, daß die Frau bereit gewesen sein mußte, mehr als zwei Millionen für das Haus zu bezahlen, wenn sie allein für die Anzahlung schon über zweihunderttausend Pesos bei sich hatte; daß in den letzten Jahren das Geld viel weniger wert geworden war; daß dieser Wertverlust günstig für sie war, weil ihnen diese Anzahlungssumme nun dafür ausreichte, das Gasthaus und die Zinsen bei ihrem Gläubiger zu bezahlen.
In bester Laune sagte Julia:

»Zum Glück ist heißes Wasser da. Wir werden zusammen baden und ordentlich frühstücken.«

Freilich kamen sie noch eine ganze Weile nicht zur Ruhe. Julia predigte Besonnenheit; sie sagte, ein überstandener Tag sei ein gewonnener Tag. Sie wußten nicht, ob das Meer den Wagen fortgeschwemmt hatte, oder ob es ihn am Strand hatte liegen lassen.

»Willst du, daß ich nachschauen gehe?« fragte Julia.

»Um Gottes willen, nein«, antwortete Arévalo. »Ist dir klar, was passiert, wenn man sieht, wie wir nachschauen?«

Voller Ungeduld wartete Arévalo immer auf das Durchkommen des Autobusses, der jeden Nachmittag die Zeitung mitbrachte. Anfänglich verbreiteten weder die Zeitungen noch der Rundfunk die Nachricht vom Verschwinden der Frau. Es schien, als wäre die ganze Begebenheit ein Traum von ihnen gewesen, ein Traum der Mörder.

Eines Nachts fragte Arévalo seine Frau:

»Meinst du, ich könnte beten? Ich möchte so gerne beten, eine überirdische Macht bitten, das Meer möge das Auto wegtragen. Wir wären dann so beruhigt. Niemand könnte uns mit dieser verteufelten Alten in Verbindung bringen.«

»Hab keine Angst«, antwortete Julia. »Das Schlimmste, was uns passieren kann, ist, daß man uns verhört. Das ist nichts Schreckliches: unser ganzes, glückliches Leben für einen kurzen Augenblick auf dem Polizeirevier. Sind wir denn so schwach, daß wir das nicht durchstehen können? Sie haben keine Beweise gegen uns. Wie sollten sie uns die Schuld geben für das, was mit der armen Frau passiert ist?«

Arévalo überlegte laut:

»An dem Abend sind wir erst spät zu Bett gegangen. Das können wir nicht leugnen. Jeder, der vorbeigekommen ist, hat das Licht gesehen.«

»Wir sind spät zu Bett gegangen, aber wir haben nicht gehört, wie der Wagen abgestürzt ist.«

»Nein. Wir haben gar nichts gehört. Aber was haben wir gemacht?«

»Wir haben Radio gehört.«

»Wir wissen doch nicht einmal, was für ein Programm an dem Abend gesendet worden ist.«

»Wir haben uns unterhalten.«

»Worüber? Wenn wir die Wahrheit sagen, geben wir ihnen das Motiv. Wir waren finanziell am Ende, und der Himmel schickt uns eine Alte, die die Taschen voller Geld hat.«

»Wenn alle, die kein Geld haben, losziehen würden, um wie die Verrückten Leute umzubringen...«

»Im Moment können wir unsere Schulden nicht bezahlen«, sagte Arévalo.

»Und um keinen Verdacht zu erregen«, fuhr Julia voller Sarkasmus fort, »verlieren wir das Gasthaus und gehen nach Buenos Aires zurück, um dort im Elend zu leben. Für nichts auf der Welt. Wenn du willst, zahlen wir nicht einen Peso, aber ich gehe und spreche mit unserem Gläubiger. Irgendwie werde ich ihn überzeugen. Ich verspreche ihm, daß sich die Dinge zum Besseren wenden werden, wenn er uns eine Atempause läßt, und daß er all sein Geld zurückbekommen wird. Da ich ja weiß, daß ich das Geld habe, kann ich ganz sicher auftreten und ihn überzeugen.«

Eines Morgens beschäftigte sich der Rundfunk mit der verschwundenen Frau, dann auch die Zeitungen.

»›Anläßlich eines Gespräches mit Kommissar Gariboto‹«, las Arévalo, »›hat unser Korrespondent den Eindruck gewonnen, daß die Polizei über Verdachtsmomente verfügt, auf Grund deren die Möglichkeit einer Straftat nicht auszuschließen ist.‹ Siehst du? Jetzt fangen sie mit der ›Straftat‹ an.«

»Es ist ein Unfall«, versicherte Julia. »Auf die Dauer

werden sie zu derselben Überzeugung kommen. Im Moment schließt die Polizei die Möglichkeit nicht aus, daß die Dame gesund und munter ist und sich bloß wer weiß wo verirrt hat. Deswegen sagen sie auch nichts von dem Geld, damit niemand auf die Idee kommt, ihr eins mit dem Knüppel über den Schädel zu geben.«

Es war ein strahlender Maitag. Sie saßen am Fenster in der Sonne und unterhielten sich.

»Was werden das für Verdachtsmomente sein?« fragte Arévalo nach.

»Das Geld«, versicherte Julia. »Nichts als das Geld. Irgend jemand wird ihnen mit der Geschichte gekommen sein, daß die Frau mit einer Riesenmenge Geld im Koffer gereist ist.«

Plötzlich fragte Arévalo:

»Was ist denn da hinten los?«

Eine größere Menschenmenge bewegte sich bei der Stelle auf der Landstraße durcheinander, wo der Wagen abgestürzt war. Arévalo sagte:

»Sie haben ihn entdeckt.«

»Laß uns hingehen und nachschauen«, meine Julia. »Es wäre verdächtig, wenn wir keine Neugier zeigten.«

»Ich gehe nicht hin«, wehrte sich Arévalo.

Sie konnten gar nicht gehen. Den ganzen Tag war das Gasthaus gut besucht. Die Anwesenheit der Gäste war es vielleicht, die Arévalo aufleben ließ; er zeigte sich interessiert und gesprächig, erkundigte sich danach, was geschehen war, äußerte die Meinung, daß an manchen Stellen die Straße einfach zu dicht an den Klippen entlang verlief, räumte aber auch ein, daß der Leichtsinn bedauerlicherweise ein unter den Autofahrern weitverbreitetes Übel sei. Julia beobachtete ihn etwas beunruhigt und voller Verwunderung.

Zu beiden Seiten der Straße sammelten sich immer mehr

Fahrzeuge an. Einige Zeit später glaubten Arévalo und Julia dann, inmitten dieser Menge von Autos und Menschen eine Art hoch aufgerecktes Tier auszumachen, ein übergroßes Insekt. Es war ein Kran. Irgend jemand sagte, der Kran werde nicht vor dem nächsten Morgen an die Arbeit gehen, da es jetzt dafür nicht mehr hell genug sei. Ein anderer warf ein:

»In dem Wagen, übrigens ein prächtiger Packard von Anno dazumal, hat man bis zu zwei Leichen festgestellt.«

»Wie zwei Turteltauben in ihrem Nest werden sie sich abgeschnäbelt haben, und auf einmal pardauz! gerät der Packard über den Rand und stürzt ins Wasser.«

»Es tut mir leid«, mischte sich eine sehr helle Stimme in das Gespräch ein, »aber das Auto ist ein Cadillac.«

Ein Polizist betrat die Gastwirtschaft; er wurde begleitet von einem grauhaarigen Herrn mit einem tief in die Stirne gedrückten Hut, der fast wie eine Melone aussah, und einem grünen Trenchcoat. Der Herr zog seinen Hut, um Julia zu begrüßen. Er schaute sie komplizenhaft an und bemerkte:

»Viel zu tun, wie?«

»Die Leute bilden sich immer ein, man würde viel verdienen«, antwortete Julia. »Glauben Sie nur nicht, es wäre alle Tage so wie heute.«

»Aber Sie beklagen sich nicht, oder?«

»Nein, ich beklage mich nicht.«

Der Herr wandte sich an den Beamten in Uniform und sagte:

»Wenn wir so eine kleine Kneipe wie diese hier aufmachen würden, anstatt uns für die Abteilung abzuschuften, würde es uns auch anders gehen. Geduld, Matorras.« Später fragte der Mann Julia: »Haben Sie in der Nacht, als das passiert ist, irgend etwas gehört?«

»Wann war denn der Unfall?« fragte sie.

»Es muß in der Nacht vom Freitag passiert sein«, sagte der uniformierte Polizist.

»In der Nacht vom Freitag?« wiederholte Arévalo. »Ich glaube, ich habe nichts gehört. Ich kann mich jedenfalls an nichts erinnern.«

»Ich auch nicht«, fügte Julia hinzu.

In entschuldigendem Ton kündigte der Herr im Trenchcoat an:

»In ein paar Tagen werden wir Sie vielleicht wegen einer Aussage in der Dienststelle in Miramar belästigen müssen.«

»Schicken Sie uns dann währenddessen einen Polizisten, der sich hinter die Theke stellt?« fragte Julia.

Der Herr lächelte.

»Das wäre wirklich leichtsinnig«, sagte er. »Bei dem Gehalt, das die Abteilung uns zahlt, reicht es weder hinten noch vorne.«

In dieser Nacht schliefen Arévalo und Julia schlecht. Im Bett sprachen sie über den Besuch der Polizisten, darüber, wie sie sich beim Verhör verhalten wollten, falls man sie vorladen würde; über das Auto mit der Leiche, das noch immer am Fuße der Klippen lag. Bei Tagesanbruch sprach Arévalo von einem Sturm und einem Unwetter, so laut, daß man nichts mehr hören könne, und von den Wellen, die den Wagen mit sich ins Meer fortrissen. Bevor er noch den Satz beendet hatte, merkte er, daß er geschlafen und geträumt hatte. Beide lachten.

Am Morgen holte der Kran das Auto mit der Toten herauf. Ein Gast, der einen ›Anís del Mono‹ bestellt hatte, erklärte:

»Sie werden sie hierher bringen.«

Sie warteten die ganze Zeit, bis sie erfuhren, daß man sie mit einer Ambulanz nach Miramar gebracht hatte.

»Mit ihren modernen Untersuchungslaboratorien«, meinte Arévalo, »werden sie herausfinden, daß die Alte sich die Schläge nicht am Metall des Autos geholt hat.«

»Glaubst du etwa an so etwas?« fragte Julia. »Das moderne Laboratorium dürfte ein Kämmerchen mit einem Primuskocher sein, wo ein Angestellter seinen Mate trinkt. Wir werden ja sehen, was sie herausfinden, wenn man ihnen jetzt die Alte bringt, nachdem sie im Salzwasser so richtig schön durchgezogen ist.«

Es verging eine Woche, in der das Gasthaus reichlichen Zulauf hatte. Einige von denen, die an dem Nachmittag dagewesen waren, als man das Auto entdeckt hatte, kamen mit der ganzen Familie wieder, mitsamt den Kindern, oder zu zweit, in Paaren.

Julia bemerkte:

»Siehst du, daß ich recht hatte? *Unser Traum* ist etwas ganz Besonderes. Es war ungerecht, daß niemand kam. Jetzt kennen sie es und kommen wieder. Jetzt kommt gleich alles Glück auf einmal.«

Dann kam die Vorladung zur Kriminalpolizei.

»Sollen sie mich doch mit ihren Gendarmen holen kommen!« begehrte Arévalo auf.

Am angegebenen Tag waren sie pünktlich dort. Zuerst ging Julia ihre Aussage machen. Als er an die Reihe kam, war Arévalo etwas nervös. Hinter dem Schreibtisch erwartete ihn der grauhaarige Herr, der den Trenchcoat getragen hatte, als er bei ihnen in *Unser Traum* gewesen war; jetzt trug er keinen Trenchcoat und lächelte verbindlich. Zwei- oder dreimal betupfte Arévalo seine Augen mit dem Taschentuch, weil sie ihm tränten. Gegen Ende der Befragung fühlte er sich entspannt und sicher, wie bei einem Treffen unter Freunden; er dachte (auch wenn er dies später abstritt), daß der Herr mit dem Trenchcoat doch ein wirklicher Gentleman war. Der Herr sagte endlich:

»Vielen Dank. Sie können wieder gehen. Ich gratuliere

Ihnen«, und nach einer Pause setzte er in vermutlich geringschätzigem Ton hinzu: »zu Ihrer Frau.«
Als sie wieder zurück im Gasthaus waren, deckte Arévalo den Tisch, während Julia das Essen kochte.
»Was für ein dreckiges Pack«, meinte er. »Sie haben die ganze Macht der Regierung hinter sich, und wenn sie losgelassen sind, machen sie damit jeden fertig, der das Pech hat, vor ihnen erscheinen zu müssen. Man läßt sich die Beleidigungen gefallen, um bloß schnell wieder nach draußen an die frische Luft zu kommen, nur ja keinen Anlaß zu geben, daß sie einen gar noch mit Elektroschocks foltern, zum Reden bringen und dann da drinnen verrotten lassen. Mein Wort drauf, den mit dem Trenchcoat würde ich umlegen, wenn man mir Straffreiheit garantierte.«
»Du redest wie ein mordlustiger Tiger«, sagte Julia lachend. »Es ist doch längst vorbei.«
»Der eine schlimme Moment ist vorbei. Wer weiß, wieviele von der Sorte oder noch schlimmere die Zukunft für uns parat hat.«
»Das glaube ich nicht. Eher als du denkst, wird man die Angelegenheit vergessen.«
»Hoffentlich vergißt man sie bald. Manchmal frage ich mich, ob diejenigen nicht doch recht haben, die sagen, man muß für alles bezahlen.«
»Für alles bezahlen? Was für ein Blödsinn. Wenn du nicht anfängst zu grübeln, wird alles gut werden«, versicherte Julia.
Es folgte eine weitere Vorladung, ein weiteres Gespräch mit dem Herrn im Trenchcoat, das sie ohne Schwierigkeiten hinter sich brachten und nach dem sie sich erleichtert fühlten. Monate vergingen. Arévalo konnte es nicht glauben, Julia hatte recht, das Verbrechen an der Frau schien vergessen. Mit großer Vorsicht, indem sie immer wieder um Aufschub baten, so als ob sie knapp bei Kasse wären,

zahlten sie ihre Schulden ab. Im Frühjahr kauften sie sich eine alte Pierce-Arrow-Limousine. Obwohl das Vehikel viel Benzin verbrauchte – deshalb hatten sie wenig Geld dafür bezahlen müssen–, gewöhnten sie sich an, fast täglich nach Miramar zu fahren, um Vorräte zu besorgen, oder unter irgendeinem anderen Vorwand. Während der Sommersaison fuhren sie morgens gegen neun los und waren um zehn schon wieder zurück, aber im April, als sie es leid wurden, auf Gäste zu warten, fuhren sie auch abends aus. Die Spazierfahrt entlang der Küstenstraße gefiel ihnen.

Eines Abends auf dem Rückweg sahen sie zum ersten Mal das kleine Männchen. Sie sprachen gerade über das Meer und die Faszination, die sein Anblick auf sie ausübte, und fuhren frohgestimmt und ganz weltentrückt dahin, wie zwei Verliebte, als sie unvermittelt den kleinen Mann sahen, der ihnen in einem anderen Wagen folgte. Sie fühlten sich von diesem Störenfried belästigt, weil er – mit irgendeiner dunklen Absicht – von ihnen Aufmerksamkeit forderte. Arévalo hatte ihn im Rückspiegel entdeckt: etwas anmaßender Gesichtsausdruck, das Gesicht eines korrekten kleinen Mannes, das Arévalo schon bald nur allzusehr verabscheuen sollte; die Stoßstange seines Opels berührte beinahe den Pierce-Arrow. Zunächst hielt er ihn für einen dieser ungeschickten Fahrer, die nie lernen, wie man Auto fährt. Um zu verhindern, daß ihnen der Mann beim ersten Bremsmanöver hinten auf den Wagen auffuhr, streckte Arévalo die Hand hinaus, gab ihm mehrfach mit Gesten den Weg frei und verringerte die Geschwindigkeit; aber auch das kleine Männchen verringerte seine Geschwindigkeit und blieb hinter ihnen. Arévalo versuchte nun, ihm davonzufahren. Der Pierce-Arrow schüttelte sich und erreichte schließlich eine Geschwindigkeit von hundert Stundenkilometern. Da ihr Verfolger über einen modernen

kleinen Wagen verfügte, blieb er bei hundert Stundenkilometern genauso dicht hinter ihnen wie zuvor. Arévalo rief wütend aus:
»Was will der Idiot? Warum läßt er uns nicht in Ruhe? Soll ich aussteigen und ihm den Schädel einschlagen?«
»Wir wollen keine Schlägereien, die auf dem Polizeirevier enden«, gab Julia ihm zu bedenken.
So sehr war die Episode mit der Dame schon in Vergessenheit geraten, daß Arévalo beinahe gefragt hätte: »Wieso?«
Als es einmal für einen Augenblick mehr Autos auf der Straße gab, verschaffte sich der Pierce-Arrow dank einiger geschickter Fahrmanöver freie Bahn und hängte den rätselhaften Verfolger ab. Als sie beim Gasthof ankamen, hatten sie ihre gute Laune wiedergewonnen: Julia lobte Arévalos Geschicklichkeit, und dieser die Kraft, die in dem alten Wagen steckte.
Nachts im Bett erinnerten sie sich an die Begegnung auf der Landstraße. Arévalo fragte, was das kleine Männchen wohl beabsichtigt habe.
»Vielleicht«, erklärte Julia, »ist es uns nur so vorgekommen, als ob er uns verfolgte, und es war nur ein harmloser, zerstreuter Herr, der ein wenig in der Weltgeschichte herumfuhr.«
»Nein«, entgegnete Arévalo. »Er war von der Polizei, oder er war ein Idiot. Oder noch etwas Schlimmeres.«
»Ich hoffe«, sagte Julia, »daß du jetzt nicht anfängst zu glauben, man müsse für alles bezahlen, und dieses lächerliche Männchen wäre unser Verhängnis, ein böser Geist, der uns wegen dem, was wir getan haben, verfolgt.«
Arévalo starrte ausdruckslos vor sich hin und antwortete nicht. Seine Frau bemerkte:
»Wie gut ich dich doch kenne!«
Er schwieg weiter, bis er dann schließlich in flehendem Ton sagte:

»Wir müssen von hier fortgehen, Julita, begreifst du das nicht? Hier werden sie uns erwischen. Laß uns nicht solange bleiben, bis sie uns erwischen.« Er blickte sie ängstlich an. »Heute ist es das kleine Männchen. Morgen wird irgendein anderer auftauchen. Begreifst du das nicht? Es wird immer einen Verfolger geben, bis wir den Kopf verlieren, bis wir uns stellen. Laß uns fliehen. Vielleicht ist es noch Zeit.«

Julia sagte: »Was für ein Blödsinn.«

Sie drehte ihm den Rücken zu, löschte die Nachttischlampe und schlief ein.

Als sie am nächsten Abend mit dem Wagen ausfuhren, trafen sie das Männchen nicht, wohl aber am darauffolgenden Abend. Als sie sich gerade auf den Heimweg machten, sah Arévalo ihn im Rückspiegel. Er wollte ihn hinter sich lassen, beschleunigte den Pierce-Arrow auf Höchstgeschwindigkeit; er mußte die Demütigung hinnehmen, daß der Abstand zu dem kleinen Männchen nicht größer wurde, es hielt sich dicht hinter ihnen, unverändert dicht. Arévalo fuhr langsamer, blieb beinahe stehen, winkte mit einem Arm, während er rief:

»Fahren Sie vorbei, fahren Sie doch vorbei!«

Dem Männchen blieb nichts anderes übrig, als zu gehorchen. An einer der Stellen, wo die Straße dicht am Rand der Klippen entlangführt, überholte er sie. Sie schauten ihn sich an: er war kahlköpfig, trug eine dicke Hornbrille, hatte abstehende Ohren und einen tadellos gepflegten kleinen Schnurrbart. Die Scheinwerfer des Pierce-Arrow fielen auf seine Glatze und auf seine Ohren.

»Könntest du ihm nicht einen Knüppel über den Schädel hauen?« fragte Julia lachend.

»Kannst du seinen Rückspiegel sehen?« fragte Arévalo. »Dieser Kretin spioniert uns ganz ungeniert nach.«

Nun begann eine Verfolgungsjagd mit umgekehrten Vorzeichen. Der Verfolger fuhr vorne, beschleunigte oder bremste ab, je nachdem, ob sie den Pierce-Arrow beschleunigten oder abbremsten.

»Was hat er vor?« fragte Arévalo mit nur mühsam beherrschter Verzweiflung.

»Laß uns anhalten«, antwortete Julia. »Dann muß er weiterfahren.«

Arévalo schrie:

»Soweit kommt es noch! Warum sollten wir anhalten?«

»Um ihn loszuwerden.«

»So werden wir ihn nie loswerden.«

»Laß uns anhalten«, beharrte Julia.

Arévalo brachte den Wagen zum Stehen. Wenige Meter voraus blieb der Wagen mit dem kleinen Mann stehen. Mit sich überschlagender Stimme rief Arévalo:

»Ich werde ihm den Schädel einschlagen!«

»Steig nicht aus«, bat Julia.

Er stieg aus und lief los, aber der Verfolger setzte seinen Wagen in Bewegung, entfernte sich ohne Eile und verschwand hinter einer Wegbiegung.

»Jetzt müssen wir ihm Zeit geben, damit er verschwinden kann«, sagte Julia.

»Er wird nicht verschwinden«, sagte Arévalo und stieg ins Auto.

»Laß uns in die andere Richtung ausweichen.«

»Wir sollen ausweichen? Auf gar keinen Fall.«

»Bitte«, flehte Julia, »laß uns zehn Minuten warten.«

Er zeigte ihr seine Uhr. Sie redeten nicht. Es waren noch keine fünf Minuten vergangen, als Arévalo sagte:

»Das reicht. Ich schwöre dir, er wartet hinter der Biegung auf uns.«

Er hatte recht: als sie um die Biegung kamen, erblickten sie den haltenden Wagen. Arévalo gab wütend Gas.

»Jetzt dreh doch nicht durch«, flüsterte Julia.

Als wenn er aus Julias Angst Stolz und Mut geschöpft hätte, beschleunigte er noch mehr. So schnell der Opel auch losfahren mochte, sie würden ihn bald einholen. Sie waren deutlich im Vorteil: sie fuhren bereits mit mehr als hundert Stundenkilometern. Erregt rief Arévalo:
»Jetzt sind wir die Verfolger.«
Sie holten ihn an einer anderen dieser Stellen ein, wo die Straße ganz nah am Rande der Klippen verläuft; gerade da, wo sie selbst wenige Monate zuvor den Wagen mit der Frau hinuntergestürzt hatten. Anstatt links zu überholen, fuhr Arévalo von rechts dicht an den Opel heran; das kleine Männchen wich nach links aus, zum Meer hin; Arévalo verfolgte ihn weiter rechts, wobei er den anderen Wagen fast von der Straße drängte. Anfangs schien es so, als könnte dieser Kampf, bei dem es darum ging, wer von beiden den stärkeren Willen hatte, noch lange dauern, aber auf einmal bekam der kleine Mann einen Schrecken, gab nach, wich noch weiter aus, und Julia und Arévalo sahen, wie der Opel über den Rand der Steilküste hinausschoß und ins Leere stürzte.
»Halte nicht an!« befahl Julia. »Sie dürfen uns hier nicht überraschen.«
»Und nicht nachsehen, ob er tot ist? Soll ich mich die ganze Nacht fragen, ob er vielleicht morgen kommt, um uns anzuklagen?«
»Du hast ihn beseitigt«, antwortete Julia. »Du hast dir dieses Vergnügen erlaubt. Jetzt denk nicht weiter nach. Hab keine Angst. Wenn er auftaucht, werden wir schon weitersehen. Verdammt, am Ende werden wir doch wohl auch verlieren können.«
»Ich werde nicht weiter nachdenken«, sagte Arévalo.
Der erste Mord hatte sie – weil sie aus Habgier getötet hatten, oder weil die Tote ihnen vertraut hatte, oder wegen der polizeilichen Vorladung, oder weil es der erste war – in

Angst und Sorge gestürzt. Jetzt gab es einen neuen Mord, der den ersten vergessen ließ, und diesmal waren sie auf rätselhafte Weise herausgefordert worden, von einem niederträchtigen Verfolger, der ihr noch nicht gänzlich wiedergewonnenes Glück in Gefahr gebracht hatte... Nach diesem zweiten Mord lebten sie glücklich.

Einige Tage lebten sie glücklich, bis zu dem Montag, an dem zur Zeit der Mittagsruhe der dicke Gast auftauchte. Er war außergewöhnlich korpulent, von einer weichlichen Fettleibigkeit, die auseinanderzufließen und dann in sich zusammenzufallen drohte, und hatte verschwommene Augen, bleiche Haut und ein gewaltiges Doppelkinn. Der Stuhl, der Tisch, der Espresso und der süße Zuckerrohrschnaps, den er bestellt hatte, schienen winzig klein. Arévalo bemerkte:

»Ich habe ihn schon einmal irgendwo gesehen. Ich weiß nur nicht wo.«

»Wenn du ihn jemals gesehen hättest, wüßtest du auch wo. Von solch einem Menschen vergißt man rein gar nichts«, antwortete Julia.

»Er macht überhaupt keine Anstalten, wieder zu gehen«, sagte Arévalo.

»Soll er eben nicht gehen. Wenn er bezahlt, kann er den ganzen Tag bleiben.«

Er blieb den ganzen Tag. Am nächsten Tag kam er wieder. Er setzte sich an denselben Tisch, bestellte süßen Zuckerrohrschnaps und Kaffee.

»Siehst du?« fragte Arévalo.

»Was?« fragte Julia.

»Er ist das neue Männchen.«

»Mit dem Unterschied, daß...« antwortete Julia und lachte.

»Ich verstehe nicht, wie du lachen kannst«, sagte Arévalo. »Ich halte das nicht mehr aus. Wenn er von der Polizei ist, wäre es besser, man weiß Bescheid. Wenn wir zulassen, daß er jeden Nachmittag kommt und da schweigend seine Stunden absitzt und uns anschaut, werden wir zu guter Letzt mit den Nerven so am Ende sein, daß er uns bloß noch seine Falle zu stellen braucht, und wir tappen hinein. Ich will keine schlaflosen Nächte, in denen ich mich frage, was diese neue Gestalt vorhat. Ich habe dir ja gesagt: ›Es wird immer einen geben...‹«

»Vielleicht hat er gar nichts vor. Er ist ein armseliger Fettwanst...« meinte Julia. »Ich glaube, das beste ist, wir lassen ihn in seinem eigenen Saft schmoren. Wir schlagen ihn in seinem eigenen Spiel. Wenn er jeden Tag kommen will, soll er kommen, bezahlen und fertig.«

»Das mag das beste sein«, erwiderte Arévalo, »aber in diesem Spiel gewinnt derjenige, der die größte Ausdauer hat, und ich kann einfach nicht mehr.«

Die Nacht brach herein. Der Dicke ging nicht. Julia brachte das Abendessen für sich und für Arévalo. Sie aßen an der Theke.

»Möchte der Herr nichts essen?« fragte Julia den Dicken mit vollem Mund.

Dieser antwortete:

»Nein, danke.«

»Wenn du doch wenigstens gehen würdest«, seufzte Arévalo und schaute zu ihm hinüber.

»Soll ich ihn ansprechen?« fragte Julia nach. »Soll ich ihm auf den Zahn fühlen?«

»Das Schlimme ist«, gab Arévalo zurück, »daß er sich vielleicht gar nicht erst auf ein Gespräch mit dir einläßt und nur ›ja, ja, nein, nein‹ antwortet.«

Er ließ sich auf ein Gespräch ein. Er sprach über das Wetter, das zu trocken sei für die Landwirtschaft, und über die Leute, und über ihre unerklärlichen Vorlieben.

»Warum haben sie dieses Gasthaus noch nicht entdeckt?

Es ist der schönste Platz an der ganzen Küste«, sagte er.
»Nun«, antwortete Arévalo, der von der Theke her zuhörte, »wenn Ihnen das Gasthaus gefällt, sind Sie ein Freund. Bestellen Sie, was Sie möchten, mein Herr, es geht auf Kosten des Hauses.«
»Wenn Sie darauf bestehen«, sagte der Dicke, »dann nehme ich noch einen Zuckerrohrschnaps.«
Danach bestellte er noch einen. Er tat genau das, was sie wollten. Sie spielten Katz und Maus. Als wenn ihm der süße Schnaps die Zunge löste, fing der Dicke an zu reden:
»Ein so schöner Platz, und es geschehen so häßliche Dinge. Eine Gemeinheit.«
Arévalo schaute Julia an und zuckte resigniert die Schultern.
»Häßliche Dinge?« fragte Julia ärgerlich.
»Ich meine ja nicht hier«, räumte der Dicke ein, »aber ganz in der Nähe. Bei den Klippen. Zuerst ein Auto, dann noch eins, die an derselben Stelle ins Meer stürzen, sehen Sie. Aus purem Zufall sind wir darauf gestoßen.«
»Worauf?« fragte Julia.
»Wer?« fragte Arévalo.
»Wir«, sagte der Dicke. »Sehen Sie, dieser Herr mit dem Opel, der abgestürzt ist. Trejo hieß er; er hatte vor Jahren ein Unglück erlebt. Eine Tochter von ihm, ein junges Mädchen, ist an einem der Strände hier in der Gegend beim Schwimmen ertrunken. Das Meer trug sie fort und gab sie nie wieder her. Der Mann war Witwer; ohne die Tochter war er ganz alleine auf der Welt. Er kam hierher, um am Meer zu leben, nahe der Stelle, wo er seine Tochter verloren hatte, weil er so das Gefühl hatte, ihr näher zu sein – er muß vor Kummer halb von Sinnen gewesen sein, ich kann ihn sehr gut verstehen. Dieser Herr Trejo – vielleicht haben Sie ihn gesehen: ein magerer, kleiner

Mann, kahlköpfig, mit gepflegtem Bärtchen und Brille – war eine Seele von einem Menschen, aber er lebte zurückgezogen ganz seinem Kummer, sah niemanden, außer Doktor Laborde, seinen Nachbarn, der ihn einmal bei irgendeinem Anlaß behandelt hatte und ihn seitdem jeden Abend nach dem Essen besuchte. Die Freunde tranken Kaffee, redeten ein Weilchen und spielten eine Partie Schach. Abend für Abend das gleiche. Sie, die Sie alles haben, um glücklich zu sein, werden mir sagen: Was für ein Programm! Die Gewohnheiten der anderen erscheinen trostlos, aber sehen Sie, sie helfen den Leuten, ihr bißchen Leben durchzustehen. Nun gut, eines Abends, es ist noch nicht lange her, spielte Herr Trejo, der mit dem Opel, seine Schachpartie schlecht.«
Der Dicke verstummte, als hätte er gerade eine interessante und bedeutsame Mitteilung gemacht. Dann fragte er:
»Wissen Sie, weshalb?«
Julia antwortete wütend:
»Ich bin doch keine Hellseherin.«
»Weil Herr Trejo am Nachmittag auf der Küstenstraße seine Tochter gesehen hatte. Vielleicht weil er sie tot nie gesehen hatte, konnte er glauben, sie wäre noch am Leben, und sie wäre es. Zumindest bildete er sich ein, sie zu sehen. Ein Trugbild, das ihn nicht völlig täuschte, das aber auf ihn eine echte Verzauberung ausübte. Während er glaubte, seine Tochter zu sehen, wußte er, daß es besser war, sich ihr nicht zu nähern und sie nicht anzusprechen. Er wollte nicht, der arme Herr Trejo, daß sich das Trugbild verflüchtigte. Sein Freund, Doktor Laborde, schimpfte an jenem Abend gehörig mit ihm. Er sagte ihm, es sei doch kaum zu glauben, daß er, Trejo, ein gebildeter Mensch, sich wie ein Kind aufführe und mit tiefen Gefühlen spiele, die ihm heilig sein müßten; das sei schlimm und zudem gefährlich. Trejo gab seinem Freund recht, brachte aber vor, daß am

Anfang zwar er gespielt habe, dann aber etwas anderes an seine Stelle getreten sei, das stärker war als er, etwas Größeres, ganz anders Geartetes; vermutlich das Schicksal. Denn es geschah etwas Unglaubliches: Das Mädchen, das er für seine Tochter hielt – sehen Sie, sie saß in einem alten Auto, das ein junger Mann steuerte –, versuchte zu fliehen. ›Diese jungen Leute‹, sagte Herr Trejo, ›reagierten auf eine Weise, die durch nichts gerechtfertigt war, wenn es sich um bloße Unbekannte handelte. Sobald sie mich sahen, flohen sie, so als ob sie meine Tochter wäre und sich aus einem geheimnisvollen Grund vor mir verbergen wollte. Mir war zumute, als täte sich mit einem Mal der Boden vor meinen Füßen auf, als würde diese natürliche Welt übernatürlich, und ich sagte mir immer wieder mit dem Verstand: Das kann nicht sein, das kann nicht sein.‹ Da er einsah, daß sein Verhalten falsch war, versuchte er, sie einzuholen. Die jungen Leute flohen erneut.«

Der Dicke blickte sie ohne zu blinzeln aus seinen tränenden Augen an. Nach einer Pause fuhr er fort:

»Doktor Laborde sagte ihm, er könne nicht einfach irgendwelche Unbekannte belästigen. ›Ich hoffe‹, sagte er ihm noch einmal, ›daß du in Zukunft darauf verzichtest, den jungen Leuten zu folgen und sie zu belästigen, wenn du sie noch einmal triffst.‹ Herr Trejo gab keine Antwort.«

»Der Rat von Laborde war nicht schlecht«, meinte Julia. »Man kann nicht einfach die Leute belästigen. Warum erzählen Sie uns das alles?«

»Die Frage ist berechtigt«, bestätigte der Dicke, »sie zielt auf den Kern unseres Problems. Denn im Inneren von jedem von uns arbeiten die Gedanken im verborgenen, wir wissen nicht, wer der Mensch neben uns ist. Was uns selbst betrifft, so meinen wir, wir seien durchsichtig: wir sind es nicht. Was unser Nächster von uns weiß, weiß er nur aus der Deutung von Zeichen; er geht vor wie die Auguren, die die Eingeweide toter Tiere oder den Vogelflug studierten. Das System ist unvollkommen und führt zu allen möglichen Arten von Irrtümern. Herr Trejo beispielsweise nahm an, daß die jungen Leute vor ihm flohen, weil sie seine Tochter wäre; sie wiederum mochten wer weiß was für eine Schuld auf sich geladen haben und nun dem armen Herrn Trejo wer weiß was für Absichten unterstellen. Ich stelle mir vor, es hat auf der Straße so etwas wie ein Rennen gegeben, als es zu dem Unfall kam, bei dem Trejo den Tod fand. Monate zuvor hatte eine Frau an derselben Stelle ihr Leben verloren, bei einem ganz ähnlichen Unfall. Nun hat uns Laborde aufgesucht und uns die Geschichte von seinem Freund erzählt. Mir kam die Idee, den einen Unfall, sagen wir lieber das eine Ereignis, mit einem anderen Mann in Verbindung zu bringen: Ich habe Sie neulich bei der Kriminalpolizei gesehen, als wir Sie für Ihre Aussage vorgeladen hatten; aber Sie waren damals auch nervös und erinnern sich vielleicht nicht mehr. Wie Sie anerkennen müssen, lege ich meine Karten auf den Tisch.«

Er schaute auf die Uhr und legte die Hände auf den Tisch.

»Ich muß zwar jetzt gehen, aber ich habe jede Menge Zeit; deshalb werde ich morgen wiederkommen.« Er wies auf das Glas und die Tasse und fügte hinzu: »Wieviel macht das?«

Dann richtete der Dicke sich auf, grüßte ernst und ging.

Arévalo sprach wie zu sich selbst:

»Was meinst du dazu?«

»Daß er keine Beweise hat«, antwortete Julia. »Wenn er Beweise hätte, würde er uns längst festgenommen haben, und wenn er noch soviel Zeit hat.«

»Nur keine Sorge, er wird uns schon noch festnehmen«, sagte Arévalo müde. »Der Dicke geht auf Nummer Sicher:

sobald er unsere finanzielle Situation vor und nach dem Tod der Alten untersucht, hat er den Schlüssel.«
»Aber keine Beweise«, beharrte Julia.
»Was spielen Beweise für eine Rolle? Wir werden dastehen mit unserer Schuld. Warum siehst du den Dingen nicht ins Auge, Julita? Sie haben uns in die Enge getrieben.«
»Laß uns fliehen«, bat Julia.
»Es ist schon zu spät. Sie werden uns verfolgen, und sie werden uns einholen.«
»Wir werden gemeinsam kämpfen.«
»Getrennt, Julia: jeder in seiner Zelle. Es gibt keinen Ausweg, es sei denn, wir nehmen uns das Leben.«
»Wir nehmen uns das Leben?«
»Man muß verlieren können: das hast du gesagt. Gemeinsam, ohne diesen ganzen Alptraum und diese Müdigkeit.«
»Wir reden morgen darüber. Jetzt mußt du dich erst einmal ausruhen.«
»Wir müssen uns beide ausruhen.«
»Laß uns gehen.«
»Geh nur schon nach oben. Ich komme gleich nach.«
Julia gehorchte.
Raúl Arévalo schloß die Fenster und die Rolläden, legte nacheinander alle Riegel vor, schloß beide Flügel der Eingangstür, schob auch deren Riegel vor, drehte den Schlüssel herum und brachte die schwere, eiserne Sperrstange an.

Die kleine Gruppe von Landsleuten, die mit TUSA reiste und wegen der Abzeichen mit dem Firmenemblem im Knopfloch unverkennbar war (nicht minder unverkennbar war sie wegen ihrer braunen, für diesen rauhen Pariser Frühling etwas zu leichten Anzüge) – diese kleine Gruppe wurde auf zwei Stockwerke eines Hotels in der Rue de Ponthieu verteilt. Enrique Rivero Puig brachte man in einem Zimmer im dritten Stock unter, mit Blick auf den Innenhof, und in zwei weiteren im fünften Stock Tarantino, Sarcone und Escobar. In dieser Verteilung sah Rivero Puig einen erneuten Beweis dafür, daß Tusa das Vertrauen des Touristen voll und ganz verdiente; wieder einmal mußte man sich daher von ihm jenen Satz anhören, der für ihn so typisch war: »Diese Leute wissen, was sie tun.« Tatsächlich wurden Tarantino, Sarcone und Escobar, die zusammen aufgewachsen waren, nie getrennt, und was ihn, Rivero, betraf, den einsamen Wolf (eine Formulierung, die er verschiedentlich benutzt hatte, um Bekanntschaften weiblichen Geschlechts aus Temperley ein angemessenes Bild von seiner Wesensart zu vermitteln) – ihn brachte man alleine unter, aber nicht zu weit entfernt von seinen guten Freunden, die er im Verlaufe dieser Reise gewonnen hatte. Um Reibereien zu vermeiden, hatte der Planungsstab von Tusa die Brasilianer in einem Hotel in der Rue du Colisée zusammengezogen und das Gros der übrigen Südamerikaner in einem anderen in der Rue de Berri. Entsprechende Vorsichtsmaßnahmen hatte man mit dem immer gleichen Erfolg bei den vorangegangenen Etappen ergriffen: Madrid, Barcelona, Nizza, Genua, Rom, Mailand, Genf, München. Bewundernswert war die natürlich ziemlich lautstarke und kindliche Freude, welche die

meisten an den Tag legten, wenn sie einander nach der obligatorischen Trennung in den Stadthotels dann im Flugzeug oder im Bus wiedersahen. Wie hätte man in diesen kurzen Minuten nicht an die tief verwurzelte innere Güte des einfachen Menschen glauben sollen?
Wo immer sich eine Gelegenheit bot und wann immer ihnen jemand Gehör schenkte, wurden die Argentinier nicht müde, die Vorzüge der Reise zu loben. Wenn man allerdings nicht gleich locker ließ, gestanden sie ein, nicht überall gleichermaßen zufrieden gewesen zu sein. Der schlichtweg ruinöse Zustand der römischen Ruinen war ihnen ein Greuel. Als irgendwer die Bemerkung machte, daß nicht einmal die Stadtväter von Buenos Aires eine derartige Verwahrlosung dulden würden, verteidigte jemand, der für seine böse Zunge bekannt war, die örtliche Stadtverwaltung und gab in einer heftigen Aufwallung, die man seiner Verärgerung zuschreiben mußte, den Touristen selbst die Schuld, die dafür bezahlten, Schutthalden und Trümmerfelder zu besichtigen. Auf diese Weise werden aus derartigen Rundreisen lobenswerte pädagogische Lehrstunden, und während wir malerische Landschaften durchfahren, gewinnen wir Einblick in ungeahnte Absonderlichkeiten der menschlichen Natur.
Natürlich brauchten unsere Landsleute – von den Ausländern will ich gar nicht reden – nur einmal ihr Herz zu befragen, um bald auf etwas zu stoßen, das sie mit einem doppelten Zweifel erfüllte. Jeder von ihnen nährte ihn, während er sich in seinem Bett herumwälzte, beunruhigt, weil er keinen Schlaf fand. Hier muß ich einen rätselhaften Umstand vermerken: waren sie auch sonst wahre Meister, was regelmäßigen Schlaf angeht, so lernten alle vier die Schlaflosigkeit kennen, kaum daß sie unbekannten Boden betreten hatten.
Daher war es unvermeidlich, daß für alle die Nacht kam,

in der sie ihre Ausgaben zusammenrechneten, was sehr schnell ins Entsetzen desjenigen mündete, der direkt vor seinen Füßen einen Abgrund entdeckt. Außer dem wahrhaft schwindelerregenden Pauschalpreis gab es da den kontinuierlichen Aderlaß durch Trinkgelder, Andenken, Mitbringsel und sonstige Extraausgaben. Wogen die Vorzüge der Reise wirklich eine derartige Verschwendung auf? In ihrer Einbildung sahen sie schon die quälende Vision einer gespenstischen Durststrecke vor sich: das Elend. Zum Glück fanden sie in dem Herrn von Tusa, der sie auf der Rundreise begleitete, immer wieder die Stütze, die der Meister seinen Schülern ist; bei der erwähnten Lage der Dinge gab er ihnen ihren Seelenfrieden mit den folgenden wohlmeinenden und treffenden Worten wieder:

»Im Ausland«, sagte er, »zerrinnt einem das Geld zwischen den Fingern: das bestreite ich nicht. Aber die Zahl derer, die vor Ihnen gereist sind, und derer, die nach Ihnen reisen werden – und da kommt eine ganz schöne Menge zusammen –, beweist ganz klar, daß sich niemand dabei ruiniert. Auf der anderen Seite, mag es Ihnen auch jetzt unglaublich erscheinen: Sie werden sehen, daß sich die Erinnerungen an diese Reise als unbezahlbar erweisen und Ihnen Gesprächsstoff für ein ganzes Leben liefern werden. Was sage ich, für ein Leben? Für das Ihrer Kinder und Kindeskinder!«

Tarantino, Sarcone und Escobar machten es sich zur Gewohnheit, Rivero in seinem Zimmer zu besuchen. Dort tranken sie Mate. Dort sang Sarcone aus dem Stegreif; mit *Flor de fango* erregte er allgemeine Bewunderung, mit *El apache argentino* munterte er sie auf, und mit *Anclado en París** rührte er sie zu Tränen. Dort tauschten die Freunde wie Schiffbrüchige auf einer Insel Vertraulichkeiten aus; selbst Rivero, von seiner Wesensart her zurückhaltend, begann, den anderen sein Herz auszuschütten. Man

könnte meinen, daß Ängste und Widrigkeiten erträglich werden, wenn man sie nur mit Landsleuten teilen kann.
In die Zusammenkunft im dritten Stock brachten sie (der eine mehr, der andere weniger) eine andere Sorge ein, die ganz persönlicher Natur und dennoch, wie sich herausstellte, allen gemein war. Ihre Auswirkungen reichten je nach Person von Zorn über Kummer bis zu Schwermut, aber der Grund war ein und derselbe: die eintönige Abfolge von Vormittagen, Nachmittagen und Abenden ohne den nie versagenden Trost, den die Gesellschaft, zumindest die vorübergehende, des anderen Geschlechts gewährt. Die Qual begann in Barcelona, wo nach Einschätzung der Soziologen der Standard des Warenangebotes ausgesprochen hoch ist. Sei es wegen der atavistischen Furcht vor dem Schreckgespenst irgend einer Krankheit, die bereits glücklicherweise von der Landkarte getilgt war und heutzutage aus den ehemaligen Kolonien wieder eingeschleppt wird, oder wegen der Schüchternheit, die uns im Ausland befällt, oder einfach aus einem simplen Vorurteil – Tatsache ist, daß unsere Jungs an dem Festschmaus nicht teilhatten. Dann kam Nizza, mit der Promenade des Anglais und einer Heerschar alter Weiber, von denen sie sich nicht beirren ließen; als Experten auf diesem Gebiet erkannten sie die anderen, diejenigen, die das Paradies auf Erden verhießen, und schmerzerfüllt faßte Escobar das Empfinden der Gruppe in den Worten zusammen: »Wieviele schöne Frauen, und alles Ausländerinnen!« In Genua, oder war es in Santa Margarita, sahen sie auf einer Küstenstraße durch das Busfenster ein blondes Mädchen, eine Radfahrerin, die Rivero Puig jedesmal Seufzer entlockte, wenn er an sie zurückdachte, und ihn gegen sein Geschick aufbrachte. Vielleicht wäre das die Frau seines Lebens gewesen!
O unvermeidliche Subjektivität aller Erfahrung, die noch

den besten Berichten von Reisenden ihren Wert nimmt. Die Auswahl in Rom (!) verdiente nach ihrer Meinung das Prädikat ›armselig‹, wenn nicht gar das schon grausame Verdikt ›jämmerlich‹, und so fanden sie (wie Soldaten, die lange nicht mehr im Schlachtgetümmel gewesen waren) immer neue Ausflüchte, um nur nichts riskieren zu müssen. Die Situation, bis München noch eben erträglich, wurde in Paris gespannt, wo sich alles um sie herum in einer rasenden Sarabande – so kam es ihnen wenigstens vor – dem Triumph der Liebe zu Ehren fast überschlug. Zwangsläufig verschaffte sich nun der andere Zweifel Gehör: Entschädigte die Reise mit all ihren Wundern für das Fehlen dieser bescheidenen Auswahl von Blondinen und Brünetten, die sie daheim zurückgelassen hatten?
Von Sarcone, der schon von Natur aus leicht verzagte, stammte die treffende Bemerkung:
»Die leichten Mädchen sind hier dermaßen in der Überzahl, daß jedes anständige Mädchen sich rar macht, damit man sie nicht verwechselt.«
Die Freunde umarmten ihn. Vom Neid übermannt, brachte Tarantino einen Mißton in diese Harmonie, als er antwortete:
»Nicht umsonst hat einmal jemand gesagt, daß in der Not noch der Dümmste schlau wird.«
Mit bewundernswerter Beherrschung nahm Escobar das Thema wieder auf:
»Jedes Kompliment«, bemerkte er, »bleibt völlig wirkungslos, so als ob sie kein Spanisch verstünden.«
Rivero – der einzige von ihnen, der über rudimentäre Kenntnisse des Französischen verfügte – schickte sich an, sie an die unüberwindliche Barriere der Sprache zu erinnern, als Tarantino um das Wort bat und erklärte:
»Was mir auffällt, ist das vollständige Fehlen all dieser Mädchen aus dem Landesinneren, der ganz normalen,

dunkelhäutigen Dienstmädchen, die bei uns zu Hause doch ein so wertvolles, jederzeit frei verfügbares Reservoir darstellen.«

»Dieses Phänomen hängt mit dem Lebensstandard zusammen«, erklärte Rivero.

»Geschenkt«, antwortete Sarcone.

Mit dieser gelungenen Bemerkung verdiente er sich den zweiten Applaus dieses Abends.

Undankbar, hart, heimtückisch sind Worte, die sich bei einer Betrachtung des Lebens naturgemäß aufdrängen; glücklicherweise schließt die Reihe der einschlägigen Attribute genauso *unverhofft* mit ein. Mögen wir auch noch so sehr vom Pech verfolgt sein, wir dürfen doch nie vergessen, daß immer irgendwo im Spiel ein Joker wartet, der uns mit einem Mal zum Hauptgewinner machen kann.

Im letzten Teil der Unterhaltung kamen gewichtige Präzedenzfälle zur Sprache.

»Vielleicht suchen wir draußen, was wir drinnen im Überfluß haben«, behauptete Tarantino.

Es wurde so still, daß man jeden Atemzug hören konnte; durch den abrupten Gegensatz klang es fast wie Keuchen.

»Hast du etwas Bestimmtes im Auge?« wagte Sarcone endlich zu fragen.

Aus Tarantino sprudelte es wie eine Offenbarung hervor:

»Ein Zimmermädchen.«

»Die Junge. Die immer mit der Alten im Schlepptau kommt«, glaubte Escobar zu verstehen und klatschte in die Hände.

»Was für Phantasten ihr doch seid!« widersprach Rivero mahnend. »Wißt ihr denn nicht, daß das Zimmermädchen im Hotel eine Art Sonderwesen ist, etwas Unantastbares?

Für den Gast, versteht sich! Seid ihr vernünftig genug zu begreifen, in was sich ein Familienhotel sonst verwandeln würde? Schaut in der Hausordnung nach, wenn ihr mir nicht glaubt. Oder macht die Probe aufs Exempel.«

»Wo ist die Hausordnung?« fragte Tarantino.

Nach kurzem Zögern antwortete Rivero mit Nachdruck:

»Man fragt am Empfang danach.«

»Wird jeder, der dagegen verstößt, gleich hingerichtet?«

»Er fliegt raus.«

»Laßt uns bloß diesen Wahnsinnigen bändigen«, verlangte Escobar und zeigte auf Tarantino. »Unser guter Name steht auf dem Spiel.«

Sarcone erklärte sich einverstanden.

»Ein Fehltritt«, bekräftigte er, »und wie steht der argentinische Mann da?«

Rivero fügte noch hinzu:

»Erinnert euch an die Worte des Herrn von Tusa: in dem Moment, wo wir unseren rechten Fuß ins Flugzeug setzen, verwandeln wir uns automatisch in Botschafter unseres Vaterlandes.«

Die Freunde machten sich auf den Weg nach oben. Endlich allein, erforschte Rivero sein Gewissen. Neben dem Bewußtsein seines Triumphes entdeckte er eine heimliche Unsicherheit, was die Gründe für sein Verhalten gerade eben betraf. Irgendwer hatte ihm wohl irgendwann einmal etwas über Zimmermädchen in Hotels erzählt, die sich auf höheren Befehl abweisend gäben. Er hatte mit fester Hand eingegriffen (so überlegte er), weil man im Ausland die Gesetze befolgen und um jeden Preis ärgerliche Konflikte oder eine Blamage vermeiden muß.

Am nächsten Tag erschienen die Freunde zum Mittagessen nicht im Speisesaal des Hotels. Rivero Puig verbrachte den freien Nachmittag mit einem Einkaufsbummel. Als er auf dem Rückweg vor Erschöpfung kaum noch ein Bein vor das andere setzen konnte, beschloß er, sich an einem der Tischchen vor einer Bar an den Champs-Elysées eine Erholungspause zu gönnen. Er, ein Horchata*-Kenner von Ruf, mußte sich aufgrund sprachlicher Schwierigkeiten mit einer Pfefferminzbrause bescheiden. Als er die zweite halb geleert hatte, fiel sein Blick auf den abendlichen Arc de Triomphe; er vergaß die wogende Menge rundum und kam zur Ruhe.

Eine Bewegung, die sich mehrfach wiederholte, ein Auf und Ab, das zweifellos nur kurz gedauert hatte, sich aber beharrlich in sein Bewußtsein drängte, ein Ausschnitt aus diesem Menschenstrom, der noch lärmender war als alles übrige, erregte schließlich seine Aufmerksamkeit. Verblüfft und mit einer gewissen Verzögerung – wie jemand, der erst ganz allmählich wach wird – nahm er die Gruppe wahr, die gerade vorüberkam, vielleicht wieder vorüberkam, und offensichtlich höchst vergnügt war. Zu seiner Überraschung erkannte er Tarantino, Sarcone und Escobar; aber es waren vier, die sich da untergehakt hatten, nicht drei. Die zusätzliche Person war eine junge Frau, von kleinem Wuchs, aber breit gebaut, mit dunklem Teint und großen, grünen Augen, deren ausgeprägter Kuhblick an der plumpen Fröhlichkeit des übrigen Gesichtes nicht teilhatte.

»Was hältst du von ihr?« fragte Sarcone.

»Nicht schlecht«, gab Rivero zu.

»Man sagt nicht umsonst, besser als gar nichts«, sagte Tarantino anzüglich.

»Wenigstens taugt sie als Lehrerin«, beeilte sich Escobar zu versichern. »Sie hat uns schon fast ein halbes Dutzend Worte mit original französischer Aussprache beigebracht.«

»Sie ist Bretonin«, erklärte Sarcone.

»Und ihr? Was bringt ihr ihr bei?« fragte Rivero.

»Das kleine Einmaleins«, antwortete Sarcone. »Tarantino hat ihr weisgemacht, so würde man sich begrüßen oder einen Milchkaffee bestellen, und sie dann jede Menge unanständige Wörter nachsprechen lassen. Wir wären vor Lachen fast gestorben.«
Nachdem er seine Rechnung bezahlt hatte, fragte Rivero:
»Sehe ich euch nachher?«
»Wir haben noch viel Arbeit vor uns«, antwortete Sarcone und schüttelte den Kopf. »Den Abend werden wir darauf verwenden, mit der Bahn und einem Ausflugsdampfer herumzufahren.«
»Jetzt gehen wir aufs Ganze«, versprach Tarantino.
Als er schon wieder auf seinem Zimmer war, erkannte Rivero das Mädchen im nachhinein wieder: es war das junge Zimmermädchen, über das sie am Vorabend gesprochen hatten. Er war ihr mehr als einmal auf dem Flur des fünften Stocks über den Weg gelaufen.
Er verbrachte eine besonders unruhige Nacht. Am anderen Morgen klopfte er um Punkt sieben an die Tür seiner Freunde. Er hatte sie schon zur Hälfte geöffnet, räusperte sich gerade, um *Phoebus zeigt sich ...** anzustimmen, als ihn ein Gegenstand davon abbrachte, den er in der Dunkelheit nicht identifizieren konnte, vermutlich aber ein Schuh, und der unweit seines Gesichts krachend gegen das Holz der Tür traf.
Gesenkten Hauptes trat er den Rückzug in das Restaurant des Hotels an, wo er sich ein üppiges Frühstück mit Milchkaffee, Brötchen und *croissants* zu Gemüte führte. Danach brach er zu einem Spaziergang auf. Sein Anzug erwies sich als zu leicht. Wenn er kräftig genug ausschritte, würde ihm vielleicht warm werden; natürlich wurde es ihm lange vorher zu anstrengend. Auf keinen Fall durfte er es zu jenem Stadium von Ermattung kommen lassen, das

er unvermeidlich mit Traurigkeit verwechseln würde. Auf Reisen wird man mit wundersamer Leichtigkeit müde. Wo er nun schon einmal so ehrlich mit sich selbst war, gestand Rivero sich auch ein, daß er sich in jeder einzelnen der großartigen Städte, die sie besucht hatten, in irgendeinem Moment wie der unglücklichste Mensch auf der Welt vorgekommen war. Der Hunger nach Frauen ist schon etwas Trauriges. Um sich aufzuheitern, dachte er: ›Ich bin in Paris. Temperley weiß es.‹ Ihm fiel auch ein, daß dies sein letzter Tag dort war, daß er am nächsten Morgen, wieder als Herdentier im Autobus, diesen für das Abenteuer so günstigen Ort endgültig in seiner Vergangenheit zurücklassen würde. Sollte er in die Heimat zurückkehren ohne die Erinnerung an eine Frau? Sogar die prächtigen Burschen aus dem Fünften hatten ihren Fang gemacht. Gewiß, die zugehörige Anekdote stellte sich eher als Posse denn als Ruhmestat dar, aber gut erzählt, war sie nicht zu verachten: sie war beinahe schon unerhört, und es gab etwas zu lachen. Was hatte dagegen er auf diesem Gebiet für Erfolge vorzuweisen? Welche Erinnerungen würde er für die Tischgespräche im Klub heimbringen? Er kam mit leeren Händen. Das Nichts, ohne irgendwelche Beschönigungen.

Aus purer Niedergeschlagenheit blieb er stehen, um sich das Schaufenster des – trübseligen, schäbigen, sonderbaren und düsteren – Geschäftes von einem Tierpräparator anzusehen. In diesem Fenster stand ein ausgestopfter Wolf. Rivero Puig las auf einem Schild an der hölzernen Sockelplatte, auf der er befestigt war: *Sibirischer Wolf*. Ganz ohne Zweifel stellte dieses Raubtier, das für seine Einsamkeit und für seine Gier bekannt war, das vollendete Symbol für ihn dar, sein leibhaftiges Ebenbild. Durch diese Seelenverwandtschaft mit dem Wolf wenigstens für den Moment aufgerichtet, machte er sich wieder auf seinen Spaziergang

und bog ab zu dem kleinen Platz von Saint Philippe du Roule.
Er stand direkt bei der Kirche, bereit, die Straße zu überqueren, sobald der Verkehr es zulassen würde, und richtete sein ganzes Augenmerk auf die gegenüberliegende Straßenseite, wo ein Hemdengeschäft gerade einen Ausverkauf veranstaltete. Wenn ihm in einem solchen Moment ein derartiger Köder ins Auge stach, hatte sich unser Wolf sicherlich mit der Enthaltsamkeit und mit seiner Niederlage abgefunden. Hinter seinem Rücken, vielleicht eine knappe Armlänge von ihm entfernt, war ein Mädchen aufgetaucht, das ebenso ansehnlich wie keß aussah; das typische Pariser Kind. Aus Zufall (oder sollten wir ihm soviel Instinkt zugestehen?) nahm Rivero sie am äußersten Rand seines Gesichtsfeldes wahr, als er sich eben anschickte, sich voll Ungestüm – ein Fuß schwebte bereits in der Luft – auf seine Beute von Restposten und Krawatten zu stürzen; gerade noch rechtzeitig hielt er im Ansatz der Bewegung inne, und mit einem leichten Hüftschwung, in den er die lässige Sicherheit seiner ganzen Erfahrung legte, schaute er sich um. Mit der zarten Schüchternheit ihres Geschlechtes wich die kleine Französin seinem Blick aus, kaum daß sie ihn für einen winzig kleinen, aber ausreichenden Moment erwidert hatte.
»*Mademoiselle*«, fragte Rivero, »gehen wir in den Bois?«
Umgehend kam die Antwort:
»Nicht in den Bois.«
Der alte Jäger in ihm war erwacht: Rivero entging nicht die zustimmende Nuance bei dieser Ablehnung. Damit dem Mädchen keine Zeit bliebe, ihre Meinung zu ändern, improvisierte er aufs Geratewohl und schlug vor:
»Wollen wir zusammen essen?«
Hocherfreut beglückwünschte er sich zu dieser Eingebung, als sie zustimmte, und bestürzt mußte er dann erkennen,

daß sie (was zu dieser Tageszeit verständlich war) seine Worte falsch interpretiert hatte: das Mädchen hatte eine Einladung zum Frühstück angenommen. Die Situation veranlaßte Rivero dazu – während er sich aus reiner Gier den zweiten Milchkaffee mit Brötchen und *croissants* zu Gemüte führte –, über das riskante Leben so manch einer jungen Frau nachzusinnen... Weil es für sie Gesetz ist, tadellos gekleidet zu sein, weil sie – wenn sie nicht Gefahr laufen will, übersehen zu werden – auf dies und jenes nicht verzichten kann, weil alles Geld kostet und jeder Bissen dick macht, hat sich die unabhängige Frau heutzutage längst von der überholten Gewohnheit des Essens freigemacht. Natürlich ist sie ständig hungrig, lebt von der Hand in den Mund und plündert jeden Mann aus, der ihr etwas zu essen gibt. Rivero hatte ein empfindsames Gemüt: dieses Schicksal, das mit den festen Essenszeiten zugleich auch die letzten Pfeiler der Ordnung umstürzt, rührte ihn nicht eben wenig. Arme Frauen, so tapfer in ihrer Zerbrechlichkeit, dachte er, ohne wahrzunehmen, wie sehr sie mit ihrer Gefräßigkeit, ihrer Unversöhnlichkeit und mit ihrer Grausamkeit doch dem Symbol entsprachen, das er in romantischer Verirrung eigentlich für sich gewählt hatte.

Das Vergnügen macht umgänglich und gesprächig. Es versteht sich von selbst, daß es an interessantem Gesprächsstoff nicht mangelte: das Geheimnis des Wortes ›Tusa‹ auf dem Abzeichen in Riveros Knopfloch, die mit Superlativen gespickte Beschreibung von Buenos Aires und von Temperley; die entgegengesetzten Jahreszeiten auf der anderen Erdhalbkugel. Rivero Puig setzte sich frohgemut über alle sprachlichen Probleme hinweg und entdeckte – ohne hieraus irgendwelche Schlüsse zu ziehen –, daß er sich seit langer Zeit zum ersten Mal nicht langweilte. Er dachte bei sich: ›Es geht doch nichts über die Frauen.‹

Was war zu tun? Für bestimmte Vorschläge war es noch zu früh, vor einem Mittagessen mußten sie erst einmal einige Zeit nach dem Frühstück verstreichen lassen, die Geschäfte bargen gewisse Gefahren, die Museen Langeweile. Er rief ein Taxi herbei und wies den Fahrer an – wobei er die beharrlichen und ihm nicht recht verständlichen Proteste des Mädchens einfach überhörte –:
»Zum Bois.«
Bei einem kleinen See stiegen sie aus. Sie gingen eine Weile spazieren. Rivero fragte sie:
»Wie heißen Sie?«
Es war ein guter Tag für ihn, so daß er sich ohne sonderliche Überraschung Monique, Denise, Odette, Ivette, Chantal oder jeden anderen dieser typischen Namen angehört hätte, die so hervorragend dafür geeignet sind, sich nach der Rückkehr in die Heimat vor den Jungs damit in Szene zu setzen. Er sah sich schon zwischen den Tischen seines Cafés mit großer Gebärde verkünden:
›Auf der ganzen Reise, nur eine einzige. Chantal. Eine kleine Französin. Der reine Wahnsinn!‹
Die Kleine antwortete:
»Mimí.«
Der Name gefiel ihm, obwohl er nicht vergessen konnte, daß es schon eine Mimí im Klub von Lomas gab.
Sie saßen auf kleinen, eisernen Stühlchen am Wasser, schauten einander in die Augen, redeten und lachten. Über solchen Zerstreuungen wurde es im Nu Zeit für das Mittagessen. Ein zweites Taxi beförderte sie zu einem Pavillon mit hohen Bogenfenstern und Markisen aus buntem Segeltuch, der ebenfalls im Bois lag: das Restaurant an der Kaskade. Dort protestierte das Mädchen:
»Hier ist es viel zu teuer.«
Er brachte sie mit einer weitausholenden Armbewegung zum Schweigen, die in großartiger Weise zu verstehen gab:

»Und wenn schon!« – eine Geste, die frei von jeder Unaufrichtigkeit war, denn wer Tag für Tag mit vollen Händen Geld dafür ausgibt, Städte und sonstige Örtlichkeiten und Ziegelhaufen von historischem Interesse zu besichtigen, der sieht nicht aufs Geld, wenn er endlich über ein Mädchen verfügt.

Er überließ ihr die Aufgabe, sich in die opulente französische Menukarte und gleich darauf in die nicht weniger opulente Weinkarte zu vertiefen, damit sie ebenso rätselhafte wie prestigeträchtige Herkunftsbezeichnungen aufspüren und das Festmahl zusammenstellen konnte. Währenddessen wandte Rivero Puig seine Aufmerksamkeit, die bislang von einem vage unangenehmen Gefühl auf seiner Haut in Anspruch genommen war, das sich durch Sätze wiedergeben läßt wie etwa: ›Der Anzug ist, offen gestanden, recht leicht. Um im Freien zu essen, könnte die Temperatur durchaus drei oder vier Grad wärmer sein. Andererseits sitzt hier niemand drinnen. Man soll nicht sagen können, die Widerstandskraft eines Argentiniers stünde der von Ausländern nach‹ – Rivero Puig wandte also seine Aufmerksamkeit, ich sage es noch einmal, einem Bild von der Art zu, wie es durch das Auge einzudringen und sich dann in ganz besonderer Weise der Erinnerung einzuprägen pflegt: am Nebentisch pickten Spatzen zutraulich Zuckerkrümel von den Scheiben einer Melone. Da versuchte sich Rivero im stillen an dem, was wir als den ersten Entwurf eines seiner berühmtesten Aussprüche bezeichnen können: ›Sogar die Vögel haben in Frankreich teil an der allgemeinen Atmosphäre von Kultiviertheit.‹ Unvermittelt fragte er sich, was der Nachmittag ihm wohl noch bringen würde, aber er schob diese Überlegungen beiseite, weil jede Vorausplanung in solch einem Moment sprichwörtlich als unheilbringend gilt. Ohne die Ruhe zu verlieren, würde er dem Glück seinen Lauf lassen; eine

Aussicht, die ebenso faszinierend war wie der Triumph selbst. Was diesen betraf: war er die Mühe auch wirklich wert? Vielleicht zum ersten Mal in all diesen Stunden, die sie nun zusammen waren, unterzog Rivero sie einer eingehenden, unparteiischen Musterung. Das Schicksal war großzügig gewesen – das Mädchen verdiente das Prädikat ›anmutig‹. ›Nur schade‹, dachte er bei sich, ›daß sie nicht dem typischen Bild der kleinen Französin entspricht, wie es den Freunden aus Temperley automatisch vorschweben wird. Sie ist nicht blond; sie sieht eher aus wie die altbekannten, eleganten jungen Frauen, die immer in der Konditorei ›Ideal‹ sitzen.‹

Sie aßen und tranken zu ihrer vollen Zufriedenheit. Bevor ihn Schläfrigkeit übermannen konnte, erhob sich Rivero, warf seine zu einer Kugel zerknüllte weiße Serviette mit mannhaftem Schnaufen auf den Tisch und schlug vor:

»Wollen wir uns ein wenig die Beine vertreten?«

Hand in Hand streiften sie durch das Wäldchen; er oder sie brach einen Zweig ab, um ihn etwas später wieder fortzuwerfen; sie liefen den Hang zu einer kleinen Bodensenkung hinunter. Ihr Lachen verstummte mit einem Mal; es folgte ein ernster, beinahe schmerzlicher Blick; sie fielen einander in die Arme, und ganz spontan, ohne einen Augenblick darüber nachzudenken, fragte er:

»Wollen wir heute nachmittag zusammensein?«

Eine Zurückweisung in solch einem Moment hätte bedeutet, das Wunder der Liebe zu ignorieren, das zwei Willen und (vielleicht in einer Illusion) zwei Seelen vereint. Mimí enttäuschte ihn nicht. Mit der außerordentlichen Schlichtheit aller edlen Seelen – diese Formulierung stammt von Rivero – sagte sie leise:

»Einverstanden.«

Rasch (damit das Mädchen nur keinen Rückzieher machte) dirigierte er sie zur Kreuzung zweier Alleen, wo er mit bemerkenswerter Souveränität sein drittes Taxi an diesem Tag anhielt. Nachdem er Mimí hineinverfrachtet hatte, erteilte er unter Zuhilfenahme beider Hände dem Chauffeur die erforderlichen Anweisungen, stieg in den Wagen, legte den Arm um das Mädchen und versank in tiefes Schweigen, das er lange nicht brach. Die Fahrt endete in einem kleinen Gäßchen hinter der Madeleine. Bedauernswerte Frauen, vertrauensvolle Gefährtinnen, welchen Prüfungen setzen wir euch in unserer heillosen männlichen Unfähigkeit doch aus! Der Chauffeur, ein Subjekt von nicht eben sonderlich ausgeprägtem Zartgefühl, hatte sie zu einer verrufenen Absteige in einer Gasse voller verrufener Absteigen gefahren, in der es von Frauenspersonen nur so wimmelte, die ihre Handtaschen schwenkten, während sie die Passanten lauernd musterten. Um jedem folgerichtig zu erwartenden Sträuben vorzubeugen, schob Rivero seine Geliebte *manu militari* in die Höhle des Lasters. Diese war in der Tat von der schlimmsten Sorte.

Während sich die Bedienstete noch unschlüssig war, welchen der zwei oder drei Schlüssel, die am Brett hingen, sie ihnen geben sollte, warfen ein paar Frauen von alles anderem als erbaulichem Äußeren von einem elenden Dreckloch am Fuße der Wendeltreppe her, wo sie dampfenden Milchkaffee schlürften und Zigaretten rauchten, Mimí dreiste und abschätzige Blicke zu. Rivero verspürte den Drang, sie um Verzeihung zu bitten und auszurufen: ›Laß uns wieder gehen‹, aber mit großer Willensanstrengung hielt er sich zurück. Mimí erlaubte sich nicht ein Wort der Klage, was ein Glück war, denn Minuten später traten alle Nebensächlichkeiten zurück und machten dem grundlegenden Faktum Platz, daß sie endlich alleine im Zimmer waren.

Später schlief sie friedlich, und neben ihr lag Rivero, betrachtete die Zimmerdecke, rauchte eine von eben jenen

Gauloises, die er damals noch zutiefst verabscheute, aber schon sehr bald voll Wehmut preisen sollte, und entwarf im Geiste seine zukünftige Schilderung vor den Freunden. Für diese Gelegenheit prägte er folgende Formulierung: ›Die europäische Frau ist frei von all den Strategien der Koketterie, die bei denen noch allgemein gebräuchlich sind, die in einem Abhängigkeitsverhältnis von einem Herrn und Gebieter leben; sie hat sich ihre Emanzipation erkämpft und verdient wegen ihrer Seelengröße unsere Reverenz.‹ Rivero bemerkte gleichfalls, daß er sich bis zu diesem Nachmittag (und wahrscheinlich schon seit dem Abflug von Ezeiza*) nie glücklich gefühlt hatte. Weshalb? Auf der Stelle gab er sich die Antwort: Weil er abgesondert gelebt hatte, weil er sein Herz nicht den Freunden vom fünften Stock aufgeschlossen hatte. Von jetzt an, so gelobte er sich, würde er mit Vertraulichkeiten nicht mehr hinter dem Berg halten.

Mimí erwachte, sie verspürten Hunger, griffen nach dem Klingelknopf; die Bedienstete erschien, sie bestellten etwas zu essen. Artig im Bett sitzend, die Tabletts auf den Knien, tranken sie jeder eine Riesentasse Schokolade; dazu gab es Brötchen und *croissants*. Man weiß ja, Essen erquickt und macht verliebt. Auf die zweite Ruhepause folgte eine dieser angenehm ermatteten Plaudereien, die so behaglich sind, daß sie für alle denkbare Unbill entschädigen. Sie sprachen von der Kindheit und von der Heimat. Das Mädchen sagte leise:

»Die Heimat liegt in weiter Ferne.«

»Deine nicht«, verbesserte Rivero.

»Nicht wie dein Buenos Aires, aber zu weit für mein Herz«, räumte sie ein.

»Das verstehe ich nicht«, gestand er.

Mimí gab ihm die Erklärung:

»Ich bin eine Romantikerin, ich bin eine Deutsche.«

Nach einer Weile vermißte Rivero – in jedem Manne verbirgt sich ein Verräter – die Gesellschaft der Freunde. Er erfand also für diesen Abend ein Bankett im Hause des Konsuls. Natürlich wagte die arme Mimí nicht zu verlangen, er solle ihretwegen eine so hochgestellte Persönlichkeit einfach versetzen. Nachdem er sie so unverfroren beschwindelt hatte, vermied Rivero jede Erwähnung der Reise, auf die er sich am nächsten Morgen begeben würde, aber er bestand darauf, ihr die Telephonnummer seines Hotels zu diktieren – die sie mit rührendem Eifer in ein sehr abgegriffenes Adreßbüchlein eintrug–, falls sie am Nachmittag Lust bekommen sollte, ihn anzurufen. Dieser Punkt beweist, daß wir nicht aus Glas sind und daß niemand unsere Gedanken sehen kann; er beweist ebenso, daß sich Rivero nur ganz allmählich darüber klar wurde, was in seinem eigenen Herzen vor sich ging. Es stimmt schon, daß er an diesem Abend, als er Tarantino, Sarcone und Escobar die Angelegenheit in allen Einzelheiten schilderte, den belebenden Hauch der Selbstzufriedenheit verspürte, diese höchste aller Freuden, die wir nie schon im Verlauf eines Ereignisses erreichen, sondern immer erst danach, vor den Freunden, die uns zuhören, während wir uns wie ein Pfau spreizen; aber am nächsten Morgen, zusammengekauert auf seinem Sitz im Autobus, der ihn für immer von Paris (inzwischen *sein* Paris) fortriß, fragte er sich, ob das Idyll nicht doch letzten Endes zu schnell vorüber gewesen sei, ob er je wieder ein Mädchen wie Mimí finden würde, ob nicht die Situation, in der er sich befand, typisch war für das Pech, das die Argentinier seit einiger Zeit verfolgt: Genau vierundzwanzig Stunden, nachdem er die Frau gefunden hatte, die er so herbeigesehnt hatte, machte er, Sklave seiner Verpflichtungen gegenüber Tusa, sich aufs neue auf den Weg, gleich einem unermüdlichen Zigeuner. So verglich er sich denn selbst –

nicht ohne Trost – mit den Seeleuten, die ein Liebchen in jedem Hafen haben.

Von der Fahrt in die Bretagne sollte den Landsleuten ganz besonders ein Moment in Erinnerung bleiben, als der Abend hereinbrach und vor den Mauern einer mittelalterlichen Stadt das Radio des Busses sie mit den inniggeliebten Klängen des Tangos *Mi noche triste* in wehmütige Stimmung versetzte.

Zwischen Dinan und Dinard machte der Herr von Tusa ihnen eine Mitteilung, welche die Gruppe einhellig als den ersten Bruch im tadellosen Service der Gesellschaft ansah: Tarantino, Sarcone und Escobar würde man im Hotel Printania unterbringen und Rivero mutterseelenallein im Palace. Der Fehler war nicht schwerwiegend, aber begangen von Tusa – und in welch einem Augenblick! –, kam er für Rivero einer Ernüchterung gleich; er fühlte sich gar im Stich gelassen.

Wenn wir erst einmal ein Haar in der Suppe finden, fischen wir bald schon den ganzen Skalp hinterher. Kaum war der unselige Erlaß bezüglich des Hotels bekanntgegeben worden, rückte derselbe Herr mit der Neuigkeit heraus, was Dinard auszeichne, sei seine Ruhe. Er versuchte, sie mit Worten zu umgarnen:

»Für den modernen Menschen, der dichtgedrängt in wahren Schwärmen leben muß, ist Einsamkeit ein Luxus.«

»Wir kommen nicht den ganzen Weg von Amerika hierher«, gab Tarantino zurück, der im Grunde keinerlei Respekt kannte, »damit man uns in ein gottverlassenes Nest verfrachtet.«

Als sie schon im friedlichen Dinard waren, konnte Rivero nicht länger an sich halten:

»Die Stadt ist ja total beengt. Mit Miramar überhaupt nicht zu vergleichen. Etwas völlig anderes: Weite nach allen Seiten, Horizonte.«

Die Freunde blieben stumm, weil sie Miramar nur von Photos kannten. Dieser Vorfall gibt ein passendes Bild von dem Argentinier, der Europa bereist, als wäre es ihm so vertraut wie seine Westentasche, aber, um nur nicht die Sehenswürdigkeiten eines Landes besichtigen zu müssen, erklärt, daß jeder Kilometer staubig und jedes Stück mit der Eisenbahn eine Katastrophe sei.
Bei Riveros Gemütsverfassung kam ihn seine Isolation im Palace äußerst hart an. Ganz offen mit der Gruppe über Mimí zu diskutieren, aufs neue rückhaltlos die ganze schmeichelhafte Episode zu erzählen – dazu hätte er mit Alkohol vielleicht den Mut gefunden. Nichts linderte seine Sehnsucht; sein Kummer war ausweglos. Er gelangte zu der Überzeugung, daß nicht einmal die Rückkehr nach Paris – eine Notlösung, die er im Augenblick noch als der Charakterfestigkeit eines Argentiniers nicht würdig verwarf – ihm das Mädchen zurückbringen würde. Nicht nur Mimís Nachname und Adresse waren ihm unbekannt, nein, er wußte einfach gar nichts von ihr.
Sein Zimmer im Palace, mit Blick auf die Bucht und auf Saint-Malo erschien ihm wie eine Kerkerzelle. Kaum daß er angekommen war, noch bevor er den Koffer öffnete, ging er schon los, um einen Spaziergang zu machen. Er bestieg den Aufzug und drückte auf den Knopf für das Erdgeschoß. Während der Fahrt studierte er das Schild mit den Anweisungen für die Bedienung des Gefährts. Gemächlich schwebte es mit ihm abwärts.
Aus Lustlosigkeit verzichtete er auf seinen Spaziergang; er saß in der Halle herum; er strich durch die Salons. Er versuchte, vernünftig zu überlegen: ›Wir sollten nicht unseren Schmerz über den Verlust pflegen, sondern den Wert der Eroberung hegen, die wir gemacht haben. Es ist eine Auszeichnung, die unserer Brust zur Zierde gereicht.‹ Indem er sich immer wieder sagte, er werde die Dinge nicht

tragisch nehmen, betrat er den in strahlendem Weiß und Gold gehaltenen Speisesaal des Hotels. Zeit heißt die bittere Medizin des Untröstlichen.

Man führte ihn zu einem Tisch und schob zwischen ihn und die Serviette ein überdimensionales Rechteck aus steifem Papier: die Menukarte. Nur um sich zu orientieren, ließ er apathisch seinen Blick über das Menu auf dem Nebentisch und über den angrenzenden Salon schweifen. An einem der Tische in seiner Nähe entdeckte er eine Blondine, etwas rundlich, sicherlich kleingewachsen, dabei durchaus nicht häßlich, die damit beschäftigt war, mit ihrem Mann kleine Zärtlichkeiten auszutauschen. Nachdem er das Abendessen bestellt hatte, vervollständigte Rivero sein Bild von der Blondine: helle Haut von der Art, die bei allen erdenklichen Gelegenheiten rot wird; naturblondes Haar, durch Tönung verstärkt. Eine so fröhliche, gesprächige und ansehnliche Frau mußte er einfach anstaunen.

Zuerst mit dem *maître d'hotel,* danach mit einer verschlafenen Gestalt, die sich in eine grüne Schürze gezwängt hatte und ihnen die Weinkarte reichte, schließlich mit dem Kellner vertieften sich die Blondine und ihr Mann in ein Gespräch; als weltgewandte Genießer der vielfältigen irdischen Gaben stürzten sie sich mit wahrem Feuereifer in die jeweiligen Unterhandlungen, aber sobald der Gesprächspartner sich zurückgezogen hatte, nahmen sie unverzüglich ihre Liebkosungen wieder auf.

Als ihr Ehemann seinen von wenigen grauen Haaren umkränzten Kahlkopf in den Suppenteller vertiefte, schwenkte der Blick der Blondine hinüber zu Rivero. Dieser dachte: ›Aus purer Geistesabwesenheit und Traurigkeit bin ich zu weit gegangen. Dieser Blick weist mich zurecht.‹ Aber da er immer noch geistesabwesend und traurig war, schaute er auch wieder hinüber. Die Blondine tätschelte den spärlichen Haarkranz ihres Gatten. Der so getätschelte Kopf beugte sich zur Suppe hinab. Die blauen Augen suchten Rivero. Als wenn ein Jongleur dabei seine Hände im Spiel gehabt hätte, schauten ihre Pupillen trotz gesenktem Blick wundersamerweise weiterhin hoch und hielten dem seinen stand. Der ganze Vorgang war so kurz, daß Rivero gleich danach selber daran zweifelte.

›Es wird nur eine Einbildung sein‹, sagte er sich; aber es ging im selben Kreislauf weiter: eheliche Zärtlichkeiten, der Kopf, der sich hinabbeugt, Augen, die suchen, eheliche Zärtlichkeiten. Rivero gelangte zu dem Schluß: ›Eine untreue Gattin‹, wie jemand, der in dieser Welt der Täuschungen endlich etwas Echtes entdeckt oder zumindest ein Einhorn oder einen Engel.

Als er sich aus dem Speisesaal zurückzog, schaute die Blondine wieder zu ihm herüber und, da gab es keinen Zweifel, zwinkerte ihm mit einem Auge zu. Beunruhigt, weil er keine Ahnung hatte, wie er sich verhalten sollte, wanderte er in der Halle auf und ab. Es gab nicht viel, mit dem er sich beschäftigen konnte, nicht einmal dem Anschein nach: ein paar Vitrinen mit Zigarettenspitzen, Schmuck, Geldbörsen; große Plakate, welche die lange zurückliegenden Termine von irgendwelchen Darbietungen in zwei oder drei Kinos und im ›High Life‹-Kasino ankündigten. Nachdem sich dies alles erschöpft hatte, ließ er sich in einen Sessel fallen.

Der Alte und die Blondine erschienen auf der Bildfläche. Etwas in der Haltung des Paares, vielleicht ihre – vollauf verständliche – Heiterkeit, zeugte davon, daß sie, solange sie zusammen waren, auf nichts und niemanden sonst angewiesen waren. Sie plauderten und lachten, aber es wurde noch lebhafter, sobald der Nachtportier, der Barkeeper oder sogar der finster blickende Herr vom Empfang hinzukam. ›O Eheglück, Eheglück‹, moralisierte Rivero im

stillen und wiegte wohlwollend sein Haupt. Die ungetreue Schöne war ein bißchen füllig, aber mit welcher Anmut zwinkerte sie ihm hinter dem Rücken ihres zärtlichen, ihres verzärtelten Gatten zu, der sie im Aufzug wie in einem romantischen Käfig entführte, weiß der Himmel in welches Schlafgemach des weitläufigen Palace.
Da ohnehin mit jeder Unternehmung bis zum nächsten Tag gewartet werden mußte, zog auch er sich auf sein Zimmer zurück.
Er erwachte von der Stimme des lauthals tönenden Sarcone:

Wie schön ist's doch, verliebt zu sein
Und dann im Bett, lang hingestreckt

Rivero stieß wütend hervor:
»Das hat die Maizani aber besser gesungen!«
»Es ist schon fast Mittag«, sagte Escobar.
»Das Witwerdasein bringt ihn jedenfalls nicht um seinen Schlaf«, stellte Tarantino fest.
»So sehr Witwer nun auch wieder nicht«, gab Rivero zurück und machte Wasser für den Mate heiß. Während er sich gewissenhaft rasierte, berichtete er von der Eroberung der Blondine.
»Die Begleitumstände waren denkbar ungünstig«, legte er los. »Wirklich denkbar ungünstig. Das Problem: einzudringen in die traute Zweisamkeit eines Paares, bei dem der Ehemann ständig Gewehr bei Fuß aufpaßt. Mir ist es gelungen, fragt mich nicht wie. Euch gegenüber will ich ganz frei von der Leber weg sprechen. Haltet mich nicht für einen Zauberer oder dergleichen. Jeder von euch würde dasselbe zustande bringen. Soll ich euch das Geheimnis verraten? Augen zu und ran an den Feind. Auf fremdem Boden ist die Anziehungskraft des Argentiniers einfach unwiderstehlich!«

Der Mate machte die Runde. Rivero zog sich an.
»Beschreib uns die Blondine«, bat Sarcone.
»Eher klein, mit einem Stich ins Kesse. Wie das blühende Leben, mit rosiger Haut, guter Zustand.«
»Das ist die, die wir unten gesehen haben«, war sich Escobar sicher.
»Alleine?« wollte Rivero wissen.
»Alleine«, erklärte Escobar.
»Es wird eine andere sein«, meinte Tarantino, der im Gesicht schon grün vor Neid war und ganz verkniffene, fast glasige Augen hatte. »Eine Frau von dieser Klasse gibt sich nicht mit einem armseligen Touristen ab, der letzten Endes doch nichts weiter als ein Zugvogel ist.«
»Ihr wartet auf mich«, befahl Rivero.
Ungeduldig ließ er den Aufzug Aufzug sein und rannte die Treppe hinunter. Er nahm immer zwei oder gar drei Stufen auf einmal, aber ein Rennen hätte vielleicht doch der Aufzug mit all seiner unerschütterlichen Ruhe gewonnen, so wie die Schildkröte aus der Fabel.
Die Blondine war weder in der Halle noch im Salon, noch auf den Fluren oder im Wintergarten. Auf dem Flur war überhaupt niemand. In der Bar redete ein einziger Gast, vermutlich ein Engländer, irgend etwas auf den Barkeeper ein, der ihm teilnahmslos zuhörte. Rivero beendete seine Inspektion beim Hoteleingang und schaute hinaus. Da erspähte er sie auf der anderen Straßenseite; sie stand mit dem Rücken zu ihm, lehnte sich gegen das steinerne Geländer und war ganz in die Betrachtung der Bucht versunken.
Kurz entschlossen marschierte er auf sie zu. Sein Instinkt sagte ihm, daß bei solchen Gelegenheiten weniger die Originalität zählt als eine natürliche und vertrauenerweckende Art; daher sprach er sie an:
»Lassen Sie uns spazieren gehen. Gibt es in Dinard einen Park in der Art des Bois de Bologne?«

Klar und deutlich antwortete die Blondine:
»Nein, nicht in den Wald.«
Schon weit weniger sicher drängte er:
»Lassen Sie uns spazieren gehen.«
»Das ist gefährlich. Man könnte mich sehen«, behauptete die Blondine. »Ich erwarte Sie auf der Place de la République. Ich gehe über die Rue Levavasseur, hier entlang« – sie zeigte nach links –, »Sie nehmen die erste Straße rechts von Ihnen und gehen weiter, bis Sie zum Platz kommen.«
Wie immer, dachte Rivero, ist die Frau der Mann, und der Mann ist der kleine Junge. Unauffällig schaute er zum Palace zurück; er sah das, was er schon geahnt hatte: die Freunde hatten sich in das Fenster seines Zimmers gezwängt, lachten und machten ihm Zeichen. Tarantino schnitt ihm unverkennbar Grimassen. ›Sie glauben, ich hätte nichts erreicht‹, sagte er sich. ›Deshalb sind sie so zufrieden. Ich werde sie enttäuschen, ich werde ihnen alles erzählen, aber ich werde die Dinge ein wenig herunterspielen, denn unter Männern haben wir zuviel Zartgefühl, um zu zeigen, was wir fühlen.‹ Er zuckte die Achseln, richtete sich vielleicht ein wenig auf, während er sich mit stoischer Haltung diesem harten Gesetz männlicher Verhaltensnormen unterwarf, und beschleunigte seine Schritte. Auf dem Platz erwartete ihn die Dame voller Ungeduld, wie man schon von weitem an der Art sehen konnte, in der sie ihre Handtasche schwenkte. Rivero fragte mit einer Stimme, der man die Pein anhörte:
»Wohin gehen wir?«
Er war schon gelinde verzweifelt, denn jetzt, wo er die Hauptsache, ihre Einwilligung, erreicht hatte, würde er vielleicht alles wieder verlieren, noch ehe er sie einlösen könnte, nur weil es ihm an Initiative mangelte. Zwischen Kinn und einer Schulter der Dame tauchte in seinem Gesichtsfeld das Schild *Hotel de la République* auf. Er

verwarf die Idee sogleich als unschicklich, oder vielleicht auch, weil ihm keine passende Art einfiel, um einen entsprechenden Vorschlag zu machen. Die Dame schaute ihn befremdet und geringschätzig an, als wenn sie bei sich dächte: ›Mit Ihrer kindischen Unentschlossenheit setzen Sie mich der Gefahr aus – wie enttäuschend! –, daß mich mein Mann überrascht.‹ Nicht einmal dieser Ansporn beflügelte Riveros Phantasie zu einer Lösung. Der Anblick des Schildes wirkte auf ihn wie ein Hemmschuh. Zu guter Letzt schöpfte er Kraft aus seiner Schwäche und stotterte (ein Manöver, das man mit Fug und Recht als das letzte Strampeln eines Ertrinkenden bezeichnen kann):
»Wäre es nicht letzten Endes das beste, damit niemand Sie sieht, gleich hier in der Nähe irgendwohin zu gehen, in dieses Hotel zum Beispiel?«
Einmal mehr bewunderte Rivero die Veranlagung der Frauen, aufgrund deren sie sich frohgemut der Realität anpassen, was uns manchmal etwas hart erscheinen mag, weil wir gewöhnt sind, daß sonst alles so zart und fein an ihnen ist – ihre Manieren, ihre Haut, ihre Kleidung. Die Dame sagte kurz und bündig:
»Gehen wir.«
Angesichts des billigen, heruntergekommenen Zimmers bedauerte Rivero, daß er sich so leicht aus der Fassung bringen ließ. Schlimmer noch sein Mangel an männlicher Zuverlässigkeit. Abermals hatte er den Fehler begangen, eine Dame in so ein verkommenes Etablissement zu bringen. Wie hatte doch einmal eine gewisse Gladys aus Temperley gesagt: »Das ist kein Rahmen für eine anständige Frau.« Das Hotel de la République war mit geradezu schändlicher Offensichtlichkeit ein Stundenhotel. Die Worte, die er alsdann hörte, genügten, um der trostlosen Wirklichkeit etwas von einem Traum zu verleihen. Konnte man in wachem Zustand annehmen, daß die Örtlichkeit

derart plötzlich auf die Dame abgefärbt hätte? Wirklich und wahrhaftig wies die ihn nämlich darauf hin:
»Das macht zweihundert Franc.«
Der getrübteste Geist findet manchmal einen lichten Flekken. Vertrauensvoll antwortete Rivero:
»Ich verstehe Ihre Ironie. Seien Sie nicht grausam. Dieser Ort ist nichts für eine Dame. Verzeihung.«
»Ah, nein«, gab die Blondine zurück. »Ich dulde keine Irrtümer, weder vorgebliche noch absichtliche. Ich bin nicht eine von denen, die das brave Mädchen spielen, wenn ein Kunde sie verwechselt, und einen verliebten Nachmittag mit ihm verbringen.«
»Aber Sie sind doch verheiratet. Sie sind mit Ihrem Gatten hier.«
»Gatte? Kunde. Er hat mich in der Bar hinter der Madeleine angeheuert, in Paris, damit ich mit ihm in die Ferien fahre. Jedes Jahr heuert er eine an, immer in derselben Bar: er ist sehr treu. Er erhebt *full time* Anspruch auf uns, aber die anderen haben mir schon klargemacht, daß er ein alter Geizhals ist, und so sehe ich eben selbst, wo ich bleibe.«
Wie vom Teufel persönlich geritten fragte Rivero:
»Sie sagten, daß einige, wenn der Kunde sie verwechselt...«
»So tun, als wären sie brave Mädchen, und einen verliebten Nachmittag verbringen. So zum Beispiel eine alte Kollegin von mir aus der Bar.«
»Hinter der Madeleine?«
»Hinter der Madeleine. Soll ich Ihnen sagen, was ich denke? Ich sage immer: Solch ein Verhalten bringt einer Professionellen nichts, und es schickt sich auch nicht. So benimmt sich eine Amateurin, eine unanständige Frau.«
»Ihre Kollegin arbeitet in der Bar.«
»Arbeitete. Mittlerweile hat die Dame es zu einem privilegierten Standplatz gebracht. Saint Philippe du Roule, nicht

mehr und nicht weniger. Sie nennt sich Mimí, ist aber nicht einmal Französin. Deutsche, das kann ich beschwören. Das Erfolgsgeheimnis in diesem Land? Aus dem Ausland muß man kommen. Die kriegen überall nur das Beste. Das siehst du doch. Du selber, ein Ausländer, hast mich. Was willst du mehr?«

Als ich an jenem Samstagmorgen in mein Hotel in Montevideo zurückkam, um die Koffer zu packen und meine Rechnung zu bezahlen, begegnete ich unverhofft einem Landsmann, einem alten Don Juan aus Rosario, der in seiner Getreidemühle offensichtlich auf den Jungbrunnen gestoßen war. Zumindest erhielt er sich in seinem Aussehen etwas immerwährend Jugendliches, wenngleich er dabei nicht gerade blühend wirkte, sondern – wegen der seltsamen Färbung seiner Schläfenhaare – eher etwas wie ein Kasper. Bei verschiedenen Gelegenheiten versicherte er mir, daß »das Geheimnis im Weizenkeim liege«. Dieser Herr, von dessen Namen bei mir gerade noch die Silben ›mi‹ und ›ni‹ haften geblieben sind, drängte mich in der Hotelhalle gegen eine Säule und eröffnete mir in vertraulichem Ton:

»Schlechte Nachrichten. Es scheint, die Regierung will das Reisen nach Uruguay unmöglich machen. Einfach grotesk. Sagen Sie, was Sie wollen. Von der Verfassung her unmöglich. Eben deshalb glaubhaft.«

Vielleicht sagte er auch *ebent deshalb*. Ich fragte ihn, ob diese Nachricht aus zuverlässiger Quelle stammte. Er antwortete:

»Sehr zuverlässig.«

Er brachte wieder den Weizenkeim aufs Tapet, und ich machte, daß ich schnurstracks fortkam. Ich wandte mich nicht zur Kasse, sondern auf die Straße, denn schon bei der bloßen Vorstellung, man könnte meine Besuche in Montevideo unterbinden, überfiel mich das lebhafte Verlangen, meine Abreise erst einmal hinauszuschieben. Lange konnte ich sie zwar nicht hinausschieben, aber ich würde wohl vierundzwanzig oder achtundvierzig Stunden (jedenfalls eine sowohl beträchtliche als auch unbestimmte Stundenzahl) später abreisen und währenddessen das befriedigende Gefühl genießen, mich nicht auf einen bestimmten Zeitpunkt festzulegen. Ziellos streifte ich durch die Altstadt und nahm Abschied von Hausportalen und Straßenecken. Ich frage mich, ob solche romantischen Anwandlungen ganz von selbst über uns kommen, oder ob wir uns diese Rührung nicht vielmehr vorspielen, weil wir uns vorstellen, wir wären die Helden von irgendwelchen Romanepisoden.

Ich aß in einem großen Hotel zu Mittag, hielt einen ausgedehnten Mittagsschlaf und machte mich dann auf eine Spazierfahrt in einem großen, offenen Mietwagen durch Pocitos und Carrasco. Als mir der Chauffeur den Flughafen von Carrasco zeigen wollte, wies ich ihn auf der Stelle an:

»Kehren Sie um.«

Der Haken bei der ganzen Sache war der Abend. Ich konnte mich nicht wie bei jeder x-beliebigen Gelegenheit einfach in ein Kino setzen. Außerdem hatte ich die zwei oder drei Filme, die vermutlich nicht bis nach Buenos Aires kommen würden, schon gesehen. An der Pasiva-Straße stieg ich aus, weil es noch ziemlich früh war, und wollte mir ein wenig bei einem Schaufensterbummel die Beine vertreten, bevor ich fürstlich im ›Aguila‹ zu speisen gedachte. Ich würde ein bißchen um das Solís-Theater herumschnuppern, nur so von draußen, denn ich wußte schon instinktiv, daß die Vorstellung nichts für mich sein würde. Sie mochten geben, was immer sie wollten, ich würde den Zuschauerraum nicht betreten. Im Verlauf der Jahre habe ich eine weise Distanz zum Gros der öffentlichen Darbietungen gehalten; zum klassischen französischen Theater beispielsweise, vom spanischen ganz zu schweigen. Gäbe es irgendeine Ähnlichkeit zwischen der

Menschheit und mir, die Oper wäre schon seit langer Zeit verstummt. Ich sage das nicht aus Arroganz; ich spreche mit der Demut dessen, der seine eigenen Grenzen kennt und respektiert.

Ich las die Programmankündigung. An diesem Abend wurde ›*Fausts Verdammnis*, Legende in vier Teilen, von Hector Berlioz‹ gegeben. Mein Instinkt hatte mich nicht getrogen: es handelte sich um eine Art Oper, und dort drinnen würde ich mir fehl am Platze vorkommen. Wie die Hauptfigur bei Estanislao del Campo*, falls Sie sich erinnern.

Nichtsdestoweniger war *Fausts Verdammnis* gar keine Oper. Das gab eine Dame mit wirrer Frisur und intellektuellem Aussehen zu verstehen, die an der Theaterkasse einem Mann Mut zusprach (vielleicht einem armen Bruder von mir). Sie erklärte ihm:

»Du brauchst keine Angst zu haben. Du wirst weder Operndramatik finden noch diese Verlogenheit, die dich so abschreckt. Ein Oratorium und, was willst du mehr, Musik von Berlioz.«

Trotz der geschilderten Umstände betrachte ich mich nicht als *imbécile musical*. Mehr noch: Mit einem Anflug von Snobismus pflege ich sogar mit meiner Liebe zur Musik zu prahlen. Der Snobismus weist uns instinktiv die Richtung, die gut für unser Prestige ist.

›Hm‹, überlegte ich rasch, ›Berlioz. Zweifellos einer von den Auserlesenen. Zweifellos einer von den Unvergeßlichen. Genau das, was ich suche, um diesen letzten Abend aus den anderen herauszuheben. Außerdem: welch eine Gelegenheit, den Bildungshorizont zu erweitern.‹

Ich wußte, daß ich mich ganz dicht am Rande eines Irrtums befand, aber ich brachte mich nicht in Sicherheit. Man hätte meinen können, der Mephisto aus dem Oratorium (oder was immer es sein mochte) habe seine Netze nach mir ausgeworfen. Wenigstens versuchte ich, mich zu verteidigen:

›Immer schön eins nach dem anderen‹, gab ich mir selbst zu bedenken und stellte mich ganz gelassen. ›Wir wollen erst einmal sehen, um wieviel Uhr der Vorhang hochgeht. *Nulla da fare**: um halb neun. Zu früh. Mir bleibt keine Zeit mehr für das Essen. Und die Mahlzeiten soll man bekanntlich heiligen.‹

Es steht außer Zweifel, daß sich Mephisto oder sein Fürsprecher meiner annahmen. Sogleich führte ich dagegen an:

›Wenn ich will, daß dieser Abend nicht so wird wie all die anderen, warum esse ich dann nicht einfach erst nach dem Theater, ganz in der Tradition der großen Lebemänner?‹

Sie hätten mich vor der Theaterkasse sehen sollten, wie ich zuerst darauf wartete, an die Reihe zu kommen, und dann meine Eintrittskarte kaufte. Ich weiß nicht, warum mich die Vorstellung überkam, daß ich mich die ganze Zeit wie ein dressierter Affe verhielt. Vielleicht entspricht ein Großteil unserer Verhaltensweisen denjenigen von dressierten Tieren.

Als ich meinen Platz einnahm, wurde mir mit niederschmetternder Deutlichkeit bewußt, was für einen gewaltigen Fehler ich begangen hatte. An diesen Parkettsitz gefesselt, würde ich wer weiß wieviele Stunden zubringen müssen. Was hielt mich dort eigentlich fest? Zum Teil die (beträchtliche, aber nicht übertrieben hohe) Ausgabe. Ich war zu schüchtern, um persönlich zu dem Kartenverkäufer hinzugehen und mich um eine Rücknahme zu bemühen, und mir fehlte die Kaltblütigkeit, die nötig gewesen wäre, um aufzustehen und unter der gespannten Aufmerksamkeit des ganzen Saales mit einer ungemein befreienden Geste die zu einem kleinen Bällchen zusammengeknüllte Eintrittskarte in die Luft zu werfen und mit würdevollem

Schritt hinaus in die Nacht zu enteilen. Würde nicht bloß ein Verrückter so früh schon wieder hinausgehen? Der Leser, der längere Zeit in fernen Städten ausgehalten hat, wird wie ich entdeckt haben, daß die Einsamkeit mit ihrem endlosen inneren Monolog und dem ganzen Rattenschwanz von kleinlichen Entscheidungen – jetzt tue ich dies, jetzt jenes – dem Wahnsinn gefährlich ähnlich sieht.

Ich hatte meinen Sitz in der Mitte des Parketts, so daß ich, um hinauszugelangen, erst eine lange Reihe von Zuschauern würde belästigen müssen. Da der Platz zu meiner Linken noch frei war, nahm ich meinen Mut zusammen und schickte mich an, in dieser Richtung hinauszugehen, als ich bemerkte, daß sich gerade von dort her eine weißgekleidete Dame vorarbeitete. Die Dame setzte sich neben mich, und ich murmelte: »Die Würfel sind gefallen. Ich bleibe.«

Dann fragte ich mich, woher ich eigentlich wußte, daß Berlioz ein verläßlicher Komponist ist, ein Mann, an den sich der Musikliebhaber heranwagen kann, ohne Angst vor einem Mißgriff haben zu müssen. Natürlich, Cecilia hatte mir von ihm erzählt, Cecilia, die mir in der Überfülle ihres Wissens ebenso überlegen ist wie die Giganten der italienischen Renaissance den Menschlein unseres Zeitalters. Wir sind schon unser ganzes Leben lang befreundet, und irgendwie, ich weiß nicht mehr genau, wie es kam, haben wir den Augenblick verpaßt, wo mehr daraus hätte werden können (wenn dieser Moment einmal vorbei ist, kommt er nie wieder, erklärte sie mir selbst). Heute sehen wir uns so gut wie nie, denn wir leben nicht auf dem selben Kontinent. Cecilia ist bei ihrem Mann, der, irgendwo in den unteren Chargen der Diplomatie, vor kurzem auf irgendeinen obskuren Posten in Mitteleuropa versetzt wurde; wenn ich es mir allerdings so recht überlege,

vergeht ja doch die Zeit, und vielleicht hat der Mann mittlerweile endlich Karriere gemacht, ist ein ausgewachsener Botschafter, der reif ist für seine Pensionierung und Ausmusterung. Immer wenn ihr Mann ins Auswärtige Amt zurückbeordert wird – eine wahre Qual; er ist dann ungenießbar, man zwingt ihn zu arbeiten, und als wenn diese unerhörte Strafe noch nicht ausreichte, bezahlt man ihn auch noch in heimischer Währung–, lasse ich alles stehen und liegen und widme mich ganz Cecilia.
An jenem Abend kam ich auf meinem Sitz im Solís-Theater zu folgendem Schluß: ›Jeder Irrtum ist ausgeschlossen: Für mich ist Cecilia genauso sehr von allen übrigen Frauen unterschieden wie eine reale Person von Figuren, die bloß auf ein Blatt Papier gezeichnet sind. Sie ist die Frau meines Lebens, auch wenn es zwischen uns nur eine Freundschaft gibt.‹ Sogleich fiel mir ein Satz von ihr wieder ein: »Berlioz, für jeden x-beliebigen ein großer zweitrangiger Komponist, und für die, die wir von Musik etwas verstehen, einer der ganz wenigen unvergleichlichen Musiker.«
Das Orchester begann unvermittelt mit dem Stimmen und all den übrigen vorbereitenden Fingerübungen. Mich überkam ein Zweifel, der mir den Verbleib im Theater zur Qual machte. Ich war mir gar nicht mehr so sicher, ob mein Opfer sich schließlich wirklich als Gewinn für meinen Bildungshorizont erweisen würde, weil ich mich fragte, ob der Satz von Cecilia sich nicht viel eher auf Gluck bezogen hatte und ob ich nicht einer – natürlich überaus verzeihlichen – Verwechslung erlegen war. Die Erinnerung an ich weiß nicht mehr was für einen Krieg zwischen Puccinisten und Gluckisten – nur Cecilia redete mit mir über solche Themen – vertiefte meinen Argwohn. Wenn man Berlioz gar nicht zu bewundern brauchte, warum war ich dann hier? Um mich in eine vertrackte Situation zu manövrieren? Damit – wer weiß wie lange – an mir der Zweifel

nagte, ob mir die Musik, die ich gehört hatte, eigentlich gefiel oder nicht?
In der löblichen Absicht, mich etwas von diesen Grübeleien abzulenken, nahm ich meine Nachbarin in Augenschein. Sie war nicht nur weiß gekleidet, sie war weiß. Eine blasse, zu blasse Haut; ich weiß genau, daß es sich bei der Beschreibung eines derart farblosen Teints empfiehlt, sein Mißfallen kundzutun, aber ich bin es leid, mich zu verstellen; ich muß gestehen, ich bin nicht besonders heikel: Für mich stellt auch das eine – nicht weniger interessante als andere – Spielart des ›Ewigweiblichen‹ im Sinne Goethes dar.
Cecilia, die hinter der Eitelkeit einer gutaussehenden Frau einen beweglichen und alles andere als durchschnittlichen Verstand verbirgt, hat mir mehr als einmal gesagt, daß Sehen und Tastsinn nur zwei Ebenen ein und desselben sinnlichen Wahrnehmungsvermögens sind. Mir ist, als sähe ich sie in ihrer bezaubernden, schulmeisterlichen Art dozieren: »Wenn man dich intensiv anschaut, hast du das Gefühl, berührt zu werden. Auch wenn die Verfasser der einschlägigen wissenschaftlichen Abhandlungen nichts darüber sagen, gibt es doch ein subtiles, aber nicht zu leugnendes Empfindungsvermögen, das uns mitteilt, wenn jemand uns ansieht.« Meine Nachbarin bestätigte diese Wahrheit. Nachdem sie sich anders zurechtgesetzt hatte, sah sie ganz gelassen – genauer gesagt fast gelassen – zu mir herüber. Ich geriet völlig durcheinander. Sie war nicht nur weiß, sondern auch sehr schön. Sie war es auf eine eigentümliche, ungewohnte und reizende Art, die – so glaubte ich in jenem Moment – eher dazu angetan war, bei jemandem eine heftige Aufwallung von Verlangen zu erwecken als ein dauerhaftes Gefühl. Nachdem ich sie angeschaut hatte, schloß ich die Augen, vielleicht um meine Fassung wiederzugewinnen, und stellte mir hochge-

wachsene Gestalten auf einem Wandfries mit Hieroglyphen vor; stellte mir eine ägyptische Königin vor, deren Haupt in letzter Zeit von einer Unzahl von Zeitschriften abgebildet worden ist, und eine Filmschauspielerin, die die Rolle dieser Königin – oder vielleicht die der Kleopatra? – gespielt hatte. Zurück bei dem Mädchen in Weiß, hielt ich sie für eine einigermaßen seltsame Schönheit, um die Frau meines Lebens sein zu können, aber zugleich für so einzigartig, so außerordentlich, daß ich auf immer untröstlich sein würde, wenn ich einfach weiterginge und sie wieder an die Welt verlöre, ohne sie in die Arme geschlossen, sie angeschaut und kennengelernt zu haben. Ich sagte es bereits, wenn wir in der Einsamkeit viel mit uns selber reden, geraten wir an den Rand des Wahnsinns.
Mit dem Imponiergehabe eines Deckhengstes machte ich mich an die Belagerung. Ich setzte alles auf eine Karte: Wenn mich meine Nachbarin kühlen Auges beobachtete, war ich verloren, denn bei derartigen Manövern wirke ich vermutlich lächerlich. Ich hoffte intuitiv auf die rettende Möglichkeit, daß diejenige, für die diese Kundgebung bestimmt war, sie als angemessene Huldigung würdigen und jegliche ironische Haltung als unpassend verwerfen könnte. Wildentschlossen ging ich zum Angriff über. Gleich darauf zügelte ich mich wieder. Ob die Leute, die die Plätze auf der anderen Seite meiner Nachbarin belegt hatten, zu ihr gehörten? Sie war alleine gekommen, aber hatte sie sich nicht etwa nur verspätet, gehörte sie nicht vielleicht zu der Gruppe? Mir war schon die bloße Vorstellung von einem peinlichen Zwischenfall unbehaglich, das können Sie mir glauben. Die Leute tuschelten miteinander; sie sagte nichts. Von diesem Umstand ermutigt, stürzte ich mich wieder in die Attacke. Ich war ganz damit beschäftigt, als sich der Stachel eines neuen Zweifels bohrend bemerkbar machte: Vielleicht hatten sie nur keine Plätze

nebeneinander bekommen können, vielleicht gab es einen Ehemann, Freund oder weiß der Himmel was, der an irgendeiner unmöglich vorherzusehenden Stelle dieses weiten Saales auf der Lauer lag; ich würde einen Fauxpas begehen und mich den höhnischen Blicken des Paares, Witzeleien oder womöglich einer noch schlimmeren Demütigung aussetzen. Mittlerweile hatte die Vorstellung begonnen. Wir verbrachten eine ganze Weile bei Gesang und Musik, und ich war der einzige im ganzen Publikum, der nicht nach vorne schaute und nicht der Darbietung folgte. Mit einem Mal verspürte ich eine vorübergehende Trübung meines Sehvermögens, Herzklopfen und eine wohlige Wärme, die meinen Körper durchströmte. Ich entsinne mich, daß ich mir sagte: ›Das kann nicht sein.‹ Was war geschehen? Auf den zarten Lippen meiner Nachbarin hatte sich ein Lächeln angedeutet, was nichts weniger bedeutete als die Anerkennung meiner Existenz, den Beginn des Dialogs. Der Dialog! Ein Weg, gerade oder gewunden, der mich ans Ziel führen würde! Um ihn anzugehen, mußte ich erst einmal das Fallen des Vorhanges abwarten. Ich weiß nicht, welche unbeirrbare Sicherheit, fast ein regelrechter Glaube, mir diese Aussicht so angenehm erscheinen ließ: Gleich als ob ich mich frohen Mutes den Spielregeln unterwürfe, weil ich intuitiv wußte, daß das Spiel bereits gewonnen war und daß seine Regeln und Hindernisse den Siegespreis schon bald nur noch wertvoller machen würden. Dann bemerkte ich eine leichte Kopfbewegung, die mich – diskret, insgeheim – dazu aufforderte, meine Aufmerksamkeit der Bühne zuzuwenden. Um nicht widerspenstig zu erscheinen, gehorchte ich. Ich glaubte, daß das, worum man mich bat, nicht allzu schwierig sein würde. Ich brauchte nicht lange, um meinen Irrtum zu erkennen. Dieses blasse, makellose, schmale Gesicht, das hier und da von einer zarten Röte überzogen wurde, schlug mich ganz ungewollt in seinen Bann. Ungewollt? Jäh überfiel mich ein neuer Zweifel. Stand ich etwa vor dem Unfaßbaren, einer Professionellen? Jeder Verdacht hat geradezu ein Talent dafür, an seiner eigenen Bestätigung zu arbeiten. Sie ist alleine, so folgerte ich, weil sie eine Professionelle auf der Suche nach Arbeit ist. Wenn mich die bleichen und rosigen Konturen ihres Gesichtes, die wasserblaue Tiefe ihrer Augen anzogen, war dann der Umstand so wichtig, werden Sie fragen, daß sie für Geld zu haben waren? Im tiefsten Inneren eines jeden Mannes verbirgt sich ein Überlebender aus der Steinzeit, der vor plumper Eitelkeit nur so strotzt und von Begriffen wie Stolz, Eroberung, Beute und Besitzergreifen und dergleichen trivialem Zeug mehr beherrscht wird. ›Aber gibt es überhaupt so ausgesucht feine Professionelle?‹ sagte ich mir, während ich auf die Hände des Mädchens in Weiß schaute. ›Im Ausland – was weiß ich!‹

Die Pause zwischen den Akten gebot meinem Mißtrauen Einhalt. Unsere Schritte führten wie beiläufig in unterschiedliche Richtungen, um später dann in einer Ecke des Foyers wieder zusammenzutreffen. Mit wunderbarer Ungezwungenheit kamen wir ins Gespräch. Ich war völlig von unserer Unterhaltung gefangen; vielleicht gelang es mir, gerade noch soviel Abstand zu gewinnen, wie nötig war, um gewisse Anzeichen für einen Fortschritt zu bemerken, nicht aber, um meine Gesprächspartnerin zu beobachten oder zu beurteilen. Das Glück schien mir dermaßen hold zu sein, daß ich den Vorschlag wagte:

»Warum gehen wir nicht einfach irgendwo essen?«

»Wann?« fragte sie.

»Jetzt gleich«, rief ich aus.

Umgehend machte sie mir klar, daß *Fausts Verdammnis* ein Werk von großer Schönheit sei.

»Wer sich dabei nicht konzentriert«, versicherte sie,

»begeht ein Verbrechen. Hören Sie sich doch bitte noch den dritten und vierten Teil an, die gleich beginnen werden.«

Ich glaube, daß sich das Thema der Professionellen bei diesem Stand der Dinge meinem Bewußtsein schon in ganz anderer Weise darstellte. Es rief in mir die Erinnerung an ein schäbiges, altes Kino wach, das an dem kleinen Dorrego-Platz lag und später abgerissen worden ist. Wenn sie mit ihren Kunden handelseins geworden waren, sagte ich mir, blieben die Frauen dort nicht bis zum Ende der Vorstellung. Die Vorführung handelte natürlich (mit wenigen, rein pornographischen Ausnahmen) von irgendeiner geheimen Erkrankung – nicht gerade das Wahre zur Zerstreuung oder als Anreiz. Im Unterschied zu der tristen Leinwand war der Zuschauerraum, ein schmutzstarrender Schuppen, fröhlich und voller Bewegung; im ganzen Parkett wurde so herumgelaufen, daß es wie Trommelwirbel klang, und man hörte unterdrücktes Lachen. Die Erinnerung mit ihrer Überfülle von Eindrücken hatte ein konkretes Ergebnis, denn sie überzeugte mich davon, daß es besser sein würde, nicht als der Dumme dazustehen und für alle Fälle dem Mädchen (nicht auf plumpe Art, sondern durch irgendeine witzige Bemerkung) das zu verstehen zu geben, was mir meine Selbstachtung erhalten würde. Ich brauchte nur noch so bald wie möglich die Art und Weise zu finden, wie ich – mit der gebührenden Nonchalance – den einen oder anderen Satz der Art »Maske, ich erkenne dich« anbringen könnte.

Im Augenblick lenkten mich die Kommentare des Mädchens zu einzelnen Aspekten der Aufführung von meinem Vorhaben ab. Ich würdigte auch einige Einzelheiten, aber so sehr ich mir auch das Hirn zermarterte, ich förderte doch keine Bemerkung zutage, die es wert gewesen wäre, laut vorgebracht zu werden; ich kam über ein »Sehr schön, sehr schön« nicht hinaus, das ich ad infinitum wiederholte. Dennoch hielt ich nicht den Mund. Dank des größeren Stimmvolumens setzte ich meine Auffassung durch und dominierte das Gespräch. Inzwischen weiß ich beim besten Willen nicht mehr, wer dies gesagt hat und wer jenes, wer beispielsweise auf das Bemerkenswerte dieser Verszeile (oder vielleicht der Situation, auf die sich diese Zeile bezieht) hingewiesen hat:

In meinen Träumen hab ich ihn gesehen.

Ich erinnere mich noch genau, daß diese Worte zu Gretchens Partitur gehörten – Mephisto hatte ihr Träume eingegeben, in denen sie Faust sah, als sie ihn noch gar nicht kannte –, aber alles vermengt sich in derselben wehmütigen Ferne; ich bringe die Passagen, die ich vor der Pause zwischen den Akten gehört habe, mit denen durcheinander, die ich danach hörte, und das, was wir im Theater sprachen, mit dem, was später an anderen Schauplätzen dieser außergewöhnlichen Nacht geredet wurde. Glauben Sie deswegen nicht, ich hätte den Kopf verloren oder mich völlig in ihre Hände gegeben. Ich wehrte mich bis zum Schluß. Da in der Bedrängnis jede Waffe recht ist, machte ich, als mir das Mädchen sagte, sie heiße Perla, Witze und Bemerkungen, die sie ärgern mußten – allerdings ohne ein Wort zu sagen, ohne davon das mindeste wirklich über meine Lippen kommen zu lassen. Ich wollte mir schließlich nicht gleich mit Frechheiten ein Liebesabenteuer erschweren, das sich – bislang zumindest – so günstig anließ. Für den, der sich für besonders feingeistig hält, ist der Humor, der sein Spiel mit Namen treibt, vielleicht zu plump. Was mich anbelangt, so erschien mir die Tatsache, daß ein blendend weißes Mädchen Perla heißen sollte, einfach der Gipfel zu sein. Ich gebe außerdem zu, daß ich in dem Moment, als ich diese Auskunft erhielt, merklich zusammenzuckte. Heute erscheint mir das alles kaum glaublich. Perla ist Perla, ganz selbstverständlich, und um sie zu benennen, würde jeder andere Name lächerlich erscheinen.

Ich beharre darauf, daß ich nicht den Kopf verlor; ich registrierte ihre Art zu sprechen, der neben einem ausländischen Akzent zugleich die mühelose Beherrschung von Wortschatz und Redewendungen eines argentinischen Mädchens eigentümlich war.

Als die Vorstellung zu Ende war, zögerten wir unseren Aufbruch noch wer weiß wie lange hinaus, weil Perla es nicht fertigbrachte, mit dem Applaudieren aufzuhören. Ich vertrieb mir derweil die Zeit damit, diese frenetische und ohne Zweifel vielsagende Attitude zu beobachten. Sie erklärte mir, daß sie nur nicht weinte, damit ihr die Wimperntusche nicht verliefe. ›Diese Perla muß dir schon ziemlich gefallen‹, dachte ich, ›denn du unterdrückst jede Gereiztheit, wippst nicht auf den Fußspitzen oder läßt sie einfach stehen.‹ Zu guter Letzt verließen wir diesen Saal, ich nahm meine neue Freundin beim Arm und steuerte sie kühn in Richtung Restaurant. Die Aufführung hatte bis zu einer Uhrzeit gedauert, die ich niemals mit leerem Magen zu erreichen pflege. Während wir gemächlich dahinspazierten und damit beschäftigt waren, Formulierungen anzubringen, welche die Kunst von Berlioz angemessen charakterisierten und herausstellten, verwarf ich insgeheim jede komplizierte Vorspeise, die Zeit brauchte, und beschloß, vor dem Hühnerfrikassee nur eine einfache kalte Platte zu nehmen, obwohl ich durchaus offen sein würde für jedweden Vorschlag des *maître d'hotel,* vorausgesetzt, das Gericht könnte schnell serviert werden und zeichnete sich, das versteht sich von selbst, durch seine Reichhaltigkeit aus. Ich kenne meine Schwächezustände genau: sie verlangen sofortige Nahrungszufuhr und drohen angesichts der geringsten Verzögerung mit Ohnmachtsanfällen. Stellen Sie sich meine Gemütsverfassung vor, als ich aus Perlas Mund einen dieser beiläufigen kleinen Sätze hörte, die nicht mehr und nicht weniger bedeuteten, als daß mein Schicksal besiegelt war. Beiläufig, ja, aber unumstößlich. Obschon ich wenig von Frauen verstehen mag, weiß ich, wann ich ihnen widersprechen darf und wann nicht. In jenem entscheidenden Augenblick blieb mir keine andere Wahl, als meine ganze Persönlichkeit mit all ihren Sehnsüchten und Entsagungen beiseite zu wischen und auszurufen wie jemand, der vor Begeisterung in die Hände klatscht: »Eine grandiose Idee!« Perla hatte gesagt: »Wohin gehen wir? Ins Restaurant? Zum Essen? Wie öde! Lassen Sie uns lieber etwas herumgehen.«

Tatsächlich gingen wir etwas herum, das heißt, zunächst drehten wir uns herum, und zwar um hundertachtzig Grad, und schon befand ich mich auf dem Marsch in die entgegengesetzte Richtung. Aber ihre Hand drückte meinen Arm, und da wir Männer ja bis ins hohe Alter einen gefühlvollen Jüngling in uns bewahren, konnte ich nur mühsam meine überschwengliche Dankbarkeit beherrschen. Anstatt den einladenden Speisesaal des ›Aguila‹ zu betreten, bogen wir auf den riesigen Platz ein, und ich weiß nicht aus welcher plötzlichen Laune der Phantasie heraus sah ich uns beide in einer Vision, wie aus der Ferne aufgenommen: ein rührendes Paar, verloren auf weiter Flur. Meine Erinnerung an Einzelheiten dieser Nacht in Montevideo ist so lebendig, als sähe ich sie im Traum vor mir.

Jede Liebesgeschichte, auf die wir uns einlassen, stürzt uns in ein Wechselbad der Gefühle, das im nachhinein geradezu beunruhigend wirkt. Oder bilden wir uns die Gefahr, wir könnten abgewiesen werden, nur ein? Ich hatte mich bereits ganz diesem unvergleichlichen Spiel überlassen, der

schrittweisen Eroberung einer Frau, als besagte Frau ihren Monolog wieder aufnahm:
»Uns in ein Restaurant pferchen? Ich bin doch nicht verrückt! Davon bekomme ich Platzangst.«
Unvermittelt verstummte sie, um etwas später nachzufragen:
»Oder gehören Sie etwa zu denen, die ihre Mahlzeiten ungeheuer wichtig nehmen? Die zu Tisch immer zwei Gänge und ein richtiges Tischtuch haben müssen?«
Sie beschrieb mich so, als ob sie mich kennen würde, aber unglückseligerweise war ihr Ton verächtlich. Sie beendete ihre Tirade mit der unumstößlichen Feststellung:
»Ich komme mit einem *sandwich* zwischendurch aus!«
Halten Sie mich bitte nicht für einen Frauenhasser, wenn ich hin und wieder gegen sie ein Donnerwetter loslasse. Sich gelegentlich abzureagieren gehört im Laufe des Lebens dazu und schadet niemandem. Ich verehre die Frauen, aber ich reiße ihnen auch die Maske vom Gesicht: sie sind die Anarchistinnen, die die Zivilisation ins Wanken bringen. Glauben Sie mir, wenn wir alle auf die kleinen Dinge achten, wird diese chaotische Welt wenigstens den Anschein einer Ordnung haben. Die Frauen stellen dabei das große Hindernis dar, sie sind Zigeunerinnen, die nicht einmal die vier Mahlzeiten respektieren, die das menschliche Wesen benötigt. Was mich in meinem Ärger noch bestärkt: Ich sage mir, daß hinter derartiger Enthaltsamkeit weniger Vergeistigung steckt als die Furcht vor dem Dickwerden, und ich entsinne mich, daß ich eine andere dieser weiblichen Mäßigkeitsapostel (eine wahre Hohepriesterin des leeren Magens, die mich mehrere Abende lang nichts Handfesteres zu mir nehmen ließ als einen Tee mit Zitrone) eines frühen Morgens dabei ertappte, wie sie mit der Gier eines Tigers neben dem Kühlschrank ihr Karamelcremeröllchen verschlang.

Ich bin kein infamer Heuchler, der dem Essen seine Bedeutung abspricht. Nachdem das einmal klargestellt ist, versichere ich, daß der ungestillte Hunger nicht der einzige Grund für meine Verärgerung war. In der Tat hätte sich die Einkehr im ›Aguila‹ nicht nur als nahrhaft, sondern auch sonst als Geschenk des Himmels ausgewirkt, als geradezu unersetzlich, denn anstandslos wären wir ins Gespräch gekommen, hätten die Gelegenheit gehabt, uns kennenzulernen, miteinander vertraut zu werden, bis zu dem Punkt, wo der Vorschlag, die Nacht miteinander zu verbringen, keinen Mißklang mehr dargestellt hätte. Was blieb ohne das Restaurant noch für ein Weg, um das Schiff in einen sicheren Hafen zu steuern? Ich halte mir zugute, den geeignetsten vorgeschlagen zu haben.

»Wollen wir einen Whisky trinken und ein wenig tanzen gehen?« sagte ich.

Nun glauben Sie nicht, ich wäre wild darauf gewesen, Perla in eine dieser sündhaft teuren Lasterhöhlen zu schleppen, aber man erkennt den Gentleman daran, daß er sich gelegentlich einen Ruck gibt. Außerdem spekulierte ich auf die enormen Vorzüge, die derartige Etablissements bei dergleichen Anlässen bieten: die unfehlbare Wirkungsweise des Alkohols, der Dunkelheit und des Tanzes, und gleichzeitig die Gelegenheit, mir im Schutze dieser Dunkelheit kleine Happen Oliven, Käse und Erdnüsse zu stibitzen. Fügen Sie all dem noch den Wert des allgemein Bekannten, dessen, das wegen seiner Selbstverständlichkeit keiner Erklärung bedarf, hinzu, und Sie werden meine Verblüffung angesichts von Perlas Ausbruch ermessen können.

»Sie laden mich in eine *boite* ein!« rief sie aus. »Was für eine entzückende Primitivität! Ein richtiges Kind, ein unverdorbenes Gemüt! Ich schwöre Ihnen, daß Sie mich in Versuchung führen, aber überkommt Sie dort nicht die

Platzangst, oder sogar ein klein wenig Trägheit? Wie öde!«
Sie hätten sehen sollen, wie ich beinahe platzte. Nur innerlich, da ich nach außen weiterhin tadellos mein breites Lächeln zur Schau trug, das mir fast auf den Lippen gefror. Jetzt war nicht der Moment, um auf den Stolz Rücksicht zu nehmen, sondern den Abend zu retten. Diese Frau dezimierte mit ihren geringschätzigen Ausrufen meine Möglichkeiten. Nach einer flüchtigen Bestandsaufnahme wurde mir angst und bange. Blieb etwa nur noch der Spaziergang durch die Stadt? Zu Fuß, zu dieser Uhrzeit, in der kühlen Nachtluft? Oder die Fahrt im Taxi, ohne festes Ziel, mit einem geschwätzigen Chauffeur? Das Dilemma wirkte lähmend auf meinen Verstand, ganz besonders, als ich seine fatale dritte Seite entdeckte: die Möglichkeit, schlichtweg die Zwischenstationen fortzulassen. In Wahrheit fehlt mir für bestimmte Vorschläge einfach der Mut. Und mein bis zum Überdruß um und umgewälzter Verdacht bezüglich des Berufs meiner Begleiterin? Er war schließlich der Überzeugung gewichen, daß ich um ein Haar einen peinlichen Irrtum begangen hätte. Ich ahnte, daß das Wort ›Hotel‹ aussprechen und mich in einen Fremden, eine *persona non grata,* zu verwandeln eins gewesen wäre. Wenn ich ihr wenigstens noch einen wohlklingenden Namen hätte vorschlagen können, der in der Lage gewesen wäre, Vorstellungen zu erwecken, die der Eitelkeit schmeicheln – Ritz, Plaza, Carlton, Claridges –, aber der schäbige Zufluchtsort, von dem man nicht spricht... Der Gedanke an solch einen Ort lähmte meine Zunge. Ich sah das heruntergekommene Loch schon vor mir, in dem verhuschte Gestalten herumschlichen, die mehr schlecht als recht ein dickes Bündel von benutzten Laken umklammerten, und mit einem mürrischen Halsabschneider als Besitzer, der die ganze Zeit schmierige Geld-

scheine befingert. Wer wollte eine Dame solch einer erbärmlichen Erfahrung aussetzen? Die Liebe würde alles ins Lot bringen, nichts wäre ihr unmöglich? Unter der Voraussetzung, daß man ihr Zeit läßt. Die Zeit – wir fühlen sie nicht, aber sie ist zwingend erforderlich, geradezu unerläßlich.

»Einverstanden«, erklärte ich. »Wir gehen nicht ins Restaurant. Wir gehen auch nicht in die *boite*. Wir fasten. Was immer Sie von mir verlangen, außer, daß ich Sie jetzt verlasse.«

Um erst einmal in Gedanken den nächsten Satz zu formulieren oder um Atem zu holen, hielt ich inne, ehe ich ihr erklären wollte, daß wir keine Zeit verlieren dürften, weil die Frist, die unserer – wie sollte man sie nennen? – Beziehung, Freundschaft gesetzt war, äußerst knapp bemessen war: allenfalls zwei oder drei Tage. Plötzliche Bedenken – wer ist sich bei den Frauen seiner Sache schon sicher! –, die Furcht, einen taktischen Fehler zu begehen, den Vorwand dafür zu liefern, daß sie etwa ausriefe: »Dann lohnt es ja die Mühe wohl nicht!«, ließ mich die Worte zurückhalten, die mir schon auf der Zunge lagen. Ich bereute die Verzögerung nicht. Perla sagte anerkennend:

»Endlich sagen Sir mir einmal etwas Nettes.«

Ermutigt, aber verblüfft fragte ich:

»Wo wollen wir dann hingehen?«

Sie antwortete:

»Wohin Sie wollen. Überallhin.«

»Überallhin?« fragte ich vorsichtig nach.

»Überallhin«, gab sie zurück.

Im weiteren Verlauf bot mir die unberechenbare Wirklichkeit das, was ich nicht zögere, als den Höhepunkt meines Lebens, als seine außergewöhnlichste Nacht zu beschreiben. Ich gebe zu, daß längst nicht jeder den ganz großen

Augenblicken gewachsen ist, die erschreckend und herrlich zugleich sind. Ich selber nahm bei jener Gelegenheit meine Zuflucht zu allen möglichen Ablenkungen; inmitten all meiner Glückseligkeit verlor ich die Uhr nie aus den Augen und bemaß die Herrlichkeit so, daß sie nicht länger dauern würde als bis zwei Uhr morgens, dem Zeitpunkt, zu dem das Restaurant schließt. Im unendlichen Wirbel der Leidenschaft, inmitten des Taumels von gegenseitiger Durchdringung und Hingabe vergaß ich nicht meine kleine, persönliche Hinterlist: nicht ein Wort sagte ich von meiner bevorstehenden Abreise aus Montevideo. Mehr noch: während ich fordernd diese einzigartigen Hände mit Küssen bedeckte, dieses allerliebste Gesicht, begriff ich bereits in einer Art trügerischer Deutlichkeit, daß es sich nicht lohnte, meinen Aufenthalt in Uruguay noch länger auszudehnen. Das Wesentliche war, die Herrlichkeit erlangt zu haben, und *ein Tag mehr* – hieße das nicht ein bloßer *zweiter Tag*? Ich würde mit der ersten Morgenmaschine fliegen! Sie werden einwenden, daß es mit meiner Liebe wohl nicht so weit her gewesen sein könne, wenn ich mich doch fortwährend in meine Berechnungen flüchtete. Sie irren sich. In meiner Erinnerung hat nur die Erfüllung Bestand. Um die Unvollkommenheiten aufzuzählen, die es zweifellos gegeben hat, muß ich schon mein Gedächtnis und meine Redlichkeit strapazieren. Der Wurm, der im Inneren eines jeden von uns nagt, gibt nur selten auf, und wir überlassen uns leichter unserer Ungeduld als den großen Kümmernissen und Freuden. Das Leben ist viel zu gedrängt voll mit Dingen, um es ohne Erinnerung zu durchleben, die ja nicht einmal Selbstbetrug ist. Von jenen Stunden mit Perla vergesse ich genausowenig – noch ein Fehler? – den Hunger. Sein beständiges, leises Nagen bereitete mir ein untergründiges Gefühl des Unbehagens, das vermutlich den nahezu mystischen Eindruck dieser wundersamen Nacht noch verstärkte. Niemand soll dies als das Eingeständnis lesen, daß der Zauber des Mädchens alleine nicht ausgereicht hätte. Ich erkannte mit vollkommener Klarheit, daß diese anrüchige Blässe und diese verwischten Farbschattierungen, die bei manch einem geradezu moralische Entrüstung hervorrufen können, ganz alleine für mich gemacht waren, daß gerade sie die Schönheit ausmachten, nach der meine Seele sich seit urewigen Zeiten leidenschaftlich gesehnt und verlangt hatte. Später lauschte ich dann Geschichten von einem fernen Land, einem Schloß, einem Wald in Mähren, einer englischen Mutter, einem ungestümen, jagdbegeisterten Vater und auch der Enthüllung von Geheimnissen, die eine Befreiungsliga betrafen, welche sich zum Ziel gesetzt hatte – oder sollte ich etwas falsch verstanden haben? – in die Vergangenheit zurückzukehren. Gott möge mir verzeihen, ich hörte nicht auf mit den stillschweigenden Bemerkungen zu mir selbst. Man braucht Geheimnisse nicht ernst zu nehmen, sagte ich mir, die gleich dem ersten besten offenbart werden. Niemals kam mir der Gedanke, daß ich vielleicht gar kein erster bester war; weniger noch, daß mein mangelhaftes Verständnis Perla von jedem Vorwurf des Verrates freisprechen mußte. Alles in allem bekam ich mehr mit über weitläufige, helle Zimmer (so wie auf den Landgütern bei uns), die jene englische Dame bewohnt hatte, als über Verschwörungen und Spionage.

»Du Ärmste«, rief ich voller Mitleid aus, »in einem Schloß großgeworden, mußtest du erst mich kennenlernen, um dich zu solch einem Ort herabzubegeben.«

»Was hat dieser Ort denn?« fragte sie und schaute sich um, so als wenn sie das alles gar nicht wahrnähme: die zweifelhafte, schmutziggraue Bettdecke, den schmucklosen Nachttisch, auf dessen Holz all die Zigarettenstummel Narben hinterlassen hatten, die Wand, auf der es von ungelenken Bleistiftzeichnungen und Inschriften nur so wimmelte.

Sehr bald überließ ich mich ganz dem Zauber ihrer Erzählungen. Perlas Art zu sprechen war voller Anmut und sehr lebendig. Es ist wahr, daß mich angesichts dieser bleichen Haut, fast wie von einem toten Fisch, einfach alles bezauberte. Ich habe es noch nicht erwähnt, aber wir hatten längst den Zeitpunkt überschritten, zu dem man Perla noch mit einem schnell improvisierten Abschied hätte überrumpeln können, um im ›Aguila‹ zu sein, bevor sie dort zumachten. Ich schaute rechtzeitig auf die Uhr und opferte aus freien Stücken mein vorgesehenes *bœuf à la Rossini.* Die Liebesbeweise fallen eben entsprechend der Veranlagung jedes einzelnen aus. Ich versichere also noch einmal, daß diese Nacht die außergewöhnlichste war, die zu erleben mir je vergönnt war. Am nächsten Morgen flog ich nach Buenos Aires.

Auf (oder besser gegen) wen stieß ich im Flugzeug? Auf den Mann aus Rosario. Tatsächlich verneigten wir uns in dieser Enge zwischen Handgepäck, Mänteln und Passagieren, der Don Juan und ich, in derart ehrerbietigem Gruß, daß wir als Resultat unsanft mit den Köpfen zusammenstießen. Nachdem er sich die Stirn gerieben hatte, fragte mein Bekannter:

»Wie ist es Ihnen ergangen?«

»Wie es einem so ergeht«, fing ich an zu sagen.

Plötzlich fiel mein Blick auf diese absonderlichen Farbschattierungen, die sein Haar an den Schläfen gestreift wie eine Flagge oder eher noch gesprenkelt wie Cassata-Eis erscheinen ließen; die Weizenkeime fielen mir wieder ein, der Ruf eines Don Juan, den mein Gegenüber genoß, und – fragen Sie mich nicht warum – ich geriet in Rage. Um mir die Genugtuung zu gönnen, ihm ein wenig meinen jüngsten Triumph auf einem seiner Spezialgebiete unter die

Nase zu reiben, erzählte ich ihm auf der Stelle haarklein den Verlauf der letzten Nacht, von Anfang bis Ende. Ich hatte Gesprächsstoff genug für die ganze Reise, einschließlich der Zollformalitäten. Mir ist klar, daß es mein leiser Groll gegen diesen Mann war (der sich letzten Endes bloß auf seine Weise, so gut er eben konnte, gegen die Attacken des Alters zur Wehr setzte), was mir die Zunge löste und mich dazu brachte, Perla – ohne auch nur einen Moment zu zögern – zu opfern, sie (bildlich gesprochen) zu entblößen und vor Dritten zur Schau zu stellen, während irgendwo tief in mir ein leises Stimmchen nicht müde wurde, mir die Worte zu wiederholen: Du bist treulos!
Treu, das, was man unter treu versteht – wer ist das schon? Bestimmt nicht die anständigen Leute, die dafür viel zu weich sind. Vielleicht irgendwer, der sehr eingebildet ist, oder überhaupt niemand, vermutlich. Nein, das Schlimmste an diesen Vertraulichkeiten im Fluzgzeug war der Umstand, daß sie für mich eine wertvolle Lektion darstellten. Ich lernte, die Geschichte zu erzählen, ohne dabei den melancholischen Seitenblick auf unsere menschlichen Schwächen noch die komische Note zu vergessen. Wie das dressierte Hündchen, das mechanisch seine Übung abspult, erzählte ich mein Abenteuer mit Perla, gleich welcher Gesprächspartner mir auch immer über den Weg lief.
Allerdings heimste ich bei meinem ersten Versuch nicht nur Lorbeeren ein. Es gab auch den einen oder anderen Stachel, der für längere Zeit seine schmerzlichen Spuren hinterließ. Der Stich traf mich unvorbereitet, denn er verbarg sich in einem ganz beiläufigen Satz:
»Und wenn Ihnen die Frau gefällt, warum verlassen Sie sie dann?«
Es ist offensichtlich, daß der Mann aus Rosario an der unverbesserlichen Mißgunst des Meisters litt, oder desjeni-

gen, der sich für einen Meister seines Faches hält: er konnte es nicht ertragen, daß ihm ein Laie möglicherweise einmal eine Lektion erteilte, ohne wenigstens gegen ein Detail etwas einzuwenden, um zumindest den Schein zu wahren. Hatte seine Frage nicht viel von einem Tiefschlag? Ich überwand meine momentane Verwirrung, und mein Glück wollte es, daß mir umgehend eine dieser Maximen einfiel, die jede Verhaltensweise rechtfertigen. In raschem Gegenangriff warf ich die Frage hin:
»Sagen nicht die Spanier, daß in der Liebe derjenige triumphiert, der davonläuft?«
Er antwortete in einem belehrenden Ton, der mir auf die Nerven ging:
»Bis wir an dem Punkt angelangt sind, wo wir sie so über haben, daß wir sie beim besten Willen nicht mehr ertragen können, hat eine Frau noch nicht alles gegeben, was sie zu geben vermag. Dann allerdings, das gebe ich zu, gestaltet sich die Flucht problematisch, aber ehe man sich schon vorher zurückzieht, fängt man besser gar nicht erst an. Ich sage Ihnen auf Ehre und Gewissen: von Frauen verstand Ihr Spanier eben nicht das, was ich davon verstehe.«
Oder hatte er gesagt *ebent nicht*? Auf jeden Fall behielt der Don Juan das letzte Wort und hinterließ unter dem Vorwand, jenen imaginären Spanier anzugreifen, den Stachel in meinem Fleische. Glücklicherweise gehöre ich zu denen, die sich schnell wieder erholen, was ich abends unter Beweis stellte, als mir ein anderer Spanier, diesmal ein leibhaftiger, ein Kaufmann, zum Thema Hunger irgendeine triviale Anekdote aus einem belagerten Kaff im spanischen Bürgerkrieg erzählte, während ich mir meinen Fernet mit ein paar Knabbereien genehmigte. Ich erhob meine heisere Stimme und legte los:
»Hunger, Hunger, den mußte ich gestern nacht in Montevideo leiden.«

Unverzüglich erzählte ich mein Liebesabenteuer mit Perla. Von dort begab ich mich in den Klub, um zu baden. Unter den Duschen plauderten einige nackte Männer über Pferderennen. Ein Opa von der Sorte, die für einen Sportverein ebenso typisch wie, offen gestanden, fehl am Platz ist, warf die Bemerkung hin:

»Wenn ich mich nicht täusche, war der schnellste Reiter der Welt einer aus meiner Zeit, ein gewisser Paddock.«

»Wenn man ihn läßt, erzählt er uns noch von Botafogo und von Old Man«, warnte ein anderer.

Um einen Streit zu verhindern, griff ich ein:

»Die schnellste Frau der Welt ist eine gewisse Perla, die ich gestern abend in Montevideo kennengelernt habe.«

Flugs befand ich mich mitten in meiner Geschichte. Von Mal zu Mal übertraf ich mich selber, gestaltete die Geschehnisse runder und arbeitete die komischen Effekte besser heraus. Ich muß auf einen seltsamen Umstand hinweisen: Mit der Zeit legte ich immer weniger Nachdruck auf die Kürze der Episode. Wenn ich mich auf diese Weise dazu habe hinreißen lassen, die Wahrheit zu entstellen, so sollte doch klar sein, daß dies unfreiwillig geschah und in keiner Weise die Absicht verfolgte, Perlas guten Ruf zu schützen. Es genügte schon, daß ich nur ein wenig unachtsam wurde, und schon verfiel ich in den Glauben, daß das, was zwischen uns vorgefallen war, länger als eine Nacht gedauert hätte. Jemand mag jetzt vielleicht einwenden, daß sich meine Erinnerungen ja gerade auf zwei Orte bezogen – das Solís-Theater und jene alte Bruchbude – und daher kein Raum blieb für Täuschungen oder Irrtümer. Ich stelle mir vor, daß ich durch irgendeinen Vorgang, der sich in meinem Unterbewußtsein oder vielleicht im Traum abspielte, jene Erweiterungen vorgenommen haben muß, die das Idyll zumindest für meine Zuhörer auf eine höhere Stufe hoben. Wenn man es recht überlegt, ist dieses Verfahren üblich. Ein Nachmittag im Parkhotel von Lobos verwandelt sich in der Erinnerung in drei oder vier Tage; mit Sätzen des Tenors ›als ich in Azul lebte‹ erinnern wir an die Woche, die wir einmal dort verbracht haben. Merkwürdiger wird zweifellos dieser Umstand erscheinen: Obwohl ich aus derartigen Vorträgen vor meinen Kumpanen mit einer Aureole der Bewunderung hervorging, fühlte ich mich nicht glücklich. An meinem Gewissen nagte ein unbestimmter Zweifel. Sollte die beneidenswerte Hauptfigur der Heldentat, also ich, letzten Endes gar der erbärmlichste aller Sterblichen sein? Verletzte ich, in dem ich Perla zum Gespött machte, nur mich selber? Ich glaube, wenn ich mir diese Fragen damals gestellt hätte, wäre meine Antwort ein scharfes ›Nein‹ gewesen. Später verlor ich dann meine Sicherheit. Ich erzählte meine Geschichte, aber widerstrebend, wie jemand, der einmal mehr einer schändlichen Versuchung erliegt. Jeder Lacherfolg beim Publikum – der wertvollste Lohn für jeden Erzähler – tat mir unbegreiflicherweise in der Seele weh und hallte hinterher als sardonisches Echo nach. Aber niemand hält endlos an etwas fest, das ihm unangenehm ist, so daß ich mich schließlich nach einem halben Dutzend Erzählversuchen ängstlich davor hütete, meine intimen Erlebnisse mit Perla vor der Öffentlichkeit auszubreiten. Mir wird ganz elend bei dem, was ich jetzt berichten muß: Während eines endlosen halben Jahrzehnts kam ihr Name nicht mehr über meine Lippen. Das Vergessen hatte allerdings nicht teil an dieser monumentalen Stille. Perla war in meiner Erinnerung wie in einem Heiligtum eingeschlossen, und ich – als reuiger, erbärmlicher, liebender Sünder – besuchte sie dort jeden Tag. Was Überlegungen betrifft, mich auf den Weg ans andere Ufer des Río de la Plata zu machen, um sie zu suchen, so war daran nicht einmal im Traum zu denken, denn die Regierung erlaubte keine Reisen dorthin.

In Zeiten der Diktatur wirkt die ganze Bevölkerung ein wenig lächerlich, wie folgsame Schulkinder, die großen Respekt vor dem Zeigestock der Lehrerin haben.
Fünf Jahre danach saßen wir eines Abends im Freundeskreis in der ›Corneta del Cazador‹ zu Tisch und waren (wenn ich mich recht entsinne) gerade dabei, das Buenos Aires von früher mit dem heutigen zu vergleichen, als mir zwei vorwitzige Hände die Augen zuhielten. Ich drehte mich um. Ich erblickte Cecilia. So spontan war unsere Umarmung, daß ich aus den Worten des Mädchens – einer einigermaßen ungelegenen Aufforderung, das kann ich nicht leugnen! – sogleich einen Unterton des Unausweichlichen heraushörte. Sie sagte:
»Wohin gehen wir?«
Für eine Frau zählen die anderen überhaupt nicht. Schwierigkeiten gibt es für sie nicht. Ein einziges Paar ist alles, was auf der Welt existiert: das, von dem sie der eine Teil ist. Die Aufforderung Cecilias, so unausweichlich ich ihr auch folgen würde, überrumpelte mich. Wer überrumpelt wird, ärgert sich: ich machte Anstalten zu protestieren: ›Was wird der *maître d'hotel* sagen? Was wird aus meinem Hähnchen? Wer soll es essen? Wer soll es bezahlen? Was soll ich diesen Herrschaften für eine Erklärung geben?‹, aber an einem Nebentisch erblickte ich ihren Gatten, der dünn zu mir herüberlächelte, und als ich dann sprach, ersetzte ich jenes wütende Verhör durch eine einzige, respektvolle Frage:
»Was machst du mit ihm?«
»Mein Mann versteht alles«, erwiderte Cecilia voller Stolz.
Wenn nun schon einmal alles verloren war, schien es mir noch am besten, wie ein Gentleman zu handeln. Mit vornehmer Würde verkündete ich geschwind den Jungs, die argwöhnisch dreinschauten:

»Meine Herren, das Finanzielle erledigen wir morgen.«
Ich verneigte mich feierlich in Richtung des Gatten, ein wenig zu feierlich: ›Muß der arme Teufel nicht annehmen‹, dachte ich, ›ich wollte ihn durch die spöttische Parodie einer Beileidsbezeugung demütigen? Seine Sache.‹
Cecilia wiederholte ihre Frage:
»Wohin gehen wir?«
»Nach Hause«, antwortete ich.
An diesem Abend war ich unerbittlich.
»Zu dir nach Hause?« wollte sie verblüfft wissen.
»Nach Hause. Um diese Uhrzeit werden wir doch wohl nicht erst von Pontius zu Pilatus laufen.«
»Schon gut«, sagte Cecilia.
Ich glaube, daß sie ein Lächeln unterdrückte. Ich für meinen Teil dachte, während ich kühne Pläne schmiedete, mit außerordentlicher Präzision nach: ›Ich werde wenig reden, denn der erste Gang, ich erinnere mich noch, war Thunfisch, und wer weiß, ob ich nicht noch danach rieche. Wie mag mein Zimmer wohl aussehen? Für die Augen einer Frau fürchterlich, aber weniger durcheinander als normalerweise.‹
Kaum waren wir angekommen, bot ich ihr einen Whisky an, ein Album mit Schallplatten, machte ihr den Plattenspieler auf und floh ins Bad. Ich wusch Hände, Hals, Gesicht, putzte mir die Zähne, übergoß mich mit Eau de Cologne, und nur aus Schüchternheit zog ich mich nicht gleich aus; um dann schließlich wieder auf der Bildfläche zu erscheinen, eingehüllt in einen leichten, weiten *robe de chambre* mit Flügelärmeln und bunten Drachen auf schwarzem Grund. Meine rundum vollkommene Selbstzufriedenheit wurde getrübt, als mir zur Unzeit etwas einfiel: diese traditionelle weibliche Klage über Männer, die nach Zahnpasta riechen. Ich hauchte gegen meine Handfläche und fand die Befürchtung bestätigt. Ich verschob also den

Angriff und stellte mich erst einmal auf ein Gespräch ein. Beiläufig sprachen wir über dieses und jenes, bis zu dem Augenblick, wo Cecilia unversehens sagte:
»In Prag habe ich eine Freundin von dir kennengelernt, weißt du, wen? Perla.«
Kaum hörte ich den Namen, überfielen mich die unglaublichsten Reaktionen. Mir war so, als hätte man mir plötzlich ein Fieber eingeimpft. Zweifellos wechselte ich direkt vor Cecilias Augen die Farbe, zitterte, wurde krank, stand vielleicht kurz vor einer Ohnmacht. Instinktiv versuchte ich so zu tun, als wäre ich ganz ruhig; ich weiß nicht, mit welchem Ergebnis. Cecilia erzählte:
»Ich traf sie auf Cocktails und Gesellschaften. Wenn ich sie traf, wich sie nicht mehr von meiner Seite. Sie blieb die ganze Zeit bei mir.«
Über Perla mit einer anderen Frau zu sprechen war ein unverzeihliches Sakrileg. Ich setzte mich darüber hinweg und gab ihr versuchsweise das Stichwort:
»Sie wird eben Gefallen gefunden haben an dir.«
»Nein«, antwortete Cecilia. »Die Arme wollte mir von dir erzählen.«
Ich schaute sie voller Dankbarkeit an, weil ich nun wußte, daß sie Perla nicht angreifen würde. Während ich dachte: ›In Cecilia habe ich mich nicht getäuscht. Welch ein Feingefühl, welche Intelligenz!‹, verwunderte es mich, daß ich sie irgendwann einmal für die Frau meines Lebens gehalten hatte. Sie war eine Freundin, nicht mehr; sie war meinem Herzen unwiderruflich fern. Ich sprach von der, die ihm nahe war.
»Ist sie in Prag geblieben?«
»Hierher kommt sie nicht mehr zurück. Sie wird überwacht. Man läßt sie nicht ausreisen. Sie haben herausbekommen, daß sie einer revolutionären Liga oder Bewegung angehört hat. Sie wurde festgenommen, verhört, gefoltert,

wie das so üblich ist, aber wie sie erzählt, ist es ihr wirklich alles andere als gut ergangen. Dann wurde sie freigelassen. Vielleicht, weil man sie für zu unwichtig hielt, oder um zu sehen, mit wem sie reden würde, um ihr zu folgen und so zu den Anführern der Bewegung zu gelangen. Die Ärmste weiß, daß sie verloren ist, wenn sie nur einen einzigen falschen Schritt tut. Natürlich läßt man sie das Land nicht verlassen.«

»Und wenn ich hinfahren würde?«

»Diese Frau lebt von der Erinnerung an dich«, fuhr Cecilia unbeirrt fort. »Ich wage zu sagen, daß sie über dem steht, was mit ihr geschieht. So als ob es ihr genügte, dich gekannt zu haben. Ich frage mich, ob ich dich vielleicht nicht richtig zu schätzen weiß.«

»Was hältst du davon, wenn ich mich auf den Weg machte und hinführe?«

»Sie erzählte mir eine zu unwahrscheinliche Geschichte: daß sie dich schon gekannt habe, bevor sie dich dann wirklich kennenlernte, weil sie dich geträumt habe. Daß sie dich in ihren Träumen geliebt habe und nicht überrascht war, dich schließlich zu sehen, weil sie dich schon so sehnsüchtig erwartet hatte und du endlich kamst. Diese Erklärung war unnötig. Warum sollte sie sich nicht in einer einzigen Nacht verlieben? Eine anständige Frau, die der Liebe ihres Lebens begegnet, läßt sich nicht soweit herab, zu irgendwelchen Manövern und Umschweifen Zuflucht zu nehmen. Solche Spielereien sind unter ihrer Würde. Der Mann, das versichere ich dir, versteht das vollkommen, wenn er nicht gerade einer von diesen ungehobelten Kerlen ist, die es kaum noch gibt. Jeder Dummkopf hat schon einmal etwas von Liebe auf den ersten Blick gehört und weiß, daß die Liebenden immer irgendeine Vorgeschichte entdecken oder erfinden, um damit zu zeigen, daß ihr Zusammentreffen unvermeidbar war.«

Ich drängte sie weiter:
»Und wenn ich mich auf den Weg mache, um sie zu suchen?«
»Es würde dir schlecht ergehen. Die Ärmste, sie war ganz verrückt, hat von dir gesprochen. So etwas machen alle Frauen. Du verstehst das nicht: die Männer sind ja wirklich zurückhaltend.«
»So sehr auch wieder nicht. Wenn du sie im Klub hören würdest...«
»Zu Anfang würdest du erst einmal in Haft kommen. Auf längere Sicht würde sich dann die Botschaft einschalten, und wer weiß, ob man dich nicht zu guter Letzt freiließe. Es würde dir schlecht ergehen.«
Es ist nicht dumm, Angst zu haben, aber traurig.

Wenn ich mir in ein paar Jahren Margot wieder einmal vor Augen rufen möchte, wird das zwangsläufig selektive Gedächtnis die eine oder andere unangenehme Eigenschaft aussparen und statt dessen ihre goldenen Locken hervorheben, ihre rosige und schneeweiße Haut, ihre geheimnisvoll leuchtenden Augen, ihre Figur, die ich ohne Umschweife als üppig bezeichnen möchte, die beeindrukkende Oberweite, die ewige Frische ihrer Unschuld und das enorme Gesäß; aber bevor ich richtig mit der galanten Geschichte beginne, die mit ihr zu tun hat, seien mir ein paar kurze moralische Betrachtungen gestattet. Zuerst die Wahrheit, dann die Liebe.

Mehr noch als eine Begabung ist für mich die Phantasie eine Tugend. Steht nicht am Anfang jeder grausamen Tat ein Mangel an Phantasie, durch den verhindert wird, daß sich auch nur das kleinste bißchen Mitgefühl rührt oder daß man sich zumindest für einen Moment in die Lage des anderen versetzt? Der Egoismus entspringt demselben Defekt. Wenn wir eine klare Vorstellung von unserer Nichtigkeit hätten, würden wir uns dann noch derart eifrig für unser eigenes Wohlergehen einsetzen und uns dermaßen selbst beweihräuchern?

Der menschliche Geist, ein reichlich simpler Mechanismus, arbeitet mit einigen wenigen Vorstellungen. Der obige Abschnitt vermerkt eine von denen, die mich üblicherweise beschäftigen. Hier ist eine weitere: Das Reisen schenkt uns eine Fülle von Erinnerungen, daher erweitert es unser Leben. Nun, da der theoretische Teil abgehandelt ist, möchte ich sogleich klarstellen, daß mein Lebenswandel zwanglos zu sein pflegt. Wer die Regeln des guten Benehmens zu wörtlich befolgt – ich weiß nicht mehr, welcher

berühmte Autor diesen Standpunkt vertreten hat–, der wirkt auf uns exzentrisch, ja sogar ungehörig. Was die Phantasie und das Reisen anbelangt, so lasse ich erstere meist ruhig schlummern, und wenn der Zufall mir nicht einen kleinen, von der Vorsehung bestimmten Stoß versetzt, zerreißt nichts das Gewebe meiner ewig gleichen Tage, und der Moment des Aufbruchs kommt nie. Glücklicherweise war dieser Zufall heute am Werk; ich habe meinen Stoß bekommen, und ehe es zu spät ist, werde ich mich in einen Reisenden verwandeln, auf den staubigen Straßen, die jenseits von Bahía Blanca ins karge, grenzenlose Patagonien vordringen, um schließlich im Eise des Südens zu enden. Das Wahrscheinlichste ist freilich, daß ich über Tres Arroyos nicht hinauskomme.
Ohne Zweifel werde ich den Club Atlético vermissen, vor allem jetzt, wo ich gerade wieder begonnen habe, regelmäßig hinzugehen, nachdem ich einen ganzen Monat nicht mehr dort gewesen bin, in dessen Verlauf ich von frühmorgens bis zum späten Abend im Verlag gearbeitet habe. Wir sind mit allen Büros umgezogen, und – wie unser Verlagsleiter meint – wenn ich nicht da bin, um ein bißchen Ordnung in das Ganze zu bringen, passiert wer weiß was. Zu normalen Zeiten spielt sich ein Gutteil meines Lebens im Club ab. Dieser, warum sollte ich es leugnen, ist nicht mehr der alte. Um die gestiegenen Kosten auszugleichen (die gefürchtete Preisspirale, von der wir alle reden), nimmt unser Vorstandskomitee seine Zuflucht zu äußerst trüben Machenschaften, bis hin zur Zulassung (als Vollmitglieder!) von Damen und Herren – von selbstverständlich untadeligem Ruf–, die als einzige Empfehlung einen gebührend unterstützten Antrag und die Zahlung einer enorm hohen Aufnahmegebühr vorweisen können. Der Vorwand für diese Maßnahmen hat somit wenigstens die angemessene Dimension, aber so oder so ist die bittere

Wahrheit, daß man heutzutage im Club auf Schritt und Tritt neuen Gesichtern begegnet. Als langjähriges Mitglied zähle ich zu den ersten, die sich dafür aussprechen, diesem Vormarsch unbedingt Einhalt zu gebieten. Mein aufgewühltes Gemüt findet nur im Gespräch mit den Jungs aus meiner Gruppe Ruhe, die brüderlich in dem Ruf zusammensteht: »Die rote Karte für die von draußen!« Dennoch will ich gestehen – es wäre sinnlos, auf diesen Seiten etwas auszulassen oder zu beschönigen –, daß die augenblickliche Lage mir persönlich gewisse Vorteile bringt. Einerseits kann ich – wie das Sprichwort sagt – im trüben fischen, und andererseits darf man nicht übersehen, daß das weibliche Element in unserem Club – die armen Mädchen von der alten Garde – nie berauschend gewesen ist und nun schon seit über zwanzig Jahren nach einer Auffrischung geradezu schreit.

Am Freitag bestritt ich auf einem der hinteren Plätze eine endlose Partie Tennis mit diesem Mac Dougall, der so aussieht, als wäre er in Mennige gemalt. Mein Gegner faßte sich jedes Mal, wenn er einen Ballwechsel verlor, an die Schulter und brach in lautes Gejammer aus.

»Was ist los?« fragte ich.

»Ich habe mir das Schlüsselbein gebrochen«, antwortete er.

»Wann? Wie?«

Ohne auch nur den Versuch zu machen, das zu verbergen, wich er einer Erklärung aus, aber ihm stand die Peinlichkeit ins Gesicht geschrieben, dessen Mennigerot sich zusehends dunkler färbte. Wozu soviel Geheimnistuerei? Ich begriff, daß der dicke Mac Dougall nur einer mehr von den Spielern war, denen eine Niederlage Schmerzen an Leib und Seele zufügt. Ist Ihnen schon einmal aufgefallen, wieviel Gehinke, Gebrechen und Behinderungen aller Art unversehens zutage treten, sobald sich ein Match ungün-

stig entwickelt? Das unsrige, das sehr ausgeglichen war, endete mit einem zweifelhaften Ball, den ich mich beeilte zugunsten meines Gegners für gut zu geben. Zu diesem Zeitpunkt war mir das Ergebnis weniger wichtig als ein sofortiges Ende. Ich sehnte mich nur nach einem Dach und vier Wänden; die Sonne war schon im Sinken begriffen, die Luft verlor an Wärme, und ich verspürte beim Schlucken einen leichten Schmerz im Hals, der sich – wenn ich nicht bald zu einer ordentlichen Dusche und zu einem heißen Tee käme – noch zu einer bösen Halsentzündung auswachsen würde. Unter den Leuten, die uns zugeschaut hatten – in ihrer unerhörten Ignoranz pflegen sich die neuen Mitglieder voller Interesse bei Spielen wie dem unseren einzufinden –, erblickte ich Margot, ein neues Clubmitglied, das einfach zu rosig, zu blond und mit zu ausladenden Formen versehen war, um von mir übersehen zu werden. Ich dachte, sie habe nur in der Sonne sitzen wollen, aber sie mußte wohl das ganze Spiel verfolgt haben, denn sie hielt mich mit der Bemerkung auf:
»Dieser Ball war im Aus.«
»Mein Gegner hielt ihn für gut.«
Ich wollte nach meinen Pullovern und den übrigen Kleidungsstücken greifen, die ich auf der Bank gelassen hatte. Es gelang mir, mich unauffällig an ihr vorbeizudrücken.
»Ist es Ihnen denn gleichgültig, ob Sie verlieren?«
»Ich vermute, ihm ist es nicht gleichgültig, ob er gewinnt.«
»Damit er gewinnt, haben Sie den Ball noch gutgegeben?«
»Natürlich.«
»Wie großzügig. Was für ein Sportsgeist.«
Aus einem Gewirr von Ärmeln schaute ich sie an. Ich nahm an, sie redete im Scherz; sie meinte es ernst. Ihre großen blauen Augen vergossen Tränen, und ein sachkun-

diger Finger brachte die bejammernswerten Auswirkungen der zerlaufenen Wimperntusche wieder in Ordnung.
Mit ihr ging ich vom Platz zurück. Mac Dougall – einer dieser Trottel, die sich mit ostentativer Diskretion zurückziehen, sobald sie einen in Begleitung sehen – murmelte: »Verzeihung.«
Er trabte davon. Margot ging langsam, weil sie wohl die Vorstellung hatte, ihrer Art von Schönheit sei majestätisches Schreiten angemessen; ich beeilte mich, weil sich der Schweiß auf meiner Brust und auf meinem Rücken immer kälter anfühlte. Abwechselnd gereizt und dann wieder voll Reue ließ ich sie auf diesem Stück Weg hinter mir zurück oder wartete auf sie. Margot bemerkte diese Ungleichmäßigkeit nicht; sie war immer noch ganz hingerissen von meiner Handlungsweise.
»Beim letzten Punkt!« rief sie aus. »An Ihrer Stelle wäre mir mein eigener Beifall nicht genug. Ich würde allgemeine Anerkennung haben wollen, und irgendeinen Preis.«
»Übertreiben Sie nicht«, sagte ich.
»Ich übertreibe nicht«, antwortete sie. »Sie verdienen es. Ein guter Verlierer. Ein Sportsmann.«
Wieder glaubte ich, sie mache sich über mich lustig, aber ich vergaß meinen Verdacht über der Verwirrung, in die mich allein die visuelle Konfrontation mit dieser Büste stürzte. Ihr interessantester Aspekt war der Umfang. Als wir beim Clubhaus anlangten, versicherte mir Margot gerade, daß sich das Fehlen von ritterlichem Geist auf den Fußballplätzen bemerkbar mache. Wenn meine Gesundheit auf dem Spiel steht, bin ich zu energischen Entschlüssen fähig; also murmelte ich in entschuldigendem Ton ein paar kaum verständliche Worte und lief die Treppe hinauf zum Umkleideraum für die männlichen Mitglieder. Dort drinnen war ich sicher. Ich schaute nicht zurück; mir genügte schon die Vermutung, daß die arme Frau ziemlich

verdutzt aussehen mußte, um mich ein Weilchen zu amüsieren.
Ich zog mich aus und achtete einfach nicht auf meine Freunde, die entschlossen waren, mich aufzuhalten (damit ich mich, nackt und verschwitzt wie ich war, erkältete?), indem sie mir in allen Einzelheiten von *matches* berichteten, die – kaum vorüber – auch schon zu Recht vergessen sind. Ich eilte in den Duschraum, überließ mich dem wohltuenden Schutz des heißen Wassers, hörte nicht auf die Ermahnungen des Spaniers (»Dreifacher Tarif für jeden, der länger als drei Minuten bleibt!«) und erörterte mit Mac Dougall von Dusche zu Dusche und durch Wolken von Dampf und gebrüllten Gesprächsfetzen anderer Mitglieder hindurch die Alternativen des Matches, das wir bestritten hatten.
»Meinen Glückwunsch, Bruder. Du hast die Dicke aufgerissen.«
Ich mißbillige das Ordinäre der männlichen Kameraderie auf jedem Gebiet, aber durch diese Bemerkung fühlte ich mich wirklich geschmeichelt.
Als ich wieder angezogen und fertig war, suchte ich Mac Dougall, damit wir zusammen zum Tee heruntergehen konnten.
»Ich brauche noch eine ganze Weile«, sagte er. »Warte nicht auf mich.«
Offensichtlich hielt er an seiner Rolle des taktvollen Gentlemans fest. Ich sagte nichts, weil ich zu träge war, um zu widersprechen und irgendwelche Erklärungen zu geben.
Ich ging in den Speisesaal hinunter, setzte mich an einen der kleinen Tische, der zufällig frei war, bestellte einen schön starken, schön heißen Tee, Toast und süße Karamelcreme, um sie daraufzustreichen.
Die erste Tasse Tee verbreitete gerade ihre belebende Wir-

kung in meinem ganzen Organismus, als mich ein Druck auf die Schulter bei meiner vierten oder fünften Runde Toast unterbrach.

»Störe ich?« fragte Margot mit äußerstem Ernst.

Die Einfalt dieses Mädchens erweckte in mir abwechselnd den Drang, sie zu beschützen und sie zu mißhandeln. Der kleine Amateurpsychologe, den heutzutage jeder von uns in sich trägt, vertrat die Meinung, daß sich darin – so unglaublich es auch scheinen mag – der Sexus bemerkbar machte. Ich konnte mir Margot ohne Schwierigkeiten als eine runde, goldene Frucht vorstellen, eine große Mirabelle, oder vielleicht einen großen Pfirsich oder eine Aprikose voller Erotik.

Ihre Gesellschaft war mir nicht lästig. Im heiklen Augenblick des Nachmittagstees paßten wir zueinander; wir stimmten überein in dem Verlangen nach süßer Stärkung, nach Toast, nach Kannen voll Tee, und all dies verschlangen wir in bewunderungswürdiger Harmonie (ich, weil es mir geboten schien, meine Erkältung mit Nahrung zu bekämpfen; sie mit der angeborenen Gefräßigkeit des dikken Mädchens).

Wir hatten uns ganz auf unseren Stühlen zurückgelehnt und ächzten noch von dem vielen Essen, als Moduño an unserem Tisch vorüberkam. Weil er in italienischer Manier süßliche Lieder aus Paraguay oder aus der Karibik vorzutragen versteht, hält er sich für einen phantastischen Don Juan, den wahren Hahn des Club Atlético. Er war in eine Art weißen Taucherhelm gezwängt, eingegipst bis zum Halsansatz oder ein Stück darunter. Fragen Sie mich nicht wie; trotz dieser bizarren Kugel und des langgezogenen Halses erkannte ich ihn. Das Pikante an der Sache ist, daß er mich nicht erkannte. Zumindest ging er vorbei, ohne herüberzuschauen. Daß er die Dame nicht grüßte, die bei mir saß, ist vielleicht noch verzeihlich, denn schließlich handelte es sich um ein neues Mitglied, aber mich? Nur mühsam konnte ich der Versuchung widerstehen, irgendeine Abgeschmacktheit des Tenors ›Manche sind offensichtlich verrückt geworden‹ loszulassen.

»Ich gehe«, verkündete ich.

»Haben Sie einen Wagen?« fragte Margot. »Nehmen Sie mich mit?«

›Wenn Sie versprechen, nicht mit dem Boden durchzubrechen‹, sagte ich bei mir. Als wir hinausgingen, verstummten die Gespräche, und der ganze Club schaute uns nach. In einer Aufwallung von Mannesstolz dachte ich: ›Ich gehe am Arm einer Königin.‹

Es genügte eine winzige Verzögerung durch das Warmlaufenlassen des Motors, daß sich vor unserer Nase die Schranken des Bahnüberganges herabsenkten. Ich ordnete mich deshalb auf die Straße in Richtung auf den Wald ein. Das Lob meines kleinen Wägelchens – »Mehr braucht man wirklich nicht«, beteuerte Margot immer wieder, den Kopf gegen das Dach gequetscht – beschäftigte uns eine ganze Minute. Genau wie ich es vorhergesehen hatte, versicherte mir das Mädchen dann in der bewaldeten und wirklich sehr dunklen Gegend, daß ich eine Belohnung verdient habe. Ich drehte mich zu ihr hin. Mein schurkisches, komplizenhaftes Lächeln wurde angesichts ihrer arglosen Treuherzigkeit etwas unsicher. Ich ließ den Mut nicht sinken. Ich bedeckte sie über und über mit Küssen. Sie stöhnte, als wären wir schon im Bett. Dieses Geräusch, das einem im passenden Moment durchaus erfreulich ist, war mir nicht so recht geheuer, weil es so prompt und spontan erfolgte. War ich auch wirklich auf der Höhe der Ereignisse? Auch diesmal verlor ich den Mut nicht, und weil sie so blond, so gewaltig und so nachgiebig war, brachte ich sie in ein Stundenhotel hinter dem Gelände der Landwirtschaftsausstellung.

Ohne mir im geringsten irgendwelche unwahrscheinlichen Heldentaten anmaßen zu wollen, darf ich versichern, daß ich im Verlaufe dessen, was sich dort drinnen abspielte (und nur mit einem gewaltigen Tauchbad *sui generis* zu vergleichen war), die vielzitierte Erkältung vergaß. Ich vergaß sie so vollkommen, daß ich mehr als eine Unvorsichtigkeit begangen haben muß, denn obwohl ich mich damit brüsten konnte, noch ohne Probleme schlucken zu können, war am selben Abend schon meine für gewöhnlich klangvolle Stimme einer ausgewachsenen Heiserkeit gewichen. Wenn ich, um meinem Ärger Luft zu machen, Margot die Schuld dafür zuschrieb, so verhielt ich mich ganz korrekt; sich selber die Schuld zu geben erschiene weder normal noch befriedigend. Wenn ich jedoch Margot für eine Art Dämon zu halten begann, der eigens dafür ausgesandt worden war, mich in diese Erkältung zu treiben, und sie dafür fast schon haßte, so neigte ich wohl etwas zur Ungerechtigkeit. Die Überraschung, die mich in der Garage erwartete, sollte meine Erbitterung noch steigern. Mein Auto neigte sich ein wenig nach rechts. Ich bemerkte scherzhaft, ohne zunächst die Situation richtig zu erfassen: »Andere tragen aus Eitelkeit ihren Hut schief.« Ich mußte den Wagen in die Werkstatt bringen, wo der Mechaniker die Diagnose stellte:
»Federung ausgeschlagen. Sie werden ihn dalassen müssen, damit wir das Federblatt auswechseln können.«
Am Samstag hielt mich das Klingeln des Telephons in permanentem Schrecken. Margot rief an, konnte meine Antwort nicht hören, legte auf, rief wieder an. Ich versuchte, dieser Närrin zu erklären, daß jemand, der seine Stimme verloren hat, schreien kann, soviel er will, ohne deswegen auch nur über einen Deut mehr Stimme zu verfügen. Verlorene Liebesmüh: Sie legte auf, als wenn ich überhaupt nichts gesagt hätte.

Als ich heute morgen aufwachte, ging es mir besser, und es gelang mir, mich verständlich zu machen. Hastig erklärte sie:
»Ich wollte dir sagen, daß du neulich nachmittag phantastisch warst.«
»Fein«, rief ich aus. »Du warst auch nicht gerade übel.«
»Das meine ich nicht«, antwortete sie. »Auf dem Tennisplatz, als du das Spiel verschenkt hast. Ich finde, ich habe dich noch nicht genug belohnt.«
»Glaub das nicht. Du warst sehr großzügig...«
›... mit deinen vielen, blonden Pfunden‹, beendete ich den Satz im Geiste.
»Wann sehe ich dich?« fragte sie.
Meine Ausflüchte entmutigten sie nicht, und als ich es schließlich müde war, kriegte sie mich herum.
»In Ordnung; wir könnten nach Tigre fahren«, lenkte ich ein und fügte hinzu: »und ein Gläschen miteinander trinken.«
»Wo treffen wir uns?«
»Heute habe ich keinen Wagen«, entgegnete ich, aufs neue erbost. »Ich weiß nicht, was passiert ist: Am Wagen ist die Federung kaputt, und bei mir die Stimme« – etwas weniger brummig schloß ich: »Der Preis des Ruhms.«
Da sie etliche Jahre nach der Premiere des Films geboren war, traf meine Anspielung ins Leere.
»Fahren wir mit dem Zug?« fragte sie.
›Jetzt wird sich ja herausstellen, ob sie wirklich so fest entschlossen ist, mich zu belohnen‹, dachte ich.
»Mit dem Zug oder wie immer du magst, aber jeder für sich« – die Silben der letzten drei Worte betonte ich nachdrücklich. »Du setzt dich in irgendeinem Café am Ufer des Luján draußen an einen kleinen Tisch und wartest in aller Ruhe auf mich, so wie ein braves Mädchen. Zur Teezeit werde ich dann erscheinen.«

Mit so unpräzisen Angaben ließ sie sich nicht abspeisen; umständlich legte sie Ort und Zeit genau fest. Mit prophetischem Scharfblick sagte ich mir: ›Arme Margot.‹
Am Nachmittag war mein Hals nicht in der Verfassung, ihn der frischen Luft am Fluß auszusetzen. Vor die Wahl gestellt, für die Dicke meine Gesundheit zu riskieren oder eine Dusche im Club zu nehmen, zögerte ich nicht einen Augenblick. Ich möchte klarstellen, daß ich noch auf die Uhr schaute, aber nur, um bestätigt zu finden, daß es für einen Anruf bei ihr schon zu spät war.
Im Umkleideraum vergnügte sich eine umfangreiche Gruppe von nackten Mitgliedern unter schallendem Gelächter mit Geschichten von Liebesabenteuern und Frauen. Wie ein Schakal, der sich nicht traut, beim Gelage der Bestien mitzumachen, drückte sich ein neues Mitglied dort herum, einer von den vielen armen Teufeln, die nie Zugang zum wirklichen Clubleben haben werden, und machte sich an seinem Koffer zu schaffen, während er mit gespitzten Ohren der Unterhaltung folgte. Mitleidig beobachtete ich ihn: Die Ausmaße dieses Schakals entsprachen eher denen eines Elefanten, oder zumindest eines Gorillas. Ich gesellte mich der Gruppe nicht aus eitler Angeberei zu – jeder kennt mich im Club –, sondern aus purem Herdentrieb. Ich sprach nicht, weil ich mich mit meinem Hals vorsehen mußte. Bei einem noch so hochgeistigen Gespräch werden Sie sich langweilen, wenn Sie selbst nichts sagen. Ich entschied mich für die Dusche.
Als ich wieder herauskam, fragte mich das neue Mitglied:
»Mein Herr, sind Sie mit dem Wagen da?«
Diese Art Leute läßt nie die Anrede ›mein Herr‹ weg. Ich schüttelte den Kopf. Der Berg von einem Menschen bot mir an:
»Kann ich Sie mitnehmen, mein Herr?«

Hinter uns machte eine Gruppe von Nichtsnutzen Faxen, wie sie durchaus zu ein paar Schuljungen gepaßt hätten. Die einen machten mir mit der Hand Zeichen, die ›nein‹ bedeuten sollten, andere ahmten pantomimisch Ohrfeigen und Züchtigungen nach. Als wenn ich für eine Autofahrt mit meinen Überzeugungen brechen würde.
Im Wagen sagte das neue Mitglied zu mir:
»Was meinen Sie zu den Herren dort oben? Ich möchte nicht sagen, was sie sind, um nicht ausfallend zu werden. Arme Frauen, wenn man daran denkt, daß solche Männer ihren Namen im Munde führen... Nicht die wirklichen Männer, so wie Sie, mein Herr, die Sie kein einziges Wort gesagt haben, um sich nicht an diesen Beleidigungen zu beteiligen.«
Mich überkam ein unerklärlicher Drang zu demonstrieren, daß ich nicht stumm war. Ich versuchte, so gut es ging meine Heiserkeit zu verbergen, und bemerkte:
»Nur zu wahr, aber man müßte einmal hören, wie sie über uns reden.«
»Diese Vorstellung ist ein Trost. Dennoch gibt es keine Entschuldigung für solch eine Sprache. In dieser Form über die Frauen zu reden, die doch unsere Achtung und unseren Schutz verdienen! Ich werde nun auch von einer Frau sprechen. Nicht mit billigem Spott. Ich werde mein Herz auf der Zunge tragen! Als ich Sie dort oben sah, so voller Anstand, da habe ich mir gesagt: Wenn ich ihn auch kaum kenne – um so besser. Er wird mir ein unparteiischer Ratgeber sein. Ich werde ihn um seinen Rat bitten.«
Da die Schranken geschlossen waren, nahm er den Weg durch den Wald. Dort, wo ich Margot geküßt hatte, hielt das neue Mitglied den Wagen an, der in einer langen, weit auseinandergezogenen Autoreihe zum Stehen kam, von denen man nur kleine Lichtpünktchen ausmachen konnte. In den anderen Wagen waren ausschließlich Pärchen.

Er blickte mir starr in die Augen und murmelte:
»Ekelhafte Schwule.«
Ich warf ein:
»Vielleicht wäre eine besser beleuchtete Stelle günstiger.«
Er hörte nicht auf mich.
»Wissen die denn nicht, daß es die Art von Schwulen ist, so über Frauen zu reden? Vergessen wir das«, brach es plötzlich aus ihm hervor. »Mich beschäftigt etwas Wichtigeres: meine Frau. Meine Frau und ich, wir beten uns an. Die Verwandten nennen uns das Riesenpaar. Nur im Spaß, glauben Sie mir, mein Herr. Das ist eine Anspielung auf unsere Körpergröße. Meine Frau hat ein so gutes Herz, so viel Redlichkeit, eine solche Reinheit. Für sie gibt es nichts Höheres als die Liebe! Wenn ich ihr von Menschen erzähle, die aus Egoismus oder aus Gewöhnung zusammenleben, versteht sie das nicht. Sie versteht es einfach nicht, so als wenn sich diese Leute einer geheimnisvollen Entweihung schuldig machten. Ihrem eigenen Geschlecht bringt sie höchste Achtung entgegen, eine angeborene Ehrfurcht. Nichts könnte sie dazu verleiten, es zu vergeuden. Soll ich Ihnen einmal erzählen, was sie für eine reizende Eigenart hat? Sie müssen mir aber versprechen, mich nicht falsch zu verstehen. Wenn ich meiner Frau manchmal aus didaktischen Gründen Geschichten von den großen Kurtisanen erzählt habe, die mit Juwelen und Luxus überhäuft wurden, fingen ihre Äuglein an zu leuchten. Erraten Sie den Grund? Ich kenne sie, ich weiß genau, was sie denkt, wenn ihre Äuglein so leuchten. Sie denkt, daß diese Frauen ihr Geschlecht zur Geltung gebracht haben. Unterstellen Sie ihr bitte nicht die mindeste Versuchung, ihnen nachzueifern. Sie vergißt nie, daß sie eine Dame ist, und benimmt sich entsprechend. Aber paradoxerweise, glauben Sie mir, verschleudert sie sich regelrecht.

Ich habe Ihnen ja schon von ihrer Herzensgüte erzählt. Nehmen Sie einmal an, mein Bester, daß irgend jemand eine heldenhafte, vielleicht selbstlose Tat vollbringt; lassen Sie sie uns ›edel‹ nennen. Meine Frau eilt herbei, um ihn zu belohnen. Die Faszination einer großen Geste ist für sie einfach überwältigend. Natürlich stellen sich alle Frauen im Traum ihrer goldenen Eitelkeit vor, ihnen sei es gegeben, den höchsten Lohn zu gewähren. Aber meine Frau setzt diese Überzeugung in die Tat um. Sie werden mich verstehen: an Gelegenheiten mangelt es nicht, und die Ärmste verausgabt sich in einer Art und Weise, die ihrer Gesundheit schon nicht mehr zuträglich ist. Meine eigene Position ist delikat. Sie weiß, daß ich sie verstehe, und sucht meine Sympathie. Um nichts in der Welt will ich sie enttäuschen. *Pour la noblesse*: dieser Einstellung wegen sind mir Hände und Füße gebunden, was etwas, wie soll ich sagen, Hoffnungsloses hat. Natürlich gibt es auch Momente der Genugtuung. Nach ein oder zwei Monaten legt meine Frau mir über jede ihrer Donquichotterien Rechenschaft ab, und ich schreite, wenn sich der Gentleman nicht wie ein solcher benommen hat, unverzüglich zu seiner Bestrafung, mit all der Kraft, die Gott mir geschenkt hat: Dem X breche ich das Genick, dem Y das Schlüsselbein, und dem Z, sobald sich die Gelegenheit ergibt, drei Rippen.«
Ich verfüge über eine anschauliche und rasch funktionierende Vorstellungskraft, so daß ich bei diesem Stand des Gespräches die schreckliche Überraschung schon vorausahnte, die sich andeutete.
»Ich bilde mir ein, daß der Ruf dieser Abstrafungen«, fuhr mein Gesprächspartner fort, »eines Tages rund um meine Margot einen unüberwindlichen Schutzwall errichten wird. Welchen Rat würden Sie mir geben, mein Herr?«
Ich entdeckte in einiger Entfernung ein schwaches Licht-

chen, das durch die Luft schwankend die Lichterreihe durchschnitt. Nach einer Weile begriff ich voller Schrekken: Das war die Leuchte irgendeines Polizisten, der in die Autos schaute, um nachzusehen, was die Pärchen dort so trieben.

»Die Polizei!« rief ich aus. »Sie werden uns noch mißverstehen.«

»So weit kommt es noch«, antwortete er mit Nachdruck.

Ich bat ihn flehentlich:

»Ich würde diesen unangenehmen Moment lieber vermeiden.«

Ohne Eile fuhr er wieder los und forderte mich auf, ihm einen offenen Rat zu geben. Ich erbat mir etwas Bedenkzeit.

»Wo wohnen Sie?« fragte er. »Ich fahre Sie bis nach Hause.«

»Auf gar keinen Fall«, erwiderte ich.

Er ließ mich am U-Bahn-Eingang Agüero aussteigen. Zu Hause packte ich in aller Hast einen Koffer, und schon vom Hotel aus, wo ich jetzt gerade die Nacht verbringe, rief ich den Verlagsleiter an und erklärte ihm, daß ich mir einen Monat freinähme und daß niemand unersetzbar sei. Morgen ist der Wagen fertig, und ich gehe auf Reisen. Woher werde ich den Mut nehmen, welche Garantien werde ich haben, um schließlich wieder zurückzukommen? Ich habe keine Ahnung. Einstweilen halte ich mich an die Worte eines Predigers: »Dem Tag ist sein Streben genug.«

Ich hatte gesagt, daß die Charakterunterschiede, die jeder zwischen Männern und Frauen bemerkt, letzten Endes dieselben sind, die jeder auch im Umgang mit seiner eigenen Frau entdeckt, und letzten Endes genau die sind, die es zwischen jedem einzelnen und seinem Nächsten gibt.
»Ich weiß nicht«, antwortete jemand mit zweifelnder Miene.
»Was wir alle wissen«, folgerte ein anderer, »ist, daß man alleine lebt und sich nach unmöglichen Begegnungen sehnt.«
»Das ist wahr«, bestätigte der mit der Zweiflermiene; nun ergriff er mit agiler Bestimmtheit das Wort, um es nicht wieder abzugeben: »Schauen Sie, ob das nicht auch für das gilt, was mir in einem Winter vor einigen Jahren passiert ist. Gewisse Verpflichtungen hielten mich für drei oder vier Tage in Tandil fest. Ich erledigte meine Arbeit gleich am ersten Vormittag, beschloß aber, noch bis zur Rückkehr eines Ingenieurs unserer Firma zu bleiben, der irgendwo im Süden unterwegs war.
Es war ein sehr strenger Winter; solange man nicht im Bett war, fühlte man sich nirgends so recht behaglich. Ich hatte mehr Zeit als genug, und da ich nicht gut meine Tage im Bett verbringen konnte, versuchte ich es mit einer Sightseeingtour durch malerische Gegenden; die Kälte kürzte diese Unternehmung beträchtlich ab und führte mich in ein Kino, aus dem es mich nach wenigen Minuten wieder hinaustrieb; ich ging zurück in mein Hotel. Dort erhob ich mich zwischen Tee und Cognac alle paar Minuten aus meinem Sessel und betastete die Heizkörper, um mich zu vergewissern, ob sie auch wirklich in Betrieb waren. Unglaublicherweise war die Heizung in Betrieb.

Am zweiten Nachmittag bewegte ich mich nach einem kurzen, deprimierenden Versuch, die Zeit in einer Bar totzuschlagen, nicht mehr aus dem Hotel fort. Das Palace mit seinen weißen Säulen und den fleischigen Topfpflanzen sagt mir zu, denn es ist – in kleinerem, geschmackvollerem Maßstab – ein Abbild der großen Hotels der *belle époque*; aber wer erinnert sich nicht an das kleine Gedicht vom gefangenen Vogel und seinem goldenen Käfig? Im Unterschied zu diesem bestand mein Käfig aus Kälte, aus Ungeduld und aus Langeweile. Das Rad der Zeit war stehengeblieben. Ich las die Zeitungen so oft, bis ich sie auswendig konnte; außerdem die an die Wand geheftete Ankündigung einer großen Viehauktion mit dazugehörigem Volksfest, die längst vorbei war, und jene andere der Rotarier, die empfahl: *Besuchen Sie Tandil*. Ich irrte am hellichten Tage umher wie ein Schlafwandler mitten in der Nacht und stellte mir plötzlich vor, Sie werden es mir nicht glauben, die einzige Zuflucht, die mich diese Langeweile würde vergessen lassen, sei ein Abenteuer mit einer Frau.
Da mir dazu die Frau fehlte, sah ich mir die an, die im Speisesaal an den Nachbartischen saßen, in der Hauptsache seriöse Damen, die sich ganz auf ihre Ernährung und die ihnen lieben Kleinen konzentrierten, die um sie herumwimmelten; und ich behielt endlose Stunden hindurch im Lesezimmer mit der unerschütterlichen Geduld eines Anglers die Drehtüre und den schmiedeeisernen Käfig des Aufzuges im Auge – noch zwei Lotterien, deren Preise meiner Hoffnung auch keinen Auftrieb gaben. Damals ging mir die interessante Wahrheit auf, daß die gutaussehenden Frauen nicht einfach irgendwo in unserem Land frei herumlaufen, sondern sich an zwei oder drei Stellen konzentrieren. Ich hatte diese Regel gerade erst aufgestellt, als ich auch schon ihre Ausnahme entdeckte. Es brachte sie weder der Fahrstuhl, noch kam sie durch die Drehtür

herein. Sie saß wie von Zauberhand dorthin versetzt in einem Sessel hinter meinem Rücken. Reiner Instinkt oder eine Bewegung Olgas veranlaßten mich, den Kopf zu drehen und mich umzuschauen.

»Du hast geschlafen«, erklärte sie liebevoll. »Du schienst ganz wachsam, wie ein Posten auf der Lauer, aber ich bin an dir vorbeigegangen, und du bist davon nicht aufgewacht.«

Olga ist ein sehr gutaussehendes Mädchen. Sie wirkt anziehend durch das blonde Haar, die Tönung und die Makellosigkeit ihrer Haut, die edlen Gesichtszüge und eine ernste Klarheit in ihrem Blick, die im Einklang steht mit ihrem rechtschaffenen Wesen, dem jede Art von Rechthaberei oder Feindseligkeit fern liegt. Sie ist ausgesprochen gutartig. Leute, die gutartig sind, gefallen mir: sie alle gehören, wie ich erst außerordentlich spät entdeckt habe, zur wahren Elite der herausragenden Menschen. Dabei ist nicht einmal allzu wichtig, daß man sich darauf verlassen kann, in dem Moment, wo man sich ihnen nähert, weder Bisse noch Prankenhiebe abzubekommen, denn schließlich sind wir im Leben auf alles gefaßt – aber es hat seine Vorteile.

»Was machst du in Tandil?« fragte sie.

Nachdem ich es ihr erklärt hatte, fragte ich:

»Und du, was machst du?«

»Ich warte auf meinen Mann«, antwortete sie. »Er ist losgefahren, um sich ein Stück Land in Juárez anzusehen. Das wird den ganzen Tag dauern.«

Ich lächelte absichtsvoll, oder besser gesagt töricht. Bevor sie heiratete, schien eine Liebesbeziehung zwischen uns beiden nicht unmöglich. Nichts geschah, ich sah sie nicht wieder, aber ich vergaß sie auch nicht. Ich will damit sagen, daß bei der Erinnerung an Olga diese dunklen, behaarten zwei Zentner Mann zu seufzen anfangen. Ich weiß nicht, ob Sie mich verstehen.

Sie schaute mir offen in die Augen, was ich als Beweis für die Freimütigkeit und Natürlichkeit der Frauen auffaßte. Ich erwiderte ihren Blick und bemerkte:
»Bei dieser Kälte fühlt man sich fast nirgendwo so recht behaglich außer...« – nach kurzem Zögern brachte ich den Satz rasch zu Ende: »...ach eigentlich nirgendwo.«
»Kälte? Hier im Hotel?« fragte sie.
»In der ganzen Welt«, sagte ich wahrheitsgemäß. »Du würdest nicht vielleicht einen Cognac oder noch viel besser einen schönen heißen Tee mit mir trinken?«
»Einen Cognac«, sagte sie.
Wir gingen an die Bar. Während wir das erste große Glas tranken, bemerkte ich (oder bildete ich mir ein), daß ihre Augen mehr als einmal die meinen suchten. Ich kam ihr mit einer ziemlich sicher zu erwartenden Frage zuvor:
»Wie läuft dein Leben so?«
Das Leben läuft bei allen gleich schlecht, bei fast allen. Daher überraschte mich Olgas Antwort:
»Viel zu gut.«
Als bliebe immer noch die Möglichkeit, zwischen Leben und Ehe zu unterscheiden, versuchte ich es mit einer zweiten Frage, die nie versagt, außer bei ganz kleinen Geistern, die über ein enormes Selbstbewußtsein verfügen.
»Und wie geht es so mit deinem Mann?«
»Wie sollte es schon gehen!« rief sie aus.
»Sicher, sicher. Mein Herz hat mich also nicht getäuscht.«
Sie unterbrach mich noch rechtzeitig.
»Er ist ein außergewöhnlicher Mann«, erklärte sie. »Ich wollte, du würdest ihn kennenlernen.«
»Nichts lieber als das«, versicherte ich heuchlerisch.
»Es ist mir fast peinlich, es zu sagen: Er vergöttert mich geradezu. So viel Glück verdiene ich gar nicht.«

»So viel Glück«, wiederholte ich betrübt.
Ich hatte das Gefühl, daß ich genauso überflüssig war wie der Arzt am Bett eines Patienten, der sich bester Gesundheit erfreut, und bekam Lust, mich sobald wie möglich zurückzuziehen. Olga – sie ist nun ganz bestimmt eine außergewöhnliche Person – erriet meinen Seelenzustand.
»Verzeih mir«, bat sie. »Es gibt nichts Geschmackloseres, als den einen Mann vor dem anderen zu loben. Sie betrachten sich als Rivalen, und du kannst sicher sein: bei jedem Stier würde man größeres Verständnis finden. Aber Scherz beiseite; du und ich, wir beide können auf Förmlichkeiten verzichten und offen miteinander reden. Ich brauche es so sehr.«
Mit dem letzten Satz entwaffnete sie mich. Ich stand zu Olgas Verfügung, wofür sie mich auch immer haben wollte. Das sagte ich ihr. Sie nahm meine Hände – nein, sie nahm sie nicht wirklich, aber die überströmende Herzlichkeit des Augenblicks entsprach genau dieser Geste –, schaute mir in die Augen und sagte leise:
»Danke« – danach vernahm ich vier Worte, die ich schon nicht mehr erwartete – »Ich bin nicht glücklich.«
Ich brauchte einigen Mut, um die Behauptung zu wagen:
»Du liebst deinen Mann nicht.«
»Aber aus ganzem Herzen!« erwiderte sie.
»Und er? Hast du mir nicht gesagt, daß er dich auch liebt?«
»Natürlich liebt er mich.«
»Und dann?«
»Was dann? Eben deshalb! Verstehst du denn nicht?«
»Nein, das verstehe ich nicht«, antwortete ich wütend.
Als wäre ich gar nicht da, als spräche sie zu sich selbst, erklärte sie:
»Ich habe ihm einen Beweis meiner Liebe gegeben.«

Auf einmal fiel es mir wieder ein. Olga sagte die Wahrheit. Es ging um die Geschichte einer Ehrenschuld. Wie hatte ich das vergessen können? Vielleicht gehen wir allein durch das Leben, und die anderen existieren nur ganz am Rande... Ich hatte mich in Olga verliebt, jene Person gewann sie für sich, und ich versuchte, sie aus meinem Gedächtnis zu tilgen. Ich fühlte mich von der Erinnerung an sie verfolgt, aber sehr bald begann ich zu vergessen, was man mir von ihr erzählte. Vielleicht hatte ich diese Geschichte vergessen, weil sie bewies, daß Olga ihren Mann liebte; vielleicht auch einfach, weil wir alles vergessen. Olgas Mann war ein unverbesserlicher Spieler. (Wie es scheint, hat sie ihn später geheilt, mit sanfter, aber fester Hand, sagte man mir.) Eines Abends verlor dieser Mensch mehr, als er besaß, und da er keine andere Ehre kannte als die der Ehrenschulden, wollte er am Morgen zahlen. Das, was man freigebig nennt, ist Olga nie gewesen – das sind die wenigsten Frauen –, aber sie opferte einen Großteil ihres Vermögens, damit ihr Mann seine Schulden bezahlen konnte. Ein Beweis für wahre Liebe, denn an diese Art Schulden glaubte sie nicht, wohl aber an das Geld.

Sie bestellte noch einen Cognac. Wie schnell die Frauen trinken und rauchen! Der Kellner ging wieder; Olga sprach niedergeschlagen weiter:

»Ich bin unwürdig«, sagte sie.

»Wessen? Deines Mannes?« fragte ich. Ich richtete mich auf, suchte einen Spiegel; da er sich als zu groß erwies, um ihn zu ihr zu bringen, zeigte ich mit der Hand darauf und rief halblaut: »Schau dich an!«

Sie lächelte. Sie war sogar noch schöner, wenn sie lächelte. Ernst fuhr sie fort:

»Ich bin unwürdig. Du hast Lebenserfahrung, du wirst verstehen. Ich will sagen, daß ich ehrlos bin.«

Ich versicherte ihr, daß ich sie verstünde, aber nicht genug, um ihr helfen zu können, und daß ich freilich sowieso weder an die Hilfe von Freunden noch von sonst irgend jemandem glaubte. Nicht aus Mangel an gutem Willen, sondern wegen der Einsamkeit jedes einzelnen. Mache ich mich verständlich? Daraufhin berichtete sie mir die einigermaßen schäbige Geschichte von ihrem Sündenfall. Wegen irgendwelcher Umstände, die ich nicht ganz mitbekommen habe, blieb sie eines Abends ich weiß nicht wo mit einem außergewöhnlich rohen und geradezu widersinnigen Menschen zusammen...

»Ein Mann, den allein schon wegen seines Äußeren jede Frau verabscheuen würde«, sagte sie. »Ich glaube, er war ein Pelzhändler. Nicht, daß ich gegen Pelzhändler etwas hätte. Ich will, daß du ihn dir vorstellst: dick, blond, vor allem fast kahl, mit verschwitztem Gesicht und goldumrandeter Brille. Und auf einmal lag ich in seinen Armen. Einfach so, nur einfach so.«

»Hast du ihn danach noch einmal wiedergesehen?«

»Wo denkst du hin? Niemals. Aber wenn ich ihn sehen würde, wäre es auch egal. Er existiert nicht. Habe ich dir nicht gesagt, daß er nicht existiert?«

»Dann existiert auch dein famoser Sündenfall nicht.«

Ich führte an, daß es durchaus gerechtfertigt sei, den Vorfall als etwas zu betrachten, das in einem Traum geschehen sei, und vertrat die Ansicht, daß sie ihm keinerlei Bedeutung beizumessen brauche.

»So einfach!« widersprach sie.

»Wie könnte dieser flüchtige Augenblick deine Liebe erschüttern, die doch so stark und treu ist wie ein Fels? Im übrigen«, argumentierte ich, »ist die Stunde nicht mehr fern, da die Gesellschaft, wir Männer, den Begriff der Untreue überdenken werden. Untreue! Welch maßloses Wort! Die Stunde ist nicht mehr fern, wo unsere schonungslosesten Liebesromane völlig unlesbar sein werden, weil sie nur noch lächerlich wirken. Die Leute werden nicht verstehen, weshalb wir uns dermaßen ernsthaft mit der Untreue auseinandersetzen. Sie werden dieses Problem als eine fixe Idee unserer Romanautoren ansehen, eine unerklärliche fixe Idee, so wie die Ehre der Frauen, die sich so sehr auf den einen Punkt beschränkt, der die Klassiker interessierte. Wollen wir doch nicht Handlungen irgendwelche Bedeutung beimessen, die einfach keine haben. Die Liebe ist nicht das. Sie ist kein Spiel, keine lächerliche Fiktion. Wenn wir wahrhaft lieben ...«

Ich habe vergessen, wie ich diese Ansprache zu Ende brachte, aber ich verbürge mich dafür, daß ich sagte, »man steht doch über ...«, und daß ich das Adjektiv »unerschütterlich« verwendete.

Ich brachte diese Argumente mit größerer Eloquenz als jetzt vor und hatte, hingerissen von meiner eigenen Logik, die Augen geschlossen; ich entsinne mich noch genau, daß ich dachte, bevor ich sie wieder öffnete: ›Ich werde auf der ganzen Linie triumphieren‹, aber ich erinnere mich auch, daß mich schon gleich darauf die ersten Zweifel beschlichen und daß ich mich fragte: ›Wird sie nicht doch noch die besseren Argumente vorbringen?‹ Das ist mir schon so oft mit den Frauen passiert! Als besäßen sie tatsächlich ein größeres Wissen über das Wesentliche des Lebens: Wenn wir glauben, nur ein Wunder könne uns die Dinge in einem anderen Licht zeigen, bewirken die Frauen ganz selbstverständlich dieses Wunder, führen Argumente an, deren Triftigkeit wir anerkennen müssen, Argumente, welche die unseren zerschmettern, die uns auf eine Ebene mit altklugen, etwas beschränkten Kindern stellen, die von Dingen reden, von denen sie nichts verstehen.

Olga, wie hätte es auch anders sein sollen, schüttelte milde den Kopf. Mit äußerster Sanftheit, so als redete sie tatsächlich mit einem Kind, erwiderte sie:

»Nein, mein Liebster. Was du sagst, ist gut und schön – in der Theorie, aber nicht in der Wirklichkeit. Wie kommt es bloß, daß du noch nicht entdeckt hast, daß in der Liebe Gefühle eine Rolle spielen, nicht Vernunftgründe, und daß diese Gefühle nicht vom Willen gelenkt werden? Aus eben diesem Grund darf man die Liebe nicht zu rational angehen. Sie ist – zusammen mit der Religion – das Realste, das wir besitzen, aber fange nicht an, deswegen rational an sie heranzugehen, denn dann bleibt nichts davon übrig oder, was noch schlimmer ist, beides wird, wie du sagst, lächerlich. Vermutlich ist die Liebe ein Spiel; im Spiel muß man die Regeln einhalten. In jedem Fall ist sie etwas sehr Zartes: man darf nicht so mit ihr herumspielen, wie ich damit herumgespielt habe, denn dann wird man sie unweigerlich zerstören.«

Ich erinnere mich, daß ich dachte: ›Ich lerne doch nie.‹ Wie schon so oft war ich aus intellektuellem Hochmut in den Irrtum verfallen, mir das Leben, die Welt als für den Verstand vollkommen durchschaubar vorzustellen, und wie schon so oft zeigte mir eine Frau, daß immer und überall noch ein Dunstschleier bleibt, ein unerklärbarer Rest.

»Die große Liebe ist nicht so schwach«, beharrte ich weiter. »Bloß weil du sie anpustest, fällt sie noch längst nicht um. Sie ist widerstandsfähig. Sie steht über den Dingen.«

Ich argumentierte und widersprach mit wachsender Heftigkeit, weil man mich überzeugt hatte. Olga bemerkte, wer wollte daran zweifeln, daß meine Dialektik hohl klang.

Sie blieb dabei:

»Ach, wenn ich doch nur zu der Zeit davor zurückkehren und ohne dieses schmähliche Versagen weitermachen könnte!«

Der Ton echten Schmerzes rührte mich. Was hätte ich nicht darum gegeben, sie trösten zu können. Für mich war Olga nicht länger eine Frau, die ich begehrte, sondern eine betrübte Schwester. Mein Verstand arbeitete auf Hochtouren, um so rasch wie möglich das unwiderlegbare Argument zu finden. Während ich noch nach etwas Überzeugenderem suchte, fragte ich:

»Wie sollte ein zufälliger Fehltritt die Zuneigung in den Schmutz ziehen können?«

»Die Zuneigung nicht«, sagte sie, »aber die Liebe besteht nicht nur aus Zuneigung.«

Wie der schwarzhaarige Acosta scharfsinnig bemerkt hat, sind die Frauen von einer ganz anderen Komplexität. Wir gehen ganz in dem unmittelbaren Gesprächsgegenstand auf und vergessen darüber, daß nur ein kleines Stück weiter das wahre Motiv zu liegen pflegt.

»Jede Minute«, verkündete ich schließlich mit triumphierender Miene, »jede Stunde, jeder Tag bringt dich weiter fort, und wenn du durchhältst, wird jener Augenblick bald völlig im Vergessen versinken.«

»Wenn ich durchhalte?« fragte sie etwas bestürzt. »Womit?«

»Womit?« wiederholte ich, um Zeit zu gewinnen, denn die Erklärung schien mir überflüssig und lästig. »Mit der Liebe zu deinem Mann, mit der Treue, mit all dem, was mir nicht paßt, zur Hölle noch einmal.«

Ich rechnete damit, daß mein alberner Ausbruch ihr vielleicht ein Lächeln entlocken würde. Nicht im geringsten. Ich übertreibe nicht: Es schien mir, als wäre Olga auf einmal zu Tode erschöpft. Als wenn es sie große Anstrengung kostete, widersprach sie:

»Danach, jetzt, hat für mich die Treue keinen Sinn mehr. Verstehst du?«

Natürlich verstand ich, aber sie selbst hatte mich so voll-

kommen überzeugt, daß ich mir nicht gleich, wie soll ich mich ausdrücken, ihr Unglück zunutze machen konnte.
Bei der Rezeption gab es einen Aufruhr. Irgendwer war angekommen. Ich zweifle nicht daran, daß Olga und ich das gleiche erwarteten. Als wir endlich den Reisenden kurz zu Gesicht bekamen, meinte Olga erleichtert:
»Das konnte gar nicht mein Mann sein. Ich habe dir ja schon gesagt, daß er den ganzen Tag für dieses Stück Land brauchen wird.«
»Wo ist das mit dem Pelzhändler passiert?«
»Im Hotel von ...«
Fragen Sie mich nicht, ob sie Azul oder Las Flores nannte, denn was bedeutet der genaue Ort schon? Hingegen will ich Ihnen sagen, daß sie mir bei ihrer Antwort ein wenig – das Wort ist eigentlich zu stark für etwas so Flüchtiges – provozierend in die Augen schaute.
Es entstand eine Stille, in der ich den Sekundenzeiger meiner Uhr hören konnte. Olga wurde zusehends trauriger. Da war sie, in Reichweite meiner Hand – mein Gott, traurig war sie sogar noch schöner –, und ich überlegte, daß ich sie, wenn ich sie an diesem Nachmittag verlieren würde, wahrscheinlich für immer verlöre.
»Laß uns noch einen Cognac trinken«, schlug ich vor.
Vielleicht glauben Sie, daß ich sie aus Überheblichkeit hätte bestrafen wollen. Sie irren sich. Ich glaube fest daran, daß sie mir ihr Herz ausgeschüttet hat, daß sie in jedem Augenblick aufrichtig gewesen ist. Mir fehlte es nur an Beweglichkeit, um von einer Vorstellung zur anderen zu springen und ihr zu folgen. Deshalb verlor ich sie, nur deshalb.

Vielleicht wegen der sanften Stimme und wegen der Diminutive, die den Worten einen honigsüßen, einschmeichelnden Klang verliehen, war ich darauf gefaßt, eine dieser gutgemeinten Banalitäten zu hören zu bekommen, wie sie die Regeln der Höflichkeit vorzuschreiben pflegen. Mein Tischgenosse – ein recht obskurer Kollege, der die Spalte mit den Polizei- (oder den politischen?) Berichten in einer der beiden örtlichen Abendzeitungen bearbeitete – warnte mich vor einer wahrhaft fürchterlichen Gefahr, die binnen weniger Stunden über mich hereinbrechen würde. Ich vermute, ich verlor für einen Moment das Bewußtsein, und mir war so, als schwebte ich in der Luft. Vielleicht bekam ich auch einfach nackte Angst.

Dazu hatte ich allen Grund. Ich war eine Woche zuvor angekommen, in meiner Eigenschaft als *unser Sonderkorrespondent* (ein so angesehener Talisman, daß er mich – wie ich glaubte – gegen alle Risiken schützen würde), und hatte den bekannten Auftrag, eine Artikelserie zu schreiben, um Tag für Tag die Leserschaft in Buenos Aires über jene Feierlichkeiten zum einhundertsten Jahrestag der Unabhängigkeit zu unterrichten, welche eindeutig dem primitiven Drang entsprangen, die Welt in Staunen zu versetzen. In der Hauptstadt waren mit den Aufmärschen und dem ganzen pompösen Gepränge der Regierung zugleich all die dumpfen Vorstellungen des Landes zusammengeflossen; dazu seine zweifellos erstaunlichen Reserven an Folklore, Aberglauben und Wundertätigkeit: der malerische Traum, der lebendige Alptraum, der wer weiß wie lange schon in den Bergwäldern schlummert, während an der beinahe zivilisierten Peripherie einer, der alle Macht in seinen Händen hat, mit Argusaugen Wache hält.

Als der Kaffee serviert wurde, standen die Leute vom Tisch auf; mein Kollege und ich traten an eines der großen Fenster, wobei ich mein Täßchen auf der Handfläche balancierte. Das Restaurant, das berühmte ›Panorámico‹, liegt hoch oben im Turm des Hotels, und – um einen Satz zu wiederholen, den ich bei dieser Gelegenheit mindestens viermal zu hören bekam – es beherrscht die Stadt. Orduño – so hieß der Kollege – wies mit einem gekrümmten Finger hinunter und erklärte dazu:

»Dort liegt der Palast, die Pferderennbahn, das Fußballstadion (ganz nach der alten Formel von den Spielen ohne Brot). Da vorne haben Sie das Gefängnis und das Polizeipräsidium. Dort unten den Libertadores-Platz, und gleich da den beliebtesten Badestrand, voller Grazien und Farbenpracht.«

Dieses mittägliche Diner, ein richtiges Festbankett, bildete den Abschluß des reichhaltigen Programms von Festakten, und die Behörden hatten es gleich in zwei Versionen arrangiert: die erlesene im Jockey-Club für Botschafter und Ehrengäste, und die andere im ›Panorámico‹, demokratischer, aber auch interessanter, wie Orduño mir bedeutete, denn sie brachte die Intelligenz, die ich sogleich mit uns beiden gleichsetzte, mit den dazu passenden schönen Köpfen zusammen, repräsentiert durch ein paar Stewardessen der verschiedenen Fluggesellschaften.

»Aber was habe ich denn bloß getan, daß man hinter mir her ist?« fragte ich mit gebrochener Stimme.

»Gestern abend sind die Zeitungen aus Buenos Aires gekommen.«

»Hat man meine Berichte gelesen? Sie werden mir doch wohl nicht sagen wollen, daß zwei oder drei harmlose Scherze ...«

»Das hat sie beleidigt. Glauben Sie mir, unsere Regierung schätzt den Humor ihrer Kritiker nicht.«

»Wer bin ich schon, daß ich die Regierung kritisieren wollte? Ich schwöre Ihnen, daß ich nicht einmal eine absichtliche ironische Bemerkung habe einfließen lassen... Vielleicht die eine oder andere Pointe, die sich, Sie kennen das ja, schon einmal alleine durch den Satzbau aufdrängt.«
»Erwarten Sie, daß diese Leute das verstehen? Sie sind nicht so wie wir; was uns amüsiert, macht sie wütend. Morgen bei Tagesanbruch wird man Sie holen.«
»Das kann nicht sein!«
»Welch ein Erwachen, mein feiner Herr! Von der Literatur in die Wirklichkeit. Nein: von der Literatur in den Kerker.«
Mir kam allmählich der Verdacht, daß mein Beschützer womöglich ein wenig sadistisch veranlagt sei, aber ich überlegte, daß es in meiner Situation nicht angebracht war, ihn mir zum Feinde zu machen.
»Und wenn ich in unserer Botschaft Asyl suche? Oder in der uruguayischen, die liegt näher?«
»Ihnen wird es an nichts fehlen, das ganz gewiß, aber Sie sollten sich darauf gefaßt machen, daß Sie für die nächsten paar Jährchen nicht wieder herauskommen.«
»Unmöglich. Stellen Sie sich die Scherereien vor, die meine Familie in Beccar bekommen wird. So sagen Sie doch etwas, haben Sie denn keine andere Idee? Bitte, lassen Sie sich etwas anderes einfallen. Helfen Sie mir!«
In aller Seelenruhe und mit etwas überheblichem Tonfall fragte er mich, während sein krummer, hakengleicher Finger nach hinten wies:
»Haben Sie schon einmal von dort die Aussicht bewundert?« – er schob mich zum gegenüberliegenden Fenster. »Was sehen Sie?«
Ich unterdrückte meinen Unwillen und beschrieb, was ich sah: den Garten des Hotels, eine Mauer und dahinter einen

weitläufigen, kreisförmig angelegten Park mit einem großen, weißen Haus mit Schieferdach, das mich an irgendeine alte Villa in San Isidro oder Tigre erinnerte; bei näherem Hinsehen zeigte sich, daß der Park in grüne Dreiecke unterteilt war, eine Art Stern; in seinem Zentrum schimmerte weiß das große, alte Haus, das aus dieser Entfernung winzig schien.
»Dahinter«, fuhr ich fort, »sehe ich eine freie Fläche.«
»Den Flugplatz. Was sonst noch?«
»Rechts davon eine Handvoll Häuser.«
»Meinen Glückwunsch. Das Motel für die Besatzungen.«
Ich wartete auf die Schlußfolgerung, auf die Erklärung; da sie nicht kamen, bekannte ich:
»Ich verstehe nicht.«
»Aber, mein Freund!« protestierte er.
Er machte mit beiden Händen eine Gebärde des Erstaunens und trat zurück. Ich brachte nur noch ein Stöhnen heraus:
»Sie werden mich doch jetzt nicht im Stich lassen!«
Schon war er entschwunden. Ich versuchte, die Nerven zu behalten, denn es blieb mir keine andere Wahl, als mich der Situation zu stellen; das heißt, mich ihr alleine zu stellen. Ich verglich meinen Gemütszustand mit dem eines Selbstmörders, der ein Gift genommen hat, dessen tödliche Wirkung erst Stunden später eintreten wird. Ich gab Orduño recht: diese peinvolle Verhaftung, die mir drohte, bedeutete vielleicht endlich das Erwachen aus einem Leben, in dessen Verlauf ich den Hanswurst des geschriebenen Wortes gespielt hatte. In übersteigerter Reue und Furcht wütete ich gegen mich selbst. Ich ließ es allerdings nicht soweit kommen, daß diese Auseinandersetzung mit meiner Schuld meine Aufmerksamkeit ganz gefangen nahm. Wenn schon ein kurzer Aufenthalt in irgendeinem

Polizeirevier genügt, damit wir uns hilflos und verlassen vorkommen – was würde dann erst der morgige Tag in einem gottverlassenen Land für mich an Prüfungen bereithalten, auf Gedeih und Verderb Gendarmen ausgeliefert, die frisch aus dem Urwald kommen, wo die Eingeborenen noch mit Ritualmorden an Zicklein, Hähnen und Menschen in die hohe Kunst der kalten Grausamkeit eingeweiht werden!

Ich durfte mich nicht der Mutlosigkeit überlassen; mir standen noch ein Abend und eine Nacht zur Verfügung: mit viel Glück, Umsicht, Willensstärke und wachem Verstand könnte ich mich vielleicht noch retten. Als erstes mußte ich Herr über dieses Zittern werden, das sich meiner erneut bemächtigte.

Orduño hatte das Problem klar umrissen und Fingerzeige für dessen Lösung beigebracht (keine andere Interpretation seines Verhaltens ergab irgendeinen Sinn). Er war nur nicht deutlicher geworden, damit der Plan von mir stammte, so daß ich, falls man mich ergreifen und dazu zwingen sollte, die Wahrheit zu sagen, ihn nicht würde verraten können, also nicht gestehen würde: Er hat mir gesagt, ich solle dies oder jenes tun. Es war nicht zu glauben, aber ich war so durcheinander, daß ich den Plan immer noch nicht durchschaute ... Ich ging etwas näher zu den Stewardessen. Irgendein Neunmalkluger wird jetzt sicherlich erklären, daß der Mann immer ein kleiner Junge bleibt und daß er in seiner Verzweiflung in jeder Frau die Mutter sieht. Warum nicht einfach die bescheidene Erklärung akzeptieren, daß alleine der Zauber einer Frau etwas gegen meinen Kummer zu bewirken vermochte?

Ich schaute mich um. Zuerst sagte ich mir, daß dies Gelächter sicherlich irgendwelchem Blödsinn galt, und dann, daß die Gruppen, die sich da unterhielten, nach außen so hermetisch abgeschlossen wirkten, als könne man nicht in sie eindringen. Ich kam zu dem Schluß, daß es das beste sein würde, in mein Zimmer hinunterzufahren und alle Hoffnung aufzugeben. Dann fiel mir die Polizei wieder ein, die am anderen Morgen kommen würde, um mich zu holen, und ich nahm all meinen Mut zusammen; ich wollte irgendeine der anwesenden Stewardessen ansprechen, an ihre demokratischen Gefühle appellieren, an ihren Haß auf die Tyrannei, ihr Mitleid oder ihre Nächstenliebe, und ihre Unterstützung gewinnen, damit sie mich heimlich an Bord des ersten Flugzeuges schmuggelte, welches das Land verließe.

Bestürzt hielt ich inne: Mir wurde klar, daß ich mir nicht einen falschen Schritt erlauben durfte. Mein ganzes Schicksal hing von dem – vielleicht zufälligen – Umstand ab, ob ich mich an die richtige Person wandte. Wenn ich nicht ein mutiges und großherziges Mädchen wählte, war ich verloren. Ganz in meiner Nähe schlenderte eine Uniform unserer Aerolíneas Argentinas herum. Ich schaute genauer hin: Es handelte sich um ein hochgewachsenes Mädchen, das sich sehr gerade hielt, blond, sommersprossig, mit runden, ernsten und ein wenig erstaunt blickenden Augen. Ich mußte mir diese Augen unweigerlich vorstellen, wie sie fest in die meinen schauten, und es kam mir so vor, als hörte ich bereits die Frage: »Mit welchem Recht verlangen Sie eigentlich, daß ich mich für Sie in Gefahr bringe?« Ich mußte erst wieder meine Nerven beruhigen, damit sie mich nicht der Willkür der ersten besten Gans auslieferten, deren ich habhaft werden konnte. Ein paar Meter weiter, am entgegengesetzten Ende des Tisches, entdeckte ich eine andere, mit braunen Haaren, die mich irgendwie an eine französische Schauspielerin aus alten amerikanischen Filmen erinnerte... An ihrer Uniform erkannte ich, daß sie bei einer europäischen Gesellschaft arbeitete, und nach ihrem Gesichtsausdruck und ihrem Benehmen zu urteilen,

schien sie mir sehr aufgeweckt. ›Sie wird meine Ängste ohne weiteres verstehen. Für eine Europäerin dürfte es keinen entsetzlicheren Alptraum geben als das Gefängnis in diesen Ländern, diesen im wahrsten Sinne gottverlassenen Winkeln fernab aller Zivilisation. Bei der Argentinierin dagegen – wer weiß denn, ob die mir nicht damit kommt, daß es schon nicht so schlimm sein wird; daß bei ihr zu Hause viele auf das Polizeirevier gleich nebenan gebracht werden, und sie müßte lügen, wenn sie behaupten wollte, sie habe gesehen, wie auch nur ein Toter herausgetragen worden sei.‹ Dann dachte ich daran, daß alle Europäer zu liberalem Respekt vor Gesetz und Ordnung neigen; die Möglichkeit, auf einen dümmlichen Mangel an Flexibilität zu stoßen, bewog mich zu einer Entscheidung.
»Die Argentinierin! Die Argentinierin!« rief ich voll patriotischer Begeisterung aus und wandte mich dem Mädchen von Aerolíneas zu. Ich sagte zu ihr:
»Ist es nicht eine Wohltat, sich auf einmal unter Argentiniern wiederzufinden?«
»Das kommt darauf an«, antwortete sie. »Ich bin sogar bis in die Wolken geflohen, weil ich sie nicht ausstehen kann.«
»Sie werden mir doch nicht sagen wollen, daß Ihnen unsere Aussprache nicht auch besser gefiele!«
Sie zuckte die Achseln und gab die präzise Antwort:
»Geschmackssache.«
»Sie sagen es. Schafft nicht allein schon die Tatsache, daß man denselben Geschmack hat, so etwas wie einen Bund zwischen den Menschen? Zählt Gardel* etwa nicht?«
Ich schaute dem Mädchen in die Augen: Nur bei Statuen habe ich je einen dermaßen verlorenen Blick gesehen. Kein Zweifel: Diese Augen waren matt vor Gleichgültigkeit und Langeweile; es war sinnlos, weiter auf dem Argument mit der Solidarität zwischen Landsleuten zu beharren – es

brachte mich nicht einen Schritt weiter. Vielleicht blieb mir noch der Ausweg, ihr den Hof zu machen. Was hielt mich zurück? So etwas wie die Skrupel eines Ehrenmannes; vor allem aber die vorhersehbare Schwierigkeit, mit Anstand den Übergang von der Bitte um Liebe zur Bitte um Hilfe zu bewerkstelligen. Entweder gelänge es mir, sie mit leidenschaftlichen Worten zu betören, oder das Mädchen würde im entscheidenden Augenblick entdecken, daß ich weniger auf sie als auf die Sicherheit meiner Person erpicht war.

Da die Zeit drängte und mir keine andere Wahl blieb, ging ich zum Angriff über; ich flirtete auf Teufel komm raus. Dieser plötzliche Umschwung in meinem Verhalten, weniger das Ergebnis einer seelischen Neigung als vielmehr das rein mechanische Funktionieren eines Automaten, fand die unumwundene Billigung meiner Gesprächspartnerin.

Mir scheint, ich verfalle schon wieder in den bissigen Humor, dem ich soviel Ungemach verdanke... Ja, ich verleumde sie; das Mädchen gehört zum Typus der großen Romanheldinnen eines Stendhal: schöne, kühne und beherzte Frauen mit üppiger Phantasie. Ich für meinen Teil versuchte nicht nur, sie mit meiner Beredsamkeit zu berauschen; es gelang mir auch, sie zu überreden, mich an die Bar zu begleiten. Ich fragte sie:

»Was trinken wir?«

»Was Sie möchten«, erwiderte sie.

»Der hiesige Rum ist sehr berühmt.«

»Kennen Sie die Redensart? In den Rumflaschen schlummern Piratenträume.«

Ich bestellte dieses Getränk, weil mir ein paar aufdringliche Liedzeilen eingefallen waren, die man damals zu jeder Tages- und Nachtzeit hörte. Um mir Mut zu machen, murmelte ich sie vor mich hin, wie jemand, der still eine Hymne mitsingt:

Fünfzehn Mann auf der Totenmann-Kist'
Jo-ho-ho, und 'ne Buddel voll Rum!
Geh zum Teufel, wer des Teufels ist,
Und laßt uns die Buddel voll Rum

»Sprechen Sie mit sich selbst?« fragte sie.
Auf der Stelle gestand ich ihr:
»Ich bin verzweifelt!«
»Weil Sie mich lieben und mich anbeten, werden Sie doch wohl nicht verlangen, daß ich mich Ihnen gleich an den Hals werfe?«
Mir entfuhr ein unartikuliertes Stöhnen:
»Genau wie ich es vorhergesehen habe«, sagte ich, »nur noch schlimmer.«
Wie sollte ich sie aus ihrem Eitelkeitswahn wecken, ohne ihren Stolz zu verletzen? Ich mußte diesen heiklen Gemütszustand mit Hilfe eines ziemlich schwierigen Manövers herbeiführen: Es genügte nicht, wenn mir das Mädchen vergab; sie mußte mir helfen und mich retten. Ich verlor den Kopf. Ich verwechselte sicherlich die Anspannung meiner Nerven mit einem löblichen Verlangen nach Aufrichtigkeit, und ohne weitere Umschweife klärte ich sie über meine Lage auf.
Als sie sprach, kam jede einzelne Silbe hämmernd wie das Stakkato einer Schreibmaschine.
»Und warum sollte ich mich da einmischen, würden Sie mir das bitte einmal erklären? Lassen Sie sich schnappen und mißhandeln, und Sie werden sehen, was die Zeitungen für ein Geschrei machen werden. Aber wenn ich im Gefängnis verrotte, wird kein Hahn danach krähen. Außerdem gibt es da eine Kleinigkeit, die Sie vergessen haben: Nicht ich bin für all das verantwortlich, sondern Sie.«
»Wie entsetzlich!« rief ich aus und schloß die Augen. Mir war ganz schwindelig von den Umdrehungen eines Roulet-

tes, in dem die Bilder von Polizei, Verhör, Folter wie verrückt durcheinanderwirbelten und alle Argumente verdrängten und meinen Blicken entzogen, die ich vielleicht hätte vorbringen können. In dieser höchsten Bedrängnis stieß ich hastig die ersten Worte hervor, die mir in den Sinn kamen: »Setzen Sie mir nicht länger so zu. Ihre unerbittliche Vernunft bringt mich ganz durcheinander. Ich verzichte auf die Flucht! Mich haben daran sowieso nur das Abenteuer und die Gefahr gereizt... Jetzt sehe ich ein, daß ich kein Recht dazu habe.«
Die Farbe kehrte in ihr Gesicht zurück, und sie lächelte so, als wenn irgendein Gedanke sie amüsierte.
»Um sieben Uhr heute abend. Im Motel. Bungalow elf.«
Was ich da hörte, konnte ich kaum glauben. Auf einmal bemerkte ich, daß sie sich die Handschuhe anzog. Beunruhigt fragte ich:
»Sie werden mich doch jetzt nicht im Stich lassen!«
Ich hatte das Gefühl, als wiederholte ich die ganze Zeit diesen einen Satz.
»Ich muß noch Einkäufe erledigen. Sie wissen ja, zusammen mit einem Mann ist das ein wahres Martyrium.«
»Sie dürfen nicht gehen, ohne mir zu sagen, wie Sie heißen.«
»Luz«, antwortete sie. »Aber Sie werden nicht nach mir zu fragen brauchen. Wenn Sie kommen, werden Sie mich vorfinden.«
Kaum daß ich mich alleine wähnte, warf ich die Arme in die Luft und tanzte im Kreis herum, brach damit aber wieder ab, als ich bemerkte, daß ich in dem Barmann einen aufmerksamen Zuschauer hatte. ›Er glaubt, ich wäre betrunken‹, sagte ich mir. ›Was macht's.‹ Ich bezahlte die Getränke, trat an das Vorderfenster und lehnte mit geschlossenen Augen den Kopf an die Scheibe; ich fand nicht die erhoffte Kühlung. Als ich die Augen wieder

öffnete, erregte etwas meine Neugier: ein Ameisenhaufen dort unten auf dem Libertadores-Platz; kleine Menschlein, die unaufhörlich einem Polizeitransporter entströmten. Ich verglich sie mit Ungeziefer; die Szene erschien mir amüsant. Die ganze Gruppe marschierte auf das Hotel zu.

»Das sind meine!« schrie ich auf, in einem unüberlegten Versuch, meine Aufregung zu rechtfertigen. »Sie sind zu früh gekommen!«

Der Barmann beobachtete mich träge, wie ein Experte für Betrunkene, während ich – um nicht zu rennen – mit übertriebener Würde hinausstolzierte. Ich dachte: ›Besser, wenn mich niemand sieht‹, und entschied mich gegen den Aufzug, weil er manchmal von einem Fahrstuhlführer bedient wurde; ich stieß die Pendeltür auf und stürzte die Treppen hinab; die Stufen zu meinen Füßen wuchsen an und wurden immer mehr; auf jedem Treppenabsatz schaute ich ängstlich nach den Nummern, denn im Neunten wollte ich in mein Zimmer laufen und eine Mappe sowie zwei oder drei Dinge holen, von denen ich mich (ihres ideellen Wertes wegen) um nichts in der Welt trenne; aber dann sagte ich mir, daß mein Zimmer der Ort sei, wo mich die Polizei am ehesten erwarten würde, und lief weiter treppab.

Hätte ich meine Augen verbunden gehabt, beim Heraustreten auf die Terrasse hätte ich geglaubt, ich käme in ein Treibhaus. Zum Glück hielt die Hitze die Touristen fern. Auf der Terrasse war kein Mensch. Ich lief die marmorne Freitreppe hinunter, wagte mich in den Garten und gelangte, nachdem ich ungefähr hundert Meter zurückgelegt hatte – ich mußte einem Gärtner ausweichen, der mich aber nicht sah –, zu der rückwärtigen Mauer. Ich erkletterte sie mit Mühe, fiel auf der anderen Seite hinunter, blieb reglos auf dem Bauch liegen, völlig vernichtet von der Erschöpfung, den Kopfschmerzen, vom Rum, von der

Angst bei der Flucht und vor allem von dem Aufprall. »Ich bin in Sicherheit«, murmelte ich. Ich hatte den fernen Park mit den grünen Dreiecken erreicht, den ich vom Fenster aus hatte erkennen können. Ich überlegte: ›Noch bin ich nicht in Sicherheit. Hier sieht mich der erste beste Polizist, der sich über die Mauer beugt.‹ So gut es ging rappelte ich mich auf und lief, um mich hinter ein paar Lorbeerbüsche zu flüchten. Nur mit Mühe gelang es mir, einen Aufschrei zu unterdrücken. Um einem imaginären Verfolger zu entkommen, wäre ich beinahe in einen grün uniformierten Riesen mit einem Gewehr über der Schulter hineingerannt. ›Der Soldat hat mich gesehen‹, dachte ich starr vor Schreck. Er hatte mich nicht nur gesehen, er hatte mich in wilder Flucht überrascht, aber er nahm mich nicht fest; in aller Ruhe drehte er mir den Rücken zu – so als ob ihn meine Anwesenheit weder etwas anginge noch im mindesten verwunderte – und begab sich in ein Haus, besser gesagt in die Vorderfront eines Hauses, die dort (vermutlich für irgendeine Theateraufführung oder für Filmaufnahmen) hingestellt worden war. Das Ganze stellte ein Wirtshaus in angedeutetem deutschem Stil vor und verfügte auch über das entsprechende Schild, auf dem (auf Spanisch, weiß der Himmel weswegen) stand: *Zum grünen Jäger.* Ich sagte mir, daß der vermeintliche Soldat wohl eher ein Jäger sein müsse, ohne Zweifel der von dem Schild, aber ich unternahm nicht den Versuch, mir die Dinge zu erklären. Ich hatte weder Zeit zum Rätselraten noch Lust, mich über irgend etwas groß zu wundern: Ich spürte die unmittelbare Nähe meiner Verfolger. Bevor ich weiterlief, warf ich einen prüfenden Blick über den ganzen Park, um nicht über noch so einen Jäger in seinem Versteck zu stolpern. Die Hauptzierde dieses Parkes war ein kleiner See, der auf seiner linken Seite von aufgeschütteten künstlichen Felsbrocken begrenzt wurde. Ich schaute mich aufmerksam um, wobei ich rechts den Anfang machte; ich sah lediglich Pflanzen und unbelebte Gegenstände: eine paraguayische Hängematte, die zwischen zwei Palmen aufgespannt war, ein Krocketspiel, eine Dogge aus Bronze, eine Gruppe blühender Bäumchen, einen riesigen Krug aus blauem Porzellan, einen Bootssteeg, den See mit kleinen Booten in Form von Schwänen und die Felsen. Im Laufen fragte ich mich: ›Was erwartet mich wohl auf der anderen Seite?‹ Ich klammerte mich an die Felsen, hörte das Plätschern eines Wasserfalls, machte mich daran, den Hügel vorsichtig und langsam zu umklettern, bis vor meinen Augen zuerst der kleine Wasserfall auftauchte, und dann oben, vor dem Eingang zu einer Grotte, wie auf einem Sockel im Stein die Frau. Sie war sehr schlank und sehr blaß. Ich weiß nicht, warum ich sie mir von der Seite gesehen vorstelle, das Gesicht nach oben gewandt, mit herabfallendem schwarzem Haar... Ich vermute, daß diese Beschreibung ein albernes Bild entwirft, eine kitschige Vignette. Um es zu widerlegen, finde ich nur subjektive Argumente: Ich hatte das Gefühl, keine Luft mehr zu bekommen, verspürte die Beklemmung, die die Schönheit hervorruft, erfaßte in einer plötzlichen Offenbarung, daß meine ganze Vergangenheit gerechtfertigt war, weil sie mich zu dieser Frau hingeführt hatte; dachte, nie mehr Trost finden zu können, wenn ich sie wieder verlieren sollte. Ich fühlte mich auch einen Augenblick lang glücklich, so als verstünde ich den Hohn des Schicksals nicht, das mir die Frau meines Lebens zeigte, während die Häscher mir dicht auf den Fersen waren. ›Ich muß unmöglich aussehen‹, sagte ich mir, fuhr mir instinktiv mit der Hand durch die Haare und rückte meine Krawatte zurecht. Ich glaube, die Frau lächelte; auf jeden Fall blickte sie mich ohne Mißtrauen an oder sogar so, als habe sie mich bereits erwartet.

Da auf einmal hörte ich ein Jagdhorn und das drohende Gebell der Meute. Es lag etwas derart Zwingendes und Angsteinflößendes in diesem Geräusch, daß ich anfing zu laufen. ›Das hat mir gerade noch gefehlt‹, dachte ich. ›Daß man mich auch noch mit Hunden hetzt!‹ Als ich wieder zur Vernunft kam, hatte ich die Umfassungsmauer überstiegen und landete mit den Knien auf den Steinchen des Weges, jetzt schon im zweiten Dreieck des Parks. Das Bellen konnte ich nicht mehr hören, so als wenn ich sehr weit gekommen wäre oder als wenn die Hunde gar nicht existierten. Als ich den Blick hob, fand ich mich vor einem alten Mann wieder, der in einem Korbstuhl saß, im Schatten eines Baldachins mit gelben, roten und blauen Fransen. Er trug einen Gabardineanzug, fächelte sich ab und zu mit einem Panamahut Luft zu, sah krank und müde aus und beobachtete mich. Der Garten um ihn herum war eine Traumlandschaft, besser gesagt das Trugbild eines Traumes, das auf sehr konventionellen Vorstellungen aufgebaut war, mit Hilfe von Gegenständen, die eine verschwommene symbolische Bedeutung hatten: ein Käfig in der Form eines chinesischen Pavillons, in dem zwei oder drei blaugrüne Vögel herumflatterten; eine unvollständige Lokomotive, die fast ganz im Sand vergraben war, und über den Rasen verstreut die mit weißen und scharlachroten Spiralen bemalte Walze aus dem Schild eines Friseurgeschäftes, ein goldenes Medaillon mit einem Pferdekopf, ein Wappenschild, eine Fackel. Die zufällige Entdeckung, daß die Steinchen auf der Erde in Wirklichkeit winzig kleine Bücher aus bemaltem, massivem Glas waren, empörte mich. Ich vergaß die Hunde, vergaß die Polizei, nahm eines dieser Büchlein hoch, hielt es dem Alten unter die Augen, als wenn ich ihm ein wahrhaft erdrückendes Beweisstück zeigte und fragte ihn:

»Was hat das alles zu bedeuten? Und diese Tür dort?«

Sie war aus dunklem Holz, mit einer Unmenge kleiner, erhabener Köpfe; sie hatte einen Türklopfer mit einer Bronzehand und war vom üppig wuchernden Efeu einer Gartenlaube umrankt.

»Sie versichern, daß sie sich nur für erbauliche Träume öffnet«, antwortete er.

Auf mich wirkte sie düster und unendlich traurig, und ich vermutete, daß sie Unglück brächte; um mich von diesem Gedanken abzulenken, stellte ich mir das Mädchen vom See vor, aber sogleich versuchte ich, wieder an etwas anderes zu denken, so als ob das, worauf sich meine Aufmerksamkeit in dem Augenblick konzentrierte, unheilvollen Strömungen ausgesetzt wäre. Ich fragte:

»Was bezwecken die mit all dem? Mich verrückt zu machen? Die sollen sich bloß keinen falschen Hoffnungen hingeben.«

»Eine gute Bemerkung«, erwiderte der Alte und begann zu lachen, als müsse er ersticken. »Die beste Kritik. Aber gestehen Sie doch, mein Freund: Sind Sie irgendein neuer Statist von Doktor Veblen?«

»Statist von Doktor wem?«

»Sagen Sie mir nicht, Sie seien aus Versehen hier hereingeraten! Oder das übliche? Ein Flüchtling! Ich darf Sie davon in Kenntis setzen, daß die Polizei Sie hier nicht behelligen wird. Wenn sich natürlich Doktor Veblen gegen Sie stellt... Um nichts in der Welt will er es sich mit der Regierung verderben.«

»Ich gehe schon wieder.«

»In Ordnung. Man muß vor den Neurotikern fliehen.« Er schaute auf die Uhr. »Schon nach halb sechs. Für ein Weilchen werden sie uns nicht suchen kommen.«

Ich sagte mir, daß mir noch genügend Zeit blieb, um den ganzen Park zu durchqueren und pünktlich bei dem Hotel (oder Motel) anzulangen, wo Luz auf mich wartete. War ich mir da auch sicher? Alles zusammen genommen war der Park riesig; ich konnte mich verlaufen; es wäre nicht verwunderlich, wenn ich auf irgend jemanden träfe, der entschlossen war, mir den Weg zu versperren oder die Polizei zu rufen. Ich wollte zum See mit den Felsen zurückkehren, und wenn es nur für ein paar Minuten wäre, um mit dem Mädchen zu sprechen. So gehetzt – würde ich sie da überhaupt von irgend etwas überzeugen können? Und wovon eigentlich? Bestenfalls doch davon, daß sie mir Namen und Adresse geben müsse, damit ich ihr schreiben könnte, sobald ich zurück in Buenos Aires wäre. Lohnte es sich denn überhaupt (Gott möge mir verzeihen), nur um per Post ›große Liebe‹ zu spielen, das Gefängnis zu riskieren? Ehe ich mir diese Frage beantworten konnte, hatte ich schon die Umfriedung überklettert und war wieder in dem Garten mit dem See. ›Wegen einer Unbekannten‹, so grübelte ich nach, ›verliere ich Zeit und bringe mich in Gefahr. Sie werden mich fassen. Sie werden mich mit Fußtritten in einen Kerker werfen. Dann werde ich keinerlei Rechtfertigung mehr für dieses Verhalten finden.‹ Als ich vor dem Hügel stand und dort das Mädchen nicht mehr fand, überfiel mich die Angst, denn zum zweiten Mal in kurzer Zeit begriff ich, daß ich auf ewig untröstlich sein würde, wenn ich sie jetzt verlöre. Ich vergaß alle Vorsicht und machte mich aufgeregt auf die Suche. Ich fand sie schon bald, unter einem Busch mit bunten Blüten; sie streckte ihre Hände nach mir aus: das Mädchen schnitt Blütenzweige ab, aber für einen Moment meinte ich, sie wollte mich zu sich rufen; der Schreck brachte mich völlig durcheinander und nahm mir den Mut, und als der als grüner Jäger verkleidete Riese wieder auftauchte, ergriff ich aufs neue die Flucht, überkletterte die Begrenzungsmauer, eine ganze Abfolge von Mauern, und in den verschiedenen Gärten sah ich (längst schon ohne jede Neugier) Köche, die

Tennis spielten, Leute, die als Tiere verkleidet waren, den Turm einer Festung, von dessen Zinnen ein Anker, ein Coupé, ein Kamin, eine Harfe und eine goldene Wiege herabhingen. Ich sagte mir, daß ich auf die Frau meines Lebens verzichtete, weil ich zu traurig war, um zu kämpfen (in Wirklichkeit war es genau umgekehrt: ich war traurig, weil ich auf die Frau verzichtete), und ich gab die Schuld für alles der makabren Phantasie dieser Gärten. Im letzten hätte mich ein Kerl in einem Kittel beinahe erwischt. Ich überkletterte die Mauer und fand mich auf offener Straße wieder. Ich kämpfte gegen meine Erschöpfung und die Furcht an und machte mich auf den Weg in Richtung Stadt; zweimal verlief ich mich; endlich erreichte ich das Motel.

Luz hielt Wort: sie erwartete mich. Lachend – als wenn sie mich für einen Maskenball zurechtmachte – verkleidete sie mich dort als Pilot oder als Steward. Wir tranken etwas, der Bus kam, der Fahrer bemerkte: »Heute haben wir einen mehr«; wir überquerten das Flughafengelände und gingen an Bord. Bis das Flugzeug abhob, wirkte die Besatzung nervös; ich dachte an das Mädchen vom See.

Als wir schon in der Luft waren, zog ich mich um und suchte Zuflucht in der letzten Sitzreihe, um alleine zu sein. Ich glaube, daß Luz uns eine gute Nacht wünschte, nachdem sie das Abendessen serviert hatte, und sich dann zu mir setzte. Ich erinnerte mich an Geschichten, die jeder kennt, über das, was auf so manchem Flug in dieser letzten Reihe geschehen sein soll, während die Passagiere schliefen. Um sie auf andere Gedanken zu bringen, fing ich an zu reden.

»Glauben Sie an Liebe auf den ersten Blick?«

»Das ist etwas Wundervolles«, antwortete sie, »und ganz normal. Da können Sie jeden fragen.«

Sie argumentierte sich dermaßen in Hitze, daß sie drauf und dran war, mich zu umarmen. Ich fragte sie:
»Wer ist Doktor Veblen?«
»Weißt du das denn nicht? Was für einen Schrecken mußt du bekommen haben!«
»Zumindest habe ich seltsame Dinge gesehen.«
»Angeheuerte Komparsen und Gegenstände, die er wer weiß woher bekommt. Er stellt sie dort auf, damit seine Patienten nachts träumen. Der Scharlatan heilt mit Träumen Millionäre, die an dem Vergnügen genesen, einen Haufen Pesos zu bezahlen.«
Als wenn sie gar nicht das Thema wechselte, fragte sie mich rasch, mit wem ich zusammenlebte. Als ich begriff, sagte ich ihr:
»Mit meiner Mutter und meinen Schwestern in Beccar.«
»Dann bist du also nicht verheiratet!« rief sie, ohne ihre Freude zu verbergen.
Ich dachte, als redete ich mit ihr: ›Wenn du mich nur eine Weile allein läßt, können wir danach auch heiraten.‹ Das Mädchen hatte mich gerettet, sie glich vielleicht den großen Heldinnen von Stendhal, und mir war mein Schicksal gleichgültig. Sie schaute mich mit diesen ernsten Augen an, die ich inzwischen so gut kenne, sagte mir, daß sie den Passagieren irgend etwas anbieten werde, aber bald sei sie wieder zurück.

Almeyda hatte den blauen Anzug gewählt, so als wenn er ausgehen wollte. Vor dem Spiegel band er die Krawatte für ganz besondere Anlässe zu einem tadellosen Knoten und leistete sich sogar den Luxus einer Krawattennadel, in Form eines Glückshufeisens mit kleinen grünen Steinen von rein ideellem Wert. Im Lichte dieses Wintertages verliehen die ineinander verschlungenen Efeublätter des goldenen Rahmens dem kristallnen Oval, das sein Bild zurückwarf, eine geheimnisvolle und zugleich traurige Tiefe. »So werde ich fortbestehen«, murmelte er, »auf irgendeinem Photo in Carmens Schlafzimmer. Auf der kleinen Kommode, zwischen ihrem Bild mit dem Manilatuch und dem Photo von ihrem kleinen Neffen, der nackt auf seinem Kissen liegt.«

Er hörte das Rascheln von Papier und sah unter der Tür einen Brief auftauchen, den irgend jemand von draußen durchschob. ›Empfinde ich denn immer noch Neugier?‹ fragte er sich, während er den Umschlag aufriß. Es war die Schneiderrechnung. ›Um die zu bezahlen‹, bemerkte er bei sich, ›würde niemand seinen Selbstmord aufschieben.‹

Als wollte er sich noch eine letzte Chance geben, fragte er sich im Angesicht des Spiegels erneut, welche Dinge für ihn noch nicht ihren Reiz verloren hätten. Bei einer raschen Aufstellung blieben nur der Duft gerösteten Brotes und der Tango *Una noche de garufa* übrig. Zwei Dinge waren ihm zu wenig; abergläubisch fand er, daß es wenigstens drei sein mußten. Er durchforstete sein Gedächtnis, zunächst aufs Geratewohl, dann mit System; Personen (›besser einen großen Bogen darum machen‹); Angewohnheiten (›wer würde sich mit solchen Manien nicht bald selbst über haben?‹); Theater an der Avenida de Mayo, Billardsäle im

Stadtzentrum; Mahlzeiten nur unter Männern, bis zu vorgerückter Stunde, mit sehr freizügigen Ansprachen und Geschichten, üblicherweise in einem Restaurant in der Bahnhofspassage an der Plaza Once; im Sommer verträumte Nachmittage in einem Wäldchen auf dem Weg nach La Plata; Lektüre, die ihn früher einmal unterhalten hatte, wie die Geschichte von der Zeitmaschine und ähnliche phantastische Erzählungen, in denen sich irgendein Reisender in die Zukunft vorwagte, die sich als eine reichlich niederschmetternde und bedrückende Welt darstellte. Wo waren all diese Bücher geblieben? Wahrscheinlich bei Carmen oder bei irgendeinem ihrer Neffen, dem sie sie sofort weitergab, fast als ob sie sich daran die Finger verbrennen könnte.

Er war schon längst dieser sinnlosen Suche nach mehr oder weniger reizvollen Dinge müde, als ihm der Lastwagen einer Pelzhandlung einfiel, der die Form eines Eisbären besaß und ihn als kleinen Jungen entzückt hatte. »Ich bin auf drei gekommen«, rief er triumphierend aus, um – viel zu schnell – hinzuzusetzen: »Na und?« Noch immer in den Spiegel schauend, streckte er tastend die Hand aus, auf der Suche nach dem Revolver. Sekunden später, als er dieser Bewegung mit den Augen folgte, fiel sein Blick auf die Zeitung, die auf dem Tisch lag. Besser gesagt, sein Blick fiel auf die folgende Anzeige (die einen schwarzen Rand hatte, wie es in früheren Zeiten in den Provinzblättern bei Todesanzeigen üblich war): *Sie sind überzeugt davon, daß das Leben Sie in die Enge getrieben und mattgesetzt hat, daß alles über Ihnen zusammenbricht, und daß Ihnen kein anderer Ausweg mehr bleibt als der Selbstmord? Wenn Sie nichts mehr zu verlieren haben – warum schauen Sie dann nicht einfach bei uns vorbei?* ›Als wenn sie dabei an mich gedacht hätten‹, sagte er sich. ›Ganz genau mein Fall.‹ Glücklich, wer seine Schuld seinem Nächsten aufbürden kann: früher oder später verschafft er sich Erleichterung. Warum redete er nicht offen mit Carmen, so wie es ihm Joaquín geraten hatte, der Linkshänder aus *Los 36**? Die Situation klären: eine Erleichterung, eine Oase, ein unerreichbares Ziel, ein Traum, den man besser gar nicht erst träumte. Unsere Freiheit ist durch das begrenzt, was unser Nächster von uns erwartet. Carmen, schnell entschlossen, mit festem Willen und großzügigen Anwandlungen, hatte ihm versichert: »Du kannst auf mich zählen!« – um auf der Stelle zu einer dieser überzeugenden, minuziösen Erklärungen überzugehen, die mit ihrer lebensprühenden Persönlichkeit unvereinbar schienen, diese in Wirklichkeit aber ergänzten und verstärkten. Carmen, Carmen, unablässig Carmen; entzückend, mit den klar gezeichneten Linien ihrer zarten Gesichtszüge, mit hellem Teint, rosig, funkelndem Blick, triumphierendem Lächeln, von derart harmonischen Proportionen, daß im Traum niemand daran dächte, sie ›Zwerg‹ zu nennen. Wenn er eine Tür öffnete, tauchte auf der anderen Seite sie auf, vertrat ihm den Weg, so schnell wie die Bewegung eines Fächers und so graziös wie das als Tänzerin gekleidete Püppchen auf einer Spieluhr; Carmen – mit Augen, die willenlos machen konnten, mit einem Lachen, dessen Fröhlichkeit anstekkend wirkte, makellosen Zähnen, weiß und spitz, und winzigen Händen mit blassen, feingliedrigen Fingern, die in krallenartigen Nägeln ausliefen. Unfreiwillig mußte er sie sich vorstellen, wie sie sich ekstatisch in stampfenden, frenetischen Tanzrhythmen wand, die sie mit hochgerissenen Armen und einem gebieterischen *Voilà!* beendete. »Die Zeit bringt alles in Ordnung«, hatte ihm in den *36 billares* Joaquín gesagt, der beste Linkshänder am grünen Tuch, sein Freund seit urewigen Zeiten, für den das Leben so gut lief wie eine Caramboulage. ›Ich habe dieses Glück oder diese Meisterschaft nicht, aber ich habe Carmen‹, überlegte er und streckte entschlossen die Hand aus. Im selben Augenblick ließ ihn eine Detonation zusammenfahren. Dann fiel ihm ein, daß man auf dem Recoleta-Friedhof einem verstorbenen hohen Militär die letzte Ehre erwies. Als wenn der unverhoffte Kanonendonner ihn gegen jeden Schrecken gewappnet hätte, stellte er den Griff nach dem Revolver erst einmal zurück, um ein weiteres Mal die Anzeige zu lesen. Er überflog sie ohne sonderliche Hoffnung, aber als er zu der Telephonnummer und der Aufforderung *Rufen Sie uns jetzt gleich an!* kam, sagte er sich: ›Warum eigentlich nicht? Ich bin sowieso viel zu skeptisch, um gegen irgend etwas zu sein‹, und aus purer Neugier, um zu sehen, ob das Leben in diesem entscheidenden Augenblick noch ein Abenteuer für ihn bereithielt, rief er an. Es kam sofort jemand an den Apparat.

»Möchten Sie einen Termin vereinbaren?« fragte ihn eine müde, aber durchaus heiter klingende Männerstimme. »Diese Woche sind schon alle Termine besetzt..., außer wenn Sie vielleicht jetzt gleich kommen könnten...«

Vielleicht weil er verwirrt war, hatte er das Gefühl, daß sich ihm eine Gelegenheit bot.

»Ich könnte... eigentlich schon«, stotterte er.

»Notieren Sie.«

»Einen Moment...«

»Avenida de Mayo«, diktierte die müde Stimme.

Almeyda schrieb sich sorgfältig Hausnummer und Etage auf.

»Ich habe es.«

»Wenn Sie nicht warten wollen, beeilen Sie sich bitte.«

Er nahm die Uhr, die Münzen aus dem Aschenbecher, den Schlüsselanhänger, den Carmen ihm geschenkt hatte, befeuchtete sein Taschentuch mit Kölnisch Wasser, und während er den Schreibtisch aufräumte, fiel sein Blick auf sein Scheckbuch. ›Ich nehme es mit‹, dachte er. ›Zu guter

Letzt werde ich doch nicht sterben, ohne vorher den Schneider bezahlt zu haben.‹ Da er bis Callao zu Fuß gehen würde, um dort ein Taxi zu nehmen, lag der Schneiderladen auf seinem Weg.

Der Portier vertrat ihm den Weg, mit würdevoller Höflichkeit.

»Fräulein Carmen«, verkündete er, »hat für Sie einen Umschlag hinterlassen. Ich gehe ihn holen.«

»Sie können ihn mir später geben, wenn ich zurückkomme.«

Er war schon auf der Straße und fort, bevor der Portier noch protestieren konnte. Er betrat den Schneiderladen. Der Schneider fragte ihn:

»Darf ich Ihnen ein Stoffmuster zeigen?«

»Ich glaube kaum, daß ich neue Anzüge brauche«, antwortete er. »Ich bin nur gekommen, um zu bezahlen. Überrascht Sie das?«

»Nein, mein Herr, man wird nur dann überrascht, wenn man überrascht werden will.«

Kaum war Almeyda wieder auf der Straße, fand er schon ein freies Taxi. Er stieg ein, gab die Adresse an und dachte: ›Ich habe Glück. Wie muß cs um mich bestellt sein, wenn ich nur denke, ich hätte Glück, wenn ich ein Taxi erwische.‹

Mit dem Chauffeur fing er ein Gespräch über die Annoncen an, die man so in der Zeitung liest.

»Was meinen Sie?« fragte Almeyda. »Muß man sie zur Kenntnis nehmen?«

»Meine Frau liest sie immer, und Sie sollten mal die Sonderangebote sehen, die sie nach Hause bringt. Wenn ich protestiere, wir hätten keinen Platz mehr für noch mehr Krimskrams, bringt sie mich mit einer unerwarteten Bemerkung aus dem Konzept, so wie ›Schaffe in der Zeit, so hast du in der Not‹, und zeigt mir, daß sie nur wegen

einer Annonce den elektrischen Heizgürtel gekauft hat, den ich heute noch trage.«
Der Taxifahrer schien sich ganz auf das zu konzentrieren, was er sagte, denn als er in die Avenida de Mayo einbog, zeigte er sich sehr überrascht darüber, daß Autos auf der Straße waren, und vermied nur mit knapper Not einen Frontalzusammenstoß; ein Kollege von ihm krachte bei einem Ausweichmanöver in einen Omnibus. Den Schlußakt unter diesen Teil des Geschehens setzte das Scheppern von Metall, dann von Glas.
Als er aus dem Wagen stieg, merkte Almeyda, daß seine Knie ganz weich waren; das war ja auch kaum verwunderlich: erst die Salve zu Ehren des toten Militärs, dann der Zusammenstoß. Er sagte sich, daß er aus Furcht vor dem Krachen und der Erschütterung an diesem Nachmittag nicht mehr die Kraft haben würde, den Revolver abzudrücken; aber wenn er lebend den Abend erreichte, würde er sich wieder Carmen gegenübersehen. Bei der Suche nach der auf dem Zettel notierten Hausnummer fand er sich auf der Avenida de Mayo bei der Nummer zwölfhundert wieder, nur ein paar Meter neben dem Avenida-Theater. »Was für eine Fügung. Dieselben Orte wie immer«, rief er aus. »Ich sollte wieder nach Hause gehen.« Da er aber nun schon einmal bis hierher gekommen war, sagte er sich, es sei besser, jetzt auch herauszufinden, was ihm dieser Betrüger von der Anzeige vorzuschlagen hatte. In der Eingangshalle bemerkte er einen schwachen, unangenehmen Geruch, so als wenn der Portier mit Formalin kochte; er fuhr hinauf in den fünften Stock, las *Doktor Edmundo Scotto* auf einem Bronzeschild, das ihm vorkam wie von einem Beerdigungsinstitut; er folgte einem als Krankenschwester gekleideten Mädchen in ein Sprechzimmer oder Büro, dessen Wände voller Bücher standen. Dort saß ein kleiner alter Mann im weißen Kittel hinter einem Schreib-

tisch, auf dem sich eine Unmenge Papiere und ein Tablett mit Milchkaffee, Toast und Hörnchen befanden, und verkündete ihm mit vollem Mund:
»Ich habe Sie erwartet. Ich bin Dr. Scotto.«
Er war vor allem winzig (›Wie auf Bestellung für Carmen gemacht‹, sagte sich Almeyda), aber auch gebrechlich und von der Farbe eines Leichnams.
»Ich komme wegen der Anzeige.«
»Verzeihen Sie, wenn ich Sie nicht einlade«, entschuldigte sich Scotto. »Ich müßte Ihren Kaffee erst im Laden um die Ecke bestellen, und die lassen einen immer eine Ewigkeit warten.«
Über dem Arzt hing an der Rückwand ein sehr düsteres Gemälde, das Charon mit einem Passagier in seinem Nachen darstellte, oder einen Gondoliere, der auf einem Kanal in Venedig einen Kranken oder vielleicht auch einen Toten beförderte.
»Ich komme wegen der Anzeige«, wiederholte Almeyda.
»Sie verzeihen, wenn ich esse?« fragte der Doktor, während er das Brot durchschnitt und in die Tasse tauchte. »Kalten Milchkaffee kann man wirklich niemandem empfehlen. Bitte, sprechen Sie ruhig. Erzählen Sie mir alles, was mit Ihnen los ist.«
»Soweit kommt es gerade noch«, entgegnete Almeyda mit nicht ganz begreiflicher Entrüstung, die vielleicht von der Gebrechlichkeit des Arztes gefördert wurde. »Sie setzen eine reichlich sibyllinische Anzeige in die Zeitung; zugegeben, ich bemühe mich in Ihre Sprechstunde, allerdings schon mit dem Vorbehalt, daß ich mir nicht das Geringste davon verspreche, und jetzt kommen Sie mir damit, daß ich derjenige sein soll, der eine Erklärung schuldig ist!«
Doktor Scotto fuhr sich mit dem Taschentuch erst über den Schnurrbart, der voll Milchkaffee war, dann über die

Stirn, seufzte und tunkte, schon fast zum Sprechen bereit, ein Hörnchen in den Kaffee, biß hinein und kaute. Endlich bemerkte er:

»Ich bin der Arzt, und Sie sind mein Kranker.«

»Ich bin weder krank, noch gehöre ich Ihnen.«

»Bevor er die Behandlung verordnen kann, hört sich der Arzt den Kranken erst einmal an.«

»In Ihrer Anzeige haben Sie selbst ziemlich treffend meine Situation beschrieben, warum sollte ich es leugnen. Was könnte ich Ihnen noch mehr zu sagen haben?«

Der Doktor fragte in plötzlichem Erschrecken:

»Sie werden doch nicht etwa Geldsorgen haben?«

»Nein, das ist es nicht. Eine Frau.«

»Eine Frau?« Scotto fand seine Fassung wieder. »Eine Frau, die Sie nicht liebt? *La donna è mobile!* Bitte, mein Herr, verschonen Sie mich mit Kindereien.«

»Eine Frau, die mich liebt.«

»Mit Ihrer Erlaubnis werde ich Ihnen einen Psychoanalytiker empfehlen« – er schrieb einen Namen und eine Anschrift auf seinen Rezeptblock – »damit Sie nicht die einzige Gelegenheit verpassen, die uns Menschen auf dieser Welt, die sowieso ihrem Ende zugeht, noch bleibt, um glücklich zu werden: das Eingehen und Festigen einer Partnerschaft.«

»Verstehe ich richtig, was Sie mir zu sagen versuchen?« fragte er und richtete sich langsam auf.

»Nun fassen Sie es doch nicht gleich so auf« – mit gerunzelter Stirn betrachtete Scotto ihn von unten her. »Ist es so ernst?«

»Unerträglich. Ich lebe bloß noch, wenn auch nur vorläufig, weil ich Ihre Anzeige in der Zeitung gelesen habe.«

»Können Sie nicht einen Monat bei einem Freund unterschlüpfen? Die Zeit bringt alles in Ordnung.«

»Ich habe einen Freund, der mir andauernd denselben

kleinen Satz sagt; aber weder er noch Sie kennen Carmen.«

»Wen?« fragte Scotto und hielt seine Hand hinter das Ohr, um besser hören zu können.

»Das ist unwichtig, Doktor; wenn Sie mir nichts anzubieten haben, gehe ich wieder nach Hause.«

»Mein System basiert auf der unwiderlegbaren Tatsache, daß die Zeit alles in Ordnung bringt. Kurz gesagt, ich werde Sie, mein Lieber, einschläfern und einfrieren. Wenn Sie (nach einem Schläfchen von fünfzig oder hundert Jahren) wieder erwachen, hat sich die Lage geändert, die Türken stehen nicht mehr vor den Toren. Ich weise jedoch nachdrücklich darauf hin, daß Ihnen auf diese Weise das entgeht, was ich nur als die großartige Option der Partnerschaft bezeichnen kann. Die endgültige Zusammenführung beider Partner wird immer mein höchstes Ziel sein.«

»Schon gut. Ich gehe wieder nach Hause.«

»Werden Sie nicht gleich böse, ich bestehe ja nicht darauf. Um mich kooperativ zu zeigen, will ich Sie auf einen Vorteil bei meinem System des Gefrierschlafes hinweisen, den Ihr wissensdurstiger Geist bestimmt zu schätzen weiß: die Möglichkeit zur Reise durch die Zeit, die Zukunft kennenzulernen.«

»Einverstanden. Wenn Sie mich jetzt gleich einfrieren, nehme ich Ihren Hundert-Jahre-Schlaf.«

»Überstürzen Sie nichts. Wir werden zunächst so vorgehen, daß wir Sie gründlich untersuchen. Ich empfehle Ihnen ein seriöses Laboratorium, wo wir für Sie Röntgenaufnahmen und Analysen zu einem günstigen Preis durchführen. Ich muß mich vergewissern, daß Ihr Organismus über genügend Widerstandskraft verfügt.«

»Ob mein Organismus wohl mehr Widerstandskraft gegen eine Kugel hat?«

»So etwas dürfen Sie nicht einmal im Scherz sagen. Versetzen Sie sich in meine Lage. Was würde es für den Ruf des Doktor Scotto bedeuten, wenn Sie draufgehen? Außerdem, mein Verehrtester, ist mir zwar unbekannt, über welche Mittel Sie verfügen, aber ich vermute doch, daß Sie einige Anordnungen treffen müssen, um Ihren Verpflichtungen nachzukommen. Rechnen Sie mal nur über den Daumen zusammen: hundert Jahre Miete, außerdem die Wartung und die Unterhaltungskosten.«

»Ich schreibe Ihnen einen Scheck über alles, was ich auf der Bank habe.«

Der Doktor prüfte ohne Hast das Scheckheft. Zu guter Letzt erklärte er:

»Damit zahlen Sie ein Jahr, oder falls die Lebenshaltungskosten nicht steigen, vielleicht auch zwei Jahre. Danach beginnen Sie, mich Geld zu kosten.«

»Machen Sie sich keine Sorgen. Ich gehe wieder nach Hause. Ich bin aus purer Neugier zu Ihnen gekommen, aber mein Plan steht längst völlig fest.«

»Ich für meinen Teil habe einen großen Fehler. Ich bin das, was man einen schwachen Menschen nennt, der sich immer vom Letzten, mit dem er geredet hat, überzeugen läßt. Aber damit Sie mich recht verstehen: Wenn mir morgen die Mittel ausgehen, sind Sie der Leidtragende. Ich werde Sie nicht sterben lassen, aber vielleicht taue ich Sie vor der Zeit wieder auf.«

»Machen Sie sich keine Sorgen. Ich gehe wieder nach Hause.«

»Dieses Zuhause, von dem Sie andauernd sprechen – ist das Ihr Eigentum? Verfügen Sie noch über anderen Besitz? Je reichlicher, desto besser. Ich rufe den Notar, der gleich hier im Hause seine Kanzlei hat; wir ziehen ihn zu Rate, und Sie stellen mir eine Vollmacht aus.«

Almeyda brachte die rechtlichen Formalitäten schließlich hinter sich. Er überlegte, daß Dr. Scotto keine wirksamere

Methode hätte wählen können, wenn er vorgehabt hätte, vor dem Einfrieren seine Nerven zu strapazieren und ihn völlig zu erschöpfen. Nicht einmal am Nachmittag, als er nach dem Revolver gegriffen hatte, war er so nervös gewesen.

Ein Assistent des Arztes brachte ihn in ein kleines Zimmerchen und begann ihn abzuhorchen. Almeyda gab sich den Anschein großer Ruhe, ja beinahe von Lethargie, aber das Herz schlug ihm bis zum Halse. ›Wer weiß, was für eine Krankheit sie noch bei mir entdecken werden, wenn ich mich nicht zusammennehme‹, dachte er. Um sich zu beruhigen, versuchte er es mit seiner üblichen Methode, sich grüne Wiesen und Bäume vorzustellen. Der Assistent maß seinen Blutdruck und machte Konversation mit ihm.

»Womit beschäftigen Sie sich beruflich, mein Herr?«

»Ich unterrichte Geschichte im Instituto Libre«, antwortete Almeyda. »Ältere, Neuere und Neueste Geschichte.«

»Und jetzt können Sie noch die zukünftige hinzufügen«, sagte der Mann, ohne vielleicht streng die Regeln der Logik zu beachten. »Denn wie ich hörte, werden Sie sich auf den Direktflug ins nächste Jahrhundert begeben. Wie finden Sie das?«

»Wie wird die Zukunft wohl sein?« fragte Almeyda in einem Ton, der gleichgültig klingen sollte.

»Es wird keine Arbeiter geben. Es wird keine Sklaven geben. Um die Arbeit werden sich die Maschinen kümmern.«

»Hinter der Maschine wird der Mensch stehen, der sie in der Hand hat.«

»Irgendwie mißtraue ich der Mechanisierung. Tiere werden die Arbeit tun. Oder Wesen von anderen Planeten, niedere Wesen, die extra dafür geholt werden.«

»Von den Sklavenhändlern.«

»Etwas Besseres, ich schlage Ihnen noch etwas Besseres vor: Den ängstlichen Menschen, die sich den Wechselfällen des Lebens nicht stellen wollen, wird man durch irgendeine wissenschaftliche Methode Glückseligkeit, die reine Glückseligkeit einflößen, unter der Bedingung, daß sie arbeiten. So kann man sagen, daß glückliche Sklaven für den Rest der Menschheit arbeiten werden.«
»Wissen Sie was?« bemerkte Almeyda, als wenn er nur mit sich selbst spräche. »Ich habe das Gefühl, die Zukunft gefällt mir absolut nicht.«
»Und dennoch, genau dahin geht Ihr Direktflug.«
Man brachte ihn in einen anderen Raum. Man legte ihn hin. Um ihn herum waren Scotto, der Assistent und drei Krankenschwestern. Bevor er einschlief, schaute er auf den Kalender an der linken Wand und sagte sich, daß er am 13. September 1970 das seltsamste Abenteuer seines ganzen Lebens anträte.
Er träumte, daß er einen verschneiten Abhang hinunterglitt und dann einem engen Pfad bis zum Eingang einer Höhle folgte; aus dem Dunkel drang Gelächter zu ihm.
»Ich bin wach«, beteuerte er, wie jemand, der sich verteidigt, »und ich weiß nichts von Dornröschen.«
Um ihn herum standen zwei Männer und ein Mädchen. Sogleich fragte er sich, ob diese Leute von Dornröschen gesprochen hatten, oder ob es nur ein Traum von ihm gewesen sei.
»Kribbeln in den Füßen?« fragte einer der Männer.
»Sind Ihre Finger eingeschlafen?« fragte der andere.
»Wollen Sie eine Decke?« fragte das Mädchen.
Sie beugten sich zu ihm herab, um ihn aus der Nähe zu untersuchen. Einen Augenblick fürchtete er, die Unbekannten könnten mit ihren Körpern den Blick auf irgendeinen seltsamen Diener, ein Tier oder eine Maschine, verbergen. Kaum versuchte er, sich aufzurichten, erblickte er

zwischen zwei Köpfen den Kalender. Trostlos ließ er sich wieder auf das Kissen fallen.
»Sachte, sachte«, meinte das Mädchen.
»Schwäche?« fragte einer der Männer.
»Übelkeit? Schwindel?« fragte der andere.
Aus Verzweiflung antwortete er nicht. Man hatte mit ihm einfach nur einen Versuch gemacht, oder noch schlimmer, das Experiment war gescheitert; der Kalender zeigte immer noch den 13. September.
»Ich will mit Scotto sprechen«, sagte er, ohne seine Niedergeschlagenheit zu verbergen.
»Der bin ich«, erwiderte einer der Unbekannten.
»Nein...« Almeyda fing an zu widersprechen; daraus wurde eine verworrene Erklärung, denn plötzlich kamen ihm Zweifel. Als er eingeschlafen war – hatte da der Kalender rechts oder links von ihm gehangen? Jetzt hing er links. Er sagte:
»Ich will aufstehen.«
Er richtete sich auf, schob die Unbekannten beiseite und machte, noch recht wacklig, ein paar Schritte auf die Wand zu. Auf dem Kalender las er unter der Zahl 13 ein unglaubliches Datum. Er hatte hundert Jahre geschlafen. Er bat um einen Spiegel: Er fand sich blaß, der Bart war etwas gewachsen, aber im großen und ganzen war er so wie immer. Natürlich blieb immer noch die Möglichkeit, daß alles nur ein Scherz gewesen war.
»So, jetzt trinken Sie brav diese Flüssigkeit«, sagte das Mädchen und drückte ihm ein riesiges Glas Milch in die Hand.
»Leeren Sie es in einem Zug!« sagte einer der Männer.
Es schien Milch zu sein, war aber keine; es schmeckte vielleicht etwas nach Petroleum.
»Das erste Glas hat er schon ausgetrunken«, sagte der andere.

»Bevor Sie das zweite trinken, werden Sie sich ein Weilchen im Wartezimmer ausruhen«, sagte das Mädchen.
»Danach werden wir ganz freundschaftlich miteinander plaudern«, sagte einer der Männer.
»Man muß ihn vorbereiten«, sagte der andere.
»Man muß ihn«, sagte das Mädchen, »auf die radikale Verringerung seiner finanziellen Mittel hinweisen, und darauf, was er draußen antreffen wird.«
»Er ist noch nicht so weit. Vorher muß er sich erst etwas ausruhen und sich mit dem zweiten Trunk stärken«, sagte einer der Männer.
»Wir werden ihn ins Wartezimmer hinüberbringen«, sagte der andere.
Das Mädchen öffnete die Tür und erklärte:
»Es ist besetzt.«
»Ich weiß«, antwortete einer der Männer. »Es sind Zeitgenossen. Auch wenn sie miteinander reden, besteht keine Gefahr.«
»Gehen Sie hinein«, sagte der andere zu ihm.
Er wollte hineingehen, aber er blieb wie angewurzelt stehen – war er noch nicht wieder wach? Wenn er nicht träumte, wie konnte sie ihn dann anlächeln, hier mitten in diesem Zimmer?... Einen Augenblick später, zweifellos um die Grimasse zu verbergen, zu der ihr das Lächeln langsam gefror, drehte sie sich temperamentvoll und begeistert stampfend im Kreis herum, riß ekstatisch die Arme hoch und breitete sie schließlich aus, um sich ihm ganz darzubieten, mit dem Ausruf:
»*Voilà!*«
Nach einem Moment der Stille brachte Almeyda heraus:
»Ich hatte nicht erwartet...«
»Warum willst du deine Großmut und deine Liebe nicht eingestehen?« fragte Carmen, jetzt schon ganz sicher. »Diesen entsetzlichen Brief schrieb ich in einer momenta-

nen Aufwallung, in einem schlechten Moment. Ich weiß nicht, wie ich es dir sagen soll: Ich glaubte zu ersticken, es nicht mehr aushalten zu können. Ich dachte (wie entsetzlich!) an Selbstmord, vergib mir! Da sah ich die Anzeige von Dr. Scotto, suchte ihn auf und überzeugte ihn, mich zum Schlafen einzufrieren. Dir hinterließ ich diesen gräßlichen Brief, und du hast ihn gelesen, hast mir nichts nachgetragen, mir verziehen; du wolltest schlafen, solange ich schlief; laß uns einfach denken, wir hätten beieinander geschlafen, mein Liebster, und jetzt, wirklich und für immer, kannst du auf mich zählen.«

S. 8 Traditioneller Teesalon in Buenos Aires; Treffpunkt der »besseren Gesellschaft«.

S. 33 teeartige, getrocknete Pflanzenblätter, deren starker Aufguß mit einem Röhrchen aus einem kleinen Trinkkürbis genossen wird, sowie typisch argentinische Karamelcreme.

S. 34 italienisch = Argentinier, Dummköpfe (korrekt: tacchini).

S. 39 Montevideo in Uruguay: in Argentinien gibt es bislang keine Ehescheidung.

S. 88 ›Die Verlobten‹ v. Alessandro Manzoni, Mailand 1825/26, und ›Paul und Virginie‹ v. Jacques-Henri Bernardin de Saint-Pierre, Paris 1788; berühmte (idealisierende) Liebesromane.

S. 91 Anspielung auf den v. a. unter den damals herrschenden Peronisten geübten Brauch, politische Schlägertrupps aus parteinahen Gewerkschaftsgruppierungen zu rekrutieren.

S. 100 Argentinischer Nationalfeiertag; am 9. 7. 1816 erklärte der Kongreß von Tucumán die Unabhängigkeit der »Vereinigten Provinzen des Río de la Plata«.

S. 101 Argentinisches ›Nationalepos‹ und Höhepunkt der Gaucholiteratur; ›Der Gaucho Martín Fierro‹ (1872) und ›Martín Fierros Rückkehr‹ (1879).

S. 102 Der Apotheker bringt hier die Biographie des Dramatikers Calderón de la Barca mit der von Miguel de Cervantes, dem Autor des ›Quijote‹, durcheinander.

S. 111 Name eines Indio-Stammes.
S. 112 Mexikanischer Dichter (1888-1921).
S. 117 Autor des massenpsychologischen Standardwerkes »Psychologie des foules«, Paris 1895.
S. 129 Renommierte argentinische Speditionsfirma.
S. 176 Titel von Tangos; der letzte ließe sich (etwas frei) als ›Gestrandet in Paris‹ übersetzen.
S. 181 In Spanien und Hispanoamerika beliebtes Erfrischungsgetränk, meist Mandelmilch.
S. 182 Anfangszeile des (ziemlich patriotischen) San-Lorenzo-Marsches.
S. 190 Internationaler Flughafen von Buenos Aires.
S. 204 Argentinischer Gauchodichter (1834-1888), in dessen volkstümlicher Verserzählung ›Fausto‹ ein Gaucho in die (historische) Aufführung von Gounods ›Faust‹-Oper im Teatro Colón in Buenos Aires gerät und in seiner unverbildeten Wesensart Fiktion und Wirklichkeit nicht zu unterscheiden vermag.
S. 205 Italienisch = Nichts zu machen.
S. 264 Carlos Gardel (1890-1935); bedeutendster und populärster Interpret in der Geschichte des Tangos, der nach seinem Tod bei einem Flugzeugunglück zur geradezu mythischen Figur wurde.
S. 278 ›Los 36 billares‹; traditionelles Billardlokal im Zentrum von Buenos Aires.

R. S.

INHALT

111/1/8.88

111/2/8.88

111/3/8.88

Lateinamerikanische Literatur im Suhrkamp Verlag

Der Frauenheld. Geschichten der Liebe aus Lateinamerika. Herausgegeben und mit einem Nachwort versehen von Michi Strausfeld. st 1296

Fuentes, Carlos: Nichts als das Leben. Roman. Deutsch von Christa Wegen. st 343

Gabeira, Fernando: Die Guerilleros sind müde. Aus dem brasilianischen Portugiesisch übersetzt und herausgegeben von Henry Thorau und Marina Spinu. Nachwort von Hans Füchtner. st 737

Guillén, Jorge: Ausgewählte Gedichte. Spanisch und deutsch. Auswahl, Übersetzung und Nachwort von Hildegard Baumgart. BS 411

– Gedichte. Spanisch und deutsch. Auswahl und Nachwort von Dieter Reichardt. BS 786

Guimarães Rosa, João: Doralda, die weiße Lilie. Roman. Aus dem brasilianischen Portugiesisch von Curt Meyer-Clason. BS 775

Gullar, Ferreira: Schmutziges Gedicht. Poema Sujo. Portugiesisch und deutsch. Übertragung und Nachwort von Curt Meyer-Clason. BS 893

Lateinamerikaner über Europa. Herausgegeben von Curt Meyer-Clason. es 1428

Lateinamerikanische Literatur. Herausgegeben von Michi Strausfeld. stm. st 2041

Lezama Lima, José: Die amerikanische Ausdruckswelt. Aus dem kubanischen Spanisch von Gerhard Poppenberg. es 1457

– Paradiso. Roman. Aus dem Spanischen von Curt Meyer-Clason unter Mitwirkung von Anneliese Botond. st 1005

Lins, Osman: Avalovara. Roman. Mit einem Nachwort von Modesto Carone Netto. Aus dem Brasilianischen von Marianne Jolowicz. Leinen

– Die Königin der Kerker Griechenlands. Roman. Aus dem brasilianischen Portugiesisch von Marianne Jolowicz. Gebunden und st 1431

– Verlorenes und Gefundenes. Erzählungen. Aus dem Brasilianischen von Marianne Jolowicz. Gebunden

Lispector, Clarice: Der Apfel im Dunkeln. Roman. Aus dem brasilianischen Portugiesisch von Curt Meyer-Clason. BS 826

– Lebendiges Wasser. Aus dem brasilianischen Portugiesisch von Curt Meyer-Clason. BS 913

– Die Nachahmung der Rose. Übertragung aus dem Brasilianischen und Nachwort von Curt Meyer-Clason. BS 781

111/4/8.88

111/5/8.88

Lateinamerikanische Literatur
im Suhrkamp Verlag

Paz, Octavio: Der menschenfreundliche Menschenfresser. Geschichte und Politik 1971-1980. Aus dem Spanischen von Rudolf Wittkopf und Carl Heupel. es 1064
– Der sprachgelehrte Affe. Aus dem Spanischen von Anselm Maler und Maria Antonia Alonso-Maler. BS 530
– Suche nach einer Mitte. Die großen Gedichte. Spanisch und deutsch. Übersetzung Fritz Vogelgsang. Nachwort Pere Gimferrer. es 1008
– Verbindungen – Trennungen. Ein Essay. Aus dem Spanischen von Elke Wehr und Rudolf Wittkopf. Leinen
– Zwiesprache. Essays zu Kunst und Literatur. Aus dem Spanischen von Elke Wehr und Rudolf Wittkopf. es 1290

Poniatowska, Elena: Lieber Diego. Aus dem mexikanischen Spanisch von Astrid Schmitt. st 1592
– Stark ist das Schweigen. Vier Reportagen aus Mexiko. Übersetzt von Anna Jonas und Gerhard Poppenberg. Mit Abbildungen. st 1438

Puig, Manuel: Die Engel von Hollywood. Roman. Aus dem Spanischen von Anneliese Botond. Gebunden und st 1165
– Herzblut erwiderter Liebe. Roman. Aus dem brasilianischen Portugiesisch von Karin von Schweder-Schreiner. Gebunden und st 1469
– Der Kuß der Spinnenfrau. Roman. Aus dem Spanischen von Anneliese Botond. st 869
– Der schönste Tango der Welt. Ein Fortsetzungsroman. Deutsch von Adelheid Hanke-Schaefer. Leinen und st 474
– Verraten von Rita Hayworth. Roman. st 344

Ramos, Graciliano: Karges Leben. Aus dem Brasilianischen von Willy Keller. st 667

Ribeiro, Darcy: Wildes Utopia. Sehnsucht nach der verlorenen Unschuld. Eine Fabel. Aus dem brasilianischen Portugiesisch von Maralde Meyer-Minnemann. es 1354

Ribeiro, João Ubaldo: Brasilien, Brasilien. Roman. Aus dem brasilianischen Portugiesisch von Curt Meyer-Clason und Jacob Deutsch. Leinen
– Sargento Getúlio. Roman. Aus dem brasilianischen Portugiesisch übersetzt und mit einem Nachwort versehen von Curt Meyer-Clason. es 1183

Roa Bastos, Augusto: Menschensohn. Roman. Deutsch von Curt Meyer-Clason. Mit einem Nachwort von Rubén Bareiro Saguier. BS 506

Rose aus Asche. Spanische und spanisch-amerikanische Gedichte 1900-1950. Herausgegeben und übertragen von Erwin Walter Palm. BS 734

111/6/8.88

111/7/8.88